メディアワークス文庫

断章のグリム
完全版1
灰かぶり／ヘンゼルとグレーテル

甲田学人

目　次

灰かぶり　5

序章
夢と断章の神話　11

一章
終わりと始まり　21

二章
傷を持った騎士　71

三章
灰かぶりの欠片　121

四章
魔女と魔女の死　167

五章
葬送そして葬送　209

六章
終わりの始まり　267

終章
夢を壊す者の名　327

目　次

ヘンゼルとグレーテル　341

序章
竈の中のヘンゼル　347

一章
蒼衣と雪乃　363

二章
予言と兆し　413

三章
ヘンゼルとグレーテル　469

四章
かまどとパン　521

五章
兆しとしるべ　563

六章
魔女と魔女　611

終章
竈の中のグレーテル　655

灰かぶり

クリック？

クラック！

さあ、今日は『シンデレラ』のお話をしましょう。


昔、奥さんを亡くした貴族がいて、とても心が醜い女と再婚しました。

この女には二人の連れ子がいて、母親とそっくりな、全く同じ心根の持ち主でした。

夫にも娘がいましたが、こちらはとても心の美しい娘でした。継母《ままはは》は婚礼が済むと、たちまち悪い本性をあらわして、優しい娘に家中のつらい仕事を何もかも押し付けました。

娘は毎日灰だらけになって仕事をしたので、家の者は『シンデレラ』と呼びました。シンデレラとは、灰かぶりという意味です。

あるとき、この国の王子が舞踏会を開くことになりました。王子の結婚相手を探すための舞踏会で、国中のきれいな娘達が招待されました。二人の意地悪な娘は、シンデレラに舞踏会の支度をさせました。二人の支度を済ませると、シンデレラは継母に言いました。

「わたしも舞踏会に連れて行って下さい」

継母は馬鹿にして笑いました。

「おまえみたいなみっともない娘を、舞踏会なんかに連れて行けるものかね」

継母は二人の娘だけを連れて、シンデレラを置いて舞踏会へと出かけてしまいました。継母と二人のお姉さんが出かけてしまうと、シンデレラはひとり涙を流しました。

気がつくと、魔法使いのおばあさんが立っていました。

「かわいそうなシンデレラ。お前の願いをかなえてあげよう」

おばあさんが杖《つえ》を振ると、かぼちゃが立派な馬車に、ねずみが真っ白な馬に、そまつな服は見たこともないほど美しいドレスに変わりました。最後に美しいガラスの靴を与えると、おばあさんは言いました。

「これで舞踏会に行くといい。でも忘れてはいけないよ。魔法は十二時に消えてしまう。だから十二時の鐘が鳴り終わるまでに戻ってこなければいけない。そうしないと馬車も、馬も、ドレスも、みんな元に戻ってしまうよ」

シンデレラがお城につくと、大広間の人々の誰もが、その見たこともないお姫様の美しさに見とれました。王子がやってきて、シンデレラの手をとるとダンスに誘いました。王子とシンデレラは踊り続け、夢のような時間がすぎました。楽しいひとときに時間を忘れ、気がつくと十二時の鐘がきこえてきました。

シンデレラは急いで大広間から抜け出して、お城の階段をかけおりていきました。王子がそのあとを追いかけましたが、間に合いませんでした。シンデレラは急いでいたので、階段にガラスの靴を片方落としていきました。王子はそれを、大事に拾いあげました。

鐘が鳴り終わると、シンデレラは元のみすぼらしい格好に戻っていました。ただガラスの靴の片方だけが、残っていました。

舞踏会が終わっても、王子の心の中はシンデレラのことでいっぱいでした。

王子はおふれを出しました。

「この靴がぴったり合う娘を妻に迎える」

家来たちがガラスの靴を持って、靴のはける娘を探して国中をたずねてまわりましたが、なかなか見つかりません。

やがて靴はシンデレラの家にも運ばれてきました。

二人のお姉さんが試しましたが、靴は小さすぎて履けませんでした。

そこにシンデレラがやってきて、たずねました。

「わたしもはいてみていいですか？」

「とんでもない！」

継母たちはシンデレラを追い払おうとしましたが、家来たちは、全ての娘たちに靴を試すよう命令されているのだから、とシンデレラに靴をはかせました。靴はシンデレラの足にぴったりと合いました。継母と二人の姉は驚きましたが、シンデレラがポケットからもう片方の靴を出したときには、もっと驚きました。

誰もが、シンデレラがあの時の美しいお姫様であることがわかりました。二人の姉はシンデレラの前に身を投げ出して、今までの意地悪なふるまいの全てをあやまりました。
シンデレラはお城に連れて行かれ、まもなく王子と結婚しました。シンデレラは美しいだけでなくやさしい心の持ち主なので、継母も二人の姉もお城にむかえて、みんなでしあわせに暮らしたということです。

…………………………

序章　夢と断章の神話

僕たち人間とこの世界は、〈神の悪夢〉によって常に脅かされている。

神は実在する。全ての人の意識の遥《はる》か奥、集合無意識の海の深みに、神は存在している。

この概念上『神』と呼ばれるものに最も近い絶対存在は、僕らの意識の奥底で有史以来眠り続けている。眠っているから僕ら人間には全くの無関心で、それゆえ無慈悲で公平だ。

ある時、神は悪夢を見た。

神は全知なので、この世に存在するありとあらゆる恐怖を一度に夢に見てしまった。

そして神は全能なので、眠りの邪魔になる、この人間の意識では見ることすらできないほどの巨大な悪夢を切り離して捨ててしまった。捨てられた悪夢は集合無意識の海の底から、泡となって、いくつもの小さな泡に分かれながら、上へ上へと浮かび上がっていった。

上へ――僕たちの、意識に向かって。

僕らの意識に浮かび上がった〈悪夢の泡〉は、その『全知』と称される普遍性ゆえに僕らの意識に溶け出して、個人の抱える固有の恐怖と混じりあう。そして〈泡〉が僕らの意識よりも大きかった時、悪夢はあふれて現実へと漏れ出すのだ。

かくして神の悪夢と混じりあった僕らの悪夢は、現実のモノとなる。

†

「じゃ、行ってくる。母さん」

「蒼衣《あおい》、忘れ物ない？」

「ない……と思う」

白野《しらの》蒼衣は、あやふやな答えを返しながら玄関に座って、学校指定の革靴の紐《ひも》を結んだ。

高校生男子としては線の細い顔を下に向けたまま、キッチンにいる母親とやり取りしつつ靴紐を結び終えると、蒼衣は少しだけ急いだ動作で立ち上がり、傍らの学生鞄《かばん》を取り上げて、早足で家の玄関を出る。

別に遅刻しかかっているわけではない。普通に学校に辿《たど》り着《つ》くためには、むしろ少しだけ早めの時間だ。そんな蒼衣が家を出て、住宅地の路地から車道に出て角を曲がると、バス停近くの自動販売機のそばで、セーラー服を着た少女が、缶コーヒーを飲む振りをしながら一人で蒼衣を待っていた。

「ごめん、雪乃《ゆきの》さん。ちょっと遅れた」

「……」

少女の姿を認め、蒼衣が声をかける。

雪乃と呼ばれたその少女は、明らかに目を引く整った容姿に不機嫌な色を浮かべて、蒼衣を一瞥《いちべつ》し、そしてとっくに空になっていた缶コーヒーを、自販機横のゴミ箱に乱暴な動作で放り込んだ。

彼女の名は時槻《ときつき》雪乃。臙脂《えんじ》のリボンがついた古式ゆかしいセーラー服は、蒼衣が着ているモスグリーンのブレザーとは違う、別の公立高校のものだ。

抜けるように白い肌と、少し目つきの強い美貌。ポニーテール風にまとめた黒髪は、古風なセーラー服によく似合っていたが、その髪を束ねるのは黒いレースのついたリボンで、それが少女の硬い印象を別のものに変えていた。

いわゆる、ゴシックロリータのアイテム。

次に何と声をかけようか迷っている蒼衣の前で、雪乃は寄りかかっていた自販機から無言で背を離し、下げていた黒いスポーツバッグを、肩にかけ直した。

「……い、行こうか。雪乃さん」

「ええ」

雪乃はそっけなくそれだけ答えて、さっさと先に立って歩いてゆく。蒼衣はその反応に、微《かす》かに困った表情を浮かべて、どうしたものかと思案しながら、セーラー服の背中を追う。

今日は金曜日だ。

ここ三日間、雪乃は毎朝、ここで蒼衣を待っていた。

初めは蒼衣の家の前で待っていたのだが、すっかり家族に彼女か何かだと誤解されて、両親によって家の中に招かれかけてから、待ち合わせはここになった。蒼衣の目の高さで、雪乃の黒いリボンが不機嫌に揺れる。同じ市内にあるとはいえ、学校の違う二人での登校は、このようにして始まり、蒼衣の学校の近くまで続く。

「いつも、ごめん」

とりあえず雪乃の背中を見ながら、蒼衣は迎えに来てくれた事への感謝を述べた。

「別に。役目だから気にしなくていいわ」

振り向きもせずに答える雪乃。最初のうちは嫌われているのではないかと不安だった。

だが、ここ数日の付き合いで、誰にでも同じような態度を取るのだと知ったので、その辺りの屈託がない蒼衣は、もうほとんど気にしていない。嫌われていないと判《わか》ってさえいれば、蒼衣は気の強い女の子は苦手ではない。

だが雪乃に関しては、ただ気が強いというのとは、少し違っている。

「役目……大変だね」

「別に」

話しかける蒼衣。雪乃の返事は素っ気ない。

「何かあったら学校、抜け出したりするんだよね？」

「そうよ」

「学校、大丈夫？　休みがちだって聞いたけど」

「どうでもいいわ。伯父さんの手前、行ってるだけだもの」

「伯父さん？　保護者だっけ？　いやでも、やっぱり学校は行った方がいいと思うよ」

「いまさら普通に生きる気はないわ。私は怪物になるの。化け物にならなきゃ――あいつらとは、戦えない」

雪乃の声が低くなる。もっと近くに寄れば、ぎりっ、と奥歯のきしる音が聞こえそうだ。

朝の町を歩く、日常を拒絶するような雪乃の背中。左肩にかけたスポーツバッグ。そのストラップにかけられた手の袖口からは、手首に巻いた白い包帯が覗《のぞ》いている。

見る者が見れば、一目で連想するのはリストカットだろう。そしてその包帯の中にあるものが、その連想を裏切ることなく、まさに目盛のように刻まれた傷であることも、蒼衣はその目で見て知っている。

だが蒼衣は、そういうものに慣れている。

拒否感がないわけではない。だがそういう行為自体はともかく、そういう行為に及ぶ女の子を、蒼衣はどうにも放っておけないのだ。

それはきっと、今はもういない幼《おさな》馴染《じみ》の女の子の記憶のせいだった。

幼い頃にずっと二人きりで遊んでいた、自傷行為をしていた幼馴染。

幼い頃の――――たぶん蒼衣の、初恋の記憶。

だから蒼衣は、雪乃のことを、どれだけ邪険に扱われたとしても、放っておくことができないのだ。

「化け物だって、普通に生きてる時の方が多いと思うよ」

前を歩く雪乃の背中に向かって、蒼衣は言う。

「だから嘘《うそ》でもいいから、普通の振りをした方が楽だと思うよ。高校とか大学とかって、そういう仮面としては、便利だと思うけど」

蒼衣は普通でない女の子を放っておけない気質だが、当人は〝普通〟を愛していた。

「学校休んでるから、成績も危ないって聞いたよ」

「……」

雪乃は答えない。

「でさ、もし良かったら……一緒に勉強でもしない？　解《わか》らないところがあったら、少しは教えられると思うけど」

蒼衣の通う私立は、一応進学校だ。

「どうかな？」

「……なんであなたと勉強なんかしなきゃいけないわけ？」

雪乃は立ち止まると、蒼衣を冷たい目で振り返り、言った。

怒りのせいか、それとも目の錯覚か、ほんの微かにだが、頬を紅潮させている。

「いやさ……それで成績が普通になったら、雪乃さんも、先生から面倒なこと言われたりしないで済むかもと思って」

「大きなお世話よ」

にべもない雪乃。

「でも、そんなことで目立つのは、雪乃さんも面倒だよね」

「……うるさいわね」

一応は図星なのだろう、一瞬沈黙し、それから雪乃は突っぱねる。

「それにさ」

蒼衣は、にこりと笑った。

「雪乃さんが幸せな方が、僕も嬉《うれ》しいし」

「────うるさい。殺すわよ」

雪乃の声が底冷えした。さっ、と黙る蒼衣。

「……」

雪乃はそれを確認すると、そのまま元の方向を向き、さっさと歩き始めた。

蒼衣はそれを小走りに追って、隣に並ぶ。雪乃は、ちら、とそんな蒼衣を鬱陶しそうに横目で見たが、特に拒絶するようなことは言わなかった。

……こんな二人の登校は、もう三日続いていた。

二人は付き合っているわけではない。かといって親友や、幼馴染というわけでもない。

蒼衣が雪乃に出会ったのは、つい四日前のこと。この蒼衣と同い年の、華奢《きやしや》で綺麗《きれい》な美貌の少女は、巨大な〈神の悪夢の泡〉に遭遇すると予言されてしまった蒼衣を守るために通って来ている、特別な能力《キズ》を持つボディーガードなのだった。

†

神の悪夢の泡による異常現象、それを曰《いわ》く〈泡禍《バブル・ペリル》〉と呼ぶ。

蒼衣は四日前の夕刻に〝それ〟と遭遇し、雪乃の手によって助けられた。

時に〈泡禍《ほうか》〉より生還した人間には、巨大なトラウマと共に、〈悪夢の泡〉の欠片《かけら》が心の底に残ることがあるという。彼ら自身によって〈断章《フラグメント》〉と呼ばれているその悪夢の欠片は、心の中から紐解《ひもと》くことで、自らの経験した悪夢的現象の片鱗《へんりん》を、この現実世界に呼び出すことができる。

雪乃は、その悪夢の〈断章《だんしよう》〉の〈保持者《ホルダー》〉だ。

彼女もまた、かつて〈泡禍〉に巻き込まれ、そこから生還した。

世界には、そんな〈悪夢の泡〉からの生還者が、多数存在している。

そしてその中でも、特に恐るべきトラウマと共に悪夢の欠片を精神に宿してしまった者たちが、生きるために助け合い、新たな被害者を救おうと活動している集まりがある。

イギリスで発祥し、日本に伝わって、いつしか〈ロッジ〉と呼ばれる小さな活動拠点を、日本中に散らしている互助会的結社。

彼らは密《ひそ》かにこの世界に浮かび上がる悪夢の中から人々を助け出そうと活動し、そして神の悪夢の存在と、神の悪夢の〈断章〉を持つ自分たちの存在を、その他大多数の人々の目から隠し続けている。

名を〈断章騎士団《オーダー・オブ・ザ・フラグメンツ》〉という。

雪乃は、その〈騎士団《オーダー》〉の〈騎士〉だった。

かくして僕は、人間と神の悪夢、そして〈童話〉との戦いを知る。

世界は、〈神の悪夢〉によって蝕《むしば》まれているのだ。

一章　終わりと始まり

見よ。見よ。この世界を。世界は泡沫《ほうまつ》なり。

地の底より膨れ上がる見えない何かによって崩れ落ちる塔。

反転する家。投げ出され空へと落下する哀れな家族。

墓場より湧き出す人面の蝗《いなご》が人間の目玉を群がって喰《く》らう。

悪臭を立てて泡立つ雲。

金切り声を上げる猿の首。

燃え盛る硫黄《いおう》の雨が、たった一人の子供の世界を徹底して焼き溶かす。

いくつも連なった虹色の泡が、まるで一個の生命体のように振る舞う。

幻視する詩人は夢の中に無数の細かな泡を見て、目覚めたのちに白目を剥《む》いて死んだ。脳が海綿のようになっていた。

私家訳版『マリシャス・テイル』第一章

1
月曜日。週の始まり。

そんな日に二人は出逢《であ》い、白野蒼衣の信じていた〝普通の世界〟は、終わった。

その日、下校の途中。蒼衣は地図の上では家から近いと言えなくもない、しかし明らかに遠回りな場所の、とあるマンションを訪ねていた。担任の佐藤先生から頼まれて、このところ学校を休みがちにしている、まだ一度もまともに話をしたことのないクラスメイトの女子のために、溜《た》まっているプリント類を届けるためだった。

高校一年生の、五月。

ようやく制服にも学校にもクラスにも慣れてきていたが、入学早々休みがちにしている女子とは、さすがに蒼衣も親交はない。

しかし蒼衣は、どうにも人の言うことを拒否したり見捨てたりするのが苦手な性質で、そんな見ず知らず同然の女の子の家を訪ねろという担任の頼みを断ることができなかった。それにしたところで、他にもっと適任がいそうなものだが、それでも蒼衣に白羽の矢が立ったのは単に蒼衣が暇そうな帰宅部だったというのが最大の理由で、それは事実ではあるし、まあ分からなくもない理由だったので、蒼衣は初対面に近いクラスメイトの家を訪ねて、こうしてやって来たというわけだった。

学校の最寄り駅まで歩いて、電車で二駅。蒼衣の家の最寄り駅。

最寄り駅こそ同じだが、その杜塚《もりづか》眞衣子《まいこ》というクラスメイトの家は、蒼衣の家とは向かう方向からして違う、ほぼ馴染《なじ》みのない場所にあった。

駅前の商店街やゲームセンターを冷やかすように歩いて、そこからほとんど来た事のない道を通って、しばし。蒼衣がメモを片手に、そのマンションに辿り着いた時には、もう日が落ちかけて、やや季節を外した夕焼けがきつく照らす、そんな時間になっていた。

「宮園《みやぞの》マンション、三階……」

マンションの前でメモを見ながら、蒼衣は呟《つぶや》いた。

エントランスもなければ管理人もいない、各戸の前までが素通しになっているこのマンションは、コンクリートの壁面の状態はもちろん造りからして見るからに古く、蒼衣の印象としてはマンションというよりも団地に近かった。

そんな、まるで人気のないマンションの中に蒼衣が入り、階段を見つけて上り始めた、その時だった。

たまたま丁度六時になって、自治体のスピーカーから音割れのひどい『夕焼け小焼け』が流れ始め、それが空気に満ちるのを聞きながら二階への踊り場にさしかかったその時——不意にそこに現れた光景は、思わず目を疑う、まさに〝悪夢〟の産物としか言いようのない、異常なものだった。

目玉を刳り抜かれた女性が、階段の上に立っていた。

「えっ」

夕闇の降りかけた、けぶるように色彩のぼけた景色。その階段の踊り場から見上げる、階段の上に、夕闇に滲《し》み出すようにして、その若い女性は立っていた。

乱れた髪。

ゆっくりとした、宙を踏むような足取り。

そして、そうやって階段を降りてくる女性の目は、抉《えぐ》り取《と》られたようにぽっかりと赤黒い空洞を晒《さら》していて、そこにかかる乱れた前髪の奥から、粘質の血液が、血の気の失《う》せた頬を涙のように伝っていた。

こつ、

と靴が。

階段を降りる。

どろ、

と血が。

空っぽになった眼窩《がんか》から、溢《あふ》れて流れる。

「————————え？」

その光景を見上げた蒼衣の口から漏れたのは、たったそれだけの声だった。

しかしたったそれだけの声が、この現実感のない停止したような異常な光景に、あまりにも致命的な楔《くさび》を打ち込んで、この光景の秩序を破壊してしまった。

女性が、蒼衣の存在に気がついた。

女性は階段を降りようとしていた足を止めると、その眼球が刳り抜かれた凄惨な顔を蒼衣の方へ向けて、残った口元に、柔らかな微笑を浮かべた。

「こんにちは」
軽く、会釈をする女性。
そして女性は、ゆっくりとそのままの姿勢で前へ傾《かし》ぐと――そのまま大きく階段に身を投げるようにして、蒼衣のいる踊り場へと向けて、真っ逆さまになって、頭から落ちて来たのだった。

「うわあああ‼」

ごっ！　ごっ！　ごっ！　と階段に頭を打ち付けながら落下して、悲鳴を上げる蒼衣の足元に、女性の躯《からだ》が叩《たた》きつけられた。重く鈍い音を立てて、女性はコンクリートの踊り場に投げ出され、壊れた人形のように、歪《いびつ》な形で転がった。
あってはならない方向に、首が向いていた。頸《くび》の皮膚が、ゴムを延ばしたような異常な曲り方をして、うつ伏せの身体《からだ》に繋《つな》がった首が天井を向いて、血で汚れた白い貌《かお》を、ごろりと蒼衣の方へ向けていた。

「…………っ！」

顔にかかった前髪の奥から、空っぽの眼窩が、虚《うつ》ろに蒼衣を見ていた。

頭蓋の中身が激しく壊れたのか、鼻と半開きの口から、恐ろしい量の血液がどろどろと流れ出して、床に染みを作り始めていた。

夕闇の中に、赤く、黒く、女性の頭部を浸して、血溜《ちだ》まりが広がってゆく。

スピーカーから流れていた『夕焼け小焼け』はすでに終わり、やはり音の割れた余韻のノイズが、耳障りに空気の中に満ちて、鼓膜と肌とを圧迫している。

まるで異次元にでも、いるかのようだった。

あまりにも現実感を失った、この光景。この世界。

しかし、

「…………う…………っ‼」


むっ、と激しい血の匂いが立ち昇り、途端に感覚が、おぞましい現実に引き戻された。

生臭い、鉄錆《てつさび》じみた匂いの混じった、つんとする空気。それを思い切り吸い込んで、胃の腑《ふ》が引っくり返るような感覚に襲われて、もはや悲鳴すら上げることもできずに、ただただ口を押さえて後ずさった。

どん、と背中がコンクリートの手摺《てすり》にぶつかり、両足の力が抜けた。

重い衝撃が胴の中に響いて、胃の中身が揺れて、一気に嘔吐《おうと》感がこみ上げて、たったいま上ってきた階段を踏み外しかけ、必死で手摺にしがみついた。

何が起こったのか、全く理解できなかった。

ただ目の前に転がった惨殺死体を前に、頭の中が真っ白になった。

夕闇に沈むようにしてそこに在る、血腥《ちなまぐさ》い光景と匂いに、意識が遠ざかる。

頭の中はパニック状態で、目の前のモノから目を逸《そ》らすこともできず、そのため蒼衣は階段の上に一人の人影が立った事に、全く気がついていなかった。


「――――あなたが、やったの？」


突如、少女の声が、頭の上から投げかけられた。

「⁉」

ぎょっ、となって蒼衣は顔を上げた。もちろん自分がやったわけではなかったが、それでもこの光景を見られた事にひどく慌てて、心臓が大きく跳ね上がった。

そしてかけられた言葉の内容が飲み込めた途端、そのとんでもない冤罪《えんざい》に、蒼衣はほとんど恐怖に近い感情を感じた。

「ち、違……！」

自分ではない、と抗弁しようと、慌てて顔を上げた蒼衣。しかしそうやって、階段の上の光景を見た瞬間に、蒼衣はこれから言おうとした言葉を全て忘れて、思わず愕然《がくぜん》とその場に立ち尽くしてしまった。

黒い少女が立っていた。

踊り場から見上げる階段の上、空の薄明かりを背にした空間の中に、漆黒の衣装を纏《まと》った少女が、空を喰う染みとなって、日食のように立っていた。

抜けるように白い肌。怖気《おぞけ》を奮うほどに整った顔立ち。

冷たく見下ろす瞳。そしてその身体を覆っているのは、無数のレースが縫い取られた、重厚可憐《かれん》な、漆黒の衣装。

――――ゴシックの衣装。

髪に結ばれたリボンと、大きく割れた長いスカートの裾で、縫い取られた黒いレースが、背景の薄明かりを透かしている。

死神が佇《たたず》むような、暗鬱で凄烈な、絵画のような光景。

見る者の魂を奪う、まさに死の擬人化のような、世界の時間が止まったような、世界が滅ぼうとしているかのような、この光景。

「…………!?」

「答えて。それはあなたの仕業？」

呆然《ぼうぜん》と見上げる蒼衣を見下ろして、少女は厳しい表情で、再び問いかけた。

その言葉と同時に、はっ、と蒼衣は我に返り、自分が恐ろしい疑いをかけられていることを思い出して、慌てて口を開いた。

「ち、違う、僕は……」

「どうかしらね？　反応は一応普通みたいだけど……」

少女は蒼衣の抗弁を最後まで聞かず、言う。

「ここに普通の人間が入れるわけがないわ。毛色の違う〈異形《いぎょう》〉かも知れない」

「…………！」

底冷えのする瞳が睨《にら》む。蒼衣はその視線に射すくめられて、それ以上の言葉を失った。

何を言われているのか、いや、そもそも何が起こっているのかも、蒼衣は理解することができていなかった。思わず視線を泳がせた蒼衣の目に入ったのは、少女の右手に握られた、赤い柄のカッターナイフと、左手首を覆う包帯だった。

包帯は手首だけでなく、左側だけまくりあげられた袖から覗く、病的に白い腕をさらに白く彩っている。カッターナイフは刃こそ出されていないものの、その金属部分は鈍く輝き、腕の包帯との不吉な関連性を、嫌でも脳裏に連想させた。

「う……」

それを見た瞬間、蒼衣は急にその少女に、明確な恐怖を感じた。

少女の持つあまりにも不吉な属性と、目の前に転がる血腥い死。それらが蒼衣の中で突然に符合して、今までの気圧《けお》されるような感覚とは全く別の、身に迫った生々しい怖《おそ》れが蒼衣の背筋を駆け上がった。

目の前の死体と、そこに現れた、死の気配を纏った少女。

そして少女の纏う異様な服装と、先ほどから向けられている、異常としか言いようのない意味不明の言動。

――――こいつの方が犯人なんじゃないのか⁉

蒼衣の中に、今更ながら強烈な疑惑が浮かび上がった。目の前にいるのは異常者かもしれない。そう思った瞬間に、蒼衣の中に、締め上げられるような緊張が走った。

異常な殺人者を前にしているかもしれないという、強烈な不安と恐怖が、みるみる蒼衣の表情を強張《こわば》らせる。冷たい汗が額に浮かんだ。自分の呼吸の音が大きく聞こえるほど、自分の頭の中と、周囲の空気が緊張に凍った。

「……………人殺……………し？」

蒼衣の口から、小さく言葉が漏れた。

その蒼衣の言葉を聞いた瞬間、少女の目が即座に鋭く細められた。

冷たい怒りを含んだような表情で、黒い少女は蒼衣の方へと、一歩踏み出す。こつ、こつ、と音を立てて、黒く光る革のブーツが、あまりにも恐ろしい静かな歩調で、コンクリートの階段を降りてきた。

怒りを押し殺した目とは対照的な、その静かな歩み。

そのアンバランスな挙動に迫り来る異常性を感じて、すぐにでも逃げ出したい衝動に駆られたが、恐怖が真綿のように心を押さえつけて身体が言うことをきかなかった。

こつ、

とその間にも、足音は最後の段に達する。

ぴしゃ、

と踊り場に広がった、眼球をくり抜かれた女性の死体から溢れ出した、赤黒くねばつく血溜まりを、少女の靴が、無慈悲に踏む。

そして。

「…………」

「…………」

恐ろしい沈黙が、踊り場を挟んだ二人の間に張り詰めた。

少女から目を離すことに恐怖を感じて、蒼衣は瞬《まばた》きすらできず、空気に張り詰める凄《すさ》まじい重圧のせいで、呼吸することさえできなかった。

凶器を携えて近づいてきた異常者と、足元に転がる惨殺死体。恐怖と緊張が張り詰めて、触れれば切れるような、息も忘れるほどのその時間は、そのまま永遠に続くかと思えたが、しかし突如として、全く別の人物の乱入によって破られた。

「ゆ、雪乃さん！　大丈夫ですか⁉」

階段の下から、ひどく慌てた女の子の声が響いた。

「……!?」

「颯姫《さつき》ちゃん。手遅れだったわ。上がってこない方がいい」

闖入者《ちんにゆう》に驚く蒼衣をよそに、黒い少女は、階下に現れた女の子にちらと目を向けて、階段を上りかけたその行動を制止した。

「そ、そうですか……」

颯姫と呼ばれた女の子は、怯《ひる》みとも悲しみともつかない微妙な表情をして、階段に足をかけたところで動きを止めた。女の子は中学生くらいに見え、キュロットスカートにジャケットを着て、短めの髪に差し込まれた幾つものカラフルなヘアピンが目立っているが、目の前にいる少女とは違った、どこにでもいそうな女の子だった。

女の子は、蒼衣を見て小さく叫んだ。

「あ！　あ！　この人！」

「知ってるの？」

蒼衣を指差す女の子に、黒い少女が油断のない様子で蒼衣を見ながら訊《たず》ねた。

指差された蒼衣には、その女の子に見覚えはない。なので指をさされる謂《いわ》れはない。その事実に混乱していると、女の子はここまで駆けつけてきたことによって乱れた息が整い切らないまま、それでもどうにか言葉を先に続けて言った。

「こ、この人、私の〈蟲《むし》〉の中に入ってきたんです。さっき！」

「！」

それを聞いた途端、黒い少女が、強く眉を寄せた。

「……〈食害〉の中に？　記憶も食われずに？」

「は、はい！」

蒼衣にとっては、意味不明の会話だ。しかしその間にも、黒い少女の視線は、蒼衣に固定されたまま、みるみる険しさが強くなってゆく。

「………こいつが入ってきた時に、どうして連絡くれなかったの？」

黒い少女は、女の子に問う。

「変わったことがあったら、電話するように言ったわよね？」

「ご、ごめんなさい。携帯がわからなくなっちゃったんです。だから忘れないうちに知らせなきゃって、急いで、ここまで……」

「そう」

縮こまって謝る女の子。黒い少女はそれだけ聞くと、そこでその話題を打ち切った。

そして鋭く、眼《め》を細める。

「決まり……かしら？」

言いながら、少女はカッターナイフを持った方の手で、左手首の包帯を摑《つか》む。

「……！」

それが何をしようとしている動作なのかは皆目解らなかったが、とにかく自分がこの少女によって、足元にある死体の犯人にされようとしていることだけは辛《かろ》うじて理解できた。

それから、何かの危害を加えられようとしていることも。なんでだよ。冗談じゃない。否定しなければ。しかしそんな抗弁をしたところで無駄なのではないかとも半ば思いつつ、それでも蒼衣は、言わずにはいられない。

「ち、違う！　僕は関係ない！」

蒼衣は叫ぶ。

足元には死体。しかし違う。こんな恐ろしいことが、自分にできるわけがない。

そんな疑いをかけられることさえ、とてつもなく恐ろしい。できるなら一秒でも早く、ここから逃げ出したい。血の匂いの満ちる階段の踊り場から。蒼衣の愛する〝普通〟とは全くかけ離れた、この場所から。

しかし、と言うよりも予想通り、黒い少女は蒼衣の言葉を無視して足を踏み出し、再び蒼衣へと近づいた。血溜まりを踏む音。蒼衣を見据えたまま、もはや一切の言葉も発さずに、一歩、二歩と進んで、程なく少女は、蒼衣の目の前に立つ。

「…………………」

そして――――少女は、蒼衣を見上げ、ぴたりと動きを止めた。

居合い抜きの剣士が、敵を間合いに収めたかのように。空気が止まる。蒼衣の目の前で、少女の髪を束ねる黒いレースのリボンが揺れる。

孕《はら》む緊張。蒼衣はあたかも、空気のなくなった場所で声を出そうとしているかのように、喘《あえ》ぐようにして、言葉を続けようとした。

「……ぼ、僕は……」

だが次の瞬間だった。

蒼衣はいま行われている会話とは全く別の理由で、思わず言葉を途切れさせて、そして大きく、目を見開いた。

ずる、

と立ち上がったのだ。

少女を見る蒼衣の視野の隅に、引きずるようにして、一人の人影が。

深く俯《うつむ》くように首を曲げて、だらりと髪を垂らした、その〝影〟。それは視界の中にある夕闇の隅の、黒い少女の肩越しの背後に、一切の音も気配もさせることなしに、まるで影絵のように立ち上がった。

「…………!?」

顔を覆うように垂れ下がった髪から、いくつもの血の玉が、雨のように落ちた。

その人影は――――間違いなく死んでいたはずの、あの目玉を抉り出された女性だった。

そして蒼衣は見た。今まで衝撃的な〝貌〟に気を取られ、ろくに見ていなかったその女性の両手を。その血まみれの右手には、血の絡みついた鋭い鋏《はさみ》を握り、そして血と脂にぬめる左手には、二つの抉り出された眼球を胡桃のように握っていた。

そして。

しょきっ、

鋭い鋏の切っ先が、聞こえないほどの微かな音を立てて、咬《か》み合わされた。

そして次の瞬間、女性は折れた頸で、ごろりと頭を、顔を上げ――――まるで顔面が壊れたかのように凄まじい、満面の笑みを血みどろの顔に浮かべて、右手に握った鋏を、大きく頭上に振り上げた。

「――――危ないっ!?」

「!!」

思わず叫んだ。その蒼衣の声に、反射的に身を翻した少女。その髪を、鋏の切っ先がかすめて、そのまま少女は女性に体当たりされるようにして、踊り場へと突き倒された。

「きゃあ！」

「うわあ!!」

少女に続いて、蒼衣も悲鳴を上げた。少女を突き倒したその女性は、あろうことか鋏を振りかざして、少女には目もくれず、真っ直《まっす》ぐに蒼衣に向かって掴みかかってきたのだ。

顔を庇《かば》い、反射的に腕を突き出して、鋏を持った女性の腕を押さえた。瞬間、腕にかかった強烈な負荷と共に、蒼衣の目へと向けて突き出された鋏の切っ先が、目の前で、本当に目の前で、顔に突き刺さりそうになる寸前で、ぴたりと止まった。

「…………………っ!?」

悪寒と共に、ぶわ、と恐ろしい量の冷や汗が全身から噴き出した。

しかしその脅威を頭が理解する暇もなく、鋏はそのまま恐ろしい力で蒼衣に向かって押し込まれ、蒼衣は必死になって両手で女性の腕を押し返そうとしたが、腕が震えるほど全霊の力を込めても、女性の片手の力を押さえきることができなかった。

「…………………………………………!!」

踊り場の手摺に押さえ込まれ、震える鋏の切っ先が、左目へ。

先端が目に近づきすぎて、左の視界いっぱいになった鋏の像がぼやけ、滲み、そしてその後ろにあるのは、蒼衣の顔を覗き込んでいる、眼球のない血まみれの女性の、凄まじいとしか言いようのない、満面の笑顔。

その口元が、微かに開いた。

途端に口からいっぱいの血が流れ出し、みるみる顎を染め上げて、ただでさえ血で汚れた上着を、さらに赤黒く染め始めた。

そして女性は、笑みの形に歪《ゆが》めた口から血を流し続けながら、言葉を発した。

「……罪《ツミ》ヲ……」

そのかすれるような声が真っ赤な口から漏れると同時に、ごぼ、と口から空気が漏れ、泡が噴き出した。

「罪……罪……罪ヲ……」

血泡を垂れ流しながら、女性の口から呟きが漏れる。

「罪、罪……罪ヲ……罪、罪、罪、罪、罪ヲ、罪ヲ、罪ヲ、罪を、罪ヲ、罪ヲ、罪ヲ、罪ヲ、罪ヲ、罪ヲ、罪、罪、罪、罪罪罪罪罪罪罪罪罪罪罪罪罪罪罪罪罪ツミ罪罪罪罪罪罪罪罪罪罪

罪罪罪罪罪罪罪罪罪罪罪罪罪罪罪罪罪罪つみ罪罪つみ罪罪つみ罪罪罪罪罪罪罪ツミ罪罪罪ツミ罪つみツミツミツミ罪ツみツミツミツミつみツミつミつみ罪ツミつみツみツミつみツミつみつみツミつみツミツミ……!!」

「うわああああっ!!」

恐ろしいうわごとが目の前に迫り、耳に流れ込んできて、恐ろしい悲鳴をあげる蒼衣。恐怖にかられ、今まで以上に必死になって女性を押し返そうとしたが、鋏と共に血に濡《ぬ》れた女性の手は、強い力が掛かるほどにぬめる。ずっ、ずずっ、とすべり、蒼衣の手が押し開かれる。鋏を握った手が迫る。鋏の先端が、左の眼球の表面に触れる。

「んんっ！」

眼球を引っかいた。刺すような痛み。

「う……わああああああああっ!!」

しかし恐怖が、目蓋を閉じる事を許さない。凄まじい恐怖と痛みに、蒼衣は必死で女性の冷たい手を押さえながら、身動きもできず、ただ絶叫した。

その時だった。

狂ったうわごとと、自分の悲鳴でいっぱいになっていた自分の耳に、小さく、低く、しかしはっきりと、怒りに満ちた声が聞こえた。

「…………この……っ！」

黒い少女の声だった。続いて階下から聞こえる、もう一人の女の子の声。

「雪乃さん⁉」

「‼」

蒼衣はそれに構うどころではなかったが、残った右目の視界の端に、手摺に手を突いて立ち上がる黒い少女の姿が垣間見《かいまみ》えた。

コンクリートの手摺に、血溜まりに倒れた少女が掴まった、血の痕と手形。

少女はその手摺を背にして立ち上がると、殺意を込めて蒼衣たちの方を睨み、そして自分の左手に巻かれた包帯に右手の指をかけて、一気にそれを引き剝がした。

包帯を止めていたピンが弾《はじ》け飛んだ。

引きずり出した紙テープのように、白い包帯が絡んでほどけた。

包帯の中から露出した白い腕の内側には、醜い切り傷の痕が、目盛りのようにびっしりと刻まれていて。

キン、とコンクリートの床で、包帯から外れて落ちたピンが澄んだ音を立てて――――そして次に、少女の右手から、ぢぎぢぎぢぎっ、というカッターの刃が伸ばされる、不吉な音が空気に響いた。

「――――〈私の痛みよ、世界を焼け〉!!」

鋭い叫び。同時に少女は自分の腕にカッターの刃を当てると、力を込めて押し付けて、思い切り横へと引いた。薄い刃が皮膚を切り開いて、滑るように肉に入り込む。押し殺した微かな呻《うめ》きが少女の喉から漏れて、びくん、と少女の身体が痛みに痙攣《けいれん》する。そして――――

ぎゃああああああああああああああああ――――――――――っ!!

直後、猛烈な熱風が蒼衣の顔に吹きつけて、蒼衣の眼球に鋏を突き入れようとしていた女性が、突如として爆発的な炎に包まれた。一瞬で目の前が真っ赤に染まり、「うわあ！」と悲鳴を上げて顔を庇った蒼衣の目の前で、女性はガソリンでもかぶったかのような恐ろしい勢いで全身を炎上させ、獣じみた甲高い絶叫を上げて、大きく身体を仰《の》け反《ぞ》らせた。

髪の毛の燃える凄まじい臭いが空気に広がり、強烈な熱気が広くはない空間を炙《あぶ》るように荒れ狂った。凄まじい叫び声を上げて、火達磨《ひだるま》になった女性が踊り場を暴れ回り、放り出された鋏が金属音を立てて跳ね、コンクリートの床に転がった。

「…………………………っ!!」

黒い少女は松明《たいまつ》のように燃え上がる女性を睨みつけながら、額に脂汗を浮かべて、左腕を女性に向けていた。

その腕には、たったいま自らの手でつけられた傷がぱっくりと赤黒く口を開け、そこからみるみるうちに鮮血が溢れ出して、次々と筋となって白い腕を伝った。

流れる鮮血は、腕にまだ一部を絡みつかせている包帯を汚したが、途端に包帯はその場所から炭化を始め、炎を上げて燃え落ちた。そして腕から雫《しずく》となって滴り落ちた血は、コンクリートの床に落ちると、熱した鉄板に落ちたような音を立てて煙を上げ、陽炎《かげろう》に似た透明な炎を噴いて、次々と焦げ付きを穿《うが》っていった。

そして、

「――〈焼け〉！」

再び少女は低く叫び、自分の腕にカッターを滑らせた。

皮膚が切り裂かれた、再度の痛みに少女が歯を食いしばった瞬間、女性の全身を包んでいた炎が油を注がれたように火勢を増し、渦巻くように噴き上がった。

女性のシルエットがあっという間に炎に喰われ、薪のように火炎の中に呑《の》み込まれた。そして自らの背負った炎の重さに力尽きたように、ほどなく女性は膝をつき、二階へ続く階段に向けて、這《は》うようにして倒れこんだ。

女性の絶叫が炎に食い尽くされてゆくように、徐々に細くなり、消えていった。

赤い炎を上げて人間が燃えてゆく光景を、黒い少女は引《ひ》き攣《つ》ったような厳しい表情で、じっと睨み続けていた。

それは殺意や憎悪や苦痛にも見えたが、それ以上に、目の前の光景を怖れているようにも見えた。どうやったのかは分からないが、それでも少女自身がその意思で為《な》したであろうこの光景を、その少女自身がひどく怖れているように、何故《なぜ》だか蒼衣には見えたのだった。

「……っ」

だがそう見えたのも一瞬で、少女はもはや女性がぴくりとも動かないのを確認すると、燃え上がる女性から視線を外した。するとその瞬間、凄まじい勢いで女性の身体を焼いていた炎は蠟燭《ろうそく》の炎が消えるように、宙に吸い込まれるようにして、瞬きする間もなく消えてなくなってしまった。

理解不能の現象だった。

しかし黒い少女は、それらの現象にも、表面を炭のように炭化させた死体にも完全に興味を失ったように、あっさりとそれらに背を向けると、醒《さ》めた目で蒼衣を見下ろした。

その凄《すご》みに、蒼衣は思わず身を強張らせる。深まった夕闇の中、黒い少女は心のない殺し屋のように立ち、左腕から流れる血も意に介さずに、血の気の失せた凄絶な美貌で、蒼衣を見下ろしていた。

「…………」

「…………………!!」

次は自分だ。空気に残る熱と髪の毛の燃えた臭いを感じながら、蒼衣はそう思った。

呆然と見上げる。黒い少女はそんな蒼衣をしばらく見下ろしていたが、やがて手にしたカッターの刃を音を立てて収めると、静かに口を開いて声をかけた。

「……………え？」

その一瞬、何を言われたのか蒼衣には理解できなかった。蒼衣はそのまま、ぽかん、と少女の顔を見上げていたが、しばらくして自分の身を案じる言葉をかけられたのだと気づくと、思わず呆《ほう》けたような声を漏らした。

「な………何で……」

「無事みたいね」

少女は蒼衣の疑問を無視して、にこりともせずにそう言った。

助けられたらしい。ただそれだけの事実があまりにもあり得ないことに感じられたが、それでも安堵《あんど》とはいかないまでもさすがに緊張が崩壊して、蒼衣はコンクリートの手摺に背を預けて、ずるずるとその場に座り込んだ。

「う……」

途端に鋏の先端が触れた左目が痛み、蒼衣は小さく呻いて涙の止まらない目を押さえた。少女の眉が寄せられた。そして怒ったような表情で蒼衣の前に膝をつくと、蒼衣の顔を覗き込んで、静かに言った。

「……目？　目なら診てもらった方がいいかも知れないわね」

そして階下に向かって呼びかける。

「無事？」

「颯姫ちゃん！　すぐ〈神狩屋《かがりや》〉さんに連絡して！　それから〈葬儀屋〉さんに死体の処理を頼むのと――あと〈潜有者《インキュベーター》〉か〈保持者《ホルダー》〉らしいのを、一人確保したって！」

付け加えて言う。

「それから、お医者の手配も頼んで。その〈潜有者〉かも知れない奴が、目を怪我《けが》したかも知れないから」

「あ……は、はいっ！」

階段の下から、あのもう一人の女の子の、慌てたような返事。しかし急いで駆け出そうとしたらしい女の子を、黒い少女は呼び止めて、意外に可愛《かわい》い薄桃色の携帯を取り出して、階下に向けて差し出した。

「携帯なくしたんでしょ」

「あ、わ……そ、そうでした……！」

女の子が階段を上がって来て、黒い少女から携帯を受け取る。

そして再び慌ただしく降りてゆく女の子に目をやって、少女は小さく溜息《ためいき》をついた。

「まったく……」

小さく呟く、黒い少女。その横顔に、蒼衣は涙の止まらない目を押さえたまま、半ば喘ぐような声をかけた。

「……………びょ、病院に……」

「わかってるわよ。いま頼んだから我慢して」

蒼衣の言葉に、少女は不機嫌も露《あら》わに答える。情けない泣き言にでも聞こえたのだろう。しかしいま蒼衣が言おうとしたのは、そのことではなかった。

「ち、違う、君の、腕……」

「……え?」

「君の腕の、傷の方が……」

少女はそれを聞くと、虚を突かれたように自分の腕を見下ろした。そして無数につけられた傷痕と、血を流す二つの真新しい傷から、不愉快そうに目を逸らすと、どこか言い訳するような調子で、呟くように言った。

「………これはいいの。ほっといて」

「え……?　でも……」

「うるさいわね。それより自分の身の心配をして。あなたが〝いま狙われてる〟のか、それとも〝過去に狙われていたことがある〟のかは分からないけど、どちらにせよもう普通の生活はできないわ。それともあなた、どこかの〈ロッジ〉の所属?」

拒絶か、誤魔化しか、少女は訊ねる。

「………?」

「やっぱりね。何も知らない風だもの」

わけがわからず沈黙する蒼衣に、少女は溜息をついた。そして少女は立ち上がると、蒼衣に向かって少し芝居がかった調子で言った。

「ようこそ、悪夢の満ちる〝世界の裏側〟へ。歓迎はしないわ」

少女の言葉にあるのは、毅然《きぜん》さと、ほんの微かな憐憫《れんびん》。

「あなたは不幸にも、〈神の悪夢〉に遭ってしまった。あなたがいま見たのは〝悪夢に喰われた世界〟よ。私は、あなたみたいにそれに巻き込まれた人を助けるための集まりに所属してるメンバー。私たちは〈騎士団〉と呼んでるわ」

「え……」

「あなたにはこれから、私と一緒に来てもらう。そしてあなたにも、この〝世界の裏側〟の真実を知ってもらうことになる。そしてあなたは、戦わずに死ぬか、戦って死ぬか、どちらかを選ぶことになる。たぶん拒否権は……ないわ」

冷酷に、少女は言った。言葉を失って、少女を見上げる蒼衣。

それを厳しい表情で、無言で見下ろす少女。

これが――――白野蒼衣と、時槻雪乃の、最初の出逢いだった。

そしてこれが、蒼衣と雪乃と、この先に遭遇してゆく全ての悲劇との、忌まわしくも運命的な、最初の出逢いだった。

久しぶりに、あの子の夢を見た。

幼い頃によく遊んだ、幼馴染の女の子の夢――

2

†

がさ、と朝の教室に、新聞をめくる場違いな音が鳴った。

一夜明けた火曜日の、典嶺《てんりょう》高校の1―A教室。そこには家から無断で持ち出した新聞を机の上に広げ、難しい顔をして眺める、白野蒼衣の姿があった。

私立典嶺高校は、地元では進学校に分類されている学校だ。最寄り駅から歩いて五分。施設も充実。制服であるモスグリーンのブレザーも、有名デザイナーによる評判のもの。しかし肝心の校舎が古くて建てつけが悪く、通い始めて重大な瑕疵《かし》が初めて分かるという、それはそれでありがちなごく普通の学校だった。

蒼衣は今年から、この学校の生徒になった。

通い始めて、一ヶ月そこそこ。〝普通〟を信条としている蒼衣としては、まあそれなりに周囲とは上手《うま》くやっているつもりだった。

あちらこちらに古さの目立つ教室も、ようやく見慣れてきた。

そんな教室の片隅で、今朝の蒼衣は自分の席に座り、机の上に広げた新聞を、眉間に皺《しわ》を寄せて黙々と眺めていた。

「うーん……」

晴れた朝の光が、窓際にある蒼衣の席を照らしている。

そんな中で、時おり唸《うな》りながら新聞をめくる蒼衣の姿は、いつもの教室の光景からすると、明らかに浮いていた。

しかし当の教室にはまだ生徒は半分も来ておらず、そんな蒼衣をからかうような親しいクラスメイトもまだ来ていない。早朝のそれぞれの仕事に忙しい生徒は、蒼衣をいくらかの奇異の目で見ることはあっても、取り立てて注目するということもなく、それぞれ予習なり宿題なり部活動なりの自分の用事に没入するか、あるいは用事のために教室を出て行った。

「んー……」

蒼衣は照らされる新聞を片手でめくりながら、頬杖《ほおづえ》をついて、眠たげにインクの匂いがする文字を追っていた。

広げられた新聞は地方紙。蒼衣が読んでいるのは三面記事だ。

先ほどから蒼衣の目と手はずっと、そんな事件記事ばかりを往復している。蒼衣は今朝からずっと、とあるニュースを探していたのだ。

それは今朝の蒼衣の、寝不足の原因。

そして昨日クラスメイトにプリントを届けられなかった、原因でもある事件だった。

昨日のあのマンションでの事件を、蒼衣はずっと探していた。状況を見た限りでは、どう見ても猟奇殺人。それがテレビはおろか、新聞にも全くニュースになっておらず、それどころか女性の死亡や失踪記事も、それどころか少しでも関係のありそうな出来事も、朝一番に朝刊を確認したうえ学校にまで持ってきて何度もチェックしたにも関わらず、今になってもなお見つけることができていなかった。

——人が一人、死んでいるというのにだ。

昨日は不安と緊張と、その揺り返しの興奮でろくに寝られなかったのだが、結局パトカーや救急車のサイレンが街に鳴り響くこともなく、騒ぎにすらならずに夜が明けた。

きっとうっかり人を殺して、死体を埋めて逃げている犯人の心境は、昨夜から今までの蒼衣の心境と似ているのではないだろうか。とにかく昨日あった出来事も、あの見知らぬ女性の死も、まるでそんなものは存在しなかったかのように、その片鱗さえ、世間からは見出《みいだ》すことができなかった。

がさ、と蒼衣は、黙って新聞を閉じた。

あの目玉を抉られた女性の死は、完全に〝無いもの〟になっていた。

こうなることは説明されていたはずだったが、それでも実際にそうなってしまうと、犯罪の片棒をかついでしまったような、謂れのない気分にどうしても襲われる。蒼衣を襲って、そして黒い少女に謎の力で焼き殺されてしまった、あの階段の若い女性は、完全に存在を消されてしまっていた。

「…………」

あの出来事の、後。

蒼衣は、雪乃と呼ばれていた黒い少女によって、病院に連れて行かれ、そこで仲間だという人物に引き合わされた。

タクシーに乗せられて、連れて行かれた病院の待合室で、蒼衣は黒い少女たちの世話役をしているという一人の若い男性と会った。そして蒼衣はその彼から、蒼衣が遭遇したモノの正体と、それからあの焼き殺された女性も蒼衣同様、ただの被害者に過ぎないのだという、説明を受けた。

蒼衣は聞かされた。

あそこで蒼衣が出遭ったものは――――いや、それだけではなく、この世で起こる全ての怪奇現象は、〈神の悪夢〉なのだと。

そして普通に暮らしている人々は知らないが、そんな怪奇現象に遭遇して生き延びた者たちが密かに集まって、自分たちのように〈神の悪夢〉に巻き込まれてしまった人々を助けているのだと。また同時に、あの女性のように手遅れになってしまった者を、やむなく始末することで、世間から〈神の悪夢〉存在をひた隠しにしているのだと。

にわかには信じられない話だった。

自分がマンションで見たものさえなければ、何かの妄想か、宗教だと思うくらいだ。

しかしそれを説明した男性は、「すぐに信じる必要はないよ」と微笑《ほほえ》んで、そのまま蒼衣は解放された。「でも気をつけて」とだけ言って。そして蒼衣は家に帰り、夜が明けて、こうしてここにいる。ろくに眠れないまま。

だいぶ落ち着きはしたが、しかしまだ心の整理はついていなかった。

朝一番のニュースを見て、新聞を隅々まで読んで、そして朝早くに家を出て、小さな焦げ痕の他には血の一滴すらも残っていない、マンションの踊り場を自分の目で確かめに行ったくらいには。

「――――よっ！」

そんな物思いに沈んでいた蒼衣の肩が、いきなり勢いよく叩かれる。

「うわ！」

「はっはっは、おはようシラノ」

蒼衣の肩を通り過ぎざまに叩いたのは、朝っぱらから満面の笑みを浮かべた、長身大柄に黒縁眼鏡の男だった。

「……ああ、おはよう。敷島《しきしま》」

蒼衣は物思いを破られて、挨拶を返す。敷島はそれに対して、朝からテンションの高そうな笑みを返し、乱暴というか大雑把な動作で鞄を机の上に置き、その騒音で無用な注目を周りから集める。

この同級生の敷島譲《ゆずる》という男は、名前とはまるで違った、遠慮のない男だった。出席番号順で蒼衣の前の席。出会った当日にこの調子で話しかけられ、そのままなし崩し的に親しくしていた。

その無駄に大柄な敷島の横に、こちらはやや小柄な男。線の細い少年っぽい風貌に、妙に表情に乏しい眠たげな顔。蒼衣と目が合うと、特に表情を変えることなく、挨拶代わりに軽く片手を挙げて見せる。

「やあ、佐和野《さわの》」

「ん」

蒼衣の返礼に、それだけ答える。佐和野弓彦《ゆみひこ》は、敷島と小学校中学校が同じで、体格も性格も正反対に近いが、いつも一緒に通学してくる友人同士だった。

「うわ！　シラノ、何それ？」

そして一息ついた敷島が、真っ先に反応したのは、蒼衣の机の上の新聞だった。

「何で新聞？　おまえ、お父さん？」

「うるさいなあ」

苦笑しながら蒼衣は新聞を小さく畳む。

「いずれ社会の一員になる身として、社会への関心に目覚めたんだ。今日だけ」

「今日だけかよ」

適当なことを言う蒼衣に、敷島は笑う。もちろん本当の理由など言えない。蒼衣は畳んだ新聞を、鞄の中に突っ込んだ。

それで蒼衣は、この話題を終了させたつもりだった。

だが敷島は言った。

「いや、まあ、でも今日は新聞でよかったよ」

「……は？」

唐突な敷島の言葉に、蒼衣は、ぽかん、となって、思わず聞き返した。

「何？　その『よかった』って」

「お前は時々、ここで怖そうな本を読んでるからな。俺は怖いの駄目だから、そういう時はシラノに近寄らないようにしているのだ」

初めて知った。そして、どこに威張る要素があるのか、胸を張る敷島。軽く呆《あき》れた後、蒼衣は眉を寄せる。怖い本など、学校で読んだ記憶がなかったからだ。

「……読んだ憶《おぼ》えないけど。怖いのなんて」

だから蒼衣は、そのまま答えた。

「ふふん、またまた。騙《だま》されんぞ。そうやってみんな俺を騙して怖い話を読ませようとするんだ。昔から」

「昔から騙されてたんだ……」

「あとは怖い話を朗読しながら俺を追いかけたりな！」

どこか遠い所を見て主張する敷島。蒼衣は佐和野の方を見た。無表情で頷《うなず》く佐和野。きっと敷島の言っていることの、犯人の一人はこいつだろう。しかもたぶん主犯格。

「……でも本当に覚えがないんだけどなあ」

それはともかく、蒼衣はどうしても思い出せず、首を傾げた。

敷島は蒼衣を指差して、大仰な動作と口調で言った。

「まだ言うか。俺は見たんだぞ、この目で」

「そう言われても」

「お前がここで、『最悪の』とか『世にも恐ろしい』とか、そんな感じの怖そうなタイトルが書かれた本を読んでいたのを！」

「最悪の？」

「そうだ。それを見て、俺は慌てて逃げ出したのだ」

「…………」

「入学してすぐくらいの時だ。これで言い逃れはできまい」

情けない内容を得意気に語る敷島。だが蒼衣はしばし眉を寄せ、やっと思い出した。ようやく話が繋がった。

「……それ、ひょっとして『最悪のはじまり』じゃないか？　『世にも不幸せなできごと』シリーズのやつ」

「ほらみろ！　覚えがあった！」

「それ児童書だよ。映画化された。ちょっとだけコメディタッチなやつ」

「…………」

蒼衣は言う。敷島は黙った。真剣な顔で、しばらく敷島は蒼衣の目を見た。そして敷島は蒼衣の肩に手を置いて、やがて口を開いた。

「俺はお前を信じてたよ。シラノ」

「嘘つけよ！」

思わず蒼衣は叫んだ。ぼそりと佐和野が言った。

「いや、敷島は本気だ。そういうことにしておくといい。そうすれば敷島がより救いようのない、嫌な人物ということになる」

「いやいやいや、ちょっと待て！」

いつものように敷島と佐和野のやり取りが始まって、蒼衣は笑う。この少し風変わりな友達二人の馬鹿馬鹿しい会話に、蒼衣は少しだけ、重かった心が軽くなるのを感じた。これだから蒼衣は〝普通〟が好きなのだ。こうして普通と日常に埋もれて暮らすことが蒼衣の最大の望みだ。そして蒼衣にとって友達こそが、普通と日常の象徴と言ってもいい、何より大切なものだった。

と、その時だ。

「ええと……し、白野くん？」

不意に横合いから、おずおずとした女の子の声がかけられて、蒼衣は振り向いた。

「え……？　あ、ああ。杜塚さん？」

「う、うん。昨日は電話、ありがと……」

蒼衣に話しかけるには、ちょっとだけ席から離れすぎている場所に立っている女の子。眼鏡をかけて、襟元に短い三つ編みを作っているこの女の子を、蒼衣はこのとき初めて、杜塚眞衣子というクラスメイトであると完全な形で認識した。

昨日、例の事件のせいで、とうとうプリントを届けに行けなかった蒼衣は、夜のうちに連絡網を頼りに電話をかけていた。それは不慮の事情でプリントを届けに行けなくなったことを詫《わ》びるための電話だったが、そのとき電話に出たのは眞衣子本人で、この通りのおずおずとした話し方で、蒼衣からの電話に随分と驚いた様子で応対していた。

詫びる蒼衣に、眞衣子はたどたどしく、「気にしないで」と何度も言った。そして後日に改めてプリント類を届けに行くという意思を蒼衣が伝えると、それに答えて眞衣子は、「明日学校に行くつもりだから、そこで渡してくれればいい」と答えた。

ということは、蒼衣があのマンションまで出向く必要はなかったということで、それを聞いた時は思わず頭の中で真剣に担任を呪った。ともかく、それで蒼衣は再びプリントを届けに行く用事はなくなってしまったわけで、そんなわけで今日こうして、蒼衣は今までろくに面識もなかったクラスメイトと、初めて顔を合わせて言葉を交わすこととなったわけだ。

入学早々学校を休みがちにしていて、ろくに見たことがない彼女と。

今、初めて顔と名前が完全に一致した、彼女と。

「えーと、じゃあ、プリントはここに……」

蒼衣が鞄から学校のロゴが入った大きな封筒を取り出して差し出すと、眞衣子は俯き気味に手を伸ばして、それを受け取った。

「あ、ありがとう……」

「いや、ごめん。昨日ちゃんと行ければ良かったんだけど」

とりあえず、蒼衣は笑顔を作る。嘘をつく。実際にはマンションまで行った。しかし、届けられなかっただけだ。

届けられなかった理由は、もちろん言えない。

その理由を思い出すと、無理にでもここで笑顔を作っておかないと、自分がうっかりどういう顔をしてしまうか予想もつかなかった。だから応対しながら、蒼衣は意識して、笑顔を浮かべる。

眞衣子は余計に黙って俯く。

変な感じの笑いになってしまっただろうか？　だが、かといって立ち去ろうとするわけでもない眞衣子との間に妙な沈黙が生まれて、蒼衣は困った。蒼衣は話題を探した。

話題はすぐに見つかった。

「と、ところでさ、昨日なんだけど……」

そして蒼衣が、刹那迷ってから選び出した話題は、本当は昨日の電話のときに切り出そうと思いつつ、結局言い出せなかった問いだった。

「昨日、杜塚さんのマンションの辺りで、何かなかった？」

蒼衣は訊ねた。言いながら、さすがに少し緊張した。

今朝からの蒼衣の試みの、これは最後のとどめだった。あの事件はテレビにも新聞にも出ていなかったが、しかしそこに住んでいる住人ならば、さすがに何か気づいているのではないかと思ったのだ。

できるだけ軽く言ってはみたが、内心は、屋根から飛び降りるくらいに緊張していた。

答えを待つ。しかしその蒼衣の緊張を、眞衣子はあっさりと吹き散らした。困惑した表情をして、眞衣子は首を横に振ったのだ。

「え……昨日？　うちで？　……ううん？　別に、何も……」

「そっか……」

蒼衣は、思わず小さく溜息をついた。そのときに自分が感じたものが、安堵なのか失望なのか、この時の蒼衣は、自分でも正直よく分からなかった。

「そっか……杜塚さんは、何で学校休んでるの？」

質問を変えた。

続けた問いにも、杜塚は実に普通な答えを返した。

「あ……ええと、お母さんが病気で……」

「そうなんだ……」

要するに、彼女の休みの原因を、事件に求めてみたわけだ。もちろん、こちらはそれほど期待していたわけではないので、望むような回答ではなかったが、蒼衣は特に失望もせず、普通に頷いただけだった。

だが話は、蒼衣の思いもよらない方向に進んだ。

「うん、癌《がん》で……そろそろ危なくて……」

眞衣子の声が沈んだ。蒼衣は慌てる。期待どころか明らかに藪蛇《やぶへび》になった。

「あ……わ、悪い。ごめん」

謝る蒼衣。眞衣子は首を振る。

「ううん、いいの。気にしないで」

「そっか。ごめん……じゃあ、頼まれたものはちゃんと渡したから」

「う、うん……」

内心かなりの動揺をしていたが、それでもこれで話の区切りにはなった。

話が終わって、眞衣子が蒼衣の席から離れる。眞衣子はプリントの束が入った封筒を抱きしめるように持って、自分の席へと戻っていった。そんな後ろ姿を見て、蒼衣は反省してつぶやいた。

「しまったなあ……」

不可抗力ではあったが、蒼衣としては後ろめたかった。

自分の事情に固執する余り、眞衣子への配慮を欠いてしまった。

事件の事はしばらく忘れよう、と心の中で思う。これ以上、異常なことに囚《とら》われて、クラスメイトに迷惑をかけてしまったり不審に思われたりするのは、普通を愛する蒼衣にとっては本末転倒以外の何物でもない。

見回せば、いつの間にか教室には生徒たちの数が増えている。

友人と一緒だと時間の進みが早い。敷島が来る前はずいぶん早い時間だった気がするが、黒板上の時計が指している時間はもうＨＲ間近だった。

教室のざわめきが、蒼衣を包んだ。

蒼衣はそれを吸い込むように深呼吸して、目を閉じる。

「…………」

そうだ。もう忘れよう。今朝からの証拠探しは、ほとんど徒労に終わった。もうあの事件が存在するのは蒼衣の記憶の中と、そしてマンションの踊り場で見つけた、今にも消えそうなコンクリートの焦げ痕だけなのだ。

このまま何もかも忘れて、二度とあそこに近づかなければ、そのまま全てはなくなってしまうのではないかと思えた。そうだ、それがいい。蒼衣は思う。そして、丁度そのとき予鈴が鳴り、それに合わせて担任の先生が教室に入って来る。

クラスメイトの皆がぞろぞろと席につき始め、生徒たちの最後の喧騒《けんそう》と、椅子が床を擦る音が教室中に響いた。

蒼衣は教卓で出席簿を広げている中年男性に、最後に一度、軽く恨みの視線を向けた。

それから直後に、気合いを入れる要領で自分の頬を張って、気持ちを切り替える。そして蒼衣は今までの全てを一度意識から追い出して、これからの授業と学校生活へと、新たに意識を向け直した。

……そして蒼衣は。

この自分の決心が、いかに無意味なものだったか、後で知ることになる。

†

時が経《た》ち、放課後。

この日の授業を終え、すっかり日常を取り戻した気になって、帰宅の途につこうとした蒼衣が校門を出ると、いきなり背中から声をかけられた。

「――――白野君、でよかったのよね？」

「…………………!!」

自分の名前を呼んだ、その澄んだ女の声に、蒼衣の背筋は電気が走ったように伸びた。慌てて振り向いたそこには、学校の門柱の陰に、道行く人の目を引くほどに整った容貌をした、近くの公立高校の制服である、セーラー服を着た少女が一人立っていた。

「君は……！」

思わず上ずった声を上げる蒼衣。

それは忘れもしない、あの時とは服こそ違うものの、昨日マンションの前で蒼衣をタクシーに詰め込み、そのまま別れたきりの、あの〝黒い少女〟その人だった。

この、呼吸する空気そのものが我慢ならないとでも言い出しそうに引き結んだ口元と、印象的な強い目をした少女。

服装はあの時のようには目立たない、この市を歩けば普通に見られる市立一高の制服。しかしその伝統的な黒いセーラー服は、皮肉にもあのゴシックロリータと奇妙に近い印象を持っていることに、蒼衣は少女を目の前にして初めて気がついた。

「えーと」

できるだけ考えないようにしていた、しかしとても忘れられるものではない昨日の記憶から断片を掘り起こして、蒼衣は訊ねた。

「たしか……雪乃さん、だよね？」

「時槻雪乃」

問いに対して、少女はそっけなく答えた。

そしてそのやり取りをしたところで、蒼衣は不意に気がついた。

門から出て来る、下校を始めた生徒たちが、よその制服を着た、しかも途轍《とてつ》もない美少女に好奇の目を向けていることに。

もちろんそれは、一緒にいる蒼衣にとっても同じことで——その非日常な注目に蒼衣はすっかり慌て、早くこの場から逃れたくて、急いで元凶である少女に訊ねた。

「な、何の用で、こんなとこに？」

上ずった蒼衣の、その問い。対して少女は、冷静に答えた。

「あなたを迎えに来たわ」

「…………え？」

蒼衣の間抜けな、その疑問符を。

学校の門の前で、夕刻に差し掛かった時間に吹く風が、静かに吹き流していった。

二章　傷を持った騎士

勇壮なる喇叭《らっぱ》と共に騎士たちが城を出た。

喇叭を吹く者は目隠しをした片腕の天使。

燃え溶け崩れる世界から無辜《むこ》の民衆を救わんがために出発した騎士たちは、みな傷を負っている。腕のない騎士。足のない騎士。目を失った騎士。顔を失った騎士。全ての指をなくした騎士が口に剣をくわえ、火傷《やけど》に覆われた騎士が燃え盛る松明を掲げる。肉の腐り落ちた騎士が毒の鏃《やじり》を携え、子の亡骸《なきがら》を背負った騎士が血染めの旗を振っている。

嗚呼《ああ》。だが。民衆は騎士たちの姿を見ることはなかった。

民衆は喇叭の音を聞くこともなく、世界が燃え溶けている様も見えてはいなかった。

燃える地へ戦いへと赴く騎士たちはみな、かつては騎士ではなかった。喇叭の音を聞くことのない者たちであった。彼らは崩れる世界の中で傷を負った時、はじめて天使の吹き鳴らす喇叭の音を聞いたのだ。

私家訳版『マリシャス・テイル』第二章

1

そこは蒼衣もよく知る、学校の最寄り駅の近く。

よく知る駅前の大通り。しかしそこから少し外れた場所にある、入ったことのない小さな古い通りに、その建物は建っていた。

都市開発から取り残されたような、瓦屋根の家が並んでいる一角。雪乃の先導によって連れて来られた、目的地であるその建物は、その古めかしい一角を占めるのに奇妙なほどに相応《ふさわ》しい、レトロな姿をして建っていた。


『神狩屋――古物《こぶつ》・骨董《こっとう》・西洋アンティーク』


厳《いか》めしい字面の看板を掲げた、古い店舗。

どうやら古い写真館のようなものを改装したらしい、白い塗料の塗られた木造の店は、喫茶店にでもすればいい雰囲気が出そうな、店自体がアンティークといってもいい、昭和初期の風情がただよう建物だった。

雪乃は蒼衣の方を見もせずに、ただその店を示して、言った。

「ここよ」

「ここは……何？」

校門前で同じ学校の生徒に注目される状況に耐えられず、そして一緒に来て欲しいという頼みを断れず、ついて来てしまった蒼衣。学校からここまで十五分ほど。これが校門前のやり取り以降、初めて交わした会話だった。

どう考えても、一番最初に聞いておくべきことだった。

だが自分がどうなるのか、どこに連れて行かれるのかという非日常な不安よりも、学校の皆に余計な注目をされるという、目の前の〝普通〟が脅かされていることへの恐怖が、蒼衣の中では明らかに優先された。

そんな、何かがずれている蒼衣の発言に、しかし雪乃は気づいた様子もなく、今まで通りの不機嫌な表情で振り返った。

そして、

「ここは私たちの〈ロッジ〉。活動拠点みたいなものよ」

と、それはそれで正確な説明をしているのだろうが、どこか違う方面にずれた答えを、蒼衣へと返した。

「そ、そうなんだ」

どんどん普通から離れてゆく会話に、蒼衣は正直帰りたくなる。

だが雪乃の表情と昨日の記憶が、ここで帰るという選択肢が存在しないであろうということを、蒼衣にはっきりと告げていた。

仮にも駅近くだというのに、人気の全くない通りと、時代から取り残されたような建物。看板脇に開放されている入口から覗いている、明らかに薄暗い、店の中。

商品と思《おぼ》しき古い箪笥《たんす》などが垣間見えるその入口は、蒼衣にはさしずめ異界に開いた入口に見える。しかし先に立ち、すでに店の前いる雪乃が蒼衣を振り返っていて、その視線に逆らえるはずもなく、蒼衣は小さな溜息をついて、後を追った。

追いついた蒼衣を、しかし雪乃は眉根を寄せ、しげしげと眺める。

「な……何?」

「別に」

蒼衣は思わず訊《き》いたが、雪乃はたったそれだけ答えると、ふい、と元の方向を向いて、そのまま店の中へと入っていった。

そんな蒼衣たちを最初に迎えたのは、女の子の声だった。

「あ、雪乃さん！」

所狭しとガラクタ染みた物が詰め込まれた店の中で、雪乃に気づいてぱっと笑顔を浮かべたのは、昨日あのマンションで出会った、ヘアピンの女の子だった。

確か、颯姫と呼ばれていた女の子。髪に挿し込まれた大きくてカラフルなヘアピンも、昨日とは色や組み合わせが違うものの、蒼衣の記憶にあるそのままだ。

昨日はあの混乱状態だったので分からなかったが、よく見れば可愛らしい女の子だ。

感情表現がそのまま表に現れたような笑顔が、この埃《ほこり》っぽい店の中で映える。女の子は蒼衣にも目を向けると、笑顔で挨拶した。

「はじめまして！」

え、と蒼衣は言葉に詰まった。会話こそしていないものの、二人は昨日会っていて、蒼衣も昨日と同じく制服を着ているので、特に見間違えようもなく思えたからだ。

「え？　えーと………はじめまして」

「……？」

思わず戸惑いながらそう返した蒼衣を、女の子は少し不思議そうに見返す。しかしそれも一瞬のことで、すぐに店の奥の、並んだ棚の向こうに垣間見えるカウンターを指し示すと、「奥へどうぞ」と促した。

それから女の子は、傍らの雪乃へ笑いかける。

「神狩屋さんが、雪乃さんにもお話があるそうです」

「……そう」

雪乃は面倒臭そうに短く答え、それでも素直に、さっさと店の奥へ向かった。

「こっちです」

「あ……うん」

女の子はにこやかに蒼衣を案内し、ごちゃごちゃと皿やら人形やらが陳列された棚の間をすり抜けるようにして、雪乃の背中を追いかけた。これも商品の一つだろうかと思ったほど骨董品のレジスターが置かれたカウンターに近づくと、その周辺は比較的整理され、ささやかな空間が作られていた。

応接用なのか、喫茶店に置かれているような大きな丸テーブルと、それに合わせた五脚ほどの椅子が用意されている。そして、

「神狩屋さーん！」

女の子が、カウンターの奥へ呼びかけた。店の奥からは、しばらく反応がなかったが、やがてばたばたと音がすると、慌てた様子の若い男性が、カウンターの奥にあった戸を開けて店へと姿を現した。

「神狩屋さん、遅いですよ！」

「やあ、ごめん、颯姫君。うっかり本を読むのに夢中になってしまった」

奥から出てきたのは若いながらも髪に白髪の混じった、痩せて眼鏡をかけ、シャツにベストという格好の、どこかとぼけたような印象をした二十代後半の男性だった。

「あ、あなたは……」

蒼衣は思わず声を上げる。

「やあ、昨日は悪かったね。白野君」

答えて男性は、微笑んだ。

忘れもしない、昨日会ったばかりの男。彼こそが昨日病院の待合室で引き合わされ、蒼衣にあの〝事件〟についての説明をした、〈騎士団〉という集まりの世話役をしているという、鹿狩雅孝《かがりまさたか》と名乗った男性だった。

2

私たちの心の、深く深く、とても深く。

もう『私』というモノすら分からなくなるほどの遙《はる》か深くに、神様がいます。

神様は深みの寝所で、ずっと眠り続けています。

神様はずっと、夢を見続けています。

神様はあるとき、悪い夢を見ました。

神様は全知なので、この世にある全ての恐怖をいちどに夢に見てしまいました。

神様は全能なので、自分の見た悪夢を切り取って、寝所の外に捨ててしまいました。

切り取られた悪夢は大きな泡になって、深みの寝所からゆっくりと上がっていきました。

大きな泡は上へ上へと浮かびながら、二つに、四つに、八つにと分かれていきました。
泡はいくつにも分かれ、やがて数え切れないほどの小さな泡になりました。
そしてたくさんの泡は、遙かな深みから次々と浮かび上がってきます。
私たちの、心へ向けて。
神の見た、悪夢の泡が。

†

「……いいかい？　これは君の見たモノを説明するに当たっての、一つの解釈と考えてもらっていい」

昨日、蒼衣がタクシーによって連れて行かれた病院。

「この『詩』は一八〇〇年代中ほどにイギリスで書かれた、通称『マリシャス・テイル』。日本語にすると『悪意ある物語』と呼ばれている本の冒頭文なんだ」

とっくに診療時間は過ぎているはずの病院で検診が行われた後、照明が半分落とされた待合室で、その鹿狩雅孝と名乗った眼鏡の男が語ったのは、そんな『詩』の物語だった。

「この『マリシャス・テイル』という本は、原題が『人に科せられし残酷なる運命と戦うべき騎士たちの為《ため》に記す、深みより来たる大いなる泡の秘密、あるいは悪意ある物語』という非常に長い名前の自費出版本だ。内容はいま言ったような神の悪夢にまつわる幻想物語と、その不可避の災厄に対する人類への警告、そしてその恐るべき事実を書き残すという、自分の罪への懺悔《ざんげ》が綴《つづ》られている。

この本は一八〇〇年代初めに生まれた、ジョン・デルタというイギリスの童話作家が書いたいわゆる〝奇書〟の類だ。別にこの内容を君が信じる必要はないよ。現に僕も、この本に対して、いくつかの点で異論を持っているくらいだからね。作者のジョン・デルタはこの本を書いた頃、自分が十二万二千七百八十一個の平行世界に同時存在しているという妄想を発症して失踪している。この十二万あまりの平行世界に関する詳細な覚書もあったらしいんだけど、友人たちが彼の失踪に気づいて自宅に踏み込んだときには、覚書と日記は暖炉の中で燃やされた状態で見つかって、十分の一も読めない状態だったらしい。

……まあ、それは余談だから関係ないんだけど、こういう人物の書いたものだから、君が鵜《う》呑《の》みにして信じる必要はないってこと。でも信じる信じないということは置いておいて、この世界に存在する怪現象の正体について、これには一つの重要な答えが書かれているんだ。

曰く――――『この世界に存在する怪現象は、全て〈神の悪夢〉の欠片である』。

この真偽はともかくとして、君が今日見たような怪現象の類を、僕らはこの神の悪夢の泡の物語になぞらえて〈泡禍《ほうか》〉と呼んでいる。この神の悪夢の泡は、人間の意識に浮かび上がると急速にその人の持っている恐怖や悪意や狂気と混ざり合って、すぐに人間の小さな意識の器では収めきれなくなって、現実に溢れ出すと言われている。そして溢れ出した悪夢は現実世界を変質させて、悪夢を現実のものとして〈顕現〉させてしまう。

君の見たモノの正体は、つまり〝それ〟だ。その溢れ出した悪夢は、身近にある、物体、生物、精神など、ありとあらゆるものを変質させて、この現実に悪夢の物語を作り上げる。内容は〈泡〉の大きさと、そのとき〈潜有者〉となった――――つまり神の悪夢の〈泡〉が意識に浮かび上がってしまった人、その個人の抱える悪夢によって様々だ。君が見たものは、それに巻き込まれてしまった人が変質してしまった例の一つというわけだね。

それで、僕らは、過去にそんな悪夢の起こした異常現象に、巻き込まれたことのある者が集まって、互いに心の傷をケアしたり、君のように新たに〈泡禍〉に巻き込まれた人を助けたりしているボランティアの集まりみたいなものなんだ。この〈泡禍〉による怪現象は、規模の大きなものになると物凄《ものすご》く危険で、巻き込まれたら最後、関わった大半の人間が死んでしまうようなものも少なくない。しかもそういうものは後遺症もひどくて、生き残った人間の心に、傷と共に〈泡〉の欠片が残ることがある。そうなると――――思い出してしまった時に、恐怖だけでなく、現象がフラッシュバックする。

君の目の前で、雪乃君という黒い服を着た子が使って見せたのが〝それ〟だ。

彼女の〝痛み〟は火に変わる。彼女がかつて遭遇してしまった、悪夢によって引き起こされた悲惨な事件が残した欠片だ。この欠片のことを、僕らは〈神の悪夢〉という大きな物語の一部という意味で〈断章《だんしょう》〉と呼んでいる。これは不発弾のように心の中に眠っていて、彼女のように訓練してもなお、そうでないならなおさら、いつ爆発して自分や周りの人間に〈泡禍〉を与えるか分からない、非常に危険な後遺症だ。

……つまりね、まとめて言うと、この世界に生きている人間の心は、常に神の悪夢が浮かび上がってくるという危険に晒されているんだ。

心に悪夢の〈泡〉が浮かび上がってしまうと、その人を中心にして〈泡禍〉と呼ばれる常軌を逸した怪現象が起こる。その怪現象が巨大なものだった場合、巻き込まれた人間の多くは悲惨な運命を辿る。そして巻き込まれてしまった人間が生き残り、さらにひどい心の傷を負っていた場合、そのうちの一部の人間の心には、トラウマと共に後遺症として〈泡〉の欠片が残留することがある。

この欠片が、〈断章〉だ。これを持って生き残ってしまった人間を僕らは〈保持者〉と呼んでいる。つまり君が会った雪乃君や、僕のことだ。僕らは自分の出遭ってしまったこの悲惨な現象から、人々を助け出そうと活動している。つまり今は、君を、君が見たあの現象から助けようと思っているわけだ。君はどういう形かはまだ判らないけれども、すでに〈泡〉に巻き込まれている。

まあ、いきなりこんなことを言われて怪しんでるだろうけど、君が今日見てしまったモノを念頭に入れて、少し考えておいて欲しいんだ。すぐに信じる必要はない。でも、気をつけて欲しい。と言うのもね、君が巻き込まれた事件は、まだ解決していない。今この街では、『午後六時を告げる放送を聞きながら階段を降りると惨殺されるかもしれない』という、そんな悪夢の物語が出現しているんだよ……」

……………………

3

昨日、蒼衣にそんな説明をした眼鏡の男。

蒼衣は今、その神狩屋と呼ばれているらしい男の店で、ガラクタじみた商品に囲まれて、当の人物と、ささやかなお茶の席を囲んでいた。

「どうにも不精でね、あまり良《い》いものが出せなくてごめん」

「い、いえ……」

どこかとぼけたような笑顔で、カップにインスタントコーヒーを入れる神狩屋。この神狩屋という男は、自分でそう言うだけあってあまり身の回りを構いつけていないらしく、よく見れば上等そうなシャツはよれよれで、若くして白髪混じりの髪も、もう夕方だというのに寝癖が直りきっていないという有様《ありさま》をしていた。

五人がけの丸テーブルには蒼衣と神狩屋の他に、恒常的に不機嫌な表情をした少女と、カラフルなヘアピンをつけた女の子がいた。女の子の方は神狩屋を手伝って、せっせとコーヒーを席に並べている。

「……」

蒼衣は、どうして自分はこんな所まで来てしまったのだろうなどと考えながら、整えられてゆくお茶の支度をぼーっと眺めていた。ここに蒼衣を連れて来た雪乃は特に会話をする気もないらしく、テーブルに小さく頬杖をついて、そっちに何か恨みでもあるのか、あさっての方向を睨んでいる。

「………さて、と」

そうして一通りの体裁が整うと、神狩屋が改まって口を開いた。

「あらためて紹介させてもらうね。僕は鹿狩雅孝。神狩屋とみんな呼んでいるから、そう呼んでくれてもいい」

神狩屋はまず、そう言った。

テーブルに手を組んで真っ直ぐに蒼衣を見る姿は、思いのほか姿勢が良い。それはあまり今風ではない服装と相まって、まるで古い昭和を舞台にした映画の登場人物のように、ひどくこの店に馴染んだ、独特の浮世離れした雰囲気を醸し出していた。

「そしてこちらが時槻雪乃君で、この子が田上《たのうえ》颯姫君」

雰囲気に少し気後れした蒼衣に、神狩屋は穏やかな笑みを浮かべたまま、あとの二人を紹介する。紹介された颯姫が、屈託なく蒼衣に笑いかけた。

「よろしくお願いします」

「あ、う、うん。よろしく」

「……」

気後れと戸惑いを抱いたまま、蒼衣はただ答える。雪乃はあさっての方向を見るのはやめたものの、相変わらずの仏頂面で、黙ってコーヒーに口をつけただけだった。

「さて、白野君。今日は急に連れてきて済まないね」

神狩屋は穏やかな笑みを、蒼衣に向けた。

「あ、いえ……」

「……うーん、君は変わってるね。話が早いのはいいんだけど、あんまり物分かりがいいと、かえって心配になるよ。普通はもう少し話がこじれるものだから」

「はあ……」

蒼衣の返答に苦笑して、神狩屋は言う。

普通を愛し、それを自認している蒼衣としては、変わっているという評価は不本意だ。だがそれでも確かに、今の自分がしていることは奇妙だとも思う。

——何で自分は、平然とこんなところに座ってるんだ？

答えを言うなら、人の頼みが断れない性格のせいだ。

しかしそれが分かりきっていながらも、胸の中ではずっと疑問と違和感が渦巻いていた。異常な現象に遭遇し、さらにこうして異常な話を聞かされても、まるで近所のおばさんの世間話に付き合わされている時のような返答をしている。滑稽な自分。自分はどうしてここにいるのだろう？　蒼衣は心の中で、そんな風に自分に首を傾げている。そしてその脇で、話は先に進められる。

「えーと、とりあえず、話は昨日の続きになるんだけど……ええとね、白野君。君には悪いんだけど、実はこの店に入った時に、ちょっとしたテストを君にしてみたんだ」

「あ、はい…………ええ!?」

物思いのせいで危うく聞き流しそうになったが、辛うじてその言葉は耳に入り、蒼衣は思わず声を上げた。

「テストですか!?　いつの間に!?」

「ああ、気づくようなものじゃないから、驚くのも無理はないね」

驚く蒼衣に、神狩屋はただ微笑む。

「どんなテストだったかというと、念のため君が、本当に過去に〈泡禍〉に遭遇したことがあるのかというのを、もう一度調べてみたんだ。何をやったかというのは後で説明するけど、結論を言うと、君が過去〈泡禍〉に遭遇していたことは間違いなかった」

神狩屋は言う。混乱する蒼衣。

そしてそんな蒼衣に、神狩屋はさらりと、さらにとんでもない事を告げた。

「あと、それともう一つ。実は僕らは君があの〝女性〟――――つまりあのマンションで君を襲った女性が、あんな風になる原因になった、いわゆる〈潜有者〉なんじゃないかと疑っていたんだ」

「!?」

愕然とした。

「つまり君の意識に悪夢の〈泡〉が浮かび上がっていて、その〈顕現〉の結果があの〝女性〟ではないか、ってことだね」

「え……いや……僕は……！」

自分で分かるほど顔から血の気が引く蒼衣。しかし神狩屋は腕組みし、少し困ったような溜息と共に、結論を口にする。

「でも結論を言うと、これはどうやら違うらしい」

「え」

「実はこの街では、すでに数件の〈泡禍〉が起きていてね。それを調べている時に、雪乃君が君とあの〝女性〟とに出くわしたんだ。当然君が関係あるものだと予想していたんだが……雪乃君のお姉さんの見立てでは、どうやらそれは違うらしい。となると、君は偶然あの場所に居合わせただけで、〈泡禍〉には過去すでに遭遇していたということになるんだ。しかもおそらく、命に関わるほど危険なものにね。君に覚えはないかい？」

「ちょ、ちょっと待ってください！」

話の中で何度も変わる状況に混乱しながら、慌てて蒼衣は言葉を挟んだ。

「何でいきなりそんな結論に……」

もちろん蒼衣には、そんな怪現象に出くわしたなどという記憶はなかった。

「そ、それに……その言い方じゃ、まるで僕に〈断章〉とかいうものがあるってことじゃないですか⁉」

半ば椅子から腰を浮かせて、そう言う蒼衣。ぶつかったテーブルが揺れて、コーヒーカップが音を立てる。

「そんな馬鹿なこと……」

そのときの蒼衣の脳裏には、あの踊り場での、雪乃の凄惨な姿が浮かんでいた。あれと同じものが蒼衣の中にあるなど考えられなかった。あんな忘れようとしても忘れられない異常で恐ろしい光景は、どう考えても蒼衣の中にはない。

　だが神狩屋は、静かに首肯する。

「うん。もちろん、僕はそう言っているんだよ。君の中には確実に、何らかのトラウマと共に〈断章〉が眠っている。これは間違いのないことだよ」

「…………‼」

　蒼衣は絶句した。不治の病でも宣告されたような衝撃に、一瞬だが息が止まった。

「そんな……」

「覚えがないみたいだね。じゃあきっと、少なくとも小学生以前の古い出来事で、しかも自分の心を守るために無意識に記憶を封じているね」

　神狩屋は、同情するような口調で、そう断定した。

「そ、そんなわけが……」

「残念だけど君が例のマンションにいて、しかもこの店に何の問題もなく入って来れたということは、ほぼ間違いなくそれで確定なんだ」

　喘ぐように抗弁する蒼衣。だが蒼衣の抵抗を、ゆっくりと首を横に振って、無情に否定する神狩屋。

「なぜならあのマンションにも、それからこの店にも、実はこの颯姫君の〈断章〉が働いていたんだよ」

「!?」

蒼衣は反射的に颯姫を見る。颯姫は少し困ったような表情をして、何も言わずに、ただ蒼衣を見返す。

「彼女は〈食害〉と呼ばれている〈断章〉の〈保持者〉で、記憶を食い荒らす蟲を発生させるという〈効果《エフェクト》〉を持っている。普通の人間がこの蟲の効果圏に入ると、特定の記憶が失われるんだ。この場合はマンションと、この店のことになるね。目的地や、あるいは目の前にある建物の記憶がそっくり失われるから、普通の人は自分がどこに向かおうとしているのかが分からなくなって、目的地に辿り着けなくなるんだよ。

この効果を受けないのは〈断章保持者《フラグメントホルダー》〉と〈潜有者〉、それから〈異形《デイジェネレイト》〉という三種類の人間だけなんだ。人間の意識は有限だから、大きすぎる〈神の悪夢〉は複数受け入れることができないんだよ。だから一人の人が持つことのできる〈断章〉は一つだけで、そしてこれと全く同じ理由で〈断章〉は他の悪夢に対して耐性として働く。これは精神的な影響に対して特に顕著で、颯姫君の〈効果〉は断章の〈保持者〉には全く働かない。

そして同様に、

〈異形〉……つまり悪夢によって変質してしまった、例の〝女性〟のような人。

〈潜有者〉……悪夢の〈泡〉が精神に浮かび上がってしまった人。

本当に、たったこの三種類だけなんだよ。颯姫君の〈断章効果〉である〈食害〉の中に、何の影響も受けずに入って来られる人間はね」

神狩屋は言う。蒼衣は焦りのような感情にかられて、思わずテーブルに手を突き、神狩屋へと身を乗り出した。

「そ、そんなこと、信じられるわけ……！」

「残念ながら事実だよ。君は気づかなかったかい？　あのマンションも、この店の周辺も、全く人がいなかったろう」

「そんなの――――」

「証拠にならない？　じゃあ君が昨日見たものは、何だい？」

「そ、それでも――――」

「僕らの組織は、これでもそれなりに歴史が長い。経験則とノウハウは積まれている。その末の結論なんだけどね。でも信じられないなら――――仕方ないな」

神狩屋はそこで、うっすらと眼鏡の奥の目を細めた。

「颯姫君。見せてあげて」

「あ……はい」

答えて颯姫が、自分の右耳を隠している髪の毛に指を入れた。

そして少し探ると、黄色い何かをつまんで、耳の中から引っ張り出した。

それは外したイヤーウィスパーで、颯姫はそのまま髪を掻《か》き上《あ》げ、右耳を露出させる。

その直後――

耳から蜘蛛に似た小さな赤い蟲が数も分からないほど大量に這い出して、颯姫の首筋と肩と腕とテーブルへと溢れ出し、瞬く間に見える限りの景色を、真っ赤に蠢《うごめ》くおぞましい色彩で覆い尽くした。

…………………………

……………………

……………

4

「…………………………」

カウンターの脇に椅子を置いて、青い顔をして突っ伏す蒼衣。

あれからしばらく。それまでの話はしばし中断され、この薄暗い照明の照らす店の中には会話もなく、どこか気まずい、白けたような空気が広がっていた。

雪乃は隅に寄せた椅子の上で足を組み、無言で眉を寄せ、あさっての方向を睨んでいた。

中央にあったテーブルは脇に寄せられて、そこの床に、神狩屋がバーテンダーのような風情でモップをかけ、濡れた床を掃除している。

颯姫は、先ほど床から掃き集められたコーヒーカップの残骸を片付けに店の奥へ行ってしまい、ここにはいない。無数の〝蟲〟を前にして思わず飛び退《との》こうとした蒼衣が椅子ごとひっくり返ってしまい、その際にテーブルを巻き込んで大惨事になったため、しばらくの間こうして騒ぎと片付けが行われることになったのだ。

そして蒼衣は、カウンターに突っ伏している。突然女の子の耳の中から恐ろしい数の蟲が涌《わ》き出し、テーブルを床を覆い尽くして、目の前で足の長い赤蟻《あり》が大量に蠢くのに似た光景を見せられた蒼衣は、さすがに意志が挫《くじ》かれて、半ば貧血を起こしかけていたのだった。

渡された濡れタオルを目に当てて、蒼衣は小さく呻いた。

「大丈夫ですか……？　白野さん」

ごみを片付けて戻ってきた颯姫が、そんな蒼衣に遠慮がちに声をかけた。

「う…………ご、ごめん。大丈夫……」

答えて、蒼衣は顔を上げる。気が遠くなった経験は、生まれて初めてだった。それまでの追い詰められたような興奮から一気に血の気が引いて、そのせいかうっすらと頭が重く、気分が悪かった。

「〝あれ〟もね、普通の人には見えないんだよ。白野君」

モップを片手に立ち、神狩屋が言った。

「〝記憶を食い荒らす蟲〟。あの蟲も〈断章〉の産物だ。だから普通の人には見えない」

「…………」

蒼衣は、答える気力がない。

「これは利用すれば他人の記憶を消すことができるけど、颯姫君自身も、常にこの頭の中の蟲に記憶を食い荒らされ続けている。だから反復しない記憶はすぐに忘れてしまう。現に颯姫君は昨日君に会ったことを、今日は覚えていなかった」

その神狩屋の言葉に「え⁉」と颯姫が声を上げて、首から紐でかけていた可愛らしい手帳を取り出して、慌ててそれを開いていた。

蒼衣は、先ほどの最初の挨拶を思い出した。

全く蒼衣の事を覚えていなかった颯姫の、挨拶と表情を。

「あ……」

「覚悟しておいた方がいい。君も〝そういうもの〟を、絶対に抱えている。たまたまその爆弾が〝眠って〟いたから、存在に気づかなかっただけなんだ」

神狩屋は言う。その後ろで手帳をチェックした颯姫が、申し訳なさそうな表情をして、蒼衣に向かって手を合わせた。

「ご、ごめんなさい……忘れてしまってました。メモもしてないです。昨日お会いしてたんですね……」

「あ……いや……」

本当に済まなそうな颯姫の様子に、蒼衣はついついそう答えた。しかし正直に言うと不気味だった。あの〝蟲〟を見たことによって、彼女に触れることが躊躇《ためら》われるほどの生理的嫌悪があったが、そう感じてしまう自分が物凄く酷《ひど》い人間に思えて、どうしようもない自己嫌悪がわだかまった。

蒼衣は颯姫が正視できず、目を逸らす。

そして、これと同種のものが自分の中にあると言われた事が、実感のないままに、蒼衣を憂鬱にさせていた。

「…………」

いま説明され、また見たものが自分の中にある。

そんな覚えもなければ実感もない事実が、形のない不安となって胸の中に広がっていた。

何となく雪乃を見た。組んだ脚に頬杖をつくようにして蒼衣を見ていた雪乃と、ばったりと目が合った。

ふい、と雪乃は、すぐさま目を逸らす。

何だか不愉快そうに、その眉根がきつく寄せられる。

「雪乃君も、昨日君が見た通りの〈断章保持者〉だ」

その様子を見て、神狩屋は言った。

「もちろん僕もだ。僕らの集まりはこうして〈泡禍〉に巻き込まれて〈断章〉を心に抱えることになってしまった者ばかりで、もう百年以上互助を続けている」

「百年……」

蒼衣は呟いた。

「僕らの集まりは、一八〇〇年代後半、偶然『マリシャス・テイル』を発見した、〈泡禍〉に巻き込まれた経験のある三人のイギリス人によって作られたグループだ。彼らは〈ロッジ〉と呼ばれる活動グループを作り、その活動が広がって、日本にも二百ほどあって、つまりこの店もその〈ロッジ〉の一つというわけだ。

グループの名前は『マリシャス・テイル』の原題にちなんで〈断章騎士団《だんしょうきしだん》〉と言う。原語で〝Order of the Fragments《オーダー・オブ・ザ・フラグメンツ》〟。大袈裟《おおげさ》な名前だけど、これは最初の〈騎士団〉が『マリシャス・テイル』を〈聖典〉として、悪夢と戦う結社として作られたからだ。この時点では一種のカルトみたいなものだったんだけど、徐々にメンバーが増えていって、ノウハウが蓄積されてゆくにつれて、怪奇現象被害者による互助ボランティア組織のようになっていった。これが僕らの集まりの母体で、こうしてできた後期〈騎士団〉の理念とノウハウが、やがてヨーロッパやアメリカに広がっていって、日本にも昭和後期に持ち込まれた。

これが、僕らの集まりの歴史になる。君が不安を感じて、僕らを疑っているのも分かる。でも僕は、君に仲間になって欲しいと思ってる。僕たちなら、いつか君が抱えている爆弾が顕在化したとき、少しは助けになれると思うからね。

君の〈断章〉が現れた時に、どうすればリスクを抑えられるか、どうすれば制御しやすくなるのか、その方法を多少は教えることができる。なにせ百年以上にわたって、僕らの集まりは〈泡禍〉と〈断章〉に関するノウハウを蓄積しているわけだからね。だけども正直なところを言うと、〈泡禍〉も〈断章〉も物凄く不安定で危険なもので、今でも本当の意味では制御できていない。けれど何もないよりも遥かにマシだということは保証する。ものすごく後ろ向きな保証だけどね」

静かに言葉を重ねる、神狩屋。

「……でも、まあ、今日のところはこの辺にしておこうか」

そして神狩屋は、そこまで言うと自分を落ち着かせるように小さく息を吐いて、そう言って話を打ち切った。

「え……」

「もうだいぶ混乱させてしまっただろうからね。実は自覚のない〈保持者〉がそのまま見つかることは、かなり珍しいんだ。大抵は眠ってた〈断章〉が発現して、酷いことになってから、ようやく僕らが気づくんだよ。だからその前に見つかった君なら、理想的な形で助けられるかも知れないと思って、僕も少し焦ってしまっていた」

微笑む神狩屋。

「だから、今日はここで話はやめとく。君は緊急性もないしね。もう少しゆっくりと考えてみて欲しい」

「………はい」

とりあえず頷く蒼衣。少しだけほっとした。まず、この不安な話が終わったことに。そして今までされた話を本気で信じているわけではないが、それでもやはり、自分に緊急性はないと言われたことに。

何にせよ、この目で見た以上〝現象〟の存在は信じざるを得ない。

それでも聞いているだけで頭がおかしくなりそうな話だ。それが終わり、蒼衣は息をついて肩の荷を降ろす。

「ああ、でも最後に一つ」

「！」

だが終わったと思った話が再開されて、蒼衣は再び緊張した。

「強いてお願いしたいことが一つだけあった。聞いてくれるかな？」

「な……何です？」

警戒して蒼衣は訊き返す。対する神狩屋は、悪戯《いたずら》っぽい笑みを浮かべた。

「雪乃君の友達になってくれないかな」

神狩屋は言った。

それを聞いて、蒼衣は「え？」と一瞬言葉を失い、これまで無関心そうに頬杖をついていた雪乃が、がばっ、と勢いよく顔を上げた。

「なっ……！　何言い出すのよ神狩屋さん!?」

この少女の動揺した声を、蒼衣はこのとき初めて聞いた。

「ふざけないで！　そんなの関係ないでしょ!?」

怒っている。それは間違いないのだが、それよりも遙かに強く動揺が見てとれて、今までのこの少女の怒りが持っていた〝凄み〟が、どこかに消《き》え失《う》せていた。

微妙に紅潮している頬が、色々な意味でこの少女に急に人間味を与えていた。

そんな雪乃の怒りの声に、神狩屋はわざとらしく困ったような、どこかとぼけたような表情で言う。

「ふざけてるつもりはないんだけどなぁ……」

「余計悪いわよ！」

「みんな雪乃君を心配してるよ？　まだ高校生なのに、こんな〝活動〟にのめり込んで、普通の生活ができなくなるのは、僕らとしても本意じゃない」

「…………………………大きなお世話よ」

ようやく激昂《げきこう》と動揺を収めた雪乃は、代わりに口元を引き結んで、そっぽを向いた。

「トラウマのせいで、〝狩り〟にのめり込まないと生きていけない人は他にもいるわ。私はそれと同じよ。放っておいて」

「うーん、だからこそ僕らも、無理に君を止めたりしてないし、できないんだけど……」

神狩屋は困ったように、曖昧に笑う。

「でも僕らは、基本的には〈泡禍〉の被害者も普通の生活ができるようになるということが願いであり、目標だからね。特に雪乃君はまだ若い。後戻りがきくかもしれないのに、君は普通の生活を拒否して〝活動〟にのめり込んでる。学校にも友達を作ってないみたいだし、みんな心配してるんだよ」

「だから、それが大きなお世話だって言ってるの」

雪乃は拒絶する。頑《かたく》なな横顔。

「私は好きでやってるわ。〝普通〟なんかで、どうやって〈悪夢〉と戦うの？」

「それを言われると何も言えないんだけどね……」

「私は化け物になるの。戦うために。普通なんか要らない」

きっぱりと言い切る。神狩屋が小さく溜息をつく。

そして、その様子を見ていた蒼衣は、口を開いた。

「いいですよ。友達」

途端に、ばっ、と振り向いた雪乃に睨まれた。神狩屋も少し驚いたように蒼衣を見て、次に笑顔を浮かべた。

「本当かい？」

「ええ」

蒼衣は頷いた。人の言うことを拒否できない自分の性格のせいではなく、自分の意思でそう言っている自分に、蒼衣は自分自身で驚いていた。

今、自分はいつものように仕方なく承諾したのではなく、自分からそうしようと思った。この返答が自分の心に対して正しいことは、蒼衣は確信していた。神狩屋のお願いに、雪乃が動揺して怒り出し、はねつけたのを見た時に、蒼衣はそんな雪乃を、どうにも放っておけない気分になったのだ。

「迷惑だわ」

睨みつける雪乃。蒼衣は動じることなく、ちょっと困ったように笑いかけた。

「よろしく」

「……！」

途端に雪乃はぐっ、と何かを飲み込んだような表情になると、そのまま顔をしかめ、思い切りそっぽを向いた。

そうしていると颯姫が蒼衣のそばに立って、蒼衣に右手を差し出した。

「私もよろしくお願いします！」

「うん、よろしく」

一瞬躊躇ったあと小さな手を握って握手すると、颯姫は本当に嬉しそうに笑って、握った手を何度も上下に振った。

「白野さんの名前、メモしました。今度は忘れませんから」

「うん」

「忘れても、忘れません」

「う……うん」

蒼衣は複雑な思いで、頷く。

神狩屋は、そんな蒼衣たちの騒ぎを目を細めて見ていた。そして、蒼衣たちのやり取りが一段落すると、

「じゃあ白野君。今日はもう終わりにするけど、もしよければ最後にもう一人会って行ってくれるかい？」

そう言った。蒼衣は急な話にきょとんとなって、しかしそのまま流される形で、思わず首を縦に振った。

「あー……えーと、いいですけど……」

「そう、よかった。みんな普段からここにいるわけじゃないんだけど、僕と颯姫君と、もう一人ここに住んでる子がいるんだ」

「子？　子供ですか？」

「うん、女の子がね。是非会って行って欲しい」

神狩屋は言うと、手にしたモップを颯姫に手渡した。

そして神狩屋は、カウンターの奥にある戸を開けて、昔の店舗にありがちな住居へと続いているのだろうその奥へと、蒼衣を手招きして促した。

5

その幼い少女は、床に散らかった沢山の本の中に、ぽつんと座っていた。

規模こそ小ぢんまりしているものの、洋館と呼んでもいい古びた趣のある廊下を案内されたその部屋は、四方のどこにも窓がなく、壁という壁が本棚で埋められた、いわゆる『書庫』になっていた。

隙間なく壁を埋める、蒼衣の家にあるような安物ではない、重厚な色合いの木製の本棚。

そして一般家庭ではまず見ない、複雑な柄をした分厚い絨毯《じゅうたん》の上に、その十歳にはなっていないだろう年頃の女の子は、まるでビスクドールのようなひらひらの服を着て、床の上に座り込んでいた。

「紹介するよ。夏木夢見子《なつきゆみこ》君だ」

そう言って神狩屋が紹介する。だが女の子はそんな神狩屋の声が耳に入っていないかのように、それどころか部屋に入って来た蒼衣たちに気づいていないかのように、大きなウサギのぬいぐるみを抱きしめて、床の上に広げた絵本にただただ静かに見入っていた。あどけない横顔に、長い髪。床に大きく広がったスカート。それらの作り出す光景は、一枚の写真の題材としても十分に通用する。

だが――――

「見ての通り、彼女は〈泡禍〉のせいで心が壊れてる」

「…………」

神狩屋が言う通り、絵本を見つめる少女の横顔からは、表情や反応が欠落していた。

無心に絵本を見つめる表情は、見ているものを楽しんでいる風にも、またその他の何らかの感情を感じている風にも、とてもではないが見えなかった。

時おり絵本のページをめくる動作がなければ、等身大の人形かと見誤りそうな少女。その浮世離れした服装とも相まって、少女の存在は、一種異様な光景を、この部屋の中に作り出している。

「……彼女には、両親も親類もいなくてね」

反応に困って何も言えない蒼衣の前で、神狩屋は少女の隣にしゃがみ、その小さな頭にそっと手を置いた。

「彼女の血縁と呼べる人間は、残らず〈悪夢〉が、彼女の心と共に喰らい尽くしてしまったんだ。彼女は三年前、この市の郊外にあった彼女の自宅で救出された。僕らが〈泡禍〉の発生に気づいて、その屋敷《やしき》に乗り込んだ時には、屋敷の中は半ば溶けて融合した多数の人間に埋め尽くされていて、彼女はその正視に堪えない屋敷の子供部屋で、溶け合わさった両親に抱かれていた。それだけは原型を留《とど》めたままの母親の手が絵本をめくりながら、言葉にすらなっていない声で朗読し続けているという、悪夢的な状況でね。以来、彼女は外界の出来事に対して、ほとんど反応しない」

「………………」

神狩屋は説明しながら少女の髪を手で梳《す》く。蒼衣は何も言うことができず、無言でその光景を見つめる。

「彼女は自分からはほとんど話もしないし、食事とか以外の時は、こうやって絵本や童話を眺めて過ごしている。本当は相応の病院か施設に入るのが正しい状態なんだろうけど、〈断章〉

を持っているから、危険過ぎて普通の施設には入れられない状態だ」

穏やかだが抑揚を殺した、神狩屋の声。

「可哀想《かわいそう》なことだけど、これが〈泡禍〉の現実で……」

静かに、言葉は続く。そしてそこまで言ったところで神狩屋は、はっと顔を上げて、申し訳なさそうに言った。

「……ああっと、ごめん。この話はやめるんだったね。そうするつもりはなかったんだけれども、つい」

「いえ……」

困ったような笑いを浮かべる神狩屋に、蒼衣はそれだけ答えた。

それ以外に、答えようがなかったからだ。当の少女は、頭を撫《な》でる手にも、自分の事を話している会話にも全くの無反応で、ただウサギのぬいぐるみを抱きしめたまま、絵本に目を落としていた。

懐中時計を持ったアリスのウサギが、少女と同じ無機質な瞳で、絵本を見下ろしている。

神狩屋が、立ち上がる。

「まあ、つまり僕が何を言いたいのかというとね……もし君がよければ、雪乃君のついででいいから、この子も時々構ってあげて欲しい」

蒼衣を見つめて、神狩屋は言った。

「この子を……ですか？」

　思わず口から困惑が漏れた。話を聞く限り、そしてこうして見る限り、残念ながら素人の蒼衣には、彼女に対してできそうなことは何もなかった。

「そう。この子はほとんど外界から自分を閉ざしてしまっているけど、それでも全くというわけじゃないんだ」

　だが、神狩屋は答えて言った。

「これでも最初の頃に比べれば、回復してる。出せばちゃんと自分で食事をするし、日に何度かは僕らを認識してくれる。だから少しずつ彼女にとって刺激になる、外の世界の知り合いを増やしてるんだ。でも事情が事情だからね。誰でもいいってわけじゃないから、困っていたんだよ。できればで構わないから、雪乃君のついでに時々見に来てあげてくれないかな。僕の方ばかり頼みごとをして、悪いんだけど」

「はぁ……まあ、それくらいなら……」

「ありがとう」

　神狩屋は微笑んだ。

「たぶん君は、僕らの言ってることと、それから活動について特に疑いを持ってると思う」

　そして言う。

「だから君がその気になるまでは、できるだけそれらに関わらないでいてくれていいよ。いつか君に何かがあったときには、もちろん僕らは君の助けになろう。でもそれまでは、ただの知り合いでいい」

右手を差し出す神狩屋。

「よければ、店の方でもサービスするけど……高校生が欲しがるようなものはあんまりないかな。古物商じゃ」

「い、いえ……」

先ほどの颯姫とは違う落ち着いた握手を交わす。意味もなく恐縮する蒼衣。押されれば遠慮なく引けるのだが、逆にこうして引かれると、蒼衣は弱かった。相手の譲歩に応えなければいけない気になってくる。いつか騙される気がする。「まずいなあ」と内心で思いながら、蒼衣は頭を下げている。

そんな視界の端で、床に座る少女が不意に顔を上げた。絵本を読み終わったらしく、先ほどまで開いていた一冊を脇の山の上に積んで、ふわりと床から立ち上がると、本棚の前に立ってたどたどしい動作で別の本を探し始めた。

本棚の上の方の段に、手を伸ばす。飾りのついた靴下に包まれた脚を爪先立ちにするが、天井近くまである高い本棚の上の段には届かない。

一生懸命伸ばされた指の先にある本を、蒼衣はひょいと棚から引き出した。

蒼衣の手に移った、その重厚な童話集を少女は無表情に目で追って——そしてそのまま釣られるように向き合った時、蒼衣はその本を少女の前に差し出した。

「はい」

「…………」

無表情ながらも、きょとんとしたような様子の目が、本と蒼衣を見上げた。少女はしばらくそのまま動かず、本を間違えたかと蒼衣が不安になるくらいの時間そうしていたが、やがておずおずと手を伸ばして、本を受け取った。

ウサギと一緒に分厚い本を胸に抱きしめて、少女は目を伏せる。だが別に無視されたわけではなさそうなのは、しばらく蒼衣の前から動かないその様子から、初対面の蒼衣にも何となく察することができた。

少女が再び座り込んで本を開くまで、たっぷり二分はあった。その間ずっと黙って少女と向き合っていた自分が滑稽で、少しだけ気まずい〝間〟を誤魔化すように、蒼衣は神狩屋の方を見て困った笑いを浮かべた。

「はは……どうしようかと思いました」

「ありがとう。この子も感謝してるよ」

笑顔で神狩屋が、お礼を言った。

少女はぺたんと床の絨毯に座って、蒼衣の渡した新しい本に無心に目を落としていた。

こうして見ると、無表情さも人見知りのようで微笑ましい。しかし、そう思うと先ほどまでの話が思い出されて、複雑な気分になった。

「あの……この子もあの……〈断章〉……を？」

蒼衣は訊ねる。

「えっ？　あ……ああ、もちろん」

その突然の蒼衣の問いに虚をつかれたらしく、神狩屋は一瞬言いよどんだ後、頷いた。

「もちろんこの子も〈保持者〉だよ。この子の持っている〈断章〉は〈グランギニョルの索引ひき〉と呼ばれている」

答える。

「一種の予言の効果を持つ〈断章〉でね。大きな童話化した〈泡禍〉の兆候があると、近くの本に予言が現れるんだ。するとその本に示された童話や昔話にちなんだ〈泡禍〉が必ず発生して、付近や、あるいはこの子に関わりのある人が、それに巻き込まれる」

「童話？」

唐突な単語に、蒼衣は眉を寄せた。

「ああ、童話化というのは……〈泡禍〉は時々『童話』の形をとることがあるんだよ。意識に浮かび上がった悪夢の〈泡〉は、その人固有の記憶や悪夢や狂気と混じり合って形を変えるという概念は前に言ったことがあるよね？

これはつまり〈泡禍〉というのは、通常その人にとって固有の現象が起こるってことで、たとえば誰かを死なせてしまったことを気に病んでる人に〈泡〉が浮かぶと、その記憶や恐れと混じりあって、死なせた相手の幽霊などが現れたりすることが多いんだ。なんだけど、浮かび上がった〈泡〉が非常に大きなものだった時、あまりに多すぎる神の悪夢によって個性が希釈されてしまって、物語の『元型《アーキタイプ》』に近くなる――――らしいんだ。そんな時の〈泡禍〉が起こす現象は、何かしら『昔話』や『童話』のエピソードに似たものになる。明示的、暗示的、形はいろいろなんだけど、解釈すると全体は『童話』の形に似てくる。これは経験則上よく知られてるけど、事例そのものが多くないし、調べてる人も少ないから、よく分かっていない。白野君は、『元型』というのは、分かるかな？」

「……いえ」

訝《いぶか》しい顔を作った蒼衣を見て、神狩屋は唸った。

「えーと、『元型』というのは、ユング心理学の用語でね、日本では『元型論《げんけいろん》』とか言われてるもので、童話や昔話、あと神話などは、地理的、文化的に全く交流のない文化圏にもかかわらず、何故だか似たようなモチーフが語られていることが結構あるんだ。

例えば『三匹の子豚』のような兄弟の昔話は、何故か世界中の昔話で、末の弟が成功する話が多い。『三枚のお札』のような、三つの不思議な道具を投げて追っ手を阻む話は呪的逃走譚《たん》と呼ばれていて、世界中の神話や昔話で見られるモチーフだったりする。なのでユング心理学は、〝人類の意識には文化に関係なく無意識に共通の元型がある〟という説を唱えて、これを

『元型』と呼んでいる。つまり人間は集合無意識の中に『元型』を持っていて、人の発想は文化も人種も違う人間であっても、共通するものがあるという説だ。

これを『元型論』とか、『祖型論』とか言うんだけど――ずっと昔から伝わっている物語、つまり神話や童話や昔話は、その古さゆえに『元型』に近い物語と言えるんだね。そしてそれを元に論を組み立てると、〈神の悪夢〉は『元型』に限りなく近いか、あるいは負の『元型』の巨大な塊ではないかとも考える事ができる。だからこそ、大きな〈泡禍〉は童話に似た形の怪現象になるという理屈なんだけど――この童話に似た〈泡禍〉がどういうものかというのは、ちょっと説明が難しいな」

難しそうに眉根を寄せる。

「まあ……とにかく、この夢見子君は、そういう童話に似た形の〈泡禍〉が近辺に発生するとか、近い将来それに巻き込まれる運命にある人が近くに来たりすると、〈断章〉が発現してそれを事前に予言するんだ。〈異形〉と化した両親が異形の言葉で絵本を朗読し、それを聞き続けたという、彼女の悪夢の欠片だよ。

ゆえに彼女の〈断章〉は、フランスの恐怖残酷劇『グラン・ギニョール』から〈恐怖劇《グランギニョル》の索引ひき〉と名付けられた。彼女はまるで童話の全集の索引を引くかのように、この先起こるであろう巨大な悪夢の物語の『元型』になる童話を周囲の本から指し示すんだ」

言いながら神狩屋は、本棚に並ぶ童話集の背表紙に触れた。

「まあ……これは僕らの〝活動〟の最前線の話だから、君にはたぶん縁のない話だね」

そして神狩屋は、蒼衣に向き直ると、微笑む。

「僕は、君にはもっと普通のことを期待してるんだ。たとえば、雪乃君の友達になってくれるようにお願いした件とかね」

「え、あ、はい……」

突然水を向けられて、蒼衣はそんな返事をした。

「彼女は自分が出遭ってしまったモノの異常さに潰されそうになってて、ああすることで必死で自我を保とうとしてる。でもあれは、つらい生き方だよ。彼女にはまだ、もっと別の生き方があるはずなんだ」

「それは……そう思います」

同意して頷く蒼衣。

「うん、君にはその助けになって欲しいなあと思ってる」

神狩屋も、頷いて返した。

「とりあえず〈騎士団〉とかは置いておいて、僕が君に期待してるのはそれだという事は憶えておいて欲しい」

「はい」

それならば協力してもいい、と蒼衣は素直に思った。

蒼衣の返事に、ほっ、と小さく溜息をつく神狩屋。

「うん、よろしく頼むよ」

「はい」

頭を下げあう二人。蒼衣は安心した。最初はどうなるかと思ったが、出た結論は比較的穏当なものだった。

もちろん不安もたくさんあるが、ここに連れて来られるまでの間に考えた最悪の想像に比べれば、遥かにマシだ。丸め込まれる前段階かも知れないが、すぐさま「仲間に入れ」と強いられるようなことにならなかったのは、正直に言って助かった。

蒼衣は、胸をなでおろす。

だが、その時だった。

ふ、

と。それまで蒼衣の存在に何の反応も示さずに床に座っていた少女が、不意に猫のように顔を上げて、蒼衣を見上げた。

目が合った。

初めて。

直後、

ばたん！

と心臓を鷲掴《わしづか》みにするような重い音。

蒼衣の背後にある本棚から、誰も触っていないのに、分厚い本が床に落ちたのだった。

「…………」

不気味な沈黙が、部屋を支配した。

声すらも上がらなかった。蒼衣も神狩屋も、無表情に強張った顔で、その本棚の列から一冊だけ抜けた隙間を、恐ろしいまでの無言で見つめた。

緑色の背表紙が並んでいる童話集の列から、一冊だけが、すとん、と抜け落ちていた。もちろん自然に落ちるわけがない。その一冊は、それまで何の異常もなく、隣の本と同じように深く棚に差し込まれ、行儀良く並んでいたのだ。

にもかかわらず――落ちた。

ぽっかりと、本と本の間に、一冊分の、黒い空間が開いていた。

まるで、見えない〝何か〟が、そこから本を抜き取ったかのように。

あるいは本棚の裏にいる〝何か〟によって、その一冊が、押し出されたかのように。


「…………」


床に落ちた、童話の本。

たった一冊の、その異様な存在感。

そして呼吸の音すら聞こえない凍ったような空気の中で、その一冊にみんなが目を落とした時、それは起こった。

ぱた、

と重い表紙が誰も触れることなく開いた。

そして皆が息を呑んだ瞬間、ぺら、と風に煽《あお》られたかのように最初のページがめくれ、そしてページは見る間にぱらぱらと後を追うように次々とめくれて、徐々にその速度を速め、やがて勢いよくページが流れ始めた。

ぱらららららら……

風もない部屋の床で、音を立てて流れてゆく、本のページ。誰も触れていないのに、ページが次々と繰られているその異様な光景は、やがて不意にぴたりと、一つのページを開いたところで停止した。

そして蒼衣は見た。

その停止したページに——白い指がかかっているのを。

死人のように白い四本の指が、開いたページのさらに下のページから這い出して、下から指をかけているのを。本の中から這い出した指が、栞《しおり》のように、めくれていたページを止めているのを。

ぞ、

とおぞましい寒気が、瞬く間に皮膚を這い上がった。

白いほっそりとした指は、三人が見ている前でゆっくりと動くと、指をかけていたページを離して、ずるりと本へと引っ込んでいった。

　完全に指が見えなくなると、指の太さだけ開いていたページが重力に従って、ふわりと閉じた。そこにはもう指はおろか、蟻も存在できる隙間はない。もちろん本の中にも、そんなものが隠れる隙間はない。


「………………………」


　しん、と部屋に、嫌な沈黙が降りた。

　神狩屋は、人のよさそうな顔を強張らせ、少女は無表情のまま俯いて、自分の身体を抱きしめて震えていた。

「……済まない。白野君」

　そして神狩屋が、ぽつりと言った。

「さっきはあんな事を言ったけど、残念ながら君を関わらせないわけには、いかなくなってしまったみたいだ」

　床に落ち、開かれた本のページは、ちょうど章扉で。

　そこには、とある一つの童話の題名が、柔らかいタッチの挿絵と共に、優雅な活字で印刷されていた。

こう書かれていた。

『灰かぶり』

と。

……………………

…………………………………………

三章　灰かぶりの欠片

神は物語を語らない。神はただそこに在る。

物語を語るのは人である。人がそこにある神を仰ぎ見て、その断片を語るのだ。

全ての営みは神の顕《あらわ》れであり、あまりにも偉大で巨大で普遍であり、その全てを一望することはできない。人が見ることができるのはその小さな一片でしかなく、したがって物語ることができるのはその小さな断片でしかなく、いかなる長大な物語も小さな一編に過ぎない。全ての物語は神の断章である。

古来より幾多の詩人が、預言者が、語り手が、学者が、作家が、世界より見出した神の断章を記録し、我々はみなそれを読むことで、自分の知らない神の姿と意思に繋がる。

そうして世界と神の姿を知り、その偉大さに身を震わせる。

そうして垣間見る世界と神は、遠大で、精緻で、驚嘆すべきものだと。

世界は光り輝いていると。

私は信じていたのだ。

私家訳版『マリシャス・テイル』第十三章

1

杜塚眞衣子が、先生に呼び出され、今後の事について話し合った後。

帰宅するために一人、学校の最寄り駅まで辿り着いた時、そこで眞衣子が見たものは、白野蒼衣が一高の制服を着た物凄く綺麗な少女と連れ立って、駅前通りの方向へと向かっている姿だった。


「――――――!」


その光景を見た瞬間、眞衣子は駅の前で、一瞬立ち尽くした。

そして次に眞衣子がとった行動は、蒼衣に声をかけるわけでもなく、放っておくわけでもなく、そんな蒼衣と万が一にも行き会わないよう、そっと隠れるようにして、駅の中へと入ってゆくというものだった。

「………………」

そうして眞衣子は改札を通り、ホームに立つ。

ほどなくやって来た電車に乗り込んで、二駅。

蒼衣と同じ家からの最寄り駅に着いて、帰路。

しかし眞衣子は、そのまま家には帰らずに、マンションの近くにある川近くの大きな公園にとぼとぼと入って行くと、ひどく重く感じる硬貨を自動販売機に入れ、出てきた缶ジュースを手に、公園と呼ぶには舗装され過ぎているコンクリート色をした公園のベンチに、夕刻の空の下、ぽつんと一人、腰を下ろした。

——見たくなかったなあ……

そして眞衣子は、ここにきて、大きく溜息をついた。

元々覇気に乏しい表情が、ますます冴《さ》えないものになっていた。

眞衣子は少しだけ、蒼衣に片思いをしていたのだ。ここのところ学校を休みがちで、そうでなくても引っ込み思案な性格のため、ほとんど話をしたことがなかったが、それでも眞衣子は初めて見た時から、入学後しばらくして、蒼衣に密かに好意を持っていた。

きっかけは、入学後しばらくして、初めて蒼衣をまともに見た時だった。朝の始業前、その時の蒼衣は自分の席で、レモニー・スニケットの『世にも不幸せな物語』を、頬杖をついて読んでいた。

その時に初めて、眞衣子はその時は名前も覚えていなかった、白野蒼衣という同級生に興味を持った。眞衣子は童話や児童文学が何よりも好きだったが、しかしそれを読んでいる同年代の男の子というのを、今まで一度として、見たことがなかったからだ。

どんな人なんだろう？　と、眞衣子はその同級生に興味を持った。

もちろん眞衣子の性格では、用事もないのに話しかけるなどできなかったが、その時から密かに眞衣子は蒼衣の様子に注目し、その人となりを横目で見ていた。

蒼衣は決して目立つ容姿や性格をしていなかったが、それはかえって眞衣子にとっては好感が持てた。格好いい男の子というものに憧れがないわけではなかったが、お洒落《しやれ》だったりスポーツマンだったりする印象の強い男子は、実のところ眞衣子はそれ以上に、別世界の人間のように感じて怖かったからだ。

だから蒼衣の地味さは、かえって自分にとって等身大で心地よかった。

それによく見れば蒼衣は線が細く、男らしくはないものの、決して容貌は悪くなかった。

ただ蒼衣の立ち振る舞いは総じて受身で主張が薄く、また過度に目立つことを嫌っているらしく、何かの拍子に注目されたときにはすぐさまそれを誤魔化した。そして自分に関する印象が強くなるのを、巧妙に避けているふしがあった。

注目されるのが苦手な人なんだろうな、と素直に思った。

羨ましいと思った。眞衣子も注目されるのは苦手だったが、逆だったからだ。

上手く立ち回れないので、眞衣子はかえって目立つのだ。おかげでいじめられたりもしたこともある。だから素直に、蒼衣に憧れた。

ずっと、気になっていたのだ。

昨日電話があった時は、とても驚いたし、嬉しかった。

今日初めて、少しだけでも直接話ができたことは、とてもとても嬉しかった。

だが――――見てしまった。蒼衣と一緒に帰る、一高の女の子。ずっと持っていた密かな憧れと、密かな好意と、そして密かな喜びが、突然錘《おもり》に変化して、眞衣子の心を落ち込みの暗い淵《ふち》へとずぶずぶと沈めていった。


――――知りたくなかったなあ……


石材を成型した冷たいベンチの上で、眞衣子は俯く。堤防の脇に作られた、球場の観客席にも似た大きな階段がシンボルの公園は、それ自体が寒々しいオブジェのように、眞衣子の胸に寒風を吹き込んだ。

せめて知らなければ幸せでいられたのに。

せめて昨日の電話がなければ、これほど落ち込みはしなかったのに。

先生に呼び止められて話しさえしなければ、あの光景にでくわすこともなかったのに。

考えてみればどれもこれも先生が原因のように思えて、眞衣子は胸の底で先生を呪う。

「……」

もちろん八つ当たりだとは、自分でも分かっている。

だがそれでも感情がやりきれず、その恨みは全てのきっかけになった先生へと、やっぱり向いた。

本当に、知りさえしなければ、憧れたままでいられたのだ。

それだけで幸せだったのだ。見ているだけでも、夢想するだけでも。

告白しようだとか、そんなことは考えていない。とてもできないし、本当に自分のこの感情が『好き』だということなのか、自分でも確信がなかった。だが、こんなに落ち込んでいるということは、ずっと気になっていたあの感覚は、確かに恋愛感情だったのだろう。気づくのが遅かったわけだが。伸ばせば手が届きそうな気がしていた、蒼衣への憧れは、結構幸せだったのに。

届きそうなのは錯覚だったと分かって、それも終わった。

それでも好きだとか、せめて知ってほしいとか、ライバルを押しのけようとか、そういった覇気は眞衣子にはなかった。

というか、それ以前にだ。

「————美人さんだったなあ……」

眞衣子は遠目に見た光景を思い出して、小さく呟いた。

遠目でも目を引くほど綺麗な子。とても自分では敵《かな》わなかった。お似合いだ。多分。そこまで思った時、眞衣子は自分の今までの人生が思い返されて、あまり幸せなことのなかった自分を思って、少し泣けてきた。

「…………」

眞衣子はほんの少しだけの涙を指で拭って、隣に下ろしていたバッグを開けて、お昼に食べ切れなかったパンを取り出した。

途端、まばらにいた公園の鳩《はと》が、少しずつ眞衣子の辺りへと寄ってきた。

小さな頃から、眞衣子は鳩に餌をやるのが好きだった。幼い頃は家からパンを持ち出し、小学校の頃は食べきれなかった給食のパンを持ち帰り、中学校以降はわざと食べきれない余分なパンを買って、ほとんど毎日のように、眞衣子はこの公園で鳩に与え続けていた。

今日もまた昼食代から捻出して買った、安くて味気ないコッペパン。袋から出して千切って放ると、それに向かって鳩が群がり、奪い合うようにして千切って食べ始める。このそれほど自然が多いとは言えない公園に棲《す》んでいる鳩は、やはりそれほど多くはない。さらにここ数日は何故だか数が減っていたが、それでも風を叩くような羽音がして新しい鳩が加わると、日中に陽の光を吸い込んだ、暖かい鳩の羽の匂いがする。

パンの欠片ひとつを何羽《なんわ》もの鳩が一斉につつくのを、眞衣子はじっと見ている。

鳩は好きだ。平和の象徴で、無垢《むく》の象徴。

空を飛ぶ、自由の象徴。

いつでもこの場所から、飛んで逃げられるのだろう。眞衣子とは違って。

幼い頃の眞衣子は、鳩のようなつたない足取りで鳩を追いかけるのが好きで、鳩の子とか呼ばれていたらしい。

だが今の眞衣子は、例えるなら鎖に繋がれた鳩だった。

眞衣子は飛べない。逃げられない。この現実に、鎖で繋がれているのだ。


学校。

友達。

親戚。

そして母親。


そんなものに飛べないように繋がれ、逃げられないように足を切られた鳩。

飛べない鳩が、飛べる鳩たちにパンを与えている。そのパンを啄《ついば》む姿を見ながら羨ましいと感じ、自分を連れてどこかに飛び立ってくれないだろうかと、無駄なことを思う。

昔はこんなことを思いながら、餌をやったりはしなかった。

ただパンを撒《ま》き、元気に群がる鳩を見るのが好きなだけだった。

だがいつの間にか、鳩を見ながらそんなことを考えるようになっていた。それはたぶん小学校の高学年くらいになって、自分が飛べない鳩だと気がついてしまった頃だろう。

些細《ささい》な事から、学校でいじめられ始めた頃。

自分が母親から逃げられないと、気づいた頃。

生きてゆくのが、辛《つら》くなった頃。

鳩になりたかった。今のように繋がれた弱い鳩ではなく、いつでもこの場所から飛んで逃げることができる、本当に自由な鳩にだ。

足を切られた、鳩ではなく。


「…………」


手元のパンがなくなり、眞衣子はそれでも周りをうろつく鳩を眺めていたが、やがてゆっくりと鳩の群れるなか、石のベンチから立ち上がった。

そろそろ、家に帰らなければいけない。

母が待っている。

全身に転移のある末期の癌で、もはや手のつけようがなく――そのため本人の希望で家に帰っている、命が尽きるのを待つばかりの、母が。

†

鍵を回す音がやたらと響く鉄製のドアを開けて、眞衣子は言う。

「……ただいま」

答えはない。あれ？　と思った。寝室で寝ている母が返事をしないのは、別に不審なことではない。だがほとんど動けない母の世話をするために従姉が来てくれているはずで、その従姉から返事がないのは、少しばかりおかしかったからだ。

「夏恵《なつえ》お姉ちゃん……？」

眞衣子は玄関から家の中に向かって、短大を卒業して去年からデザインの学校に通い始めた従姉の名前を呼んだ。

それでも返事はない。昨日、打ち合わせに来た彼女と少し気まずい話題があって、喧嘩別《けんかわか》れのように別れたので、そのせいかとも最初は思った。

気まずくて、返事をしないのかと。

だが、だからといって、夏恵がここに来ていないという可能性は、眞衣子はこの時点では考えていなかった。

夏恵は、そういう性格ではなかったからだ。彼女は責任感が強くて思いやりもあり、昨日の口論の原因も、眞衣子を心配するあまりの彼女の言葉だった。眞衣子のことを思って、夏恵は母のことを悪く言ったのだ。それが悲しくて、腹が立って、眞衣子は思わず泣いてしまい、夏恵はそこで話を続けるのを諦めて、そのまま帰ったという経緯が昨日あった。

もちろん、もう怒ってはいない。

夏恵も怒ってなどいないだろう。なにしろ子供の頃から付き合いのある一番仲の良い身内なのだから、それくらいは理解している。

しかし台所を見て、用意していた食事の材料などが全く手付かずなのを見た時、眞衣子はその想像もしていなかった事態が起こっていることに気がついた。眞衣子は慌てて鞄を放り出し、母の寝ている寝室のドアを開けて部屋の中へと飛び込んだ。

「お母さん⁉」

飛び込んだ部屋に、母は寝ていた。

リースされた点滴台の置かれた寝室で、生気の失せた顔色の母がベッドに横たわり、そのやせ細った顔についた二つの目が、ぎょろりと眞衣子の方を見やった。

「…………眞衣…………来なかったわよ……あの子…………」

乾いた唇を動かして、その奥からかすれた声で母が言った。唸るような母親のその言葉を聞いた眞衣子はとても信じられず、ひどくショックを受けて、絶句した。

「そんな…………」

「……だから言ったのよ……あの子は嫌だって……」

時おり痰《たん》のからむ、地の底から発されるような母親の声。夏恵に対する、敵意と悪意に満ちた声。

「あの子、私のこと嫌いだもの…………きっとこういうこと……すると思ってたわ」

「…………！」

眞衣子は信じられない思いだったが、だが現実にそうであるらしい以上、それについて何も言えなかった。とにかく慌てて食事の用意を始めようと、眞衣子は台所に戻ろうとした。

「す、すぐ支度するから……！」

「……いいわよ、もう……」

そんな眞衣子に、母は意地の悪いことを言う。

「そういうわけには……」

「今日はもう疲れたわ……トイレも点滴も、自分だけでしなきゃいけなかったしね……誰も手伝ってくれないし、ずっと一人で放置よ。寂しいったらありゃしない…………」

「……ごめんなさい」

「ふん。そういう子よ、あの子は……意地の悪い子。前からずっと気に入らなかったのよ。私を放ったらかして、喜んでるに違いないわ。私を馬鹿にして、ほんとに腹が立つ…………だから、ご飯はもういいって言ってるでしょ！　どうせ美味《おい》しくもないし、もう食べる体力もないわ！」

「…………」

かすれた声で怒鳴る母。怒鳴る体力はあるのだ。母と夏恵は互いを嫌い合っていた。

夏恵は正義感が強く、母の悪いところをはっきりと言うせいだ。母はそのせいで夏恵を毛嫌いし、対する夏恵は母をひどく軽蔑していた。

その軽蔑の原因が、眞衣子に関するものだった。

眞衣子はこの母に、幼い頃からずっと虐待され続けていたのだ。

――眞衣子の左足には、無数の火傷があった。

元々ヒステリー気味の母は、眞衣子が三歳の頃に離婚して、それを機に頻繁に眞衣子を虐待するようになった。

幼い眞衣子が言うことを聞かなかったり、気に入らないことがあったりすると、母は眞衣子を激しく叩き、やがて煙草《たばこ》の火を押し付けるようになった。それもできるだけ火傷が目立たないように一ヶ所だけ、眞衣子の左足だけに、執拗《しつよう》に押し付けるという陰湿なやり方でだ。

痛みに似た強烈な熱が足の皮膚に近づいて、じゅっ、と触れて肉を焼く。

貫くような痛みに痙攣して泣き叫び、その後も続く疼痛《とうつう》に一晩中むせび泣く。

どうして母親にそんなことをされるのか解らず、小さな頃はその足が何か悪いのだと思っていた。「悪い子は」「そんな悪い子は」。何度も母はそう言った。眞衣子の目を見ずに、ただ足だけを睨みながら。

だからそんな時の怖い母の横顔を見ながら、眞衣子はその煙草を押し付けられる足が、何か悪いものなのだと思った。

そんな悪い足を、自分でもいじめた。傷つけた。

これのせいで、自分が母に嫌われるのだと思って。そんなことが無意味だと頭でも心でも気づいたのは、それこそ最近のことだ。

この事実は、まだ夏恵以外の誰にも気づかれていない。

そして眞衣子が小学生の頃、夏恵にうっかり火傷があることに気づかれて、問いつめられて虐待を告白した時から、ずっと夏恵と母との仲は最悪だ。

だが親戚は数あれど、何かを頼れるほど親しい身内は夏恵の他にはいなかった。だから仲が悪いことは承知の上で、眞衣子が学校に行くために、その間の母の世話を、眞衣子は夏恵へと頼んだのだった。

母はどうせ死ぬなら家で死にたいと希望し、唯一の家族である眞衣子に、当然のように世話を要求したからだ。

母はこの気性なので、親戚にも親しい人間は全くいない。必然的に眞衣子が世話をするのは仕方がなかったが、しかし「学校に行けない」と言った眞衣子に対して、母は「どうせ私が死んだら高校なんか行けなくなるわ。さっさと辞めればいいじゃない」と言い放った。確かにその通りかもしれなかったが、それでも学校には行きたくて、眞衣子はやむを得ず、従姉の夏恵にその間の世話を頼んだのだ。

夏恵は軽蔑している母の世話ということで大いに嫌な顔をしたが、それでも眞衣子のためという部分では、快く応じてくれた。

しかし、今日は来なかった。

そういうことをする人では、なかったのに。

とうとう昨日の口論で、眞衣子にも愛想が尽きてしまったのかも知れない。

「…………」

釈然としない、悲しい気分を抱きながら、眞衣子は食事の準備のために、台所でエプロンを身につける。

「……………と……………！　………して……………！」

寝室では、母親がもう遠くて聞き取れない、かすれた声でわめいている。

窓の外には夕闇の落ちかけたあの公園が見え、遠く、点のような鳩の姿が公園を歩き回っているのが見える。丁度そのとき自治体のスピーカーのスイッチが入り、六時を知らせる放送が鳴って、小さな鳩は夕闇の中を一斉に飛び立つ。

公園の上空を舞う、小さな影。

大きく群れとなって、弧を描く。

小さくて、雄大で、自由なその姿。

その様子を見ながら、眞衣子はあの公園の鳩たちが、童話の『灰かぶり』に出てくる鳩のように自分を助けてくれないものかと、そんな無為なことを頭の端で、だがほんの少しだけ、本気で思った。


…………………………

2

時槻雪乃のその記憶は、赤い。

赤い。何もかもが赤い。床も、壁も、気に入っていたチェック柄のドアノブカバーも、見える限り部屋の中の全てが血で染まっていた。

家のリビングが、殺戮の場に変わっていた。血は天井にまで飛び散って凄惨な模様を壁に描き出し、床の絨毯は凄まじい量の血を吸って沼地のようにぬかるみ、それだけの血を提供した人間二人の残骸が、手も足もばらばらに、子供の遊びで分解された人形のように自らの血の中に打ち捨てられていた。

転がっている切り離された頭は、父と母のもの。

その分解された人体の中に混じって、握りまで血で汚れた無数の刃物が、あまりにも生々しくおぞましいオブジェとして血まみれの床やテーブルの上に放り出されていた。

鋸《のこぎり》。

包丁。

小刀。

カッターナイフ。

果ては鋏までが本来の用途とはかけ離れた——いや、〝それ〟ができることを誰もが考えないようにしている最悪の用途に使われて、その想像する限りにおいて最も恐ろしい姿を晒して、部屋の中に転がっていた。

人間の解体に使われて。

血の中に転がる手足。芋虫のように落ちている指。

それらを切り離した、ノコギリと包丁。凄惨な光景が広がる、家のリビングルーム。

つい数時間前まで、普通に過ごしていたリビングルーム。そんな部屋の入り口で、濡れた絨毯をスリッパ越しに感じながら、学校から帰ってきた雪乃は呆然と立ち尽くしていた。目の前に広がる、恐るべき光景。しかし部屋にはそれだけではなく、正面の壁に両親の血を使って壁いっぱいに大きな魔法円のような奇怪な図形が描かれていて、そしてそれを背にするように椅子が置かれていて、そこに一人の少女が座っていた。

「……おかえり」

少女は言って、それまで読んでいた、『黒魔術』と題された本を閉じた。

そのページも、表紙も、それをめくる両の手も、周囲の光景と同じように、凄まじい血と脂で汚れていた。

「あ……お、お姉ちゃん…………？」

記憶の中の雪乃が、震える声で言った。その呼びかけに、雪乃ととてもよく似た貌をした少女——二つ年上の姉である時槻風乃《ときつきかぜの》は、彼女のトレードマークであるゴシックロリータの衣装を着て、氷の花のような微笑みを浮かべた。

「雪乃……知ってる？　火はね、純粋な〝痛み〟の精髄なの」

風乃は言った。

「あの綺麗に輝いて揺らめく炎は、純粋な〝痛み〟でできているのよ」

「火に炙られた紙が崩れて、木が黒く炭化するのは、〝痛み〟の顕現である〝火〟に触れてしまったことで、その痛みに耐えられなくなって死んでしまうから。だって火に触れれば、とても〝痛い〟でしょう？

人はその感覚を〝熱い〟と言うけれど、それは間違いだわ。あれは〝痛み〟なのよ。火という特別な存在に目が眩《くら》んで、本質を見誤っているだけ。そして人の生も〝痛み〟よ。私も、あなたも、こんなにも暖かい。私たちは生きているから、その体はとても暖かい。でもそれは、緩やかな〝痛み〟なの。生の〝痛み〟は人間の体をゆっくりと燃やして、そしてその炎は、心を焼くのよ」

「え……な、なに……？」

くすくすと、風乃は笑う。雪乃は混乱し、呆然とする。

「だけど死んでしまえば、もう痛くない」

風乃は、椅子から立ち上がる。

「お父さんもお母さんも、私と一緒に生きて、今までどれだけ痛かったのかしら？　どれだけ心が、焼けたのかしら？　どれだけ、私に触れることが熱かったのかしら？」

「…………!?」

「私が殺したお父さんとお母さんの痛みは、どのくらい強く私を焼くのかしら？」

「え……」

「私の今までの痛みは、どれくらい世界を焼くのかしら？」

「え……お姉ちゃ……」

「――私の痛みよ、世界を焼け――」

風乃は微笑んで、ポケットからマッチ箱を取り出した。

そして一本のマッチを箱から出して火をつけ、その炎を目の前にかざす。

「これは、小さな痛み」

風乃は炎を見つめて、笑う。

「この小さな痛みを火種に、私の痛みは広がって世界を焼いてゆく」

雪乃へと笑いかける。どこか目の前を見ていない、陶酔したような微笑み。

「私の痛みは、どんな色で燃えるのかしら？」

「ね、ねえ……」

「お父さんとお母さんの痛みは、どんな色で燃えるのかしら？」

「お姉ちゃん、なに言って……」

「さよなら、雪乃」

風乃がにっこりと笑った瞬間、ぽとっ、火の点《とも》ったマッチが、指先から床へと落ちた。そしてそのとき、雪乃はようやく初めて、この部屋に満ちているのが血の匂いではなく、それ以上に強い、染み込んだカーペットから立ち昇っている灯油の臭いであることを、突然はっきりと理解した。

…………………

†

神狩屋と蒼衣が、奥へと行ってしまった店内。
過去の記憶に沈んでいた雪乃の背後に、突如として、その〝気配〟が立った。
『――――索引が、開いたわ』
「……‼」
ぞくっ、と。
周囲が暗くなるような冷たい感覚と共に、その笑みを含んだような〝声〟が囁《ささや》く。

雪乃を背後から覗き込むように立つ、黒い少女の冷たい〝気配〟。そしてその〝声〟を聞いた瞬間、雪乃は店のテーブルから勢いよく立ち上がると、カウンター奥の戸を開けて、急いで店の奥へと駆け込んだ。

「————ここお願い」

「雪乃さん⁉」

背後から颯姫の声が聞こえるが、無視して走る。それどころではない。店の書庫で暮らしている少女、夏木夢見子の抱えている〈断章〉が、今まさに発現したことを、雪乃の〈断章〉が知らせたのだ。

夢見子の〈断章〉である、〈グランギニョルの索引ひき〉の発現。それは、それ自体が無視できない重大事項だ。それに〈断章〉の発現は、全てが制御されたものだとは限らない。特に夢見子のような、自我の弱い〈保持者〉は危険なのだ。

『〝予言〟かしら？　それとも、とうとう〝恐怖劇《グランギニョル》〟が暴発したのかしら？』

くすくすと笑いながら、背後の〝気配〟が囁く。

その嘲るような声も無視して、雪乃は靴を放り出すように脱ぎ捨て、薄い絨毯の敷かれた木造の廊下を、スカートを翻し、書庫へと向けて走った。

悪夢の〈断章〉は、しばしば本人の意図を外れて暴発する。これによって悲惨な最期を迎えてしまう〈保持者〉も少なくないし、そして悲惨な最期を迎えてしまうのが、〈保持者〉本人だけだとは限らない。

「……っ！」

急ぐ。夢見子は無事だろうか？

雪乃の〈断章〉が、背後から囁く。

『さあ、急いで？』

亡霊の声だ。雪乃にはその〈断章〉の一部として、三年前に死んだ、姉の亡霊が取り憑《つ》いているのだ。

一人の人間が抱えることのできる〈断章〉はたった一つだけだが、その一つの〈断章〉が、複数の〈効果〉を有する場合がある。雪乃の場合がまさにそれだ。時槻風乃の亡霊は、雪乃の背後から狂った言葉を囁く邪魔な存在であり、反面〈泡〉の気配におそろしく敏感で、誰よりも早く〈泡禍〉や〈断章〉の発現と、そしてそれが内包している本質に気がつく。

ゴシックロリータの衣装。腰よりも長く伸びた髪。

雪乃そっくりの美貌。しかしその口元に浮かぶのは、雪乃の口元には決して浮かぶことのない、世にも楽しそうな、嘲りの笑み。

その笑みが内包しているものが漏れ出しているような、深く暗い笑みを含んだ声で、風乃は言葉を囁く。それは狂った、そして雪乃をも狂わそうとしているかのような、だがそれゆえの狂った真理を含んだ、人と世界とを弄ぶような言葉。

『暴発なら、いいわねえ』

風乃は笑った。

『狂った世界は焼くしかない。あなたの憎悪の火が放てるものね。嬉しい？』

「うるさいっ！」

雪乃は低く叫ぶ。くすくす笑う風乃。

雪乃は重厚な書庫の扉に取り付き、開け放った。

「無事⁉」

「⁉」

途端、驚いたような顔が、雪乃を見返した。

部屋の中には座り込んで震える夢見子を神狩屋が抱きしめ、その脇には蒼衣が青い顔をして立ち尽くしていて――――そして気がついた時には風乃の気配は、雪乃の背後から完全に消え失せていた。

…………………………

3

再び、店のテーブルを囲む一同。

「……こいつがですか？」

雪乃は言いながら、じろりと蒼衣に目を向けた。

少しテーブルから離れて座っている蒼衣は、さすがに顔色が悪い。昨日今日でこれだけのことが起これば当然かも知れないが、それでも雪乃は同情などはしなかった。

「そう。〈グランギニョルの索引ひき〉の予言に、白野君も引っかかった」

夢見子を宥《なだ》めて、店に戻ってきた神狩屋がそう言う。

「雪乃君に出た予言と同じだよ。『灰かぶり』だ」

「……!?」

背後の棚に額をつけ、突っ伏すようにしていた蒼衣が、それを聞いて驚いた様子で、顔を雪乃の方に向ける。

「一週間くらい前に、雪乃君にも同じ予言が出たんだよ」

「君たちがあのマンションで出会ったのは偶然かも知れないが、ここから先は必然ということになるね」

「……」

蒼衣が雪乃を見る。雪乃は眉を寄せて、そっぽを向く。

「まあ予言による運命を、必然と呼ぶならば、だけど。いずれにせよ白野君と雪乃君は、間違いなくこの先に、同じ〈泡禍〉に巻き込まれることになるね。白野君には悪いけど、白野君のためにも僕らに協力してもらわなきゃいけない。〈グランギニョルの索引ひき〉の予言は、まだ一度も外したことがないからね」

「……そうね」

相変わらず話の長い神狩屋に眉を寄せながら、一応雪乃は頷く。

三年に満たない雪乃の経験の中では、夢見子の予言が出たのは数えるほどだ。だがそのいずれの場合も〈泡禍〉は確かに起こり、起こった出来事を後から繋ぎ合わせると、全て予言が指し示した『童話』の内容を彷彿《ほうふつ》とさせるものだった。

いずれ必ず『灰かぶり』は起こる。いや、それはもう、すでに起こっている。

昨日の〝眼球を抉り出した女性〟も、その一環だ。それは確認済みだ。そんな話を、昨日の夜に神狩屋としたばかりだ。

雪乃は蒼衣を見る。

これから異常事件の渦中に放り込まれるというのに、蒼衣は果たしてそれを理解しているのか、緊張感のない表情で雪乃や神狩屋を見ている。

「……私としては、こいつが原因の〈潜有者〉である可能性も捨ててないんだけど」

「雪乃君……」

小さな腹立ち交じりに言う雪乃に、神狩屋は困った声で言った。

「君のお姉さんが、昨日のあの〈泡禍〉の中で、白野君は違うと見立てたんだろう？」

「どうだか。姉さんの言うことは信用できないわ」

「……」

疑われている当人の蒼衣は話の内容について行けない様子で、きょとんとした表情で、雪乃を見返していた。

その様子が、ますます腹立たしかった。

この蒼衣という男の言動は、どうにも雪乃の調子を狂わせる。

そういう意味では雪乃の生き方に干渉してくる神狩屋も同じだったが、事情を承知している神狩屋と違って、何も知らない蒼衣には余計に腹が立った。それに雪乃は、神狩屋がその内に抱えている、おそらく日本中探しても彼ほど〈泡禍〉を憎悪している人間はいないと言われているほどの闇を知っているし、また〈断章〉という闇を共有しているため、神狩屋は決してある程度以上は雪乃に踏み込んで来ないのだ。

だが蒼衣は違った。

雪乃を安穏とした日常に触れさせようとする、その無自覚な顔。

安穏に生きるのは構わない。ただ雪乃に関わりさえしなければ。雪乃にとって〝日常〟というものは、とっくに終わってしまった、忌むべきものなのだ。

そう、終わったのだ。

元々不安定だった精神に〈泡禍〉が浮かんだ姉が、父と母を惨殺し、その三人が中にいるまま明々と燃え上がる我が家を見上げた、三年前のあの時に。

それからは、雪乃はその身を、悪夢との闘争に捧《ささ》げている。

家族も生まれ育った家も失い、この世界は悪夢と恐怖に侵略されているという、その世界の真実を知ってしまったその時から、雪乃は戦いを日常とすることを選んだのだ。

それゆえ雪乃にとっては、普通の暮らしや平穏な生活は、薄っぺらな欺瞞《ぎまん》でしかない。もう燃えてなくなった。紙のように。そしてこの世界はどこに逃げたとても、すぐに燃える紙のように、安全な場所など存在しない。

経験したものが違う。見えているものが違う。住む世界が違う。

だから触れられると気に障る。調子が狂う。相容《あいい》れない。本当に蒼衣は〈保持者〉なのだろうか？　雪乃が今まで見てきた〈騎士団〉の〈保持者〉は、皆どこか多かれ少なかれ、雪乃に理解できる影を心に抱えた人間だった。

「…………」

雪乃は眉を寄せて、蒼衣を睨む。

その様子を見ながら、神狩屋が小さく溜息をついた。

「……まあ、その話は置いておくとして」

そして神狩屋は、この件で何かを言うのを諦めたらしく、元々そのつもりであったろう話題に話を変えた。

「今は『灰かぶり』の問題だ。白野君にも知ってもらおうと思う。どうかな？」

「…………」

それ自体には異論はないので、雪乃は黙った。

神狩屋は言った。

「ええとね、白野君。いま僕や雪乃君は、『午後六時の放送を聞きながら階段を降りた者は惨殺される』という、〈泡禍〉の中心を探しているんだ」

「……それって、あのマンションであったやつのことですよね」

「うん、そう。その通り。それでね、これは〈グランギニョルの索引ひき〉の予言を受けた雪乃君が、五日前に遭遇した〈泡禍〉で——おそらくグリム童話にある、『灰かぶり』のメタファーになっているんだ」

「……？」

分からない表情をする蒼衣。神狩屋は続ける。

「えーとね、この『灰かぶり』というのは、一般には『シンデレラ』という名前で知られてる話だね。白野君も『シンデレラ』は知ってるよね？　僕らも君を守ろうと思うけど、残念ながら毎日いつでも、というわけにはいかない。だから一人でいる時には、『シンデレラ』に出てくるものや、暗示する状況は、避けるようにして欲しいんだ」

危ないものには近寄るな。おかしいと思ったら逃げろ。それは最初の頃に雪乃もされた、多少マシではあるだろうが、悪夢の〈泡〉が持つ神の強制力の前にはほとんど無意味な気休めの注意だ。

「シンデレラ、ですか？」

当然、蒼衣は当惑したように言う。

「シンデレラに出てくるものと言うと……ガラスの靴とか、かぼちゃの馬車とか？」

「うん、まあそんな感じだけど、そんなものは避けるまでもなく見当たらないよね？　そうだね、ええと、難しいと思うけど、この場合は〝暗喩〟で考えて欲しい。連想ゲームだ。これはいわゆるオカルトの象徴学とか、シンボル学も密接に関係してくる話になる」

蒼衣の疑問に、神狩屋はそう答えて言う。

「いいかい。民話や童話というのは、オカルト的に見ると、神話に次いで遙か昔から伝わる象徴形態の塊なんだ。前に言った『元型』論もそうだけど、人間の文化と無意識に、童話は極めて密接に関係しているんだ。オカルトは人の無意識を操作し、無意識のエネルギーを用いる技術という側面があるらしいんだけど、その魔術などのオカルティズムの実践者は、神話や民話を儀式に取り入れたりする。象徴を利用して、本来は自分では意識することも操作することもできない無意識に働きかけて、自分の望むように変容させるんだ。

だからオカルティストは象徴を勉強する。で、童話の形をした〈泡禍〉というのは、一説によれば、それとは逆の現象だ。無意識からの象徴が、人間の意識と、それからこの現実を強制的に変容させてしまう。だから予言に出た童話を分析すれば、どんなことが起こるか、どんな状況で起こるかの手がかりになる」

「……」

蒼衣はいつの間にか椅子の上の膝に手を置いて、神妙に話を聞いていた。

「現に雪乃君が五日前から二度遭遇した――そのうち一度は君も遭遇した〈泡禍〉は、明らかに『シンデレラ』のモチーフを髣髴《ほうふつ》とさせるものだった」

「…………え？」

しかし、そこに話が及ぶと、少し考えた後、蒼衣の眉が訝しそうに寄った。

「……シンデレラ、ですか？　〝あれ〟が？」

「うん」

頷く神狩屋。この展開を雪乃は知っていた。昨日ちょうど、その同じ話を神狩屋としたばかりなのだ。

そのとき自分も、蒼衣と同じような反応をした。

それを思い出し、雪乃は何となく面白くない思いになって、退屈げに視線を外した。

蒼衣は言う。

「あのマンションの〝あれ〟が、シンデレラ？」

神狩屋は、再度肯定した。

「そうだよ。君の経験した異常現象は、明らかに『シンデレラ』がモチーフだ」

そして、説明する。

「君が見たあの時も、その前に雪乃君が遭遇した〈泡禍〉も、どちらも夕方六時を告げる放送を聞きながら階段を降りていた時に、一度目は突如発狂した鳥によって、そして二度目は人間によって、被害者が目を抉り出されるという形で起こっている。

この状況のセッティングに、何か思うところはないかい？　シンデレラは舞踏会で、十二時の鐘を聞きながらお城の階段を駆け下りた。そしてシンデレラ自身ではないけれども、目を刳り抜かれるシーンもグリムのシンデレラにはある」

「……目？」

蒼衣が訝しげに言う。自分の知っているシンデレラの記憶を掘り返しているのだろう。それも昨日、雪乃もやった。ますます面白くなかった。

「ああ、君もグリムの『灰かぶり』は知らないみたいだね」

その蒼衣の反応に、神狩屋は頷く。

そして言う。

「今は子供向けに改変された『シンデレラ』が有名だからね。一応言っておくと、グリム童話の『灰かぶり』には、ガラスの靴も、カボチャの馬車も出てこないよ」

「……え？」

驚く蒼衣。

「ガラスの靴やカボチャの馬車は、グリムの童話集より昔に、フランスのシャルル・ペローという人が書いた灰かぶり物語、『サンドリヨンあるいは小さなガラスの靴』に出てくる道具立てなんだ。

対してグリム童話を書いた、兄ヤーコプ・グリムと弟ヴィルヘルム・グリムはドイツ人。この二人は色々な人から民話を聞き集めて、それを記録するという形で、かの有名な童話集を編《へん》纂《さん》したんだ。そして、そのグリム兄弟の収集した『灰かぶり』には、ガラスの靴もカボチャの馬車も、それらをシンデレラに与える魔法使いも出てこない。グリム童話の『灰かぶり』の筋立ては、こんな感じだ。

ある金持ちの男の妻が、病気になってこの世を去った。残された一人娘は毎日お母さんのお墓に行って泣き、お母さんの最期の言いつけ通り、いつでも気立てを良くしていた。男は春になって、新しい妻を迎えた。新しい妻には二人の連れ子がいて、その二人は美しいのは顔ばかりでとても心は醜いものだった。

連れ子とその母親は娘に粗末な服を着せ、毎日つらい仕事をさせた。そのうえ連れ子たちはいろいろなことを考えて、娘をいじめた。二人が豆を灰の中にぶちまけるので、娘は朝から晩まで灰の中に座って豆を拾い出さなければいけなかった。そして夜は灰の中で眠らなければいけなかったので、いつも灰だらけになっていた娘のことを、世間の人は皆『灰かぶり娘《アッシェンプッテル》』と呼んだ。

灰かぶりはある時、おみやげは何がいいかと訊ねる父に小枝をねだって、そのハシバミの小枝をお母さんのお墓に挿した。小枝はやがて大きくなって、立派な大木になった。灰かぶりは毎日、この木の下でお祈りをした。するとそのうち、白い小鳥が、この木にやって来るようになって、この小鳥は灰かぶりが何か欲しいものを口に出すと、何でも望み通りのものを投げ落としてくれた。

ある時、国の王様が王子の花嫁を探すために、国中の美しい娘を招待して三日間の宴《うたげ》を催した。これには連れ子の娘たちも招待された。灰かぶりは「自分も連れて行って」と継母にお願いしたけれども、継母は承知しなかった。そして「大皿いっぱいの豆を灰の中にぶちまけたから、それを時間までに拾い集めたら連れて行ってあげる」と言い放った。

灰かぶりは庭に出て、声を張り上げて言った
「家ばと、山ばと、小鳥さん。いい豆は、お鍋の中へ。悪いのは、おなかの中へ」

すると窓からたくさんの鳩や小鳥が入ってきて、灰の中から瞬く間に豆をつつき出し、良い豆を残らず鍋の中に入れて、良くない豆を食べてしまった。それで灰かぶりは、できあがった仕事を継母のところに持っていったけれども、継母は「何をしたっておまえは連れて行かれないよ」と言って、灰かぶりを置いてお城へ行ってしまった。

家に誰もいなくなると、灰かぶりはお母さんのお墓のハシバミの木の下に行って叫んだ。

「はしばみさん。こがね、しろがね、私に落としてくださいな」

そうすると白い鳥が現れ、金糸と銀糸で織られた立派な着物を投げ落とした。灰かぶりはそれを身に着けて、お城へ向かった。

王子は美しい灰かぶりをダンスの相手に選んだ。継母たちはその立派な着物を着た娘のことを、灰かぶりだとは気づかなかった。日が暮れると、灰かぶりは引き止める王子からすりぬけて家に戻り、ハシバミの木に着物を返した。王子も誰も、その美しい娘が何者なのか分からなかった。灰かぶりは次の日も、前の日よりもさらに立派な着物を小鳥に落としてもらって、お城の宴に現れて、王子は再び灰かぶりをダンスの相手に選び、日が暮れるとまた灰かぶりは逃げてしまった。

そして三日目の、宴の最後の日、王子は一計を案じてお城の階段にタールを塗らせた。この日も宴に現れ、同じように逃げ出した灰かぶりが階段を駆け下りた時、履いていた金の靴が片方くっついてしまい、置き去りになった。

王子はその小さな靴を拾い上げて言った。

「この靴を履ける娘を花嫁にする」

それを聞いて連れ子の二人は喜んだ。二人は小さな美しい足を持っていたから。

まずは姉が靴を試した。しかし爪先が入らなかった。すると継母は包丁を持ってきて、「指なんか切っておしまい。お妃《きさき》になってしまえば歩かなくてもよくなる」と言った。娘は指を切り落として足を靴に押し込み、痛いのを我慢して王子のところに行った。王子はこの娘こそ花嫁であると思って、馬に乗せてお城へ帰ろうとした。

しかし途中でお墓のわきを通った時、ハシバミの木に二羽の鳩がとまって言った。

「ちょっと見てごらん。靴に血がたまってる。ほんとの花嫁はまだ家にいる」

王子はそれを聞いて、娘を家に帰した。次に妹が靴を試したが、今度はかかとが入らなかった。継母はまた包丁を持ってきて、娘はかかとを切り落として靴に足を押し込み、痛みをこらえて王子のところに行った。王子が娘を連れて帰ろうとした時、またハシバミの鳩が同じことを言い、ばれて家に帰された。

そしてとうとう灰かぶりが呼び出され、靴を試した。灰かぶりの足は、もちろん靴にぴったたりと収まった。王子は立ち上がった灰かぶりの姿を見ると、これこそがあの美しい娘だと気がついた。継母と連れ子たちは真っ青になって怒ったが、王子は構わずに、灰かぶりをお城へ連れて帰った。

ハシバミの木を通りかかると、二羽の鳩が言った。

「ちょっと見てごらん。靴に血なんかたまってない。ほんとの花嫁を連れて行く」

そして飛び立って、灰かぶりの両肩にとまった。

いよいよ王子との婚礼が行われることになると、連れ子の二人がやって来て、灰かぶりにおべっかを使って取り入ろうとした。花嫁が教会に行く時、姉は右に、妹が左に付き添うと、両肩の鳩が二人から片方の目玉をつつき出した。式が済んだ帰り道には姉が左に、妹が右に付き添うと、二羽の鳩はめいめいからもう一つの目玉をつつき出し、二人の連れ子は一生涯目が見えなくなってしまった。


……これが、グリム童話の『灰かぶり』の筋立てだ。全然違うだろう？　実は一般に絵本などでグリム童話として知られている『シンデレラ』は、ペロー版である『サンドリヨン』を元にした話なんだ。サンドリヨンも、意味はアッシェンブッテルと同じ〝灰かぶり娘〟。シンデレラも英語で、ほぼ同じ意味だ。

ただ、これはグリムが間違っているとか、ペローが正しいとか、その逆だったりとかいう話じゃない。どちらも同じ『灰かぶり』物語なんだ。これらは類話といって、世界中に似た筋立ての話が存在してる物語だ。たとえば中国にも『葉限《しょうげん》』という似た話があるし、日本にも近い話がある。人類の発想には『元型』が存在するという『元型』論は、まさにこれから発想されている。つまりこれらに登場するモチーフは、十分にオカルトとして通用するほどの古い象徴性を持っていると解釈できるわけだ。

……例えばシンデレラでは、魔法使いがネズミを馬に、カボチャを馬車に変えてシンデレラを舞踏会に運ぶよね？　これを象徴的に解釈すると、ネズミは疫病を媒介する死の象徴で、カボチャは愚鈍の象徴だ。だとすると、シンデレラは立派な馬に引かれた馬車に乗っているはずが、これは魔法によるまやかしで、実は死に引き回される愚か者であるという解釈も成り立つわけだ。まあ、これはあくまでも一例に過ぎないわけだけども」

「へえ……」

神狩屋の話に、感心する蒼衣。こういう話には興味があるらしい。少しテーブルに身を乗り出して言う。

「面白いですね」

「うん、僕もそう思う」

蒼衣の言葉に、嬉しそうに笑って頷く神狩屋。神狩屋は昔大学でそういったものを学んでいたらしく、シンボル学や民俗学、オカルトなどに造詣があった。

いつだったか雪乃にも同じような話をしたが、反応の薄い、実際に興味もなかった雪乃の時とは違って、ここで話している神狩屋は少し楽しそうだ。良い生徒を見つけた気分なのかもしれない。にこにこ笑っていたが、ここでその笑顔に少し影が差した。

「……まあ、これが人の生き死にに関わらなければ、もっと楽しいんだけどね」

「あ……」

それを聞いて、蒼衣の表情が少し気まずそうに曇った。

「興味本位で楽しんじゃって、すいません……」

「あ、いや、気にしないで。それよりも、話の続きをしても大丈夫かい？」

「あ……えーと、はい」

「えーと、どこまで話したかな。つまりこんな感じで象徴を解釈して分解してゆくと、どんな悪夢が〈顕現〉するのかを予測する手がかりにできるかもしれないという、そういう話をしてたわけだ。本当は個人の悪夢とも混じり合うから、そのままの解釈はできないんだけど、そのうち法則性が見えてきたら、誰のどんな悪夢なのか、どんな時に何が起こるのかといった予想ができて、対策しやすくなるかもしれないし、また君もそういう場所や状況に近づかなければ被害にも遭いにくくなるかもしれないというわけ。

いま分かっているのは、〝午後六時の放送が鳴っている時に階段を降りてはいけない〟というものだ。これは明らかに、シンデレラの魔法が解けてしまう『十二時の鐘』のメタファーだろう。『鐘』はそのまま時間の境界を告げるものでもあるけど、他にも鐘の音は死者の霊魂を呼び出す道具として、降霊術や召喚魔術にも使われる。また鐘の象徴するものには、さっきとは全く逆の『神聖性』があって、鐘の音は魔を祓《はら》うということで、魔除《まよ》けにも使われているんだ。ヨーロッパには悪魔などが人間の子供をかどわかすのを防ぐために鐘を打ち鳴らす伝承があるけど、これなんかは日本で神隠しにさらわれた子供を捜す時に鳴り物を鳴らす風習にも似ていて興味深い。世界的に見ても教会堂の鐘やお寺の除夜の鐘など、『鐘』は魔の力を打ち払う、神聖なものである場合が多い」

そんな神狩屋の説明に、蒼衣が口を挟む。

「あ、じゃあ……ひょっとするとシンデレラにかけられた魔法も、鐘の音が力を打ち払ったから消えたかもしれないとか、そんな解釈もできるんですか？」

「ああ、なるほど」

神狩屋の眼鏡の奥の目が、心底嬉しそうに細められた。

「そんな解釈もできるね。面白い考え方だ」

「あ、こういう考え方で大丈夫なんですね」

「うん、いいと思うよ」

何となく和気藹々《わきあいあい》としてきた雰囲気。雪乃はそれに、他所《よそ》を向いたまま水を指す。

「……じゃあ、何でガラスの靴は残ったわけ？」

「え？」

「それならガラスの靴も消えるはずでしょう？　夜十二時には魔法が消えるような良くない力があって、それがお城の中に響いた鐘の音で打ち消されて靴だけ残ったとかいう解釈にしないと、靴の理屈が通らないわよ？」

「あー……」

雪乃の指摘に、蒼衣が残念そうな表情をした。そんな蒼衣を見て、雪乃は少しだけだが溜《りゅう》飲《いん》が下がった。しかし意地悪く重箱の隅をつついただけだったのだが、神狩屋から返ってきたのは、逆に満面の笑顔だった。

「なるほど、それもいい解釈だね。雪乃君」

「……っ」

嬉しそうに話しかけられて、今度は雪乃の方が何かを飲み込んでしまったような表情をする羽目になった。言うんじゃなかった。神狩屋はこうした思考実験を好んでするが、雪乃の知る限り〈泡禍〉がまともに予想できたためしはない。

「……馬鹿馬鹿しい」

雪乃は呟く。

「今のは話の穴をつついただけよ。今回の〈泡禍〉には靴なんか出てきてないじゃない。無意味だわ」

「いや、そのうち靴に関わるものに発展するかもしれないし、あるいはもう起こっている事象が、靴に関わるメタファーかも知れないよ。そうしたら雪乃君の分析も、重要な手がかりになるかもしれない」

「………」

臆面もなく言う神狩屋。よほど雪乃が話題に参加したことが嬉しかったらしく、この神狩屋の先生気質というか、こういうところが雪乃は苦手だった。

「あ、じゃあ……」

蒼衣が、口を開く。

「それなら靴も、何かの象徴ですか？」

「うん、『靴』も象徴的には、非常に重要なものだね」

雪乃は解放されたが、話は終わらせられなかった。神狩屋はそんな突発的な問いにも、すらすらと答えて言った。

「『シンデレラ』では王子が花嫁の証《あかし》として靴を使うけど、実際に西洋では女性に求婚するときに靴を贈ったり、結婚式で花嫁に靴を履かせることで結婚の証にしたりした風習もあったらしいよ。靴には〝境界を越える〟という意味の象徴があって、どうやらこの場合は、花嫁を新しい家に受け入れる、つまり家という境界の中に受け入れる許可の意味があったらしい。

ちなみにそれの延長線上の概念とも言えるけど、靴には〝死〟の象徴の意味もある。死後の世界という境界の向こうへ旅立つ意味で、西洋の葬送儀式で靴を遺体のそばに置いたり、日本でも死出の旅装束として脚半《きゃはん》を履かせたりする」

「境界、ですか……」

「履物は歩くためのものだから、そのまま旅の意味でもあるしね。しかし〝境界〟の意味で取れば、さっき言った時間の境界を告げる『鐘』とも繋がる」

頷く神狩屋。蒼衣も頷き、二人で考え深げに黙りこむ。

「…………」

それを横目に、雪乃は不愉快げに、テーブルに頬杖をついた。学者肌というかオタク気質というか、ついていけない。うんざりしながら隣の颯姫に目をやると、考察に夢中の二人を見ながら、何が楽しいのかにこにこしている。

「…………楽しい？　颯姫ちゃん」

「え？　何がですか？」

笑顔で雪乃を見て、首を傾げる颯姫。別に喜んで話を聞いていたわけではなくて、特に何も考えていなかったらしい。その笑顔を見て、雪乃は、はあー、と溜息をついた。何だか急に馬鹿らしくなった。

雪乃は言った。

「お楽しみのところ悪いんだけど」

ずっと気づいていたが、わざわざ言わなかったこと。

「時間は大丈夫？」

「え？」

「あ」

その雪乃の言葉を聞いて、考え事に夢中になっていた男二人は慌てて顔を上げて、カウンターの奥にかかっている大きなアンティーク時計に目を向けた。

「うわ、もう七時⁉」

「あ、これはいけない。予想外のことが色々あって、ずいぶん引き止めてしまった」

蒼衣が驚き、神狩屋が椅子から立ち上がった。急に店の中が慌しくなった。そんな気はしていたが、完全に話に夢中になって、時間を忘れていたらしい。

「とりあえず、タクシーを呼ぶから、家の近くまで送らせよう」

神狩屋は、蒼衣に言った。

「あ、はい……」

「君のことについてはこれから考えてみるから、君もくれぐれも気をつけて」

言うと、神狩屋はカウンターに向かった。

そうして埃っぽいコルクボードに張られたメモから電話番号を見繕うと、それを指でなぞりながら、電話機に手を伸ばした。そしていまどき珍しいダイヤル式の黒電話から、その重くて大きい受話器を、ちん、という小さなベルの音と共に取り上げて、ダイヤルでタクシー会社の番号を回し始めた。

四章　魔女と魔女の死

傷を負った騎士たちの目は見る。世界は泡に襲われている。

世界は無数の泡によって、目には見えない穴だらけになっている。あらゆる物質をすり抜けて浮かび上がる泡が弾けると、世界に穴が開く。そして割れた泡から溢れ出した、火炎が、氷雪が、病毒が、狂気が、野獣が、蟲が、その他のありとあらゆる災厄が、周囲の世界と人々を侵すのだ。

騎士たちは遍歴する。己の生まれ育ったこの世界、この地獄から、人々を救うため。

あるいは己から大切なものを奪い、深い傷を与えた、見えない泡と、自分を殺すため。

ねじくれた都市を。魔女の住む森を。血の臭いが漂う草原を。出口のない砂漠を。白骨が敷かれた道を。

騎士たちは遍歴するのだ。いずれ己が斃《たお》れる時まで。

私家訳版『マリシャス・テイル』第二章

1

白野蒼衣は、夢を見ていた。

夢の中の蒼衣は、まだ入学して間もない頃の小学生だった。

よく忍び込んで遊んでいた、近所の工場の敷地《しきち》に建っている、使われている様子がない倉庫の中。蒼衣はそこで、幼い頃によく遊んでいた幼馴染の女の子と一緒だった。

葉耶《はや》、という名の女の子だ。

ちょっと伸ばした髪が可愛い。蒼衣よりも少し背が高い。

白いワンピースを着ている。病的に白いワンピース。汚れた天窓から光が入ってくる、薄暗い倉庫で、蒼衣と葉耶と、二人きり。

突き固めた地面がむき出しの床に、どこからか持ってきた石灰で、三角形と円を組み合わせた図形が描いてある。葉耶が指示して描いたものだ。そして葉耶は、その大きいとは言えない図形の中に、ぴったりと二人でくっついて立つことを、蒼衣に強いていた。

幼い蒼衣は素直に従って、二人は背中合わせになって、図形の中央に立っていた。

背中に、葉耶の体温を感じていた。

「……これはね、呪いの力をあつめる儀式なんだよ」

背中合わせの、葉耶が言った。

「この魔方陣がせかいじゅうの悪霊をあつめて、わたしの呪いの力を強くするの」

そんな設定の、二人だけのごっこ遊び。

葉耶が主導する、定番の遊び。

「本当のわたしは、すごいんだよ」

葉耶は言う。

「パパも、ママも、ピアノの先生も、マキも、ちーも、サキも、ユカもリョーコもレオナも、わたしのことが嫌いなみんなを、あっというまに殺せる力をあつめるの。いままでのわたしじゃない、ほんとうのわたしの力。わたしがなにもできないと思ってるみんなを、みんなみんなみんな殺すの」

夢の中の曖昧な視点が、背中合わせのはずの、葉耶の表情を見せる。

「ほんとうの、わたし」

葉耶は笑っている。

「わたしは魔法使いなの。みんな呪いに殺されるの。みんながわたしを嫌わなければ、こんなことにならなかったのに。でももうおそい。みんな死ぬ。みんなわたしのことが嫌いだから、わたしもみんなが嫌い」

笑っている。楽しそうに。

「わたしが嫌いなら、いくらでも嫌いになればいい」

冷たい笑い。

「わたしはへいき」

周りの何もかもを恨んで嫌って呪って、それらを残らず殺せる力を夢想して、本当に楽しそうに笑っている。

「そのかわり、みんな殺してやる」

葉耶は言う。

「みんな、一人のこらず」

この歪んだごっこ遊びに、高揚した声で。

「でも、蒼衣ちゃんだけは助けてあげる。この魔方陣の中にいるひとは、助かるんだよ」

そして、葉耶は蒼衣に言う。

「そういう儀式なの。蒼衣ちゃんだけはたすかるの」

「……」

背中合わせのまま手をつないで。

葉耶は、無言のままの蒼衣に言う。

「蒼衣ちゃんだけは、わたしの味方」

「……」

「蒼衣ちゃんだけは、わたしの味方だよね」

「……」

夢の光景は、そこで途切れる。


……………………

2

そうしてまた、一夜が明けた。

蒼衣が朝の自宅で、テレビに流れるニュースを眺めながら漫然と朝食を摂《と》っていると、玄関のチャイムが鳴った。

「あら、こんな朝から」

ぱたぱたとスリッパの音を立てて、母の圭《けい》がキッチンを出て行く。蒼衣はどうせ自分には関係のないことだろうと、ぼーっとした頭でテーブルについたまま、ご飯を咀嚼《そしゃく》して味噌汁《みそしる》で流し込んでいた。

テレビの音と、朝食の匂いが広がる朝のダイニング。

部屋にたちこめる味噌汁の匂いと、アジの開きを焼いた、塩辛い脂の匂い。

向かいの席には父の寡黙な痩軀《そうく》が背広姿で座っていて、ご飯を食べながら傍らの新聞を引き寄せる。父の光一《こういち》はこうしてテーブルの上の新聞を読みながら朝食を食べるのが癖だが、最近はそのたびに母によって「行儀が悪い」と叱られて取り上げられている。

「む」

新聞を読みながら味噌汁をすすり、眼鏡が曇って、眉を顰《ひそ》める父。

そんな父の表情をぼんやりと視界に入れながら、眠い蒼衣は黙々と口を動かす。

静かな、朝の光景だ。蒼衣の心も静かなものだ。昨日もまた寝不足で、ついでにその眠気に任せてできるだけものを考えないようにしていた。

しかし、だ。

「────蒼衣ー？」

そんな蒼衣を呼んで、母が廊下からダイニングに顔を出した。何か困ったような、しかし微妙に嬉しそうな、変な笑顔を浮かべている。蒼衣はそれを何となく認識しながら疑問には思わず、寝ぼけたように目を細めたまま返事をする。

「んー……何？」

「お客さんよ。あなたに」

「ん？」

まだ半分寝ている。

「誰？」

「一高の制服着た子」

「一高？」

「すっごい綺麗な女の子。誰かはお母さんの方が知りたいんだけどな……」

「……！」

途端に好奇心に満ちた両親の視線が集中して。

蒼衣はその瞬間、完全に目が覚めた。

†

「……家族相手にもあんまり目立つことしないのが信条なんだけどなあ、僕は」

「何か言った？」

「いや別に」

時槻雪乃と並んで朝の道を歩きながら、蒼衣は小声でぼやく。

まさか、いきなり家に来るとは思わなかった。何か聞きたげな雰囲気の両親を振り切って家を出てきた蒼衣は、帰宅した時のことを考えて今から憂鬱な気分になりながら、駅へと向かう雑踏の中を歩いていた。

隣を歩く雪乃の横顔は例のごとく不機嫌で、背筋の伸びた、近寄りがたい雰囲気で足を進めている。その歩みに合わせて髪を束ねる黒いレースのリボンも、蒼衣の視界の端で不機嫌に揺れている。

いつも蒼衣が通学するよりも、三十分ほど早い時間の通学路だ。

慌てて朝食を胃に収め、玄関に立っていた雪乃の前に出た時、蒼衣は「早くない？」と当然訊ねた。それに対して雪乃から返って来たそっけない口調の答えは、「あなたを送ってから私が学校に行くんだから、早く出ないと私が遅刻するじゃない」という、この世のものではない戦いに身を捧げた人間にしては、妙に真っ当なものだった。

蒼衣の送り迎え。要するに、同じ〈泡禍〉に遭遇すると予言された二人をできるだけ一緒に行動させて、蒼衣が単独で〈泡禍〉に遭遇してしまう危険を、できるだけ減らそうという作戦だった。

昨日『神狩屋』から蒼衣が帰った後、作戦会議でそのように決まったらしい。

そして雪乃は、何の予告もなしに蒼衣の家を訪問してきた。

「下校の時も迎えに行くことになったわ」

雪乃は言った。えっ、と思ったが、全く何の計画もない話ではないらしく、蒼衣の通う典嶺高校は授業が四十五分の七時間制で、対する雪乃の通う市立第一高校は五十分の六時間制なので、雪乃の方が三十分ほど早く授業が終わるのだ。

そんなわけで登下校に、一蓮托生《いちれんたくしょう》のボディーガードがついた。しかしそう決まると、今まではうっかり考えもしなかったのだが、雪乃がいない時に〈泡禍〉に遭遇した時にはどうすればいいのか、急に気になった。

「……えーと。雪乃さんがいない時に何かあった時は、どうすればいい？」

並んで歩く雪乃に、蒼衣は訊ねた。

雪乃の答えは素っ気なかった。

「さあ？」

「さあ？　って……」

蒼衣が困った表情をすると、それを横目に見た雪乃は、溜息混じりに説明する。

「手の空いた〈騎士〉がいたら、応援に回してくれるって言ってたわ。もし、そうでない時に出くわしたら、自分で何とかして」

「自分で？　えーと、あんなのを相手に？」

「そうよ」

これでは説明されても、何も説明されていないのと変わらない。蒼衣が経験した現象は例のマンションでの出来事だけだが、あれでさえ雪乃に助けられなければ、どうなったか分からなかった。

あの時、蒼衣を襲った女性は〈異形〉というものらしい。浮かび上がった〈悪夢〉によって肉体や精神が〝変質〟してしまった人間だというのだが、あれを自分だけでどうにかする自信は、蒼衣にはなかった。

「私は〈騎士〉で、今はあなたを守るのが役目だけど」

雪乃は言う。

「それでも、〈泡禍〉と遭遇した時に一人で生き残れない〈保有者〉は、いま生き残ってもすぐ死ぬわ。諦めたら？」

「…………」

蒼衣に対して、雪乃の態度は当たりがきつい。どうも戦う意志のない人間のことを苛立《いらだ》たしく思っているらしいことが、言葉の端々に見て取れる。

雪乃の言う〈騎士〉というのは、〈泡禍〉被害者の互助組織である〈騎士団〉の中でも、積極的に〈泡禍〉との戦いや後始末に身を投じるメンバーのことだ。その数は〈騎士団〉全体から見て決して多くはないという。ほとんどの〈泡禍〉の被害者は、自分の中にある悪夢の欠片を恐れながら、二度と〈泡禍〉の起こす恐ろしい現象と関わらずに済むことを願い、ひっそり生きることを選ぶからだ。

組織を構成する小単位である〈ロッジ〉の数はそれなりにあるが、メンバーに〈騎士〉がいない〈ロッジ〉も多いらしい。ほとんどの被害者は自分を襲った恐怖をできるだけ早く忘れたくて逃げ隠れするのに必死で、また経験したいなどとは思わない。

しかし、ごく一部の――――割合にして二割ほどの人間が、正義感から、または復讐《ふくしゅう》心のため、あるいは恐怖の記憶を克服するために、神の悪夢と戦って人々を助ける道を選ぶ。それぞれの理由のため、自分の心にとてつもない傷を残したはずの〈悪夢〉と積極的に関わり、その恐怖と危険の中に、その身を晒してゆく。

それでもなお、〈騎士〉とその他のメンバーの死亡率は、二倍も違わないそうだ。

悪夢の欠片である〈断章〉の再発率は、極めて高いという。その点でも雪乃の言うことは無慈悲なまでに正しい。

蒼衣は溜息をつく。そして言う。

「……善処するよ」

「無駄ね」

一蹴された。むっとするより苦笑いが出た。蒼衣は性格的にそんなところがある。あまり人の態度や言葉に、腹を立てたり嫌ったりするような感情が湧かないのだ。

「っ……!」

その様子に、腹を立てたのは、むしろ雪乃の方だった。

苦笑した蒼衣の表情を見ると、雪乃はあからさまに不機嫌の度合いを深めた。

「一度死んだ方がいいかもね、あなた」

「え、挑発したのはそっちなのに……」

「うるさい、殺すわよ。私はそういうヘラヘラした男が一番嫌い。役目じゃなかったら、一緒に歩いてないわ」

そこまで言うか、と蒼衣の表情にはかえって笑いが出た。

「…………」

雪乃はますます不機嫌になり、会話が途切れた。

ガードレール越しの車道を大型トラックが走り抜け、排ガス混じりの風が、蒼衣と雪乃の髪を等しく嬲《なぶ》った。

しばし無言で、二人は歩く。

どんどん先に進んでゆく雪乃の背中。その後ろ頭で揺れる黒いレースのリボンに、蒼衣は声をかける。

「……雪乃さん。僕は普通の方がいいと思うよ」

雪乃は振り返りもせずに、答えた。

「興味がないわ」

「せめて普通の振りをした方が、生きやすいと思うんだけど」

「楽な生き方なんか望んでないわ。私は戦って生きることに決めたの。憎悪を糧に、殺意を刃に、苦痛を火種に、私は生きるの」

淡々とした、しかし強い言葉。

「でも、つらくはない？　そんな生き方」

「なぜ？」

「ずっとその調子なら、軋轢《あつれき》も多いと思う。学校でいじめられたりしない？」

「まあね。だから何？」

雪乃は肩越しに振り返って、冷たく細めた目を向ける。

「どうせいじめなんてのは、集団があれば必ず起こるつまらない現象だわ。そんな普通の現象なんかに、私の心は動かない」

そして言う。

「だから、いくらでもやればいいわ。私が引き受けて、助かってる子が一人くらいはいるんじゃない？」

「……」

蒼衣は想像を絶するその答えに、絶句した。

きっと、彼女はクラスの女子から、和を乱す存在として敵視されているに違いない。この容貌で、この態度なのだから、容易に想像がつく。だが蒼衣は見ず知らずのクラスのことなどよりも、雪乃の心身の方を先に案じた。

「……大丈夫なの？　それで」

「ええ、平気だわ」

きっぱりと、雪乃は答えた。

「何も感じない？」

「私が何を感じるわけ？」

「何を、って、悔しいとか、悲しいとか……」

「私が？　誰に対して？」

雪乃はその答えとして、微かに口元に冷笑を浮かべた。

「その気になったらいつでもまとめて殺せるような連中に、私がわざわざそんな感情を抱くと思う？」

雪乃は言い切った。

あ。とその時、蒼衣は思う。

なぜ自分はあのとき、この雪乃という少女について行ったのか。

なぜ自分はあのとき、この雪乃という少女と友達になることを承諾したのか。

なぜ自分はこんなに、この雪乃という少女のことが気にかかって仕方がないのか。

蒼衣は。その雪乃の言葉を聞き、その表情を見た瞬間————脳裏に一人の少女の姿が重なって、その全ての疑問の理由を、このとき初めて完全に理解した。

3

学校が終わって、放課後。

白野蒼衣と時槻雪乃は、最初に二人が出会ったマンションから、ほど近い場所にある、ファミリーレストランにいた。

この辺りは〝予言〟を受けた雪乃が、二度にわたって〈泡禍〉と遭遇した地区だった。夏木夢見子の〈断章〉による〝予言〟を受けた人間は必ず〈泡禍〉と遭遇するので、雪乃はずっと手がかりもない状態で、適当に町を移動し続けたらしい。

要するに当てずっぽうだが、しかし外れたことのない〝予言〟の通り、やがて雪乃はこの地区で目指す〈泡禍〉に出遭った。それから集中的にこの地区を捜索し、次にあのマンションでの遭遇に至る。

今ここに蒼衣がいるのは、その探索行の続きだ。

蒼衣の安全のため、同じ〝予言〟を受けた二人をできるだけ一緒に行動させると決めはしたものの、それでも〈泡禍〉の捜索自体をやめるわけにはいかず、こうして雪乃の探索行に蒼衣も同行する形になったのだ。

今朝の迎えの時は二人きりだったが、今は一緒に田上颯姫もいた。放課後、目立ちたくないからと必死で頼み込んで、校門前ではなく駅で雪乃と合流した後、蒼衣はこの地区の最寄り駅に移動して、そこで颯姫と合流した。

そして驚いたことに昼食がまだだという颯姫のために、もう夜も間近な夕刻に、三人はこのファミリーレストランに立ち寄った。他人の記憶を消すという、〈騎士団〉の活動には不可欠な〈断章〉を持つ颯姫は、近隣の〈ロッジ〉から引っ張りだこになっていて、あちこちを忙しく駆け回っているらしい。

今日は特に忙しく、日中は県をいくつも跨《また》いで出張していて、昼食を食べる暇がなかったらしい。それを最初は特に疑問に思わず聞いていた蒼衣だったが、ふと途中でおかしなことに気がついて、思わず訊ねた。

「あれ？　今日って平日だよね。颯姫ちゃん、学校は？」

「行ってませんよ。戸籍もないんです、私」

ドリアを頬張りながらそう答え、颯姫は笑った。

明らかに異常な事情と、それに反する屈託のない笑顔に、蒼衣はそれ以上を颯姫に訊くのを躊躇った。だがそもそも考えてみれば、時間の経過と共に記憶が失われてゆく人間が、まともに学校生活を送れるわけがないのだ。

現に颯姫は、幼少期の記憶をほとんど自身の〈断章〉に食い尽くされ、ほぼ全くと言っていいくらい持っていないという。比較的最近の記憶も、彼女の首から下がっている、紐のつけられた可愛らしいメモ帳が、辛うじて補っている状態だ。

想像するだに悲惨な状況だ。だが颯姫はそんな悲惨さなどおくびにも出さず、食事をしながら無邪気に目を細めている。

「んー、おいしいですね、これ」

「よくある普通のチキンドリアだけど……食べたことないの？」

「うーん、あるとは思うんですけど、覚えてないです。たいていの物は初めて食べる感じなので、美味しいですよ。数少ない、得してるところです」

本人にそのつもりはないだろうが、ここまで前向きなのも、見ていて痛々しい。辛いと思う感情さえ忘れているのではないだろうか？　と思うほどだが、そんな蒼衣の感想をよそに、颯姫本人は、にこにこと笑顔で過ごしている。

「…………」

そして、それとは対照的に、にこりともせずに押し黙っているのが、雪乃だ。

蒼衣と同じく学校の制服姿の雪乃は、二人がけの椅子の傍らにスポーツバッグを置いて、その上に手を置いていた。

しかし雪乃のその所作は、自分の持ち物を管理しているというよりも、どこかそれに無意識に縋《すが》り、依存しているような雰囲気がある。中身が詰まって膨らんでいるバッグが、勝手な印象だが、大きなぬいぐるみにも思えてくる。

ただバッグの中身は、ぬいぐるみのような優しいものではない。ゴシックの衣装だ。

制服姿で持っていても怪しまれないよう、スポーツバッグに詰め込んでいる。朝に会った時から雪乃はこのバッグを持っていたが、学校には持って行かず、途中で神狩屋の店に預け、放課後に再び回収しているらしい。

おしゃれや趣味ではない。これは戦闘服のようなものだと、彼女は言っていた。

必要だから着ているのだ。彼女ら〈泡禍〉の被害者が抱えている〈断章〉は、要するに物理現象を伴うトラウマと言うべきもので、フラッシュバックが命に関わるため、〈騎士団〉の旨とする互助の一員となった被害者たちは、皆必死でＰＴＳＤに対してそうするように抑制と治療に心を砕いているという。

つまり、トラウマを呼び起こさないように宥め、緩和し、忘れようとしている。

しかし、〈泡禍〉現象との闘争を選んだ〈騎士〉は、そういうわけにはいかない。超常現象である〈悪夢〉との闘争のためには、その悪夢の欠片がもたらす、有用な超常的側面が不可欠なのだ。

乱暴に言えば『トラウマが能力になる』と言ってもよい〈断章〉は、〈泡禍〉に対抗し得るほぼ唯一の武器なのだ。常に暴走の危険を抱えた、そのうえ〈神の悪夢〉に対してはあまりにも非力で脆弱《ぜいじゃく》な武器だが、しかし〈騎士〉はそれを使わなければならない。

しかし〈断章〉はその性質上、〈保持者〉と呼ばれる所有者の精神状態に強く影響されるので、その制御のために、皆、様々なものに縋っている。〈騎士〉もそうだが、他の一般の〈保持者〉もこれらのノウハウを使って、自分の中の〈断章〉を抑制している者がいる。

たとえば雪乃の衣装。雪乃は〈断章〉と、ゴシックロリータの衣装を紐づけている。物に紐づけるのは、多く使われているやり方だと言う。紐づけて、その物品を普段は手元に置かないことで、日常から〈断章〉を切り離す。

そして逆に、意識的に〈断章〉を使用するために、〈断章詩〉と呼ばれているキーワードを使う者も多いと言う。雪乃はこれも使っている。自分の〈断章〉の元になった、かつて自分が遭遇した〈泡禍〉にまつわる、何か一つの言葉を選び、それを呪文のように唱えることで、その時の記憶を呼び覚まし、自分の心の中から〈悪夢〉を汲《く》み上《あ》げるのだ。

その言葉を日常で思い浮かべないことで、抑制の役にも立つ。

あるいは言葉ではなく行動なども、発現のキーにすることで、使用と抑制の助けにすることができる。

とはいえ、これをすれば安全というわけではなく、完璧ではないし、これらの条件反射を固定するためには当然ながら訓練と経験が要る。『衣装』と『道具』と〈断章詩〉。自発的に自分の中の恐怖を使おうとする〈騎士〉は、こういったものを積極的に使うことで、暴発すれば死にかねない〈断章〉と付き合い続けているのだ。

「…………」

雪乃は、そんな戦いのための服が入ったバッグに手を置き、じっと黙っている。

その動作と表情は、改めて見ても、やはり蒼衣が最初に抱いた、子供が安心のために触っている大きなぬいぐるみの印象が、そう遠くないものであることを感じさせた。

嵌《は》め込みガラスの大窓に無言で顔を向け、雪乃は外を睨んでいる。

手元のコーヒーはとっくに空になって、カップももう、冷え切っている。

「雪乃さん。おかわり、頼もうか？」

「いらないわ」

訊ねる蒼衣に、雪乃はそっけなく答える。

蒼衣は困って小さく溜息をつく。ここにいるのが蒼衣でなければ、もう少し雪乃にも愛想があるのだろうか。

蒼衣の提案を断った雪乃は、もう氷の八割方が溶けた水のコップを手元に引き寄せて、バッグのポケットからプラスチック製の四角いケースを取り出した。それは黒地に、赤で英文と五芒《ご》星《ぼうせい》があしらわれた小さなピルケースで、袖口から包帯の覗く手でぱちんと音を立てて開けると、中から当然ではあるが、何種類もの錠剤がざらりと出てきた。

「……薬？」

「何よ」

文句があるのかと言わんばかりに、雪乃が蒼衣を睨んだ。蒼衣は黙ったが、その錠剤が心配したようなものではなく、蒼衣も見たことのあるビタミンなどのサプリメントだったので、内心で安心していた。

雪乃はその錠剤の中からいくつか見繕って口に放り込み、結露で水浸しになったコップを口にやって、それを流し込んだ。その様子を見ながら、蒼衣はかつて、自分の見ている前で同じことをしていた少女のことを、脳裏に思い出していた。

あの女の子もそうだった。

蒼衣はテーブルに頰杖をついて雪乃の様子を眺めながら、この少女と様々な部分で重なる女の子のことを、ぼんやりと考えた。

――溝口《みぞぐち》葉耶。

その少女は白野蒼衣の幼少期の記憶の、実にその大半を占める存在だった。

蒼衣と葉耶とは幼馴染で、物心ついた時にはすでに、毎日のように一緒に遊んでいた。葉耶の方がひとつ年上。ごく近所で生まれた似た年の子供だったため、二人が赤ん坊の頃に、まずは親同士が仲良くなったのが二人が出会うきっかけだった。

葉耶は幼稚園に通う前に、すでに文学全集などを読んでいる、頭のいい女の子だった。

当時の蒼衣には理解できないくらい難しい本を読み、理解できないくらい難しい話をする葉耶を、蒼衣は純粋に尊敬し、好きだった。

しかし彼女は賢くはあったが、決して賢明とは言えなかった。その聡明《そうめい》さは協調性というものとは一切無縁で、それは彼女の存在を同じ年頃の子供たちから逸脱させ、さらには両親の庇《ひ》護《ご》からすらも逸脱させてしまった。

同年代の子供は葉耶を異物とみなし、そのためすぐに幼稚園に行かなくなった。

さらには当時、不仲になり始めていたらしい葉耶の両親の関係は、子供の前では何とか取り繕おうという二人の努力によって辛うじて成り立っていたにもかかわらず、聡《さと》い彼女が敏感にそれを察したことで、あっという間に終わりを告げた。

葉耶は誰からも愛情を与えられない存在になり、そして葉耶自身も誰も彼もを憎んだ。そして幼い葉耶の聡明さは、ただこの世の不条理と悲劇と、悪意と愚劣さとを洞察する、そのためだけに費やされた。

たった五歳の葉耶は言った。

「にんげんは、滅びるべきだわ」

と。

周囲の人間全て、ひいては世界を、呪っていた幼い少女。

自分が異物であることを深く暗く理解していて、孤高で孤独で、そしてあまりにも、無力な少女。

そんな葉耶にとっての、唯一の遊び相手が、蒼衣だった。

幼い頃の蒼衣と葉耶は、毎日のように、たった二人だけで遊んでいた。

特に近所の町工場の敷地にある、ほとんど使われていない倉庫の壁の穴を知っていて、二人はそこからこっそりと中に忍び込み、そこでひっそりと遊ぶのが好きだった。そこは二人の小さな王国だった。誰の目も届かないこの小さな遊び場で、葉耶と蒼衣は色々なことをして遊んで、色々なことを語り合って過ごした。

葉耶は、何も分かっていない蒼衣をパートナーに、〝儀式ごっこ〟と呼んでいた、自作のおまじない遊びを好んでやった。

四歳にして立派な自傷癖と服薬習慣の持ち主だった葉耶は、蒼衣が遊び場に着いた時には体のどこかを傷つけた状態で待っていることが時々あって、そんな時は必ず暗い笑顔を浮かべて蒼衣を迎えて〝儀式ごっこ〟に蒼衣を誘うのだった。

薄暗い倉庫の、地面が剝き出しの床にしゃがみ込み、蒼衣に気がつくと安全カミソリを片手に立ち上がって嬉しそうに笑う。

そして新しく考えてきた〝儀式ごっこ〟の内容を、蒼衣に説明する。

彼女がそうする時は、たいてい家かどこかで嫌なことがあった時なのだと、蒼衣は何となく気づいていた。何があったのか、当時の葉耶は決して言わなかったので、詳しいことは今も分からないが、それでも彼女の家庭の事情を考えると、起こったであろうことのあらかたは想像がついた。

「ほんとうのわたしは、こんなのじゃないの」

葉耶は〝儀式ごっこ〟をするときには、口癖のようにそう言った。

周囲の人間、周囲の世界、そして無力な自分への怨嗟《えんさ》を呟きながら、葉耶は自分の自傷行為による血で、紙に魔法の図形を書いた。

それらの儀式は、全て葉耶の呪いの発露だった。

葉耶は呪った。周囲の人間を、周囲の世界を。そして、それによって誰にも愛されない自分を、間接的に彼女は呪っていたのだ。

誰かを、あるいは誰でもないものを呪う儀式があった。

何らかの力を、葉耶へと集めようとする儀式があった。

効果のあった儀式もあれば、ない儀式もあった。そんな記憶がある。それらの、おまじない遊びと呼ぶにはあまりにも陰惨な〝ごっこ遊び〟を通じて、蒼衣と葉耶はたった二人、何か悲惨な卵を温める鳥のように、共有した目に見えない何かを醸成しながら、ずっとずっと過ごしていたのだ。

「蒼衣ちゃんだけは、わたしの味方だよね」

「うん……」

二人きりで、そんなやり取りを何度繰り返しただろう。

今にして思えばカルト染みていたその関係。しかし当時の蒼衣は、自分の知らないことを知り、自分の考えもしないことを言う葉耶のことを、本当に尊敬していて、そして蒼衣を支配しながら蒼衣に縋るこの少女のことが、本当に好きだった。

これが多分、蒼衣の初恋なのだと思う。

キスしたこともあった。だから確証はないけれども、蒼衣の一方通行の好意ではなく、葉耶にとっても同じだったのではないだろうかと、今でも思っている。

好意を差し引いても、葉耶との遊びは雁字搦《がんじがら》めで窮屈だった。だが蒼衣のことを単なる自由になる玩具と思っていたのではなくて、彼女なりの好意がそうさせたのだと、蒼衣は信じている。

幼く歪で、しかし幸せだった二人の関係は、二人が小学校に上がっても続いた。

だが、この関係は蒼衣が成長し、小学校低学年を過ぎた辺りに、蒼衣が社会性を身につけ始めた頃から、徐々に翳《かげ》りが差し始めた。

当然の理由だ。蒼衣は学校に行くことで、他の友達や学校での責任と徐々に共存し始め、対する葉耶はそれらの全てを拒否し、蒼衣と二人だけでいようとし続けたのだ。さらに蒼衣も学校で普通の友達との関係を深めるにつれて、葉耶の言う異常な世界観を、そのまま異常なものとして認識するようになった。

葉耶のことは変わらず好きだったが、しかし蒼衣はもう、葉耶と同じ閉じた世界は共有できなくなっていた。葉耶の一面ではあまりにも正しく、しかし他の全てで間違っている認識を蒼衣は正そうとし、それゆえに二人は徐々に、言い争いをするようになった。

蒼衣は自分が生きている、人として生きる以上は、必ずそこにいなければならない普通の世界に、葉耶にも出てきて欲しかった。

彼女と一緒に、普通の生活をしたかった。

蒼衣は粘り強く葉耶を説得しようとしたが、葉耶はそれを裏切りと認識した。そして、やがて破局が来た。忘れもしない十歳の時、頑なな葉耶の態度と、それから蒼衣の日常への悪し様な言いように、とうとう蒼衣の忍耐が底をついて、葉耶へと拒絶の言葉を投げつけて、倉庫から立ち去ったのだ。

その辺りの記憶は、逆上していたせいか曖昧だ。

そして葉耶は、それきり蒼衣の前から姿を消した。

いや、蒼衣の前からだけではない。そのまま彼女は行方不明となり、大騒ぎになった。そしてとうとう葉耶は見つかることなく時が過ぎ、彼女の家族もこの町を離れ、全ては過去のこととなってしまった。

葉耶は、それっきり。

蒼衣のせいだ。子供の頃の、最悪に苦しい思い出。

まだ幼い子供だった蒼衣には、選択の余地も、選択する能力もなかった。きっとあの時に耐えていたとしても、ほどなく同じことになったはずだが、それでも後悔していた。思わざるを得なかった。

もっと別の説得をすれば。

もっと蒼衣に忍耐があれば。

あのとき葉耶を見捨てなければ——きっと葉耶は、いなくなったりしなかった。

そしてきっと、それからだ。蒼衣がリストカットをするようなタイプの女の子に、変な義務感のようなものを感じるようになったのは。なんだか放って置けない気分になるし、見かければ目で追ってしまう。だが今までは、無意識に考えないようにしていたのか、この趣味については自分でも変だと思いつつも、漠然とした認識だった。

それが今、はっきりした。

蒼衣はこの時槻雪乃という少女に——かつて救ってあげられなかった、幼馴染の少女の面影を重ねて見ていたのだ。

「白野さん」

「………」

そんな物思いに沈んでいた蒼衣を、不意に颯姫の声が呼んだ。

「え……あ……ごめん。考え事してた。どうしたの？」

「あの」

慌てて蒼衣は頬杖を外し、隣の颯姫に答えた。颯姫は顔を雪乃の方へ向ける。見ればいつの間にか雪乃が携帯を片手に、蒼衣の方を見ていた。

その顔には普段の不機嫌とは別の、厳しい表情。

それを見て、蒼衣はすぐに察する。

「あ、もう出るんだ」

「ええ」

この数日の付き合いで蒼衣が見た雪乃の表情は、ほとんど二種類だ。普段の不機嫌と、それからもう一つ、〈騎士団〉の活動に関わる時の、この厳しい真剣な表情。

蒼衣たちはここに、〈泡禍〉の捜索にやって来ている。

颯姫の食事も終わった。となれば、いよいよというわけだ。

「探すんだよね。この辺りを」

微かな緊張と共に、蒼衣は言った。二人がうろつけば、〝予言〟があった以上、必ずそのうち〈泡禍〉に出くわす。

「ええ、どこを探すかも決まったわ」

雪乃は答えた。

「そうなんだ。どこを？」

「それなんだけど、さっき神狩屋さんから電話があったの」

片手の携帯。言いながら蒼衣を見る雪乃の目に、微かに蒼衣を品定めするような、微妙な色が混じる。

「電話？」

「一昨日のマンションの〝女性〟の、身元が分かったそうよ」

雪乃は言った。

「あの〝目を刳り抜かれた女性〟の名前は、黒磯《くろいそ》夏恵。あのマンションに住んでる、杜塚眞衣子という典嶺の一年生と、従姉妹《いとこ》関係だそうよ。……知ってるわよね？」

「!?」

4

学校を休んで家で母の世話をしていたこの日、夕刻に黒磯の伯母から電話があった。

『眞衣ちゃん……夏恵が帰って来ないの。心当たりない？』

「え……!?」

その伯母の言葉に、杜塚眞衣子は呆然と声を上げた。

昨日約束していたのに、母親の世話に来てくれなかった夏恵。あれから携帯にかけても繋がらず、だから納得できなかったものの、自分との言い争いが原因で怒らせてしまったのだと思うようにして、ようやくそう信じられるようになってきたところだった。

『ねえ……うちの夏恵、そっちに行ってない？』

「え……」

伯母の言葉に、一瞬口ごもる眞衣子。

というのも黒磯の伯母夫婦も、他の親戚と同じく眞衣子の母親を嫌っていて、夏恵が世話をしに来てくれるというのも、伯母たちには内緒の話だったからだ。

そんな話をすれば、伯母夫婦――特に眞衣子の母親にとって兄に当たる、癇癪《かんしゃく》持ちの伯父が怒り出すことは目に見えていた。だから秘密だったのだ。この伯父夫婦が、夏恵と同じく眞衣子には同情を示してくれるということを、可能な限り大きく差し引いてもだ。

あれは、夏恵の個人的な好意だったのだ。

そんなことを考えながら受け答えをした結果、反射的に眞衣子の口から出た言葉は、否定の言葉だった。

「い、いえ……知らないです」

『そう……』

困り果てたような、伯母の声。疑われているような様子はなかった。そのとき眞衣子の胸に浮かんだのは、道理に合わない気もしたが、疑われていないということに対する安堵の気持ちだった。

そして次にやっと浮かんだ、心配と困惑。

「あの……帰ってないんですか？　夏恵お姉ちゃん」

『そうなのよ……』

首を傾げるのが見えるような、伯母の声。

「い、いつからですか？」

『一昨日の晩からよ』

「おととい……」

『さすがに心配してるのよ。もう子供じゃないって言っても、今まで無断で外泊するなんてことなんか一度もなかったし』

「そ、そうですね」

知っている。夏恵はしっかりした人だ。眞衣子のためにちょっとした嘘をつくことはあっても、そういう基本的なところはきっちり押さえている人だ。

『何回携帯に電話しても繋がらないし……警察にお願いしようか、って今朝もお父さんと相談してたの』

「警察、ですか……」

『眞衣ちゃんも、ちょっと気にとめておいてね。もし連絡あったら、教えて、ね？』

「あ、はい……」

控えめに答えながらも、胸の中にはみるみるどす黒い不安が広がり始めていた。

じゃあね、よろしくね、と繰り返して、伯母からの電話は切れる。しかし眞衣子は受話器を戻すのも忘れて、呆然とその場に立ち尽くしていた。

一昨日の夜といえば、あの言い争いになった夕方の、その後。

眞衣子の家に来なかったどころではない。その前の日から、夏恵は自宅に帰ってさえ、いなかったのだ。

――行方不明？

眞衣子の頭の中で、答えの出ない問いがぐるぐると回った。

なんで？　どこに？　あのケンカが原因？　そんなわけない。しかしあの直後に、夏恵が消えたとしか考えられない。

いなくなるような素振りがあっただろうか？

分からない。全然わからない。見開いた眞衣子の目が、見下ろしている電話機の表示の上を無為に泳いだ。

夕刻の、薄い陽光と蛍光灯の明かりが、ぼんやりと相殺しあう薄ぼけた色彩のリビング。

ツーッ、ツーッ、という電話機の音を遠く聞きながら、眞衣子は電話台の前に立ち尽くしたまま、夏恵のことを考えていた。

親戚の中で一番仲のいい従姉。

子供の頃から一緒にいた仲のいいお姉ちゃん。

しっかり者で正義感が強くて、頼りがいのあった夏恵お姉ちゃん。


〝失踪〟

そんな言葉とは、眞衣子の中では最も無縁だった人だ。あり得ない。どんな理由も考えられない。たった一つ、何かの事件か事故に巻き込まれたという——本人とは関係ない、理由以外は。

「………!」

それを思った瞬間、胸の中から、冷たい不安に心臓を摑まれた。

そうとしか考えられなかった。そうに違いない。眞衣子は祈った。早く伯母が、警察に捜索願を出してくれるように。

と、その時、眞衣子の耳に寝室から母の激しい咳《せき》が聞こえた。

はっ、と眞衣子は我に返った。そしてずっと握ったままだった受話器を慌てて戻し、寝室に向かって、母の世話へと戻ろうとした。

「!」

と、その瞬間、受話器を置いたばかりの電話が再び鳴り始めた。

「え? わ……」

至近距離の電子音。電話機から離れようとしたばかりだった眞衣子は、その切り替えができずに、あわあわと部屋の真ん中でたたらを踏んで電話の前に戻り、まだ自分の体温が残っている受話器を摑んで、取り上げて耳に当てた。

「も、もしもし?」

慌てているのが、思い切り声に出た。

しかし電話の相手の声を聞いた途端、眞衣子の声はますます慌てることになった。

『えーと、杜塚さん？　僕、白野だけど』

「え……白野君!?」

電話の相手が名乗るのを聞いて、眞衣子は思わず動揺した声が出た。

予想もしていなかった相手だった。そして彼の声が聞けたことを一瞬嬉しく思ってしまった後、昨日見た綺麗な女の子の記憶がよぎって、その気持ちは苦いものに変わった。

「ど、どう、したの？　白野君……」

『あ、えーと……何か用があるわけじゃないんだけど。ちょっと気になってさ』

眞衣子の問いに、きっと用事があって電話をかけてきたはずの蒼衣は、少し困ったような調子で、何故だか話題を探すように言った。

『いや……前に話したとき、大変そうだったからさ。家のほう、大丈夫？』

「え？」

ぽかん、とした。意味が飲み込めるまでに、数瞬かかった。

蒼衣が、ただ自分のことを心配して電話をかけてきたらしいということ。そんなのは想像を通り越し、妄想の外だった。眞衣子はてっきりこの間のように学校の用事だとばかり思っていたのだ。それ以外にあるはずがないと。

「えっ？　え……あ……う、うん。大丈夫……」

眞衣子はやっとのことで、そう答えた。せっかく、せっかく蒼衣が心配して電話をくれたというのに、もっと気の利いたことが言えないのかと、たどたどしい上に内容のない答えを口にしながら、心の中で激しく落ち込んだ。

「平気……」

『そ、そっか。何か変わったこととか、身のまわりになかった？』

蒼衣は少し困った様子で、重ねて訊ねる。

「う、うん……ない……」

『そう……ならいいんだ。何かあったら遠慮なく電話して。手伝えるかもしれないし』

「うん、ありがとう……」

眞衣子の胸に広がる、どこか幸せな、戸惑いの感情。この人は、何でこんなことをするんだろう？　そんなことを思う。きっと誰にでも、こうする人なのだ。それは今まで見ていて感じた蒼衣の人となりとは違うものだったが、誰にでもこうなのだとでも思わなければ、うっかり期待してしまいそうで辛かった。

それとも、あの蒼衣といた一高の子は、恋人じゃないのだろうか？

いや、だめだ。そんなことは考えない方がいい。仮に今そうではなかったからといって、どうだというのだろう。

どんな期待をしても、眞衣子には、とても勝ち目なんかないのだ。同性の眞衣子すら、見とれそうになる綺麗な子。あの姿を見てしまった以上、眞衣子程度ではどんな小さな期待すらも持ってはいけないと、どんな小さな期待も必ず破れるだろうと、眞衣子は本能的に理解できていた。

それなのに、どうしてこんな、期待してしまうような電話をしてくるのだろう。

眞衣子は上気した緊張と、同時に絶望的な思いに囚われながら、この幸せで不幸せな、電話の受け答えをしていた。

「……だ、大丈夫。何もないから」

『そっか』

「うん……」

『わかった、大丈夫ならいいんだ。安心した』

「うん」

本当につまらないやり取り。しかし無数の相反する感情が詰め込まれた、たったそれだけのやり取り。

『うん。急に電話して、ごめん』

「うん」

『それじゃ』

「うん、じゃあね……」

最後にそう言って、受話器を下ろす。

かちゃ、というプラスチックの触れ合う小さな音と共に、通話が途切れた。途端に、電話によって繋がっていた緊張に似た何かが心の中で切れて、ぼんやりとした明かりの照らす部屋で一人、胸に重りを吊《つ》るされたように、ずん、と思い切り落ち込んだ。

「…………はあ……」

スリッパを履いた自分の足を見下ろすほど俯いて、眞衣子は重く溜息をついた。

つま先の部分が開いているスリッパから、古い火傷の痕で肉が盛り上がった左足の指と、変形した爪が覗いているのが見えた。

そうだ、こんな私が好かれるわけがない。こんな自分が、蒼衣に好かれるわけがない。

身のほど知らずの夢を見るのは、やめないと。そう自分に言い聞かせながら、眞衣子は小さく、唇をかみ締める。

母親にすら、愛されなかった自分。

他人に愛されるなんて、夢のまた夢だ。

そうしていると、リビングの眞衣子を、寝室から痰のからんだかすれた声が呼んだ。

「眞衣……子！」

母の声。慌てて眞衣子は顔を上げた。眞衣子は電話に出るためここに来ていたが、母にフルーツを食べさせている途中に抜け出していたのだった。

足早に寝室に戻ると、骸骨のように痩せた母の、そこだけは輝く目が眞衣子を睨んだ。眞衣子は身が竦《すく》む思いになる。もう眞衣子を虐待する力もない母だったが、子供の頃から眞衣子を威圧してきた目は条件反射で怖かった。

「……」

「…………電話、誰？」

俯いてベッド脇に戻り、テーブルに置かれた桃の器とスプーンに手を伸ばす眞衣子に、母のかすれた声が訊ねた。

「……黒磯の……あの子じゃ、ないでしょうね」

「違うよ。伯母さんの方。夏恵お姉ちゃんが家に帰ってこないから、知らないかって……」

眞衣子は答える。ふん、とそれを聞いた母親は、憎々しげに鼻で笑った。

「どうせ……どこかで遊《あそ》び呆《ほう》けてるんでしょ」

「……」

そんな人じゃない、と言いたかったが、言わなかった。言えば母が怒り出すことは、火を見るより明らかだったからだ。

眞衣子は何も言わずに、ベッド脇の椅子に座った。

そして母に食べさせるために、ガラスの器に入った缶詰の桃にスプーンを差し入れた。つるりとした曲線を描く黄桃に、鈍く輝くスプーンを突き刺す。ぐるりと刳《く》り貫《ぬ》くようにスプーンを回して、桃を一口大に切り出す。

今まで、何度自分がこうしている、この光景を見ただろう。

母は桃とプリンが好きだ。入院していた頃も、眞衣子はいつも家から持って行ったこのスプーンを使って、幾度となく同じように、桃やプリンを食べさせた。自分で食べればいいのに、母はこれらを食べる時は、必ず眞衣子に命じて食べさせる。まるで物語に出てくる女王が、使用人の服従を確かめているかのように。あるいは継母が、娘をいじめてこき使っているかのように。

それでも眞衣子は文句を言わずにその命令に従って、まるで親鳥が雛《ひな》に食べ物を与えるように、黙々と母の口にスプーンで桃を運んだ。

すぐに死んでしまうだろう、傲慢な、老いた雛の口へと。

食べさせるほど、時が経つほど弱ってゆく、ただ死にゆく、雛の口へと。

そこから感謝の言葉など一度も出たことがない、いつも眞衣子と他の人間への、罵倒と恨みと妬みばかりが出る雛の口へと。

かつっ、と歯の当たる小さな音を立てて、母の乾いた唇がスプーンを咥《くわ》える。唇がシロップで艶《つや》やかに濡れて、貪欲に光る。

スプーンの桃を啄むようにして食べる、その時ばかりは嬉しそうに目元が歪む、母の表情を見ると、それでも眞衣子は嬉しかった。たとえ幼い眞衣子の足を、火のついた煙草で啄むようにして嬲った、母であってもだ。

これほど弱っても、いまだ眞衣子の中に暴君のように君臨している母。

今にも命が尽きようとしている、意地の悪い母。

「……」

母が口の中の桃を咀嚼している間、眞衣子は窓の外を見た。

空に鳩が飛んでいた。そういえば『灰かぶり』では、鳩は死んだ実母の化身だったな、と、ふと眞衣子はそんなことを、頭の隅で考えた。

二日後の金曜日の夕刻。

母は命と憎悪が尽きたように、突然に、ひっそりと死んだ。

五章　葬送そして葬送

許してほしい。

羊飼いによって肥沃な草原を導かれているはずの子羊らに、羊飼いは幻であり、草原は幻であり、本当の我らはいかなる庇護者もないままに目隠しをして奈落の穴が泡のように無数に口を開けた墓場を彷徨《さまよ》っているのだと、人々に知らせるこの物語を書き残すことを。

許してほしい。

そうせずにはいられない、私の魂の弱さを。

私家訳版『マリシャス・テイル』第十五章

1

日曜日。街の葬儀社のセレモニーホールで、杜塚眞衣子の母、良子《りょうこ》の葬儀が行われた。

白野蒼衣は、この夕刻近くに始まる葬儀に参列するために、学校の制服姿で、その会場までやって来ていた。

白黒の鯨幕《くじらまく》に囲まれた、一番小さな会場の、一番小さな祭壇がそこだった。しかしそれでも足りてしまうどころか、閑散とした印象さえあって、そんな十人足らずの参列者しかいない式に、蒼衣はどこか気まずい思いをしながら、神妙な表情で参列していた。

同じくやって来ていた担任と出くわして、軽く挨拶をする。

そうして、そんな大人たちの間で話されている話に聞き耳を立てていると、眞衣子の家が母子家庭だったという事実が浮かび上がって、参列している人間が少ないのはそのせいだろうかと、納得気味の想像をしながら蒼衣は周囲を見回した。

学校関係で来ているのも、担任の佐藤先生と、自分だけ。

眞衣子の姿もすぐに見つかる。この会場で学校の制服を着ている若者は、蒼衣と眞衣子の二人だけだった。

「…………」

もちろん、蒼衣はただ葬式にやって来たわけではない
偵察だった。蒼衣たちは今、杜塚家のうちの誰かか、あるいはその周辺の誰かが、『灰かぶり』の泡が浮かび上がった〈潜有者〉ではないかと疑っていたのだった。

それはマンションで遭遇した〝目を刳り貫かれた女性〟が、眞衣子の従姉であると判明したのが発端だった。あの黒磯夏恵という〝女性〟は、生きたまま完全に〈泡禍〉に心身を喰われた成れの果てである〈異形〉と呼ばれる存在になっていたが──おおむね〈泡〉は、それを潜有している人間から物理的、あるいは精神的に近い所にいる者に、特に影響を与えやすいのだった。

あまりにも当然の話だが、原因からより近しい者が、より〈泡禍〉に巻き込まれやすい。

そして当然、その最悪の結果として、悪夢によってすっかり変質してしまい、〈異形〉の存在と化すのも、近しい人間だ。

そのため、いま最も〈潜有者〉として疑わしいのが、眞衣子とその家族だった。だから蒼衣たちは、昨日までの三日間、放課後になるたびに雪乃たちと合流して、眞衣子と彼女の住むマンション周辺を見張っていたのだった。

そして────この日。

蒼衣は、故人や眞衣子には悪いけれど、葬式にかこつけて、様子見にやって来た。

恐怖、憎悪、悲嘆などの負の感情は、容易に〈泡〉と親和して、触媒のように〈泡〉の悪夢

を活性化させる。そのためこういった悲劇の現場は〈泡禍〉の舞台になりやすく、危険な場合が多いのだという。

　セレモニーホールの近くには、当然ながら、雪乃と颯姫が密かに待機していた。神狩屋から偵察を頼まれた蒼衣は当然のように引き受けたが、もちろん蒼衣一人では何かあっても対処できないため、このようなバックアップが控える形になった。

　不安はあまりなかった。三日見張って、何もなかったのだ。なので、良くないとは思いつつ、状況に慣れつつあった。六日前にマンションで遭遇した現象への恐怖も、徐々に蒼衣の中から形を失い始めていた。

　あの〈泡禍〉という名の途轍もない現象があった証拠は、今となっては神狩屋や雪乃たちとの会話と、そして毎日反復的に繰り返されている二人一緒の登下校と、放課後の〝活動〟だけしか残っていない。あれから一度も現象は起こっていない。いかに蒼衣が人の話を拒否するのが苦手といっても、何の不安も文句もなしにここに来るのを引き受けたのは、そのせいかもしれなかった。

　いずれにせよ、蒼衣の仕事は眞衣子の様子を気にかけて、何かおかしなことが起こっていないか、調べることだ。そして眞衣子が安全か確かめること。まばらに黒い服を着た人が立っている小さなホールを、蒼衣はそれとなく見回す。

　親戚の人間だろう、やや年齢層の高い男女がホールにはいるが、その雰囲気は葬式の場であることを考えても、奇妙によそよそしかった。それぞれ、ただでさえ少ない人数がさらに少人数で固まって、会場の中央に並べられたパイプ椅子に座るでもなく、ホールの隅などで立ち話をしていた。

祭壇の前にいる眞衣子に話しかける者も、ほとんどいない。

話しかけても挨拶だけのやりとりで、質素な祭壇に手を合わせる者もいるにはいるが、会場にやって来てすぐの、形だけの短いものだ。

それらを蒼衣は困惑して見ていた。蒼衣は葬式に慣れているわけではないし、目立つつもりもなかったので、周りと同じようにして紛れていようと思っていたのだ。だがこれでは所作の参考にならないし、紛れることもできない。困って立ち尽くしていると、近くで立ち話をしている年配の女性の声を潜めた会話が、聞こうとしたわけでもなく耳に入った。

「……あんなに落ち込んで可哀想にねえ……自分の娘もいじめてた、とんでもない人だったけど、それでも母親は母親だったのかしらねえ」

「!?」

その内容に、思わずぎょっとした。

いじめ!? それに気づかれないように、手持ち無沙汰な振りをして、しかしこっそりと息を潜めて、おばさんたちの会話に耳をそばだてた。

「意地の悪い人だったものね、あのお母さん」

「そうねえ……親戚中に嫌われて」

「眞衣子ちゃんを召使いみたいに扱って」

「それでも悲しいものなのねえ。いい子よねえ。眞衣子ちゃんは……」

蒼衣の存在に気づくことなく、会話は続けられる。

「…………！」

蒼衣は呆然とした。この会場の人の少なさと、このよそよそしい空気の正体を、蒼衣はようやく理解した。

眞衣子は大変な生活を送っていたらしい。親戚中に嫌われ、さらに娘を虐待する母親。そしてそんな母親の病床の部屋を誰にも頼ることができずに、たった一人でしていた。

浮かび上がった構図に蒼衣はショックを受ける。そして暗澹《あんたん》たる気持ちになる。

状況は決して同じではないが、連想で、シンデレラの身の上が頭をよぎった。

「……」

葬儀が始まるまで、まだ少しの時間があることを腕時計で確認した。

蒼衣はパイプ椅子の最前列へと、黙って近づいて行った。

祭壇の真正面に当たる椅子に、典嶺高校の制服を着た少女の背中があった。俯いて椅子に座り、話しかけられた時の最低限の挨拶を除いては、ほぼ微動だにしていない、ひどく沈んだ様子の眞衣子の背中。

そんな、参列者の誰もが遠慮するほどの重い空気をまとった眞衣子に近づくと、その下を向いた視界に少しでも入るであろう位置に立ち、蒼衣は躊躇いがちに声をかけた。いずれ話しかけるつもりでいた。だが今のつもりはなかった。

何をどうやって話すかも、まだ決めていなかった。

ただ蒼衣は、放っておくことができなくなったのだ。

「あの…………杜塚さん？」

「……し、白野君……？」

その呼びかけに、眞衣子が驚いたように顔を上げた。

蒼衣は、このたびはご愁傷様です、と、とりあえず型通りの挨拶をしようとしたが、その言葉はいきなり眞衣子の目から溢れ出した涙を見た瞬間に、どこかに行ってしまった。

「も、杜塚さん!?」

「……あ、う……ご、ごめんなさい……」

蒼衣の顔を見た瞬間に、ぼろぼろと泣き出した眞衣子は、慌てて眼鏡を外し、再び俯いてハンカチを目に当てた。泡を食った形の蒼衣は何もできず、内心ひどく混乱しながら、それを見守ることしかできなかった。

「あっ……あれ？　ご、ごめんなさい、急に……」

眞衣子はハンカチで目を覆って、途切れ途切れに言い訳する。

「こんな、つもりじゃ……なんか、止まらなくて……」

「あ……いや……大丈夫？」

気遣いながらも蒼衣は待つしかできない。そして少しの間、そうやって気まずく立っていたが、眞衣子は一分ほどで少し落ち着いて、濡れた目元のまま蒼衣を見上げた。

「ごめんなさい……ありがとう、来てくれて」

「うん……」

うなずく蒼衣。

「えーと……君のお母さんのこと、周りの人が言ってるのが、少しだけ聞こえて。良くないと思ったけど、言っときたくて。本当だったら……大変だったね」

「うん……」

眞衣子は再び俯いて頷く。否定をしないところを見ると、おおむね周りの話は事実なのだろうと察せられた。

だが蒼衣は、同時にそれを聞いた瞬間の、眞衣子の悲しそうな表情も見逃さなかった。

蒼衣はそれで瞬時に察した。この会場の、眞衣子へのひそひそとした同情の中で、当の眞衣子が、何を思っていたか。

「でも……好きだったんだ？　お母さんのこと」

蒼衣は言った。

「！　……う、うん！」

弾かれたように顔を上げる眞衣子。蒼衣は朧《おぼろ》げながら、眞衣子を取り巻いていた状況を理解した。性格に問題があって、親戚中から嫌われていた母親。その母親に冷たく当たられ、召使いのように扱われながらも、母親だから嫌いにはなれない眞衣子。

「うん……わかる気がするよ。僕も何だかんだ言って家族は好きだから」

蒼衣は同調して言った。

「どんなことされても、見捨てたりはできないと思う。いや、周り中から嫌われてるなら、よけい自分だけは、見捨てられないよ」

「うん……………うん……！」

再び涙を流し、何度も頷く眞衣子。その様子を見ながら蒼衣は、自分の想像が間違っていなかったことを確信する。

「お母さん、どんな人だった？」

蒼衣は訊ねた。眞衣子はそんな蒼衣の問いに答えようとして何度もしゃくりあげ、そして蒼衣は答えられるようになるのを待った。

「意地悪……だった。みんなに、嫌われてた」

やがて、辛うじて答えられるようになると、眞衣子は途切れ途切れに口を開いた。

「そう……」

「ヒステリック、で、すぐに怒り出す人……だった。お金にだらしなくて……親戚や友達からお金借りて、返さずに、平気な顔してる人だった」

「……」

「嫉妬深くて、人の幸せにも嫉妬して、人の言うことを……何でも悪くとる人だった。人の善意なんか、ぜんぜん信じられない人だった。そんなだから、みんなお母さんを嫌ってた。そのせいで何もかも上手くいかなくて、お父さんが出て行ったあとは、すぐ癇癪おこして私の足に煙草とか、押し付けた。

外で嫌なことがあると、不機嫌になって帰ってきた。それで私が口答えすると、煙草。やることが気に入らないと、煙草。子供の頃は、そんな毎日だった。今も私の左足……ひどいことになってる」

「……」

想像以上の状況に、蒼衣は内心で冷や汗をかいた。先ほどは眞衣子にああ言ったものの、自分がそんな状況になった時、それでも親を好きでいられるかと問われると、さすがに自信がなかった。

「〝罰〟が、怖かった」

「お母さんの罰が、お母さんが、ずっと怖かった。でも周りには、そんな風に見てほしくなかった。そんなんじゃ、私まで見捨てたら、お母さん本当に一人ぼっちになっちゃう……」

「…………そう」

それだけ言うのが、蒼衣には精一杯だった。壮絶な吐露以外の、何物でもなかった。蒼衣は、ハンカチを握り締めて俯いている眞衣子の肩に、そっと手を置いた。

「…………」

驚いたように眞衣子の肩が、微かに震えた。

「とにかく……気を強く持って」

蒼衣は言った。陳腐も極まる言葉だったが、眞衣子は本当に真摯に受け止めて、蒼衣の言葉に頷いた。

「…………うん」

「じゃあ……また」

「うん、ありがとう」

蒼衣は最後にそう言って、眞衣子の席から離れる。

「…………」

そんなお礼の言葉を背中に聞きながら、離れようとする自分の足取りが、その前の何倍も重く、蒼衣には感じられた。

この、薄暗い同情が満ちている空間もだ。

重かった。蒼衣が想像もできない悲惨な家庭環境に、想像できる家族愛。一部は分かるからこそ、そこから想像できる凄絶な家族愛が、あまりにも重かった。

重い足取りで、蒼衣は自分の座るべき椅子を探して歩く。

その時、そんな蒼衣に声をかける者があった。

「……白野」

「先生……」

担任の佐藤先生が、先ほど会った時よりも緊張したような面持ちで、蒼衣を呼んだ。

普段の着慣らしたようなスーツではなく礼服なので、くたびれた中年の印象があった普段の先生とは、多少印象が違っていた。

「何です？」

「えっとだな、さっき親戚の人から気になることを聞いたんだが……」

何か言葉を選ぶような、困惑交じりの声で先生は言う。蒼衣はぴんと来る。そして少し声を潜めて、先生に答える。

「……杜塚さんの、お母さんのことですか？」

「本当みたいですね。さっき少しだけ、杜塚さんからも聞きました」

「あ、ああ。てことは……」

「そうか……」

思案げに頷く先生。

「うーむ。そうか、弱ったな。本当なら、相談に乗ってやらんといかんだろうな……」

眉を寄せて、顎に手をやる。

「そうですね。お願いします」

「ん、わかった。少し話してみよう。白野も済まんな」

「いえ」

片手を上げて、先生は眞衣子のいる席へと歩いて向かう。

その先生の背中を見ながら、蒼衣は密かに心の中で、先生を見直していた。いつも学校で見る先生は、いまいちやる気の見えない中年だ。だが意外にも、面倒見は悪くないらしい。

大人に任せられるなら、それに越したことはない。

絶対にその方がいい。そして先生と話して、少し心が軽くなった気がした。

心の重荷も、人と共有すれば軽くなる。蒼衣は先生の背中を見ながら、眞衣子もそうなることを願った。

そして何となく、次に思い浮かんだのは。

何もかも一人で背負い込もうとしているような態度の、雪乃の横顔だった。

2

葬儀は、何事もなく終わった。

棺《ひつぎ》が運び出されて、黒塗りの霊柩車《れいきゅうしゃ》に乗せられて火葬場に向かった後、蒼衣はセレモニーホールを出て、その近くにある小さな公園に足を向けた。

そこには待機中の少女二人が、蒼衣が来るのを待っていた。

ビルの脇に、申し訳程度に切り取られた、東屋《あずまや》じみた小さな公園。蒼衣が顔を出すと、颯姫がぱっと笑顔を浮かべ、休みの日だというのに学校の制服姿の雪乃は、相変わらず冷ややかな表情。

対照的な二人はそれぞれの表情で蒼衣を迎えたが、その関心事は二人とも同じだ。

「お疲れ様です！　何も起きませんでしたね」

「うん、そっちもお疲れ様」

結論と労《ねぎら》いの言葉を言う颯姫に、蒼衣はそう言って答えた。何事も起きなかった。と言っても、蒼衣だけが単独でいる中で〈泡禍〉が起こるという危険な事態は、できるなら起こらない方がいい。

しかしそれでも、いくらか拍子抜けしたことは否定できない。一応は、何かが起こりかねないと見込んで潜入したのだ。

「で？　何かわかった？」

その辺りをどう思っているのか、見た目からは窺《うかが》えない雪乃が、冷ややかに問う。問われた蒼衣はちょっと複雑な笑みを浮かべて、とりあえず頷いた。

「一応、色々わかったけど……」

色々な意味で、少し口ごもる蒼衣。思った以上に深刻だった眞衣子の家庭。そして葬式を口実に、それを暴きに行った罪悪感。それから。

「えーと、雪乃さんは、嫌いなんじゃなかった？　分析とか、予想とか」

「うるさいわね」

一応配慮のつもりだったが、睨まれた。

「いいから話して」

「うん」

蒼衣は溜息をついて、中で聞いた話を雪乃たちに話して聞かせた。

「えーと……」

蒼衣は話した。童話に出てくるような、意地の悪い眞衣子の母親の話を。

まるでシンデレラのようだった、眞衣子の身の上の話を。

「……これ、完全にシンデレラと重なるよね」

「そうね……」

語り終わった蒼衣がそう評価を口にすると、雪乃もやや渋々ながら、同意した。

そして、

「少なくとも、その杜塚さんが完全に〈泡禍〉とは無関係で、ここで待ってたのが完全に無駄だった、って事態だけは避けられそうかもね」

そう言うと、雪乃はどこか凶暴にも見えるうっすらとした笑みをその貌に浮かべた。

獲物を見つけた、猫のような笑みだ。今までの人生で色々な人と出会ってきたが、こんな表情を浮かべた人間を見たのは、過去にはたった一人だけだった。

たった一人だけ。幼い頃の、溝口葉耶、その人だけ。

蒼衣はその事実に何とも形容しがたい運命を感じたが、雪乃はふっと表情を不機嫌なものに戻すと、ぼやくように言った。

「まあ、確証があるわけじゃないから、まだ分からないわけだけど」

冷めた意見。

颯姫も同意して頷いた。

「そうですねえ……」

雪乃を始めとする〈騎士団〉の人間は、蒼衣が見てきた限り、希望的観測というものをほとんどしない傾向があった。それが普段の出来事ならそうでもないが、〈泡〉に関わるものに関しては、できるだけ最悪の予想を立てようとする。それが何を意味しているのかは、蒼衣はあまり考えないようにしている。

「まだ〈泡禍〉も本格化はしてないみたいだし。ひょっとしたら長丁場になるかもね」

「困りますねえ……」

雪乃が言い、颯姫は頬に指を当てて、可愛らしく小さな溜息をついた。場の雰囲気が弛緩《しかん》した。溜息交じりの空気が、三人の間に広がった。

だが、その瞬間。

『――――そうかしら？』

ぞわっ、と背筋を撫で上げられるような少女の声が、蒼衣の耳に流れ込んだ。

透明で綺麗な声に、とてつもない悪意と狂気を含ませた少女の声。そのどこから聞こえてきたのか分からない声が聞こえた瞬間、蒼衣の周りにある空気があっという間に異質なものへと変質した。

皮膚に触れる空気の温度が一気に下がり、周囲の明度が突然に翳った。

そもそも曇り気味の夕刻近く、それ以上翳ることなどあり得ないにも関わらずだ。

「…………‼」

だが、その瞬間に顔色を変えたのは、三人の中で二人だけだった。雪乃と蒼衣。そして、その二人だけが気づいたという事実に気がついた途端、その瞬間まで平静だった雪乃が、瞬く間に顔色を失った。

「あ、あなた………気づいてるの⁉」

「えっ…？」

問われたことの意味が、理解できなかった。

自分の五感が当然感じるものに、気づくも何もなかったからだ。

『へえ……あなた、私の声が聞こえるの？』

暗い暗い、世にも楽しそうな声が、空気から染み出すようにして聞こえる。そんな空間そのものから話しかけられているような、不可解な感覚に、蒼衣は慌てて周囲を見回し、その声の主を探す。

「！」

そして見つけたのは――――雪乃の背後だった。

『はじめまして、かしらね？』

うっすらと笑みを含んだ声。その声の主は、その少女は、そこにいる雪乃と半ば重なるようにして、ふわり、と背後に立っていた。

半ば景色に溶け込んだような少女が、雪乃の背後に、影のように寄り添っている。雪乃とよく似た顔立ち。しかしその表情は、笑みであることこそ判別できるものの、背景に溶けてしまうほどうっすらとしたもので、詳しい顔形は分からない。

蒼衣は、呟いた。

「風乃……？」

「！」

それを耳にすると、雪乃は険しい表情で蒼衣を睨みつけた。

「何であなた、風乃を知ってるの？」

「い、一度、神狩屋さんから……」

「あのお喋《しゃべ》り……！　……ううん、違う。そんなことは、今はどうでもいいわ。あなた、どうして風乃が見えるわけ？　何で私の〈断章〉が知覚できるの⁉」

強く問い詰める調子で言った。蒼衣は呆然とする。まだ状況が理解できない。

「〈断章〉……？」

「あなた、姉さんの〝声〟が聞こえてるのよね？」

雪乃は言う。

「私に〈断章〉として取り憑いてるこの姉さんの亡霊は、私にしか見えないし、声だって私にしか聞こえないのよ⁉」

「！」

そんな雪乃の説明に、今度は蒼衣の方が顔色を失った。だが蒼衣は、同時に思い出してもいた。この場に満ちている空気が、少女の声が聞こえた瞬間から、あのマンションの踊り場に満ちていた空気と、恐ろしくよく似ていることにだ。

「どういうことなの⁉」

そして、さらに問おうとする雪乃。

だが答えたのは蒼衣ではなく、くすくすと笑みを含んだ〝声〟だった。

『そういう〈断章〉なんじゃないかしら？　他人の〈悪夢〉を共有してしまうタイプの』

「⁉」

振り返る雪乃。蒼衣はその遣《や》り取《と》りが、自分の事を言われているのだと理解して、思わず呟いた。

「共有……？」

『ほら、完璧に聞こえてる。嬉しいわね』

くすくすと、声が笑った。

『私に新しい話相手ができたのかしら？　今まで話相手が雪乃ばかりで、退屈してたところなのよ。これは私にとって奇跡的な出逢いと言えるでしょうね。私に身体があったら、抱きしめてあげたいくらいだわ』

楽しそうな〝声〟。颯姫は何が起こったのか全く分からない様子できょとんとし、雪乃はますます表情を険しくした。

「白野君……あなた……」

雪乃は、口を開く。だがそれ以上言葉が続かずに口ごもり、尻切れになった言葉は、そのまま雪乃の背後の影が話す楽しげな〝声〟に奪われた。

『ところで雪乃。水を差すけど、いいのかしら？』

「な、何よ……？」

『こんなことしてる暇はないんじゃないかしら？　〈泡〉が、溢れ出しそうよ』

「……!?」

その言葉に、雪乃は絶句した。

『〈泡〉の気配がするわ』

世にも楽しそうに、少女の声は言う。

『もうすぐ、『灰かぶり』が始まりそう。喜んで。貴方《あなた》たちの見立ては、正しかったということよ』

「…………っ!!」

『きっとあの杜塚という女の子が、〈泡〉を抱えていたのね』

　くすくすと。

『さあ、急いで。急いで追わないと――――あの子の着いた火葬場、きっと、もうすぐと、んでもない、い、い、ことになるわよ？』

「…………………!!」

3

　お葬式に来てくれた親戚、たったの六人。

　その全員が立って待つ白く静かな部屋に、微かなモーターの音を立てながら、大きな火葬台が入ってきた。

　火葬場の職員によって運ばれてきた、窯から出てきたばかりの、まだ強く熱を残す台。

　先ほどまで炎に晒されていた台の上には、むっと独特な臭いと共に強い熱気が立ち昇り、跡形もなくなった棺の灰に埋もれるようにして、残骸のような白い骨が辛うじて人の形だと分かる配置で横たわっていた。

「……それでは、お骨上げのご案内をさせていただきます」

そう言って一礼した初老の火葬場係員に応えて、眞衣子と親戚たちは神妙な空気の中で静かにお辞儀をした。台の周りに集まっている一同。そこに職員の手によって、長い箸の入った箸立てと、磁器で作られた、ただひたすらに白い骨壺《こつつぼ》が持ち込まれた。

台の脇でじっとお骨を見下ろす眞衣子の顔に、台から立ち昇る熱が触れる。最期には底意地の悪さという皮が張り付いた骸骨のようになっていた母だったが、本当に骨になってしまうとその面影もなくなり、むしろ寂寞感《せきばくかん》さえただよう、骨の欠片と白い灰の混合物に成り果てていた。

「えー、まずお箸ですが、これは竹と木の箸を一本ずつ一組にして使います」

係員がそんな説明をしながら、皆に箸を渡していった。

「木と竹は接木《つぎき》できませんので、あの世とこの世の節目を表して、仏さまが迷わないようにと願う意味だと言われております。それからお骨ですが、故人に関係の深い順に、二人で一つのお骨を拾って骨壺に入れていきます。これは箸渡し、ということで三途《さんず》の川《かわ》の橋渡しに通じておりまして、仏さまが無事に三途の川を渡って成仏できるようにという、お祈りの意味だと言われております」

そして係員は、一同を見回した。

「お骨は、足から頭へ順番に骨壺に収めていきます。……それでは、喪主様から」

係員が言い、眞衣子は黒磯の伯父に促されて箸を持ち直した。

黒磯の伯父は、大変な状況の中、こうして来てくれた。夏恵は結局戻って来ずに、行方知れず。とうとう先日、警察に捜索願を出したばかりだった。

癇癪持ちの怖い伯父だったが、義務には堅く、頼りになる。

母にも夏恵にも似ている伯父は、足のあった辺りの灰に箸の先を近づけ、目線で眞衣子を促し、頷いて見せた。

「……」

眞衣子も、その白い灰へと、箸を伸ばした。

足の位置にある、半ば灰に埋もれた崩れかけの骨を、伯父と共に箸でつまみ、ことん、と骨壺に入れた。

拾い上げた感触も、骨壺に入った音も、とても軽く、乾いていた。七人が順番に骨を拾って一巡すると、そこからは時間短縮のために箸渡しは省略され、後は普通に骨壺を満たす作業となった。

神妙な空気に、少しだけ和やかなものが混じった。

微かに緑がかった白い灰から骨を拾い出しながら、ぽつぽつと親戚達の間で静かな会話が交わされ始めた。

だが眞衣子は少し気分が悪くなった振りをして、台から離れ、その輪から外れた。

交わされる会話が、当然ながら、母の人となりについてだったからだ。

母について話せば、どう控えめにしても悪口にしかならないことは、眞衣子も十分に理解していた。だが聞きたくはないし、言って欲しくもない。しかしだからといってやめて欲しいとも、眞衣子の口からは言えなかった。

言われても仕方がないくらいに、母は親戚中に迷惑をかけていた。

そんな風に見て欲しくないという眞衣子の望みは、どう考えても無理な相談だった。

「良子さん、最期までいい話は聞かなかったわねえ……」

台を囲む親戚の女性がぽつりと呟いたその言葉が、母の人生の全てを語っていた。眞衣子はそれらの会話をできるだけ意識に入れないように、何か意識を逸らすものがないかと、自分の身体を抱きしめるようにして探った。

「……」

制服の上着のポケットに、硬いもの。

のろのろと取り出した。それは火葬の棺に入れようとして断られた、病床の母を世話したスプーンだった。

白い部屋の明かりの下で、鈍く輝く大振りのスプーン。これを母は持って行けなかった。向こうで、母はどうやって食事をするのだろう。

心配と想像を巡らせた。少しだけ周囲の話から意識が逸れた。

そしてそうしているうちに、台の周りでの話題は、やっと別のものに移っていた。

「……この仏さん、長く病気されてたでしょう」

係員が、骨を見ながら言う。

「わかるんですか？」

「ええ、年間何百人と見てますとね、大体わかってくるんですよ」

親戚たちは係員の話に興味を移した。スプーンを握ったままの眞衣子は、心の中で係員に感謝する。

「病気してるとね、悪いところの、お骨の色が違うんですよ」

係員は言った。

「ははあ……」

「ほら、ここキとか黒くなってるでしょ？　脊髄なんかも色がついてる。薬を長く使ってると、こんな風になるんです」

灰と骨の欠片を、箸がかき回すかさかさという乾いた音。親戚たちも台の上に箸を向け、灰を探っている。そして骨壺の中に骨を入れる作業を、ぽつりぽつりと再開する。

伯父の手にした箸の先に白い骨が摘まれ、壺の中に落とされる。

その光景を見ていた眞衣子は、ふと思い浮かんだ。

「あ……」

骨を摘まむ箸が、まるで鳥のくちばしのようだと思ったのだ。

パンを啄む鳩。そのくちばしの印象が、目の前で行われている作業と、眞衣子の頭の中で重なったのだ。

その途端、連想が働いた。

一節が浮かぶ。

次々と浮かぶ。

『家ばと、山ばと、小鳥さん。いい豆は、お鍋の中へ』

『悪いのは、おなかの中へ』

『悪いところの、お骨の色が違うんですよ』

目の前であった会話が、『灰かぶり』の一節と混ざる。それなら——あの骨壺は、もしかして、お鍋だろうか？

思い至った瞬間、ぞっとした。

奇妙で、異常な寒気。そして、そんな突然の怖気を感じたその直後、ぶわ、とこの空間に足元から、まるで目に見えない大きな〈泡〉が浮かび上がってきたかのような、奇妙な感覚に襲われた。

「えっ……」

驚く。戸惑う。そして。

次の瞬間、弾けた。部屋の中の空気が一変した。

ぞわっ、

と全身の産毛《うぶげ》が逆立った。眞衣子の肌に触れる空気の温度が一気に下がり、目にしている景色の色彩が変わって見えるほど、見えている世界の明度が明らかに低下した。

突如として闇を増した世界の中で、しかし骨を拾う親戚たちは、誰もそれに気づいていないかのように骨上げの作業を続けていた。いや、事実、気づいていなかった。彼らはすでに、それに気づくべき正気を失っていた。

――――ざくっ。

音が、響いた。

そのスナック菓子を噛《か》んだような音が、一体何なのか、眞衣子は最初理解できなかった。

しかしその印象自体は、決して事実から遠いものではなかった。眞衣子がそれに気づいたのは、目の前で骨上げをしている親類の、その一人の箸の先が、一つ奇妙な方向を向いているのを見つけた時だった。

彼の持った箸は、自分の口へと向いていた。

――さくっ、

別の口から音がした。おばあさんと呼んでいい年をした親類の女性が、箸でつまんだ骨を口に入れていた。

それを噛み締める、ざくっ、という音と共に、茶色に濁った脊髄の欠片が、女性の口からぽろりと一つ、台の上にこぼれて落ちる。色の変わった骨。闘病の痕跡が残っている、お母さんの、悪くなった骨。

『悪いのは、おなかの中へ』

立ち尽くす眞衣子の中で、全てが符合した。

その瞬間、台の上に広がった母親の灰を囲む、男女の手に握られた箸が、狂騒のように母の遺灰へと一斉に群がった。我先にといくつもの箸先が、灰の中を探り出す。そしてその中に埋まっている〝悪いの〟を、次々とつつき出して、自分の口へと運び始めた。

――さくっ、さくっ、さくっ、さくっ、

乾いた音が、部屋の中に次々と響き始めた。

全ての親戚と係員たちが、群がるように灰の中から骨をつつき出して、悪いものを次々と口に入れて咀嚼し、それを嚥下《えんか》する音だった。

親戚達の目は鳥のように真ん丸に見開かれて、その顔からは表情が失われていた。鳥の顔だった。無表情な目と顔は、いかなる情動も表現しない代わりに、明らかな本能と欲望と、そして人間としての、明らかな異常と狂気を発散していた。

――ざくっ、さくっ、さくさくさくさくさく、

灰の中から、瞬く間に骨という骨がつまみ出されていった。そして正常な骨の欠片が溢れるほど骨壺に放り込まれ、色の変わった悪い部分の骨が、親戚達の口の中、腹の中に、次々と収

まっていった。

その音。音。音。

悪いのは、おなかの中へ。

その言葉が作り出す、あまりにもおぞましい光景。

そして音。ホールを埋めつくす、ついばみの音。

「……う…………っ！」

吐き気を催して口を押さえた。

だがそれが、全ての間違いだった。

瞬間、

ぴた、

と骨を啄む音が、止まった。

眞衣子の立てた、そのたった一つの声によって、初めてその存在に気がついたように、一斉に灰に群がる男女が、骨を探る動きを止めたのだ。

そして、

次の瞬間——————一斉に彼らは眞衣子を見た。

鳥類の無表情に、真ん丸に見開かれた鳥類の目。そんな目を、鳥の群れが何の前触れもなく一斉にそうするような、動物的な動きで眞衣子へと向け、そしてじっと、一切の音を立てずに眞衣子の顔を見つめた。

「…………………………………!!」

わっ、と恐怖と戦慄が、背筋を駆け上がった。

明らかに正気、いや人間ではない表情をした十四個の瞳に見つめられて、その明らかに意思疎通不能の存在に自分が見つめられているという恐怖に、肌が粟立《あわだ》った。

この密室に、それらのイキモノと閉じ込められているという事実が、恐怖を加速した。

真ん丸に目を見開いて、口の周りに人間を焼いた灰をこびりつかせた男女。

ごくり。

と真正面にいる黒磯の伯父が、口の中のものを胃の中に飲み下した。
そして次の瞬間、伯父は仲間へと呼びかける鳥のようにがばっと大きく口を開けると、その喉の空洞の奥から声と音とを相半ばにしたような〝聲《こえ》〟を響かせ、部屋の中に響き渡らせるように、大きく高らかに一声啼《な》いた。

『────灰《ハイ》ダ!!』

暁声《ぎょうせい》。
途端に次々と親類たちが、裂けるほど口を開け、それに続いた。

『灰!』
『灰ダ!』
『灰ヲ!』
『悪《アク》ヲ!』

部屋の中に反響する凄まじい〝聲〟。それらは部屋の中で反響しながら混じり合い、もはや人間の声とはとても思えぬ不協和音となって、部屋の中に響き渡った。

その声は幾重にも重なり合って、おぞましいまでの声量で、部屋を、耳を、頭の中を、響き渡った。それは徐々に混じり合い、重なり合って、あたかも夕暮れの空で不吉に鳴き交わす鳥の聲に似た、人の言葉からは逸脱したものに変質していった。


『悪！』

『灰ヲ！』

『罪《ツミ》ヲ！』


空気の振動が皮膚で感じられるほどの、怖ろしいまでの〝聲〟の不協和音。

身が竦んで、心が竦んで、思い切り強く耳を塞いで、身体を硬くして、眞衣子は冷たい石の壁際に、震えながら立ち尽くした。

「…………………っ!!」

涙が浮いた。鳥肌が立った。

凄まじい〝聲〟と、異常と狂気と狂騒とを全身と頭の中に浴びて、もはや何も考えられなかった。ただひたすらに、恐怖に竦んだ。

だが、それは始まりだ《ヽ》っ《ヽ》た《ヽ》。

ぶつっ。

その眞衣子の目の前で。

黒磯の伯父の持つ箸が、隣に立つ伯母の目に突き入れられた。

『ギャアアアアアアアアアアアアアアアアアア――――――ッ!!』

大きく開かれた伯母の口から鳥類に酷似した、凄まじいまでの甲高い悲鳴が溢れた。その絶叫は灰と悪の存在を叫ぶ〝鳴き聲〟と入り混じって、鳴き交わされる狂騒に、新たな音階を付け加えた。

皮切りだった。

そこに群れていた男女は突如として共食いを始めたかのように〝箸〟を振りかざし、互いの目を、顔を、次々と突き刺し始めた。そのたびに血と甲高い悲鳴が部屋の中飛び散って、狂騒をさらにおぞましいものへと塗り替えていった。

狂騒は台の上の灰を吹き飛ばし、撒き散らした。

撒き散らされた灰が、彼らの着ている黒い喪服を白灰色に染め上げ、それはますますこの光景を、灰にまみれた鳩の狂騒に酷似させていった。

『ギャアアアアアア――――――――ッ!!』

彼らは瞬く間に互いの目玉をつつき出して、顔を血と涙と、得体の知れない粘液で汚しながら叫び続けていた。眼球に突き刺された箸が眼窩の中で折れ、血を流す目から箸を覗かせたまま、他の者の目玉を求めて絶叫を上げて摑みかかった。眼窩を狙って逸れた箸が顔の肉を抉り、叫びを上げる口から喉の奥に突き刺さった。恐ろしい殺し合い。それを目の前にして、眞衣子はただただ一人だけ、悲鳴を上げることしかできなかった。

「――――――――いやあああああ――――――――っ!!」

すでに足が立たず、壁を背に座り込んだ眞衣子は、耳を塞いで悲鳴を上げた。生まれて初めて上げたほどの大きな悲鳴。しかしその悲鳴ですら、この部屋に響き渡る怖ろしい絶叫と狂騒の前には全くの無力で、反響する凄まじい鳥類の叫びと悲鳴の中に、ただ飲み込まれてゆくだけだった。

もはや何も考えられなかった。

ただ床に座り込んだまま、強く強く身を竦ませて、耳を塞いで、心の底からの恐怖の悲鳴を上げ続けた。

それでも恐怖に引き攣り、閉じることさえできない目。

恐怖と狂気を見つめたまま、涙を流して見開かれた目。

ずる、

と、そんな眞衣子の見開かれた目に、突如として異様なものが見えた。床にぶちまけられた母親の遺灰、その中に、不意にもぞりと、動くものがあったのだ。

伯父たちが踏みしだく足元に、うっすらと積もった灰。

その灰が、ずる、と盛り上がる。いや、それは灰ではなく、母親を焼いた灰の中から、灰にまみれた大量の髪の毛と、その下に続くモノが這い出てきたのだ。

目が合った。それは灰の中から顔を出した、人間の頭の上半分だった。

それは灰の中から覗く、病苦で荒れた髪の毛と、骸骨のように痩せた顔だった。


母だった。

それは見間違えようもない、つい今朝まで毎日見ていた、癌のせいで痩せ細った、眞衣子の母の顔だった。灰の中から、じっと母が見つめる。その目は大きく、真ん丸に見開かれて、表情のない、鳥の目をしていた。

「――!!」

もはや、悲鳴にもならなかった。

恐怖に息が止まった。もはや声は出ず、ただ心の中だけで割れんばかりの悲鳴を上げた。

動けない眞衣子の目の前で、視界の灰という灰が残らず蠢き、その下から〝何か〟がもがくようにして這い出した。灰にまみれた羽、嘴《くちばし》、目。しかし這い出した〝それ〟は間違っても鳥などではなく、鳥の部品を滅茶苦茶《めちゃくちゃ》にこね合わせたような、世にも気味の悪い、畸形《きけい》じみた塊だった。

灰から半分ほどを出した母の頭部が、身じろぎするように這い出した。

それまで見えていた上半分の下が、床に溜まった灰の中から、徐々に姿を現した。

しかし、そこから現れたのは、眞衣子の知っている母の顔ではなかった。灰の中から現れた頭の下半分は、鳥の翼と頭と足とが滅茶苦茶に生えた、世にも怖ろしい形状をした、人体の成れの果てだった。

「────っ、きゃあああああああああああああああああっ!!」


止まっていた息が、悲鳴になって迸《ほとばし》った。

その瞬間、動かなかった自分の身体が、動いた。

自分の悲鳴に弾かれるようにして、眞衣子は半ば這うように立ち上がって、この場から逃げ出した。目の前で繰り広げられている全てに背を向けて、部屋に反響する甲高い叫びと悲鳴を背に、両開きの大きな扉に取り付いて、その扉を押し開けた。

外の見える大窓と、すでに日の落ちかかっている夕刻が見えた。

異様に静かな無人の火葬場を、妙に薄暗い電灯の光の中、入り口の自動ドアに向けて、無我夢中で走った。自動ドアが開いて、表に出た。夕刻の空の下、高台にある火葬場の正面には大きな階段があり、眞衣子はその階段を、必死になって駆け下りた。

そのとき空気に、不意にノイズが混じった。

耳に聞こえているのに、まだはっきりとした音ではない、空気の音。スピーカーのスイッチが入った時の、あの聞こえる無音が、不意に空気と世界に満ちて、そして直後、夕刻の六時を告げる放送が、火葬場の前に立っているスピーカーから、大音量で流れ出した。

瞬間、

「うくっ！」

いきなり左足に激痛を感じて、眞衣子は階段の途中で足を止め、うずくまった。その頭上で鳴り響く放送。夕闇の下、音の割れた『夕焼け小焼け』が空気そのものを震わせる中で、眞衣子が自分の足を見下ろすと——そこには靴に付着していた灰から、無数の鳥の畸形が涌きだして、その羽が、嘴が、爪が、眞衣子の靴と左足を食い破っていた。

血。

激痛。

その目の前で、

『灰ノ中ノ、悪ヲ!!』

血に塗れた嘴が大きく大きく開いて、一声啼いた。

その甲高い〝聲《コエ》〟と、おぞましい〝異形《イギョウ》〟の鳥。自分の足に生えたそれが、眞衣子の正気がこの世で見聞きした、最後のものだった。

蒼衣たちがようやく火葬場に辿り着いた時、最初にそこで見つけたのは。

正面の階段の中ほどに転がっていた、ぼろぼろに破れて血に濡れた、小さな学校指定の革靴だった。

†

…………………………

4

田上颯姫の〈食害〉が広がる火葬場の前に、一台の車が乗り付けられた。

大型で黒塗りのバン。そのバンは後部の窓が全てスモークで塗り潰されていて、本物を見たばかりでなければそれと勘違いしただろうほど、あまりにも霊柩車じみていた。

夜の火葬場。周囲に人気は全くない。

白野蒼衣は、そんな正面玄関の灯火だけがぼんやりと照らす火葬場の前に立って、その黒塗りの車を、雪乃や颯姫と共に黙然と出迎えた。

「……」

この車は、火葬場の中に転がる死体を処理するために呼ばれた〈葬儀屋〉だった。

もちろん普通に言うところの葬祭業者ではない。この車の人物は、死体を処理することができる〈断章〉を抱えている〈騎士〉で、一片の痕跡も残さずに死体を処理できる〈効果〉を使い、周辺の〈ロッジ〉から死体処理を請け負っている、関東で最も有名な〈騎士〉の一人なのだという。

通称〈葬儀屋〉。どこの〈ロッジ〉にも所属していない孤高の〈騎士〉。

どんな人物なのか、蒼衣はほとんど聞かされていないが、ただ一言颯姫が言うには「怖い人です」とのことなので、それを出迎える蒼衣は緊張していた。

「……」

神の悪夢の顕現である〈泡禍〉は、それに巻き込まれた被害者を二目と見られないほど悲惨な状態にしてしまうことがままあるという。

大量死。

あまりにも猟奇的な手段で損壊された死体。

現代の技術では完全に不可能な、異常な殺され方。

しかも、聞けばそれらはまだマシな部類なのだそうで、場合によっては明らかに超常的な、例えば完全に人間ではないものに変質してしまう場合もあるという。そして発見されれば大事件になることが免れない、それらを処理する役目の人間が、〈騎士団〉には常に一定数存在するのだということだった。

確かに、必要だろうと思う。

——人目に触れさせちゃいけない！

火葬場の中に広がっていた現場を見た瞬間、立場的にはまだ一般人寄りの蒼衣でさえ、反射的にそう思った。

眞衣子を追って火葬場にやって来た蒼衣たちは、中に入った途端に悲惨なものを見た。骨上げをするための部屋の中は、セレモニーホールで見たことがあるはずの人たちが殺し合いをしたらしく、血と灰が飛び散った、凄惨な有様になっていた。

見たことが〝ある〟、ではなく、〝あるはず〟の人たち。

というのは一目見ただけでは、それが本当にその人たちだったのか、判別ができなかったからだった。

忘れたわけではない。

目を潰し合って容貌が損壊していたが、そのせいでもない。

倒れていた七人分の人体は、半ば人間の形をしていなかったからだ。それらは身体の傷という傷から、鳥の羽や頭や脚などの部品が滅茶苦茶に生えていたのだ。

特に傷の多い顔面部は無数の鳥の部位に覆われ、どんな顔をしているのかすら、もはや判別できない有様になっていた。それはまさしく、人間という形への冒瀆《ぼうとく》に他ならなかった。見た瞬間に心が悲鳴を上げ、凄まじい怖気に襲われた。そして蒼衣はすぐさま逃げるように部屋を出て、表に立ったまま、二度とそれらを見ることなくこの時間を迎えていた。

「……」

そしてその車は、やって来た。

威圧感のある黒いバンは火葬場の前に停《と》まると、蒼衣たちの見守る中、そのエンジンを静かに止めた。

一瞬の間があって、ドアのロックを外す音が、不気味な静けさの広がる夜闇にやけに大きく響いた。雪乃も颯姫も、その音を聞きながら、少しだけ表情を硬くしていた。

「……」

どんな人が出てくるのかと、蒼衣も緊張していた。

あの、できるなら二度は見たくないとまで思った、悲惨な死体の数々を、平然と処理するであろう、そして、してきたであろう人物。

それだけでも、今の蒼衣にとっては充分に畏怖の対象たりえる。

がちゃ、と音を立ててドアが開く。開いたのは、運転席と助手席が、同時だった。


——現れたのは、黒衣を纏った男だった。


百九十センチ近いのではないかと思われる長身に、ノーネクタイの着崩された喪服。癖のある髪に、彫りの深い顔立ちはやや日本人離れしている。目元は険しく、寡黙に引き結ばれた口元は、古い洋画が似合いそうな、魁偉《かいい》な墓掘りのような印象だった。

その両手に提げられているのはどういうわけか、傷みが目立つ大型のバケツと、使い込まれた大振りの鉈《なた》。しかし、この男と対面した時に感じた何よりも異様な点は、この男の姿形などではなく、その全身から発散されている異様な〝気配〟だった。

雰囲気などという生易しいものではない。それは存在自体が周囲の空気を作り変えているかのような、存在感と呼ばれるものを悪意を持って濃縮したような、明らかに人間離れしたものだ。彼がそこに現れただけで、景色が悪夢めいて見える。蒼衣が知っている『人間』と呼ばれているモノとは、明らかに存在の『枠』が違っていた。

いや、奇妙な話かも知れないが、蒼衣はこうも感じた。

それは――――彼は、人間を人間というカテゴリに押し込めている『枠』を失いつつある人間で、その存在そのものが、周囲の空間に漏れ出している存在なのだと。

「……」

男は無言で、蒼衣たちには一瞥すら向けず、に乱暴に車のドアを閉めた。一言の挨拶も愛想もない。だが代わりに蒼衣たちに話しかけて来たのは、助手席側から出てきた、長いスカートの喪服を着た、蒼衣よりも少し年上と思われるくらいの娘だった。

「今晩は」

後ろ髪を髪留めでまとめた彼女は、そう挨拶すると静かに微笑んだ。だが少女が鞄を持つように、体の前で合わせせられたその手には、やはり重ねられたバケツが提げられ、その中には何本もの山刀と鉈、鋸などが突っ込まれていた。

「被害者は？」

簡潔に訊ねる娘に、颯姫が答える。

「この中の……入って左です。可南子《かなこ》さん」

「そう。ありがとう、颯姫ちゃん」

可南子と呼ばれた娘はそう言って微笑み、振り返って、無言でバンの後部ドアを開けていたあの男へと呼びかけた。

「……だそうよ、瀧《たき》」

「ああ」

男はそれだけ答え、後部ドアを最大まで開けてしまうと、中からさらに大量のバケツを出して、道路に降ろした。そして自分は最初に持っていたバケツ一つと、鉈を手に、大股に火葬場の建物へと向かって行った。

可南子は、蒼衣たちに微笑みかけて言った。

「じゃあ、また。……はじめましての君も、また機会があれば」

最後に蒼衣へとそう言うと、男の後を追って歩み去って行った。

思った。男の方が〈葬儀屋〉で、女の方は助手か何かだろう。間違えようもなかった。外見や性別は関係ない。その理解はただ一つ、男の纏っている、あの異様きわまる〝気配〟ゆえのことだった。

呆然と、蒼衣は呟いた。

「何だ……あれ……」

「自分が抱えた悪夢と、付き合い過ぎた人間。〈断章保持者〉の行き着く先の一つだけど、人としての正気をいくらかでも保ったままああなるのは、稀《まれ》なケースね」

そんな雪乃の解説を聞きながら〈葬儀屋〉の背中を見送っていると、蒼衣たちの連絡でここまでやって来ていた神狩屋が、火葬場の玄関から出てきて〈葬儀屋〉を出迎えた。

「たびたび済まない、修司《しゅうじ》」

「役目だ」

例の調子で迎える神狩屋に、〈葬儀屋〉は答える。そして瀧修司という名前らしい、その〈葬儀屋〉は、笑みの一つも浮かべずに、神狩屋へと質問を返す。

「……仏の数は？」

「七人。全員〝異形《いぎょう》〟がある」

「多いな。わかった」

短いやり取りは、すぐに終わる。

そのまま〈葬儀屋〉は、可南子を伴って、建物の中へと入って行った。あまりにも、素っ気ない。しかし見ていた颯姫は、呟くように言った。

「今日はよく話しますね。〈葬儀屋〉さんが話すの、久しぶりに聞きました」

「え？　あれで？」

思わず言う蒼衣。

「ええ、神狩屋さんくらいなんですよね。普通に話するの」

頷く颯姫。雪乃も否定はしない。そうしていると〈葬儀屋〉と別れた神狩屋が、蒼衣たちに近づいてきた。疲れたような笑顔をその顔に浮かべると、蒼衣たち三人を見回して、労いの言葉を口にする。

「……ご苦労様。まさに『シンデレラ』になってしまったね」

言って神狩屋は、手にしていたものを蒼衣に差し出した。

ぼろぼろの、茶色の塊。それはここの正面階段で蒼衣たちが見つけた、眞衣子のものだと思われる、破れた革靴だった。

差し出されたので、蒼衣は思わず受け取った。典嶺高校の、女子用指定革靴。すでに血は拭き取られているが、最初蒼衣が見つけた時には血塗《ちまみ》れの足で履いていたような、ちょっとした事故現場の遺留物のような状態だった。

それが階段の途中に転がっていたのを見つけた時には、正直ぞっとした。

童話のどの場面かは、説明も要らない。そしてこの場面の後は、グリム版なら足を切り、目を潰されるエンドへと一直線なのだ。

颯姫が言った。

「もうずいぶん、目が潰されちゃいましたね……」

「そうだね」

神狩屋は頷く。

屈託なく颯姫のような女の子の口から出るには、ぎょっとするような残酷な言葉だ。だが本人も、聞いている大人である神狩屋も、雪乃も全く気にした様子がないのは、こういったものが彼女らにとって、どれだけありふれているのかが窺える。

最初に雪乃が遭遇したという一人。

それから蒼衣が遭遇した、マンションの踊り場での一人。

そしてここで、新たに七人。

「九人。つまりこのモチーフが、最も重要ということだね」

軽く腕組みして、言う神狩屋。

「ほぼ確実に、今回の〈潜有者〉は杜塚眞衣子君だろう。彼女こそが『灰かぶり』だ」

「……」

それを聞いて、蒼衣は複雑な表情になる。ずっと疑って調査していたのは確かだが、こうして断言されてしまうと、また思いが違った。

「そうですか……」

「うん、もちろん中の被害者に〈潜有者〉が混じっている可能性もあるわけだけど、それは希望的観測だね。十中八九彼女で、その彼女が〝目〟に関する何らかの悪夢を抱えているんだろうと思う。それが解れば、この先どう出るかの手がかりになるかもしれない。できるなら彼女も、救ってあげたいものだけど……」

思案げに言う神狩屋。蒼衣も心の底から、同意する。

「……杜塚さんを、助けてあげられるんですか？」

蒼衣は、訊ねた。

神狩屋は答える。

「もちろんできる。僕たちはそのために、〈騎士〉として活動している」

「どうすればいいんですか？」

「神の悪夢である〈泡〉そのものは実にあやふやなもので、直接どうこうする手段はない。僕たちにできることは〈潜有者〉を〝顕現〟してくる悪夢から守り、〈泡〉の内容物が尽きるのを待つことだ」

「……」

「だからまずは、行方の知れない杜塚眞衣子君を探さなくてはいけない」

そこで神狩屋は、表情を微かに厳しくする。

「急がなくてはね。〈異端《いたん》〉になってなければいいんだけど」

神狩屋は言う。蒼衣は眉を寄せた。

「異端？」

「ああ、前はわざと君に詳しい説明をしなかったんだけど……〈異端《ヒアティ》〉。『異端者』の異端。〈泡禍〉の起こす悪夢に耐え切れなくなって、完全に発狂した〈潜有者〉と〈断章保持者〉を、そう呼ぶんだ」

難しい顔で、神狩屋は答えた。

「なぜ説明しなかったというと、ショックが大きいかと思ったからだ。その〈異端〉となってしまうと、その人間は殺すしかなくなる。狂気は、悪夢の門なんだ。鍵の壊れた門。際限なしに悪夢を撒き散らす〈異端〉は、殺さなければならない。そうしなければ、周りにもっと大きな被害を出してしまう」

「……！」

確かにショックではあった。そうなった時に自分はどうすればいいのか、蒼衣は想像できずに、ただ表情を暗くした。

「………」

嫌な沈黙が広がった。

そしてますます暗鬱なものが、ここにやって来た。

火葬場の入り口の自動ドアが開いて、中から可南子が出てきたのだ。そしてその両手に下げられた、バケツの中身が――――

「!!」

「……ああ、白野君は見ない方がいいかも知れないね」

神狩屋の忠告は、明らかに遅かった。

見てしまった。可南子の手にしたバケツは血に塗れていて、その中にはぶつ切りにされた人体の破片が、なみなみと入っていたのだった。

バケツに入った血と肉と羽毛との混合物から、切断された腕が一本突き出ていた。

色が変わって見えるほど血塗れの髪の毛が、ごっそりとバケツの淵から溢れていた。

それを持っている可南子の手も血脂で汚れていて、白い顔にも赤い血が飛び散っていた。

むせ返るような血の臭いが広がる中、可南子は解体された死体の入ったバケツに手際よく蓋をすると、澄ました顔でバンの後部ドアから車の中に積み込んだ。

そして道路に置かれた新しいバケツを抱えて、建物の中へ戻って行く。

そのとき蒼衣と目が合った可南子は、血の斑点が飛び散った貌で、にこ、と柔らかく、優しげに微笑んだ。

「……!!」

あまりのことに竦んでいる蒼衣に、神狩屋が言った。

「済まない。いずれ知ることだと思って躊躇《ちゅうちょ》していたら、説明が遅れてしまったね。これが僕らの〝活動〟の、現実だ。中にいる彼、瀧修司は、彼の異名と同じ〈葬儀屋〉と呼ばれている〈断章〉を持っていて、彼がその手で切り刻んだ生物は、それが死んでいようが生きていようが、その血の一滴までもが、心臓のある場所に集まって再生するんだ。

血だけなら、三十分もしないうちに跡形もなく現場から消えてなくなる。薬品による血液反応すら消失する。それを利用して、彼は〈泡禍〉による被害者の死体を処理する。現時点では彼ほどの有効な死体処理係は世界的に見てもほとんどいない」

「……！」

神狩屋が蒼衣の肩に手を置いた。思わずびくりと震える蒼衣。

「い……生き返るんですか？　死体が」

「うん、まともな状態じゃないけどね、生き返る。修司はそれを家に持ち帰って、心臓が燃え尽きて再生しなくなるまで窯に入れて燃やす。完全に灰になるまでね。彼の本業は陶芸で、山の中の家に大きな窯を持っている」

淡々と説明する神狩屋。その落ち着いた言葉が、かえって怖ろしい。

「これから君が〈断章〉と共に生きるなら、必ず一度は彼とは関わることになる。覚えておいた方がいいと思う」

「灰に……」

自分の唇が震えているのが分かった。怯《おび》え。怖れ。緊張。しかし、そんな自分の感情とは裏腹に、頭は突然に、一つの符合を思いついた。

「『灰』……『罰』……『罪』……」

頭の中で、次々と連想が組みあがった。

人を焼いた火葬場の『灰』。葬式の前に眞衣子が恐れを吐露した母親の『罰』。そしてあのマンションで、狂った女性が口にしていた――『罪』。

「人はみんな、火葬場で焼かれる……」

震える声で、蒼衣は呟いた。

「人はみんな最後に灰になるってことは……つまり人はみんな、『灰』ってことじゃ？」

「……白野君？」

蒼衣の言葉。その呟きを聞くうちに、神狩屋の声が、みるみる真剣なものになった。

「確かに、人は『灰』だと言われているよ。多くの神話物語で、人は灰や、塵芥《ちりあくた》から生まれたとされている」

神狩屋は言った。

「キリスト教の祈りにもこうある。『汝《なんじ》灰にして、灰に還《かえ》る』」

「…………」

補強される。やはり、そうなのだろうか。

思いついてしまった。それならば。

それならば、まだ『灰かぶり』は――――何も終わっていないのだ。

神狩屋は訊ねた。

「白野君……君は、何を、思いついたんだい？」

「…………」

蒼衣の沈黙。

問いが、静かに夜闇に広がった。

そして物語は、最後の階段を転がり落ちる。

六章　終わりの始まり

私は神に祈った。神よ、救い給《たま》え。この世界を護《まも》りたまえ。

私は知ってしまった。父よ、貴方の創られた世界が、まるで〝神〟のように見える何者かによって歪められ、貴方の子らが理不尽に晒されています。敬虔《けいけん》な貴方の子らが、理不尽にその肉体を歪められ、その魂をも汚《けが》され、死して貴方の身許《みもと》に行くこともできない悲劇に見舞われています。恐るべき冒瀆が行われています。神よ。神よ。

私は祈った。世界と、子羊らを救い給えと。

だが、私はやがて気づいてしまった。この祈りに意味はないと。

私は叫んだ。私の正気は失われた。

なぜならば、気づいてしまったからだ。恐るべきことに、我らの祈る神さえも、かの〝神〟が夢に見たものに過ぎないということに。

私家訳版『マリシャス・テイル』第十四章

1

……杜塚眞衣子は、ひとつ確信したことがある。

灰かぶりの二人のお姉さんは、きっと灰かぶりが靴を失《な》くしたあの階段で、目玉をつつき出されたのだ。

行きに一回。帰りに一回。

あの階段で、灰かぶりを蔑みの目で見ていた、その罪を裁かれて、その両の目をつつき出されたのだ。

階段は、罪を裁かれる場だ。

灰かぶりも、金の靴を片方失った。

きっと、母親の間違いを正さなかった、その罪を裁かれて。今の眞衣子のように。片方の靴を失ったというのは、多分片足を失ったことのメタファーなのだろう。

今の、眞衣子のように。


「…………」

眞衣子が足を進めると、左足から、雨の日の小学生の靴のような音がした。

右足は靴を履いていたが、左足は血塗れで、削《そ》ぎ落とされて布のようにぶら下がった、肉と皮を引きずっていた。元々火傷でケロイド状だった足はもはや原型を留めておらず、濡れた雑巾を引きずるような音を立てて、眞衣子は足を進めていた。足を前に運ぶたびに、まだ足に繋がった肉が引きずられていた。

その一歩ごとに、垂れ下がった肉が引っ張られるおぞましい感触が脚を駆け上がり、皮膚が引きちぎれる寸前の、引き攣った痛みが火を噴いた。

ずる……ずる……

と、削げ落ちて剝き出しの足の裏が、生肉を削る嫌な音を立てる。皮膚が剝かれて、剝き出しになった足の裏。その肉が地面を踏みしめる、足が破壊されてゆく激しい痛みを、意識で押し殺しながら、眞衣子は黙々と歩いていた。

ずっと、ずっと、歩いていた。

人に構われたくなかったからだ。その辺りに座り込みでもして、誰かに見つかって、この足の傷のことを何か言われるのが、心の底から面倒だったからだ。

眞衣子は人の目から逃げるようにして、削がれた足の肉を引きずって、歩き続けた。実際には、この街をどう歩いたところで、人のいない場所になど向かえはしないのだが、それでも眞衣子はただそのために、ひたすらに道を歩いていた。

眞衣子は左足の残骸を引きずって、歩く。

その一歩ごとに、肉を引きずる音とは別に、かりっ、かりっ、という金属の擦れる音が、小さく空気に響く。


かりっ……


音は、眞衣子の右手に握られた金属が、壁を擦る音だった。

眞衣子はその右手に持ったものの先端を、歩きながらずっと、側にある壁に触れさせていたのだった。

それはスプーンだった。

病床の母親に食事を与えていた、あの大振りのスプーンを手に持って、その先端を壁に触れさせながら、延々と歩いたのだ。

その行為に、さしたる意味はない。たまたまそれを手に持っていたからに過ぎない。子供が手に持った棒切れを、無心に引きずるのに似ている。だが実際は、この行為に最も近いと言えるのは、鳩が地面に落ちているものを、餌もゴミも区別せずにつついて回る、その本能的な動作の方だった。

ただそこにあるものに、嘴を触れさせる。

かりっ……

ずちゅっ……

硬い音と、柔らかい音が一歩ごとに鳴る。

二種類の不気味な音を立てながら、眞衣子は黙々と道を歩く。もう夜は明けていた。曇り気味の空は、すでに薄灰色の光に満たされていて、眞衣子が意識して選んで歩いている人気のない路地裏にも、柔らかい光が差し込んでいる。

もう、早い者ならば学校に行っている時間だ。

眞衣子は夜通し、こうして街を、彷徨うように歩き続けていた。

皮膚という頑丈な表皮を失った足は、いとも簡単にアスファルトに削られて、眞衣子の足は肉と骨が露出していた。

剝き出しになった足の肉と、その中を走る神経に、アスファルトの凹凸が直接突き刺さる生の痛み。そんな足から、まだ繋がっている皮を引きずるおぞましい感触も、発狂しそうに脳を焼いた。

「…………っ!!」

しかし、涙を流し、歯を食いしばって歩眞衣子の気分は——同時にとても清々《すがすが》しく、晴れやかだった。

自分の罪がなくなった、と、眞衣子は感じていた。

これは贖罪《しよくざい》の痛みだった。肉を削り、意識を削るこの凄まじい痛みと共に、自分を縛っていた罪が消えてなくなってゆく。自分の全身と、頭の中を貫く灼熱《しやくねつ》の痛みの中で、自分の罪が燃え上がって、空に消えてゆくのを、はっきりと眞衣子は感じていた。

罪を償うためには、痛みが必要だ。

贖罪は、幸福への始まりだ。

幸福への階《きざはし》である金の靴を失った時、灰かぶりはどれほどの痛みを感じただろうか?

金の靴は、罪人には履くことができない。灰かぶりの二人の姉は、罪があったゆえに、金の靴を履くことができなかった。

そして仮初《かりそめ》にも金の靴を履くためには、贖罪として、つま先と踵《かかと》を切り落とさなければならなかった。

二人は贖罪の激痛と共に、靴を履いたのだ。

その苦痛は、二人にとって幸せなものだったに違いない。

そう、今の、眞衣子のように。


かりっ……

ずる……


眞衣子は幸せに満たされた、どこか引き攣った笑みを浮かべながら、うっすらとした光の満ちる路地を、延々と歩いていた。

今の眞衣子には、目的地があった。

学校だ。学校に行かなければならない。

今の眞衣子の幸福を、確定的にするためには必要なものがあった。


自分の罪は、浄化されつつある。

ならば次は——他人の罪を、許してはいけない。

それもまた罪だ。灰かぶりも継母の罪を正さなかったために、その美しさにも関わらず、最初の邂逅《かいこう》で王子を射止めていない。そして母親の罪を正さなかったがために、二人の姉も、足を切っただけでは足りなかった。

今、こうして眞衣子が凄まじい苦痛を嚙み殺しながら歩き続けているのも、最後まで母の罪を正さなかった罪を償うためだ。

眞衣子の親戚たちは、眞衣子の母を蔑みの目で見た罪で、目をつつき出されて死んだ。全員死んだ。眞衣子の目の前で。だから悟った。いなくなってしまった従姉の夏恵も、きっと同じ罪を裁かれて、どこかで死んでしまったに違いなかった。

大好きだったお姉ちゃんなのに。

涙が出る。しかし罪があったのだから、仕方がない。かわいそうな夏恵お姉ちゃん。きっと夏恵は、どこかで鳥に目玉を食べられて、死んでしまったに違いない。鳥に、罪を食べられて。償われなかった罪は、食べられることで浄化される。

悪い豆を食べた鳥が、目玉を食べたのだから、それは悪いもの。

灰かぶりの二人の姉は、両の目を鳥に食べられたことで、灰かぶりを蔑みの目で見た罪を浄化された。眞衣子の母も、鳥になったみんなに、悪いところを食べられて浄化された。伯父さんや伯母さんや親戚たちも、あの後、お互いの目玉を食べたのだろうか？

ちゃんと、罪が浄化されただろうか？　そうなっていればいいな、と眞衣子は思う。それはきっと、とても幸福で素晴らしいことなのだから。

今の眞衣子が、そうであるように。

だから眞衣子は、この自分の幸福が長く続くように、そしてたくさんの人が幸福になるように、行動しなければいけなかった。

だから学校に行く。学校に行って責務を果たす。

そのために、こうして歩いてきた。自分の背を鞭《むち》で打ちながら巡礼した、中世キリスト教徒の一派のように、痛みに歯を食いしばって、贖罪の幸福を噛み締めながら、眞衣子はここまでやって来た。

そうして――――

かりっ……

手にしたスプーンの先が、学校の裏門の、門柱に触れる。

辿り着いた。眞衣子は裏門の前に立ち、自分の通う学校を見上げた。

「…………………」

聳《そび》える学校が、お城のようだった。

眞衣子は微笑む。そして裏門を開けて、かつん、とスプーンで門柵を叩き、敷地の中へと入り込む。

そして――走った。

ぐちゃぐちゃと、削げた左足に構わず、ぶら下がった皮膚を引きずりながら、眞衣子は心から楽しそうに笑顔を浮かべて、地面に左足だけの血の足跡をつけながら、学校の敷地内を軽やかに走った。

「うふふふふ……」

骨が地面に触れる痛みと、おぞましい感触。思わず口元から笑いが漏れる。高揚。舞踏会に向かう灰かぶりも、こんな素晴らしい気分だったのだろうか？

体が軽い。心が弾む。

まず最初に目指したのは、下駄《げた》箱だった。誰もいない下駄箱にやって来ると、眞衣子は自分の下駄箱を開けて上履きを取り出し、そして右足だけの革靴を脱いで几帳面《きちょうめん》にしまうと、取り出した上履きに、いつも登校した時にそうするように、履き替えた。

まずは右。

そして左。

しかし肉と皮が剝がれて、襤褸《ぼろ》布を引きずったような有様になった左足は、どうやって押し込もうとしても、きちんと上履きに収まらない。

みるみる白い上履きは、どす黒い赤色に染まっていった。

眞衣子は砂だらけの皮膚を一生懸命上履きに入れようとしたが、どうしても入らない。しかしすぐに納得した。

靴が入らないということは――

足りないのだ、贖罪が。

躊躇いもしなかった。眞衣子はぼろぼろに引きずった、砂と血と脂に塗れた皮を掴むと、まだ脚と繋がったままのそれを、思い切り引っ張った。

「ぐぎっ!!」

ぶつん、と皮は、巨大なささくれを深く剝いてしまったように、まだ無事な脚の皮膚と肉をもぎ取って、太く生々しく千切れた。激痛と、悪寒。心臓と息が一瞬止まり、目の前が痛みで白くなって、口《くち》の端《はし》から嫌な声が漏れた。

みるみる新しい傷口から血が染み出したが、脚はきちんと上履きの中に収まった。

満足した。立ち上がる。やらなければいけないのはこれからだ。舞踏会は、まだ始まっていないのだ。

眞衣子は再び、走り出す。

激痛が脳神経を焼き、何も考えられない。重い酩酊《めいてい》のような感覚と、脳を焼く幸福が入り混じったものが、頭の中に満ちていた。身体だけが異様に軽くて、重たくて軽い、自分の感覚が面白くて、眞衣子は笑いながら、学校の敷地を入口に向けて走った。

そして校舎の中に駆け込んだ。

自分の為すべきことを為すために。

一階の、まだ閉まっている事務室の脇を駆け抜ける。そして職員室のある二階へと続く階段を、びたびたと駆け上がる。

「！」

そこでばったりと、出くわした。

降りてきていた担任の佐藤先生と、階段の折り返しで、思い切り行き合った。

二人とも立ち止まる。驚きで見開いた目。昨日とは違う、形の崩れたスーツを着た、冴えない風貌の佐藤先生が、目を丸くして眞衣子を見下ろしていた。

「杜――――」

佐藤先生が口にしかけた言葉が、その時、チャイムでかき消された。

階段の狭い空間に、いっぱいの〝音〟が満ちた。朝練などで早朝に学校へやって来る、生徒たちのために朝一番に鳴らされる、一番最初のチャイムだった。
鐘の音。そんな中で先生を見上げて、眞衣子は「なんて運命的なんだろう」と思った。
思って眞衣子は、にこ、と微笑んだ。

ぶちっ。

そして手にしたスプーンを、先生の目に無造作に突き刺した。
ずっと壁を擦っていたため、先端が刃物のように研がれたスプーンが、たやすく下瞼《したまぶた》の皮膚を貫いて、目の中に潜り込んだ。

「――――――――――――っ!!」

先生の口が大きく開き、凄まじい悲鳴が、チャイムの音と混じって階段に響き渡った。それはもはや音だった。もはや声ではなく、チャイムの鐘の一部だった。

「……先生、救ってあげるね」

眞衣子は微笑んだまま、スプーンを持った手首をひねった。

刃物と化したスプーンはその曲線に沿って眼窩の中をぐるりと回り、眼球と眼窩の境にある膜と血管と神経を切断して、桃やプリンを切り出すようにして、先生の顔面から眼球を切り出した。

悲鳴が大きくなり、瞼がスプーンの柄にねじられて千切れる。

ゆっくりと、スプーンを引き抜く。

ぐちゅ、

と濡れた音を立てて、血と共に白い塊が眼窩から引き抜かれた。

スプーンの上に載った眼球。眼球は意外と大きなものだというのを本で読んだことがあるので、その先入観があったのだが、思ったよりは小さかった。

これが先生の罪か、と眞衣子は思った。

先生は母の葬式の場で、母の眞衣子への行いを質《ただ》した。眞衣子の今までの生活と、精神状態を心配してくれた。何か思うところがあったら、相談に乗るとまで言ってくれた。

気持ちは嬉しかった。

嬉しくて、悲しかった。

先生まで、母をそんな目で見る。

ならばその罪は、償われなければならない。

眞衣子は微笑《わら》った。

母親のような慈愛の笑みを浮かべて、眞衣子は眼球の載ったスプーンを、自らの口へと近づけた。ぬめる眼球を、舌で舐《な》め取るようにして口に入れる。ねっとりとした固い球形が口の中に収まり、微かな涙の味と、血の味が口の中に広がった。

喉を塞ぐ大きさの、〝それ〟を飲み込む。その大きさに一瞬吐きそうになりながら飲み下すと、食道を徐々に下がってゆく感触が、ありありと感じられた。

罪を呑み込んだ。これで罪が浄化される。

目を押さえてうずくまる先生を見下ろす。先生も、この贖罪の痛みに、喜びを感じてくれているだろうか？

「もう少し我慢してね。先生」

眞衣子は、語りかけた。

「そうすれば……償いが終わって、幸せになれるから」

微笑んだ。血で汚れたスプーンを手に。

そして一歩、先生に近づいた時。

「――見つけたわ。〝異端の灰かぶり〟」

突然の声。

その声に、眞衣子がゆっくりと目を向けると、階段の下にシャープなゴシックロリータの衣装を着た少女が立って、美しくも鋭い表情で、眞衣子の方を見上げていた。

2

ようやく邂逅した〝彼女〟。

「同情はしないわ、〝シンデレラ〟」

時槻雪乃はその大人しそうな眼鏡の少女を見上げ、静かな声で、そう言った。

「あなたは被害者だけど、〝それ〟を導いたのはあなたの歪みよ。あなたにもいい所はたくさんあるんでしょうけど、それはあなたを灰にした後で、その中から探してあげる」

雪乃は言って、左手首の包帯に指をかけた。

『偽悪趣味ね』

くすくすと、背後に立った黒い気配が笑った。雪乃は「うるさい」と小さな声で呟き、その風乃の声を黙らせる。

階段の上の杜塚眞衣子は、きょとんとした表情で、雪乃を見ていた。その表情はいっそ無邪気と言っていいものだったが、姿は凄惨そのもので、何をどう贔屓目《ひいきめ》に見ても、明らかに常軌を逸していた。

血塗れの手に握られたスプーンに、口の端を汚す血。

そして明らかに削げた左足首が履く、真っ赤に染まった血染めの上履き靴。

階段には、血で捺《お》された彼女の靴跡が、点々と残っている。その足元にはしゃがみ込んで呻きを上げる男性教師がいて、彼が顔を押さえる手の指の間からは血が滴り、ここで何があったのかは、見ただけでいくらでも想像できた。

そんな中に立つ、不思議そうな表情の眞衣子。

見上げる雪乃の横に、蒼衣が立った。

「杜塚さん……」

呻くように言ったその表情は、悲しみとも、苦しみともつかない表情だった。

何を言えばいいのか分からない様子で、その呼びかけの後に、続く言葉はない。

「白野君……おはよう」

対する眞衣子は微かな笑顔と共に、控えめな挨拶をした。

蒼衣の表情が歪んだ。普通に学校で為されたならば、きっと本当にいつも通りの、彼女の挨拶なのに違いない。

しかし今ここでは、その普通さは醜悪なまでに異常の証明だった。

挨拶という日常の行為が、ただ強烈なまでに日常の風景を冒瀆していた。

『わかりやすい〈異端〉ね……あの子の〈食害〉で隔離しておいて良かったわね。ここはもう悪夢の中よ』

風乃が言った。

『放っておいたらレミングみたいに、生徒が続々と死にに登校して来てたところね。もう学校にいる子はどうしようもないし、私はそれでも面白いと思うけど』

くすくすと笑った。蒼衣が拳を握り締める。

「……どうにかならないのか？」

「無理ね」

『そう、無理』

　雪乃の冷たい声と、風乃の流れるような声が続いた。

「悩めばそれだけ被害が増えるだけ。そうやって悩んで〈異端〉を助けようとして、自殺したくなるくらい悲惨なことになった例を山ほど知ってるわ」

『それで自殺した例もね』

「……」

　蒼衣が、強く唇を噛んだ。

「せめて、先生がターゲットになるって、もう少し早く気づいてたら……」

　呻く蒼衣。昨日あの火葬場の前で、蒼衣はこの〈泡禍〉の持つ悪夢の概要を大雑把ながらも推理していたのだ。

　この〈泡禍〉が、何を意味するかを。

　しかしそこで高校生である雪乃と蒼衣は時間切れとなり、後は動ける大人に、眞衣子の捜索を引き継いだ。

　だが人手も少なく、〈グランギニョルの索引ひき〉の予言を受けたわけでもない者が、闇雲に捜して見つかるわけもなかった。結果、今朝になって蒼衣がいま起こっている、この状況の可能性を思いつくまで、眞衣子はずっと見つかることなく行動していた。

　眠れないまま夜を明かし、明け方になって、先生が次の被害者になる可能性を思いついた蒼衣が、慌ててみんなに連絡して駆けつけた、今の今まで。

「……もっと早く気づけたんだ。目を潰された今までの人が、人間じゃなくて、灰だったことに気がついた時に」

蒼衣は苦渋の表情で、言う。

「あのマンションの女性も、火葬場の親戚の人も、『鳩に目をつつき出された姉』なんかじゃなかったんだ。あれは全部、『灰の中から悪い豆をつつき出す』シーンだったんだ。

杜塚さんは、お母さんが悪い目で見られるのを嫌がってた。だから親戚の人たちは、悪い目をつつき出された。マンションで僕が会った従姉の人は、僕の目を抉ろうとしながら『罪』と言ってた。だからきっと、親戚の人と同じことだったんだと思う。あの人たちは二人の姉のような〝人間〟じゃなくて、ただの〝灰〟の配役だった。そして先生も杜塚さんのお母さんに疑いを持ってしまったことに、僕は今朝まで気づかなかった」

蒼衣は呻く。

「気づいてたらもっと早く、杜塚さんを見つけられたはずだったのに……」

目を閉じて、ぎり、と奥歯を噛み締める蒼衣。

それでも、〈泡禍〉をある程度でも予想した人間を雪乃は初めて見たが、それを口にはしなかった。素直に認める気にもならなかったし、何より何の慰めにもならないことは、雪乃にも理解できたからだ。

「そう……白野君、夏恵お姉ちゃんに会ったんだね」

そんな蒼衣の話を聞いていた眞衣子が、どこか寂しげな微笑を浮かべて言った。

「夏恵お姉ちゃんも、やっぱり償いをしてたんだね」

「杜塚さ……」

「悲しいけど、仕方ないよ。でも白野君はすごいね、そんなことまで分かっちゃうんだね」

寂しげな、愛《いと》しげな、蒼衣を見下ろす目。

「目は罪だってこと、誰にも言ってないのに、白野君には分かっちゃうんだね……あのお葬式の時も、白野君だけが本当のことを解ってくれたね。お母さんを悪く見られるのがどんなに嫌だったか、白野君だけが解ってくれた。お母さんを見捨てられない私を、白野君だけが解ってくれた」

「杜塚さん、違うんだ……」

「もっと早く、白野君と逢《あ》えてたらよかったのにな」

眞衣子は、微笑む。

「そうすれば、私が白野君の隣にいられた？」

「違うんだ……僕は言わなかっただけで、君が言うような立派なことは……」

「あ……ごめんね、変なこと言って。それじゃ、あとでね。私は大事なお母さんのために、贖罪をさせなきゃいけないの」

眞衣子の視線が、足元の男性教師に向いた。

「そうじゃないと、私の罪になるから」

「杜塚さん、やめるんだ……！」

無駄だと知りつつ、搾り出すように言う蒼衣。

雪乃はその悲痛な声を、遮るように口を開いた。

「……話は終わった？」

そして言葉と同時に左腕の包帯を、引きちぎるように引っ張った。

包帯を留めていたクリップが弾け飛び、タイルの床で澄んだ音を立て、白い包帯がぞろりと解けた。腕の傷に張り付いていた包帯が引き剝がされて、ほとんど治まっていた痛みが、傷口と共に蘇《よみがえ》った。

雪乃は微かに眉根を寄せ、漏れ出した痛みが火を噴いた。

痛みは血のついた包帯を、瞬く間に発火させた。

炎の帯に変わった包帯は、すぐさま燃え尽きて宙に消えた。

ぢぎぢぎぢぎっ、と音を立てて、赤い柄のカッターナイフの刃を伸ばした。

「私は〈雪の女王〉。異端狩りの魔女」

雪乃は言った。

「三年前に、私は自分をそう定めた。あなたの存在は、私にとって、私たちにとって、苦痛以外の何者でもない」

『なぜなら私に似てるから』

くすくすと、流れるような声が続いた。

「だから燃やすわ。あなたを」

『私に似た、〈異端《あなた》〉を』

「救ってあげる」

『救えなかった人たちの代わりに』

階段に満ちる閉塞した悪夢のような空気に、旋律のような言葉が流れる。雪乃以外には、いや、雪乃と蒼衣以外には、誰にも聞こえない旋律。

「……だから、始めましょう？　〝最終章〟を」

そして指揮者がタクトを振り上げるように、カッターナイフと左腕を、交差するように頭上に掲げて――――

「〈私の痛みよ、世界を焼け〉!!」

叫んだ。〈断章詩〉を。瞬間、三年前の悪夢の赤い恐怖が雪乃の中に蘇り――――直後に左腕に当てたカッターナイフを、思い切り横に引いた。

「……く！」

押し付けただけで微かな痛みがある薄い刃を引いた瞬間、びりっ、と鉄が肉の中の神経に触る、寒気に似たおぞましい痛みが電気のように全身に走った。鳥肌が立ち、身体が痙攣し、微かな悲鳴が、口から漏れた。

瞬間、

「きゃあああああああああっ‼」

爆発的な炎と悲鳴が、薄暗かった階段に吹き上がった。

薄暗い階段が眩《まぶ》しい炎の色に照らされた。悲鳴をあげて顔を庇う眞衣子の制服を火勢の強い炎が舐め、瞬く間に松明のように、その全身を燃え上がらせた。

その光景に、雪乃の脳裏に、自分の見た悪夢の光景が蘇る。両親を惨殺した部屋で、風乃が部屋に火を放ち、瞬く間に炎に覆いつくされた部屋と、そして笑みを浮かべたまま炎に呑まれる在りし日最後の風乃の姿。

「…………………っ！」

雪乃の胸に凄まじい恐怖が蘇り、気が遠くなるほど血の気が引く。だがそれを誰にも悟られないよう、鳴りそうになる歯を食いしばり、腕に熱のように広がり始めた切り傷の痛みに、強く意識を集中した。

この集中が途切れれば、痛みと恐怖を我が身に汲み出すことをやめれば、この炎は即座に消えてなくなる。傷は肉から染み出した血でみるみるうちに埋まり、すぐに溢れ、無数の傷が走る白い腕に、つう、と赤い筋を描く。

ちら、と視線を流すと、蒼衣は強く両手を握り締めていた。

友人が今まさに焼き殺されようとしている様子を、凄まじい表情で見つめながら、蒼衣は血が出そうなほど唇を噛み締めて、その光景に耐えていた。

できるだけ速やかに、終わらせてあげた方がいいだろう。

いかに〈断章〉に耐性のある〈異端〉とはいえ、このままならば、そうできる。雪乃はそう考えたが、その瞬間だった。周囲の〝空気〟が突如として、怖ろしい密度を持ったものに〝変質〟した。

ぞ、

と空気の温度が、身が竦むほど低下した。

眞衣子の怯えと恐怖によって、その心の奥底から汲み上げられた巨大な〈泡〉が、現実に溢れ出した、その気配だった。

炎と、申し訳程度の蛍光灯に照らされた階段の明度が、影が落ちたように下がった。

現実が、〈悪夢〉に塗り替えられた。


「……うあっ!!」


突如、雪乃は左足に凄まじい痛みを感じた。

同時に、腕の痛みへの意識の集中が霧散して、眞衣子を包んでいた炎が、吹き消されたように消失した。

バランスを失いしゃがみ込んだ。自分の左足が目に入った。そこにはコンクリートの床についていた、血で捺された眞衣子の靴跡が蠢いていて、その血から無数の〝鳩〟の一部が滅茶苦茶に生えて、雪乃のブーツを包み込むようにして爪を突き立てていた。

鋭い爪と嘴が、革製のブーツを易々《やすやす》と貫いていた。

深く深く、爪が足の肉に突き刺さり、皮膚をも貫いたその痛みは骨まで達し、そして次々と増えていき、異形の〝鳩〟は、みるみるうちに増殖して雪乃の足を這い上がり始めた。

「雪乃さん!」

「……このっ!」

蒼衣が慌てて雪乃の名を叫び、雪乃はその生きた〝鳩〟の塊から、足を引き抜こうとして足掻《あが》いた。しかし〝鳩〟は、まるでコンクリートから直接生えたように、雪乃の足を頑強に固定していた。

爪はますます深く突き刺さり、足を痛みが引き裂き、血がブーツの中を濡らし始めた。

それから逃れようと身動きするほど、傷も痛みも広がった。

「雪乃さん、いま颯姫ちゃんが、応援を呼んでるから……！」

蒼衣が、雪乃のそばにやって来る。

「血も人間の一部なんだ。これも〝灰〟なんだ」

「くっ……！」

そういうことか、と雪乃は歯嚙《はが》みする。最も致命的な〈泡禍〉の害である〈異形〉化は、それに耐性がある〈断章保持者〉の心身には大抵及ばない。ならば眞衣子という存在が孕む危険は手に持った凶器だけなので、離れてさえいれば危険は少ないのではないかと、そんなふうに考えていたのだ。

甘かった。

これは、雪乃たちが希望的観測をしないようにしているのとは、また違うものだった。

なぜなら〈異端〉との戦いは、初めから勝てる確率の高くない、それでもやらないわけにはいかない、そういう種類のものだったからだ。そしてさらに言えば雪乃たちは希望的観測を意識して排除しているのではなく、ただ最悪の想像が身についているだけなのだ。

「く……」

雪乃が顔を顰《しか》めていると、蒼衣は雪乃の脇にしゃがみ込んだ。

「手伝うよ」

そして蒼衣は震える声でそう言うと、無数の羽と爪と頭が蠢く〝鳩〟に、震える手を伸ばして、雪乃を拘束している〝塊〟を掴んだ。途端に蒼衣の手に、〝塊〟が喰らいつく。みるみるうちに畸形じみた爪と頭が、無数に増殖しながら、蒼衣の腕を這い上がる。

「……うぐ！」

「何やってるの⁉」

呻く蒼衣。雪乃は自分でも驚くほどの、悲鳴に近い声を上げていた。

「あなたは離れてて！　殺し合いなのよ？　これは！」

「先にそう言っててくれたら、やらなかったんだけどね……」

痛みに顔を歪めながら、蒼衣は笑った。

「断るのは苦手だからね。でもそれでなくても、僕の先生を助けようとして一人で戦い始めた人は、ほっとけないよ……」

「……っ！」

脂汗を浮かべて言う蒼衣に、雪乃は言葉を失った。確かに雪乃は、逃げろ隠れろといったことは蒼衣に言わなかった。どうせ事が始まれば何もできないだろうと、はっきり考えこそしなかったものの、思い込んでいた。

それに、あの男性教師がさらに傷つけられそうになったのを見て攻撃したのは事実だが、例えそうでなかったとしても、どうせ戦いは一人で始めるつもりだった。そんなつまらないことを義理に感じて、蒼衣はこの〝鳩〟を引き剝がしにかかった。すでに〝鳩〟は、蒼衣の肘近くまで這い上がっていた。中身は仮にも頑丈なブーツに守られている雪乃の足の比ではないくらい、爪で傷つけられているはずだった。

ぶちぶちと音がする。

制服の袖が、そして皮膚が、肉が、引きちぎられる音。

「やめ……！」

「……ぐっ……！」

雪乃の制止をよそに、蒼衣がその時、ひときわ大きく押し殺した気合いの声を上げた。その途端、足を引っ張られるような感覚がして、蒼衣の腕から聞こえていたのとは比較にならないほど大きく生々しく悍《おぞ》ましい、肉と皮と、羽と小骨を引き千切る凄まじい音が響いた。

表面に吹き出すように生えていた〝鳩〟の羽毛が、瞬く間に血に染まった。千切れて大きく広がった傷口から、肉と内臓が露出した。飛び散る血。引き剝がされる肉。滅茶苦茶に生えた無数の〝鳩〟の頭部が、一斉に嘴を開いて、無数の甲高い悲鳴を上げた。

ギャアアアアアアア――――――――――ッ！

蒼衣は構わず雪乃の足元から、〝鳩〟の畸形じみた肉の塊を毟《むし》り取《と》った。

「…………………っ‼」

そして返り血を浴びた凄惨な姿で、その塊を投げ捨てた。蒼衣の制服の袖は、すでにいくつもの裂け目ができている。それを真っ赤に染める血が、返り血だけではないことは、一目見て分かった。

「このバカ……！」

雪乃は蒼衣を罵倒したが、足を拘束する〝鳩〟の力が弱まったのを感じた瞬間、考えるより先に闘争本能が身体を動かした。思い切り足を引くと、爪が肉を引き裂く激痛と共に〝塊〟から足が抜け、雪乃はそのまま残りの〝鳩〟の残骸を足から引き毟り、立ち上がって、眞衣子のいる階段を睨みつけるようにして見上げた。

「‼」

その周りに広がっていたのは、絶望的な光景だ。階段に点々とついていた、たくさんの眞衣子の足跡から、無数の異形の〝鳩〟が発生し、広がって、階段の全ての段をびっしりと覆い尽くし蠢いていたのだ。

それらはあまりにも大量に、足跡だけではなく、眞衣子自身の左足から今まさに流れている血液からも、次々と涌いていた。涌いて、湧いて、ひしめくように蠢いて、階段だけでなく壁や天井を見る見るうちに覆い始め、雪乃の視界を白くおぞましく埋め尽くしていた。

そして〝現象〟は、すでに眞衣子自身を蝕み始めていた。

上着やスカートの裾が焼け焦げ、顔を押さえて、がたがたと恐怖に震えている眞衣子。そんな眞衣子の靴から露出している左足の傷から、あの火葬場で見た死体のように、無数の畸形じみた鳥の各部が滅茶苦茶な形で生え始めていた。

さらに焼け焦げた袖から露出する手や頬の一部に、そこに負った火傷から、未発達な〝鳩〟の一部が涌き、焼けた皮膚の内側で蠢き始めている。負った火傷が〝鳩〟に変わり、だんだんとその輪郭が、人間から逸脱し始めていた。

彼女は〈異端〉だ。もう人間とは呼べない。

そして今や姿さえも、人間ではないものに変わろうとしていた。

この状態を、もはや存在しないであろう、彼女の正気は望んだだろうか？　早く終わらせてやるのが慈悲だ。だが、全ての悪を喰らうであろうこの〝鳩の階段〟を見上げて、雪乃はその内心で、絶望的な気分になっていた。

雪乃の〈断章〉は、単体の〈異形〉程度なら瞬く間に焼き尽くすが、弱点も多かった。集中できなければ使えない。

一度に複数を標的にはできない。

眞衣子だけなら刺し違えることができるかも知れないが、その後はどうにもならない。すでに生み出された〝鳩〟が、すでに出現してしまった〈悪夢〉の規模があまりにも大きく、おそらく十分も経たない間に〝鳩〟どもが足場を覆い尽くし、雪乃は抵抗の果てに喰われて死ぬだろう。

「…………！」

心に絶望が広がった。

だがその絶望は、あまりにも心が躍った。

歪んだ破滅願望が、雪乃の口元に冷え切った笑みを広げた。

「……望むところよ、〝シンデレラ〟」

すでに周囲が〝鳩〟に覆われている中で、雪乃は静かに、呟いた。

「雪乃さん……？」

残った狭い空間で、ほとんど背中合わせに立っている蒼衣が、不安げな声を出した。

「あなたは、さっさと逃げて」

雪乃は、それに言葉だけで答えた。

「私はあの〈異端〉を刺し違えてでも殺す。そうすればこれ以上〈悪夢〉は広がらないでしょうから、後で来た応援が残りの〝鳩〟は何とかしてくれるわ」

蒼衣は答えない。雪乃も振り向かない。

「誰か、この〝シンデレラ〟を止める役が必要よ。応援は間に合わない。誰かがここで止めないと、すぐにこの〝階段〟は広がって、いま学校の中にいる人間が、残らず〝シンデレラのお姉さん〟になるわ」

口だけはそんな正論を言いながら、しかし雪乃はすでに、階段の上にいる〝標的〟以外、視界に入れていなかった。

雪乃の中にある〈泡禍〉への憎悪と、自分への憎悪。

雪乃は自分から何もかも奪った〈泡禍〉の全てを憎むと同時に、自分の中にある〈泡禍〉の欠片である風乃も、そのとき何もできなかった自分も、全てを憎んでいた。

雪乃にとって、敵と自分の死は等価だった。

ただ敵への憎悪が、自分への憎悪よりも、ほんの少し勝っているに過ぎないのだ。

殺せるなら、どちらが死んでも構わなかった。

冷たい高揚が、雪乃の中に広がった。

これから、舞踏会が始まる。

「……何してるの！」

しかし、いつまでも動かない蒼衣に怒りを感じ、雪乃は後ろを振り向いて、早く行くように怒鳴りつけようとしたのだが——しかし雪乃がそこに見たのは、竦んで動けない蒼衣でも逆らって動かない蒼衣でもなく、階段の上を見つめて目を見開き、蒼白《そうはく》な顔をしている蒼衣の姿だった。

それは雪乃が、今までに幾度となく見たことのある顔。

かつての〈泡禍〉の被害者が、自分のトラウマと直面してしまった時の顔。

「白野君⁉」

雪乃は叫んだ。

だが、その瞬間――――

ぶちぶちぶちっ！

革を引きちぎる凄まじい音と共に、左足のブーツが内側から、引き裂かれ、あの爪が喰らいつく痛みが次々と足に突き刺さって――――ブーツの中に溜まった雪乃の血から湧き出した凄まじい密度の〝鳩〟が、見る間に増殖して脚を駆け上がり、そしてその鋭い爪と嘴で雪乃の脇腹に喰らいついて、ごっそりと肉を抉り取った。

3

白野君⁉

自分の名前を呼ぶ狼狽《ろうばい》した雪乃の声が、ひどく遠くで聞こえた。
蒼衣がその〝光景〟を見た瞬間。見上げた階段の踊り場にいる、眞衣子の姿を見たその瞬間に、蒼衣は自分の心の奥底が凄まじい悲鳴を上げて、自分の心臓を何かに鷲摑みにされるのを感じた。

「――――――――っ⁉」

声にもならない悲鳴を上げて、蒼衣は目を見開いたまま、その場から後ずさった。傷が引き攣るように痛む手で、自分の制服の胸を握り締めて、しかし自分の見ている光景から目を逸らすこともできず、瞬きもできずに、蒼衣はその光景をただ見つめていた。
眞衣子が異形なものへと〝変質〟してゆく、その片鱗。
それは蒼衣が昨日火葬場で残骸としてだけ見た光景が、目の前で進行してゆこうとしている姿だった。胸が潰されるようなその恐怖は、火葬場の時も感じた。しかし、ただ異常な光景への当たり前の恐怖だと思っていたその感覚は、その根源を全く異にするものだと、いま初めて蒼衣は気がついた。

まさに〝変質〟してゆこうとしている、眞衣子。

その光景を見た瞬間、蒼衣の意識の底に封じられていた、一つの光景の蓋が開いた。

目の前の光景に、重なった。それは蒼衣の最も大きな原風景が、すでに〈神の悪夢〉という俎《まないた》に載せられていたのだと、気づいた瞬間だった。

「あ――――」

蒼衣はほぼ同じ光景を、かつて見ていた。

蒼衣が自分の心を守るため、ずっと封じていた小学校の時の記憶だった。

蒼衣は何もかも、思い出した。

蒼衣が十歳の時、幼馴染の葉耶は蒼衣の目の前で異形と化して死んだのだ。

それは、蒼衣の覚えている、葉耶を見た最後のあの記憶。

葉耶を拒絶してしまった、悔いても悔やみきれない、あの最後の出来事の後——実は惨劇は、すでに起こっていたのだ。

あの日、葉耶との二人遊びに疑問を持つようになり、足が遠のいていた頃だった。学校から帰ってきた蒼衣は一階にある蒼衣の部屋の窓にメモが挟まれているのを見つけ、その葉耶からの呼び出しに応じて、あの倉庫へと行ったのだ。

すでにその頃、蒼衣と葉耶は意見の齟齬《そご》で何度も激突した後だった。

そのせいで、蒼衣はその時、しばらくの間倉庫へは行っていなかった。

外で会っても、当時二人は、ほとんど話などしない仲だった。葉耶が饒舌《じょうぜつ》に話をするのはただ唯一、秘密の倉庫で蒼衣といる時だけだった。

約一週間ぶりの、〝素〟の葉耶との対面だった。

その葉耶は、まず開口一番、蒼衣の裏切りをなじった。

裏切りじゃないと、蒼衣はそのころ何度も葉耶に言っていた言葉を繰り返した。

みんなを拒絶して、二人だけではいられない。それはおかしいことだ。そう蒼衣は言ったが、その説得も投げやりだった。

その説得が届かないことを、蒼衣はすでに何度も繰り返された口論から学習していた。

すでに蒼衣は、口論に倦《う》んでいた。

「裏切り者！」

対する葉耶は、必死だった。

「みんななんて知らない！　みんなは本当のわたしを知らないもの！」

葉耶はこの話題の時いつもそうするように、怒りに満ちた顔で涙を流し、叫んだ。

「みんななんか関係ない！　わたしでも、蒼衣ちゃんでもない人なんか知らない！」

「…………」

「なんで蒼衣ちゃんはすぐ『みんな』って言うの？　そんな顔も名前もないものの言うことが聞けるの？」

「…………」

蒼衣は黙る。泣き叫ぶ女の子は、面倒以外の何ものでもない。

「二人はいっしょにいなきゃ駄目なのに！」

葉耶は叫んだ。

「本当のわたしを知ってるのは蒼衣ちゃんだけで、本当の蒼衣ちゃんを知ってるのもわたしだけなのに！　みんななんか関係ない！　わたしと蒼衣ちゃんが離れちゃったら、わたし、どこで本当のわたしになればいいの……!?」

それまで、蒼衣はずっと耐えていた。しかしその言葉は、最後の引き金になった。

「本当のぼくって、何だよ！」

蒼衣は、叫び返していた。

「ぼくが学校でどんなふうに話して、笑ってるのか、見たことあるの？　ないよね!?　何も知らないくせに！」

引き金はそれだった。学校での蒼衣を葉耶は知らない。それなのにそれを否定されて、何も知らないくせにとカチンときたのだ。

「学校は楽しいよ？　みんなといると面白いよ？」

蒼衣は怒鳴った。

「それも本当のぼくだよ！　ここだけなんかじゃない！」

「…………!!」

今まで言ったことのない言葉だった。葉耶は凄まじくショックを受けた表情で、そこに立ち尽くした。

「それに、本当の葉耶ちゃんって、何だ？」

蒼衣は言った。

「ここじゃない、他のところで見る葉耶ちゃんは、ぜんぜん人と話しないよね？　それは本当の葉耶ちゃんじゃないの？　誰がそんなこと決めたんだよ？」

「…………!!」

「答えてよ、本当の君って、何だ？」

そして、蒼衣の最後の言葉。

「君の好きにすればいい。君の本当の形は君しか知らない。誰も君の形を縛ってなんかない。変われ！　変われよ！」

「う……!!」

葉耶は傷つき、崩れるように膝をつき、泣き始めて——

そこまでだった。

蒼衣の覚えている、正常な記憶は。

その直後——葉耶は持っていた剃刀《かみそり》で、自分の頸を、深々と切り裂いたのだ。

思い出した。

子供の力で、あんな小さく薄い刃物で、一体どれほどの絶望を原動力にしたのか、葉耶は自分の首を大きく深く真一文字に切り開いたのだ。

気管と頸動脈《けいどうみゃく》が深々と切り裂かれ、喉からひゅう、と笛のような音が漏れた。そして瞬く間に止まらない出血は土の床と葉耶の白い服を染め上げて、膝をついた状態の葉耶は、絶望に満ちた虚ろな表情で蒼衣を見つめた。

「…………!!」

蒼衣はパニック状態で、言葉もなくそこに立ち尽くした。

葉耶の顔はみるみるうちに蒼白になり、切り割られた喉の傷からは血と共に空気が漏れ、血の泡が噴き出した。

明らかな〝死〟が、その顔に見て取れた。

初めて見た、しかし明らかにそれと知れる、死にゆく人間の貌だった。

つ、と涙が、血の気のなくなった頬を伝った。

だがそれは、終わりではなかった。蒼衣が呆然とその様子を見た、その瞬間──────蒼衣の言う通り、何かになろうとして何にもなれなかった少女は、その〈悪夢〉のままに、突如として〝変質〟した。


噴出した。

命が。

生えた。沸いた。歪んだ。変わった。蟲が、鳥が、猫が、犬が、この場所でそうなればいいと望んだ、ありとあらゆる生物が、彼女の血肉から発生した。

沸騰するように葉耶の輪郭がなくなり、無数の生物が、葉耶のありとあらゆる場所から不完全な形で発生した。手が、口が、目が、羽が、あらゆる場所から発生し、あらゆるものの表面に、さらに折り重なって生み出された。

そして異形の〝それら〟は、決して元の塊から独立することができずに、元の塊と癒合したまま、相互いに喰らい合った。互いに嚙みつき、引き裂き、引き千切って、それによってむき出しになった己の血肉に群がって、凄まじい勢いで貪り喰らった。

凄まじい血の臭いと、獣の臭い、そして血と肉が蠢き貪られる音。それらが倉庫の中に、嵐のような勢いで広がって、空間と知覚を一杯にし、埋め尽くし、塗り潰した。

嵐はそれほど長い時間ではなかった。蒼衣の主観よりも遥かに。

蒼衣が見ている前で、葉耶だった塊はみるみる小さくなった。

葉耶は、やがていくつもの蟲と生物の残骸となって。

そして塵《ちり》となって、跡形もなく消えてしまった。

「…………………………」

その光景を、放心したように、蒼衣は見つめていた。

いや、事実、放心していた。蒼衣は倉庫から夢遊状態で家に帰り、その後に葉耶が行方不明になったという騒ぎになっても、その事実を思い出すことはなかったのだ。

「…………！」

蒼衣は思い出した。

全てを。息ができないほどに。

何もかもを、悟った。

悟ったのだ。自分が〈神の悪夢〉という最悪の物語に、偶然という書き手によって、登場人物として初めから、名前を刻まれていたということをだ。


…………

4

「う……ぐ……」

膝を突く、雪乃。

息ができない。重い痛みが内腑《ないふ》に浸透するように、腹の中を絞り上げる。

今までとは比べ物にならない深い傷に、雪乃は傷を押さえて呻く。足などよりも遥かに柔らかい脇腹は〝鳩〟に喰らいつかれた瞬間、やすやすと内部に侵入を許し、瞬く間に内臓に達する傷となって、雪乃に膝を突かせていた。

傷口の痛みは熱かったが、そこから体温がみるみるうちに下がってゆくのを感じた。喰いつかれた瞬間、反射的に引き剝がしたのだが、その時に服の生地と腹部の肉が裂け、広がった傷から出血が止まらなかった。

　自分で傷を広げたようなものだが、この判断は間違っていないと雪乃は思う。何もしないでいたら今頃は腹の中をずたずたになるまで食い荒らされているか、さもなくば頭にまで這い上がった〝鳩〟によって、目玉をつつき出されていただろう。

「ぐ……………」

　だが、これから本当にそうなるのも、時間の問題だ。脇腹からの血は床にまで流れ出し、広がってゆくそれは、広がる端からおぞましい〝鳩〟を新たに生み出す、生きて拡大する孵卵器《インキュベーター》と化していた。

　そして息もろくにできないほどの苦痛は、すでに雪乃の〈断章〉を開くことを不可能にしていた。集中できるような傷でも状況でもなく、すでに雪乃は足元から群がってくる〝鳩〟を待つだけの、無力な〝灰〟と化していた。

「……………！」

　苦痛と口惜《くや》しさに歯を食いしばって、雪乃は階段を見上げる。

　このおぞましい現象の中心である眞衣子は、階段の踊り場に座り込み、徐々に〈異形〉の形を増やしながら、苦痛にがたがたと震えている。

せめて立ち上がって雪乃を傲然と見下ろすならば、その顔を睨みつけてやれるのに。何重にも口惜しかった。この傷ついた小鳥のように震える敵も、そしてそれすら殺すことができない自分も。

雪乃は〈雪の女王〉と呼ばれ、最も〈異端〉狩りに熱心な〈騎士〉の一人として、いくらかは知られている存在だ。初めはそのまま〈火の女王〉と呼ばれていたが、あまりにも雪乃が〈異端〉狩りにのめり込んだので、雪乃の名前にちなんで誰かが言った、「こんなことを続ければ自分の火で溶けてしまうぞ」という心配の言葉がきっかけなって、雪乃の異名は〈雪の女王〉になった。

大きなお世話だと雪乃は思う。雪乃は感謝していたのだ。

自分の抱える〈断章〉に。〈泡禍〉に遭った人間が負うトラウマに。背負った人間のほとんどがそれを〝力〟とは考えず、〝被害〟や〝傷〟だと思うため、それに配慮して〈能力《アビリティ》〉ではなく〈効果《エフェクト》〉と呼ばれるようになったそれに、感謝していたのだ。

これが本当に神の悪夢だと、雪乃は別に信じていないが、人の悪夢は確実だ。

雪乃から全てを奪った、その〝目覚めて見る悪夢〟と戦うことができる、自分に宿った悪夢の欠片を、雪乃は憎むと同時に感謝していた。

嫌うと同時に必要としていた。

雪乃は復讐者だった。

父を殺し、母を殺し、自分から何もかも奪った存在を殺すため。今や自分に宿っている、自らの姉と同様の存在を、見つけ次第殺すことが、雪乃にとっての、唯一の生きる意味であり糧だったのだ。

『……可哀想な雪乃。こんなにぼろぼろになって』

雪乃が何よりも憎んでいる、しかし何よりも必要な半身が、くすくすと笑った。

『あなたじゃ無理よ。何もかも、私の借り物だもの。私がやってあげましょうか？』

「…………うるさい……っ！」

唸るようにはねつける。自分でも分かっている。苦痛を炎に変える力も、他人を拒否する生き方も、こうして着ているゴシックの服も、全てが姉の借り物なのだ。

これらは元々、どれもこれも、雪乃には全くない素養なのだ。

異常な感性も、自傷癖も、ゴシック趣味も、三年前のあの事件まで、一つも雪乃は持っていなかったのだ。

雪乃は風乃を継いだのだ。

自らの意思で。家族を失った雪乃を引き取った伯父夫婦に、「まるで風乃が乗り移ったみたい」と言われるほど。

全てを失った雪乃は、復讐のために姉の狂気を必要としたのだ。風乃の生き様を真似《まね》て、風乃の言葉を真似て、風乃の遺品の服を着て、雪乃はようやくこうして恐るべき〈悪夢〉の前に立てているのだ。

だが。

だが——この憎悪だけは、自分のものだ。

深手を負い、膝を突き、傷を押さえてもなお右手から離していない、このカッターナイフの感触だけは、自分のものだ。

借り物が使えないなら、もはや自分にはこれしかない。雪乃は歯を食いしばり、震える身体を押さえ込み、すでに下半身を覆い尽くそうとしていた〝鳩〟を引き千切って、痛みの中で立ち上がった。

『……雪乃、可哀想な雪乃。どうしてそんなに悲壮な生き方をしようとするの？』

悲しそうに、しかし楽しそうに、風乃は言った。

『あなたがひとこと言ってくれれば、私はすぐにあのシンデレラも、あの鳩たちも、あなたが瞬きする間に、魔女狩りの火の中に投げ込んであげるのに』

「…………………っ！」

雪乃は無視して、剝き身のカッターナイフを片手に下げて足を進める。

階段を覆い尽くす〝鳩〟の、いくつもの羽や首や足を踏み潰す感触が靴の裏に広がり、ポキポキという骨の折れる音と甲高い断末魔の悲鳴が、ブーツの下からいくつも上がる。しかしそれは瞬く間に新しい〝鴆〟の苗床となり、さらに加速度的に増殖して、引き剝がした端から足を覆って、引き止めるように爪を立てる。

「……うぐ！」

悲鳴を押し殺してさらに階段を上ろうとするが、雪乃の足からは、足に喰いつく〝鴆〟を引き剝がす力が尽きてゆく。

『ほら、可哀想に。お姉ちゃんの言うことは聞いておくものよ？』

愛おしげに風乃は言う。雪乃は悔しさに唇を噛むが、もう先には進むことができない。認めなければならなかった。もう自分には、どうしようもないと。

『それに早くしないと、後ろのあの子も鴆の餌にされてしまうわよ？』

駄目押し。

苦痛に細められた目で、雪乃は後ろを振り返る。すでに蒼衣の足には〝鴆〟が這い上がり始めていたが、もはや痛みすら感じられないのか、掻き毟るように顔を覆ったまま、蒼衣はもう身動きもしない。

「…………！」

『もうあなたは、休んでいいのよ？』

そして風乃は、雪乃に歌うように囁いた。

『だから――〈愚かで愛しい私の妹。あなたの身と心とその苦痛を、全て私に差し出してくれる？〉』

囁かれるもう一つの〈断章詩〉。雪乃はその表情を、悔しさに歪め、目を閉じて――そして、応えた。

「〈あ、あげるわ〉」

苦悩の末の、その宣言。

唱えた。その瞬間、雪乃の左腕に無数に走った自傷の傷痕が、新しいものも古いものも構わず、全て、どっ、と一度に開いた。

「！」

水入りの小さな風船が破裂したように、腕から鮮血が飛び散った。

そして発された、全ての傷に口をつけて吸い上げられるような痛みに、雪乃は爪を立てるほど強く自分の左肩を抱き、身体をくの字に折って悲鳴を上げた。

「――――うあああああああああっ!!」

そしてその悲鳴の直後、雪乃から吸い上げた痛みを一度に発火させたように。

この階段という〝場〟が、これまでとは比較にならない巨大な炎によって、一瞬にして呑み込まれた。


世界が、白く、そして赤く染まった。


この空間そのものが燃え上がったかのように錯覚するほどの、地獄のような火。しかしそれは間違っていた。空間が燃えたのではなく、壁も天井も、今や余さず埋め尽くさんとしていた無数の〝鳩〟が、その羽根の一片たりとも逃がされることなく、一度に火焔《かえん》に焼かれ、その炎が広がったのだ。

薄暗かった階段が凄まじいまでの光に照らし出され、炎に投げ込まれた無数の〝鳩〟の断末魔の悲鳴が、一度に上がった。凄まじい数の〝鳩〟の頭が、同時に無秩序に叫ぶ絶叫に、閉鎖空間の空気が、耳をつんざいて震えた。

病変じみた出鱈目《でたらめ》さで集積された鳩の部位が、炎の中であっという間に黒い小さな塊に変わり、すぐに原型を留めない灰へと崩れ、失われていった。絶叫を上げて暴れる〝鳩〟の羽から膨大な羽毛が飛び散って、それが凄まじい数の火の粉となって、階段の空間を満たした。天井に貼り付いた〝鳩〟が成れ果てた、膨大な火の粉が輝く滝となって降り注ぎ、また熱風で吹き上がって舞い踊った。だがそうして〝鳩〟が剝がれ落ちた後の床も天井も、プラスチックの照明も、焼けも溶けもしていなかった。

炎は、〝鳩〟以外のものを、何一つ焼かなかった。

美しくも凄惨な、超常の火刑の火。そしてその眩《まばゆ》い炎の中に、陽炎のように立つ、一人の影があった。

その影は、どこからともなく現れた、一人の少女。

黒いゴシックロリータの衣装を着て、長いスカートと黒髪を、舞い散る火の粉にはためかせて、少女は立っていた。

雪乃と違い、優雅に下ろされた髪には雪乃のものと全く同じ、黒いレースのリボン。

そしてその衣装も、雪乃の着ているものとほぼ同じ仕立てのものだが、しかしその着こなしが雪乃とは全く違っていて、強く少女性が表れていた。

「……ふふ」

少女は、雪乃とよく似た美貌を雪乃に振り返らせ、陶酔したような笑みを浮かべる。

凄絶な、狂った微笑。少女は階段の中ほどに立ち、その両腕を大きく広げて、まるで正気を手放したシンデレラのように、楽しそうに一つ、くるりと回ってみせた。

とてつもない苦痛に襲われながら、それでも必死で階段を見上げる雪乃へと向けて。

その光景は、まるで、さかしまの姿を映す、一対の鏡像のようだった。


――時槻風乃。


雪乃の苦痛を吸い上げることで実体を得て、その苦痛を意のままに炎に変える、借り物に過ぎない雪乃の〈断章〉の、いわばオリジナル。

花のように風乃は微笑う。炎の中で。

焼き払われる、清楚《せいそ》な毒花のように。火刑に処された、魔女のように。

『……鳩って、臆病者の象徴でもあるって知ってるかしら？』

風乃は燃え上がる階段を、優雅な動作で、静かに上がった。

『平和の象徴。そして灰かぶりの物語では、善意を助けて悪意を裁く〝裁く者〟の役割。でも所詮、無為な平和を望むのも、人を裁くのも臆病者のやることよ。〝異端のシンデレラ〟。あなたのようにね』

くすくすと笑う。その足元には、よく見れば陽炎のような炎が燃えながら形を成し、円と奇怪な図形を組み合わせた、見たこともない魔法円のようなものを描いていた。

円と、FLAME IS PAIN《フレーム・イズ・ペイン》というアルファベットを、魔法円のような形に成形して作られた風乃の紋章。雪乃は詳しく知らないが、実在する魔術の一派の手法で作ったものだと、生前の風乃が言っていたのを、辛うじて記憶していた。

風乃の〝象徴〟。

その象徴の中央に、あたかも魔法の円の中に召喚された悪魔のように、風乃は微笑んで、踊り場に立った。

眞衣子を、風乃は静かな、しかし凄まじい狂気に彩られた微笑で見下ろす。それを座り込んだまま見上げる眞衣子は、火傷を負い、そこからおぞましい〈異形〉化の片鱗が止まらない顔の半分を隠すように手で押さえて、恐怖に満ちた表情で、目の前に立った風乃の姿を見上げている。

「あ……あ……………」

『可哀想な子。ただ歪みとそれがもたらすものに呑み込まれただけの、抵抗する意思も論理もない弱い〈異端〉』

哀れみに満ちた目と、笑みに歪んだ口元で、風乃は言った。

『哀れなシンデレラ。あなたの痛みは、どんな色で燃えるのかしらね？　見てみたかったのだけど、でも今は私は、慈悲深い魔法使いになってあげる。せめて王子様の手で、この悪い物語を終わらせてもらいなさい？』

風乃は言う。それを見上げ、止まらない血と苦痛に塗れ、今にも真っ白な彼方《かなた》へと意識が消え失せそうな雪乃だったが、しかしそれでもその意識の端で、いま発された風乃の言葉を、不審に思う。

「風乃……」

苦しい息の下で、燃え上がる業火とその中に立つ黒い亡霊を見上げ、雪乃は言う。

「それって……どういう……」

「ごめん、雪乃さん、横通るね」

その時、雪乃の横に、モスグリーンの制服が立った。

「え……」

「うん、心配かけて、ごめん」

いつの間にか正気を取り戻していたらしい蒼衣は、雪乃の脇を通って階段を上がり、ちらと雪乃を振り返って、力弱い笑顔を浮かべた。

「……………誰もあなたなんか、心配してないわ」

「……そっか」

思わず憎まれ口を叩いた雪乃に、蒼衣はただ笑ってみせた。そして、〝鳩〟がほとんど燃え尽き、今は赤い絨毯ほどに火勢の落ちた階段を、蒼衣は踊り場まで上がっていった。

『おはよう。目が覚めたかしら？　白野蒼衣』

「うん……」

　風乃の問いに、蒼衣は複雑な表情を浮かべてそれだけ答えた。だが風乃の問いも、蒼衣の答えも、ただ聞いた通りの、それだけの意味ではなかった。

『もう自分の〈断章〉に気づいたかしら？』

「うん……」

　蒼衣は答える。階段の下で、雪乃は思わず目を見開く。

『なら、自分のすべきことは分かるわね？』

「……うん」

『この可哀想なシンデレラが違うものに変わってしまう前に、あなたが終わらせてあげる。あなたが終わらせるの。この悪い夢を』

「うん……わかってる」

　蒼衣は言った。そして床に座り込んで震えている、眞衣子に近づいた。

　その時、雪乃は蒼衣がその片手にぶら下げているものに気がついた。それは火葬場の階段で拾った、眞衣子のぼろぼろの革靴だった。蒼衣は形容し難《がた》い、悲しんで、それに耐えて、しかし同時にひどく醒めているような、奇妙な表情をしていた。蒼衣はそんな表情のまま眞衣子の前に立つと、膝を突き、手にした靴を差し出した。

「杜塚さん、忘れ物……届けにきた」

「…………白野君……」

「ごめんな、何もできなくて。間に合わなくて。それに、杜塚さんの気持ちにも気づいてて、でもそれを無視してて」

眞衣子は蒼衣の言葉を理解しているのかいないのか、呆然とした表情で、ただ蒼衣を見上げている。

「でも……ごめん。まだ、謝らなきゃいけない」

蒼衣は、目を伏せて言う。

「僕は、王子様なんかにはなれない。僕は、君を拒絶しに来た」

「…………」

「ごめん……ほんとに、ごめん」

ぎり、と蒼衣の口元が、噛み締められて歪む。

眞衣子は何も言わなかった。ただ蒼衣が目の前に立った時の呆然とした表情のままで、目の前の蒼衣を、見つめていた。

顔の片方を恥じるように隠したまま。

しかし、沈黙の、その後。

「……いいの。ありがとう」

微かに、その口元に微笑を浮かべた。そしてまだ無事な片方の頬に、つう、と一筋、涙が流れて落ちた。

がり、と蒼衣の奥歯が折れそうなほど噛み締められた音が聞こえた。

しかし蒼衣は次の瞬間毅然として顔を上げると、眞衣子に向かってはっきりとした言葉で、語りかけた。

「よく聞いて、杜塚さん。〈本当の君は、何だ?〉」

そして、叫んだ。

「〈君の好きにすればいい。君の本当の形は、君しか知らない。誰も君の形を、縛ってなんかない――――変われ〉!!」

瞬間。ぱん、と巨大な泡が割れるような気配が、空気に広がった。

見えないが、巨大で、決定的な何か。そしてこの場に満ちていた、全ての〈泡禍〉の気配が渦巻くように反転収束して――――

炎も何もなくなった階段の踊り場に、あちこちが焼け焦げた制服が落ちていた。

そして白い、本当に白い鳩の一群が、学校の開け放たれた廊下の窓から、学校の周りを巡るように舞って、どこかへと飛び立っていった。

…………………………

…………………………………………………

……………

終章　夢を壊す者の名

……階段の踊り場に、白野蒼衣は立ち尽くしていた。

何もかもが終わった踊り場。そこには焼け焦げのついたモスグリーンの制服だけが残り、それまであったはずの思いも、狂気も、悪夢も、そして人間も、そっくり欠落したように、この場所からなくなっていた。

蒼衣は、感情が麻痺《まひ》したような表情で、踊り場に落ちた制服を見下ろしていた。何もかもを思い出して、思い出した時に何もかも失った。もう蒼衣は普通の生活には戻れない。少なくとも何も考えずに笑うことなどは、もうきっとできないだろうと思った。

蒼衣は自分に好意を持ってくれている女の子に、自ら手を下したのだ。

もう手遅れだから、もっと酷いことにならないうちに。

感情が悲鳴を上げていたが、やらないわけにはいかなかった。それは葉耶の二の舞でしかなかったが、それが蒼衣の悪夢である以上、蒼衣が見なければならないのだ。

蒼衣は、自分を縛っていた鎖を知った。

知った。思い出した。葉耶と悪夢が、自分の全てを縛っていた。

人を拒絶するのが怖いのも、雪乃を放っておけないのも、全てはこの鎖のせい。

蒼衣の情動のうちの、とてつもない割合を、葉耶が縛っていた。葉耶と共有していた悪夢の記憶を、蒼衣は封じて暮らしていたが、その間も無意識はずっと、もう葉耶を見捨てるなと叫んでいたのだ。

今まで、それが普通だと信じていた、蒼衣を縛る鎖。

それこそが、蒼衣の〈断章〉。

「……そう、あなたは人の〈悪夢〉を理解できる。それがあなたの〈断章〉よ」

無言で立ち尽くす蒼衣に近づき、風乃が言った。

「あなたは人の抱える〈悪夢〉を理解し、共有してあげることさえできる。でも、ひとたびあなたが拒絶すれば、見捨てられた人は悪夢と共にいられなくなって、悪夢はその人にとって最も強い現実に還るわ。つまりその人、そのものに」

「…………」

「還った悪夢は、その人を〈異形《いぎょう》〉に変えるわ。完膚なきまでに。元々〈悪夢〉は、何人もの人を〈異形〉に変えてしまえる。だからそれがたった一人の持ち主に還れば、形がなくなるまで変わるわ。惨《むご》たらしいほどに。

あなたが見捨ててしまった人間が破滅する。

それが、あなたが自分に閉じ込めていた〈悪夢〉よ。あなたは選ばないといけないわね。もう誰にも共感しないか、もう誰も見捨てないか。そのどちらかでしか、あなたの心に平穏は訪れないわ」

そう言うと颪乃は蒼衣を背中から、きゅ、と抱きしめた。

「――――可哀想な子」

「……！」

抱きしめられて、蒼衣は戸惑った。

「な、何ですか……？」

「前に言ったわよね？　私に身体があれば、抱きしめてあげたい、って」

言われてみれば、そんなことを言っていた気もする。とにかく蒼衣は颪乃を引き離すと、階段に座り込んでいる雪乃に声をかけた。

「雪乃さん……大丈夫？」

「……あなたに心配してもらうほどじゃないわ」

素っ気ないが、ひどく力弱い答えが返ってきた。

「でも……」

「うるさいわね。ならそこで遊んでる姉さんを引っ込めさせて。傷が塞がらないわ」

出血のし過ぎで、ただでさえ白い肌が蒼白になっている。左腕は滅茶苦茶に切り刻まれたような有様で、全てが終わるのを待っていた颯姫が今は付き添い、ガーゼと包帯で、必死に傷を押さえていた。

「……」

蒼衣が風乃を見ると、風乃は微かに肩を竦めて、次の瞬間には風に溶けるようにして消えてしまった。途端に、階下で颯姫の慌てた声がする。風乃が消えるのと同時に、雪乃が力尽きたように、気を失っていた。

慌てて蒼衣も下に降りようとした時、背後から呼びかけられた。

「……白野」

佐藤先生だった。先生は踊り場に座り込んで壁に背中を預け、半ば固まりかけた血で汚れた手で片目を押さえ、もう片方の目で蒼衣を見ていた。

「先生……」

「お前たち、杜塚に何をやった？」

先生は、かすれた声で、詰問するように言った。

眞衣子に片目を抉り出された先生は、意識があるまま、この踊り場で、これまでの一部始終を見ていたのだった。

「先生……」

蒼衣はそこまで口にするものの、何を言えばいいのか分からなかった。

何も言えない蒼衣に、先生はさらに言った。

「ここで何があったのか……俺が何を見たのかは……正直わからん……」

「だが杜塚は……あんなことを、あんなことをされなきゃいかんようなことを、したのか？」

その眞衣子に、つい先ほど片目を抉られたばかりだというのに、先生はひどく厳しい辛そうな表情で、蒼衣にそう問いかけた。

「…………」

やはり蒼衣は、何も言うことはできなかった。

そして、

「……颯姫ちゃん、頼む」

「はい」

様子を察して上がってきた颯姫にそう頼むと、颯姫が頷いて、右耳からイヤーウィスパーを外した。

その耳から瞬く間に、無数の赤い〝記憶を喰う蟲〟が現れる。そして何が起こっているのか見えていない先生の耳へと、〝蟲〟は列を成して入り込み、やがて先生の目が、落ちるように閉じられた。

「…………」

…………

†

消毒液の臭いがする病室で、佐藤先生は目を覚ました。

「ん……ここは……どこだ？」

「病院です。先生」

ベッド脇に座っていた蒼衣は、呻くように言った先生に、そう答えた。

ガーゼと包帯で顔の半分が覆われた先生が、まだぼんやりとした様子の片目を向けた。

「病院？　お前は……白野か」

頷く蒼衣。

「はい。学校で事故があったんです。先生は階段から落ちて……運悪く、ボールペンが目に刺さったんです」

蒼衣は言う。

「僕が第一発見者です。覚えてませんか？」

「階段……覚えてないな。本当か？」

「ええ、ひどい傷だったから、ショックで記憶が混乱してるのかもしれませんね。残念ですけど、片目は義眼にしないと駄目だそうです。ほんとに、お気の毒ですけど」

「義眼……そうか……」

溜息をつき、どこか遠くを見るような先生。

蒼衣はそれを見て、椅子から立ち上がって言う。

「じゃあ先生が目を覚ましたので、お医者さん呼んできます」

「そうか。すまんな、白野」

「いえ……」

蒼衣は病室を出る。病室を出ると、神狩屋と医者が廊下で話をしていた。相手の見事な白髪頭をした初老の医師は、最初に蒼衣がマンションで〈泡禍〉に巻き込まれた夜に、時間外だというのに蒼衣の目の検診をした医師だった。

「佐藤先生、目、覚ましました」

蒼衣が言うと、白髪の医師が「おう、そうか」と答えた。それに応じる形で、神狩屋が頭を下げた。

「じゃあよろしくお願いします。三木目《みきめ》先生」

「おう」

老医師は片手を上げて、病室に入って行った。その白衣の背中を見送った後、神狩屋は蒼衣に向き直って、「ごくろうさま」と疲れた笑顔を向けた。といっても大体神狩屋の笑顔はこんな感じだ。

少し離れたところには、制服姿の雪乃が不機嫌に立っていた。目を引く容姿の上に表情が険しいので、まるで廊下を通る人を、片端から威嚇しているかのようになっている。

そんな雪乃に苦笑しつつ手を上げると、笑われたのを敏感に察したのか、眉を寄せて蒼衣たちの方へやって来た。しかし別に何か文句や抗議を言うわけでもなく、黙って蒼衣たちの脇へ大人しく立った。

「……今回は大変な目に遭わせてしまったね。白野君」

神狩屋は言った。

「いえ……いいんです」

「しかし『灰かぶり』が『鳥葬』に繋がるとは思わなかった。人の浄化を鳥に食べさせて行うなんて発想は、完全に鳥葬のものだよ」

学者気質の神狩屋が、今回の〈泡禍〉についての感想を口にした。神狩屋の労いに首を横に振った蒼衣だったが、その感想には、少し興味を引かれた。

「鳥葬、ですか……」

「うん。人の体を鳥に食べさせ、その魂を天に運んでもらおうというのが鳥葬だ。有名なところではチベットだね。人間の罪の浄化というのはやや西洋的だけど、『シンデレラ』でその二つが繋がるとなると、やはり人類の発想というのは近いものがあるのかも知れないね。

人を見る目に邪悪があるというのも、『邪視』という有名な考え方だ。人の悪意ある視線に魔が宿るという考え方だ。だから西洋では目の形をしたアクセサリを、邪視除《よ》けのお守りとしている所がある。もちろん神話物語にも邪視の例は多くて、有名なのはケルトの神話の魔王バロールかな。バロールの邪眼はひと睨みで屈強な兵士を灰にして、抉り出された邪眼は地面に落ちても魔力を失わず大地を溶かしたそうで……」

と神狩屋はついつい興が乗りかかったところで雪乃に睨まれ、「おっと」と呟いて蘊蓄《うんちく》の披露を止めた。

「あー……そうだね。まずは白野君の活躍に、お礼を言わなければいけないね」

そして神狩屋は若白髪混じりの頭を掻いて、改めて蒼衣に向き直って言った。

「君があの〈泡禍〉の内容について気づいたおかげで、かなり被害が抑えられたと思う。ありがとう」

「いえ……」

照れでも謙遜でもない。本心での否定だった。蒼衣はこの事件では、むしろ「しくじった」という思いを抱えていた。

もっと早く、助けられたはずだと思っていた。

少なくとも病室にいる先生は、片目を失わずに済んだはずだった。

もっと早く、気づけたはずだった。

もっと上手いやりかたが、あったはず。

「……」

「ところで白野君」

暗い物思いに沈みかけたところで、神狩屋がふと、蒼衣に訊ねた。

「君の希望は聞いたけど、本当にそれでいいのかい？」

「あ、はい」

蒼衣は頷いた。全てが終わった後の学校で、応援の〈騎士〉が遅れて来た時、一緒に来ていた神狩屋に、蒼衣は希望を伝えていた。

「僕は、〈騎士〉になります」

蒼衣は、改めて言った。

「うん、僕達としても君のような〈断章〉を持っている子が〈騎士〉として活動してくれるのは助かるよ」

神狩屋は、微笑んで頷く。そして付け加えて言う。

「でも、できればのめり込まないようにね……雪乃君みたいに」

「大丈夫です」

雪乃が顔をしかめ、あさっての方向を見た。

蒼衣は、そっぽを向いた雪乃の顔を覗き込んで、訊ねた。

「聞いてる？　雪乃さん」

「…………うるさい、殺すわよ」

†

かくして白野蒼衣は、〈神の悪夢〉と戦う〈騎士〉となった。

蒼衣の〈断章〉とその異名は、その後〈目醒《めざ》めのアリス〉と名づけられた。

アリスの来訪した不思議の国が、その目覚めと共に壊れたように。

その〈断章〉は――――悪夢《ゆめ》を、壊す。

ヘンゼルとグレーテル

クリック？

クラック！

今日のお話は、『ヘンゼルとグレーテル』。

むかし、貧乏な木こりが、おかみさんと、二人の子供と一緒に住んでいました。二人の子供は男の子がヘンゼル、女の子はグレーテルといいました。四人は一生懸命働きましたが、とうとう家には食べ物がほんの少しになってしまいました。木こりは困り果てて、どうすればいいのかと考えて、ため息をつきました。

「明日の朝早くに子供たちを森の一番奥に連れ出して、おいてきぼりにするしかないわ」

おかみさんが言いました。木こりは最初反対しましたが、とうとう子供たちを森に置き去りにすることを承知してしまいました。ヘンゼルとグレーテルはお腹《なか》がぺこぺこで眠れなかったので、木こりと、まま母のおかみさんの話を残らず聞いていました。ヘンゼルはグレーテルをなぐさめると両親が寝静まるのを待って、こっそりと外に出て、家の前に散らばっている白い小石をポケットに入るだけ詰め込みました。

朝になると、両親はヘンゼルとグレーテルを起こして、森に連れて行きました。ヘンゼルは歩きながら、ポケットに入れた小石をこっそりと道に落としていきました。森の一番奥まで着

くと、両親は兄妹《きょうだい》にパンを一つずつ渡しました。そして、

「お父さんとお母さんは木を伐《き》りに森へ入るからね。後で迎えに来るから、待っておいで」

と嘘をついて、二人を残して行ってしまいました。

二人はパンを食べて、焚《た》き火《び》のそばに座っているうちに、眠ってしまいました。目がさめた時、あたりは真っ暗になっていました。泣き出すグレーテルに、ヘンゼルは言いました。

「月が出るまで待つんだよ」

やがて満月が空に上がると、目じるしに落とした白い小石が照らされて光り、二人はそれをたどって朝まで歩いて家に帰りました。木こりは喜びましたが、しかしそうしばらくも経たないうちに、家にはまた食べ物が少ししかなくなってしまいました。

「もう無理だわ。今度は森のもっと深いところに置いて行くしかない」

おかみさんは言いました。このときも子供たちは起きていて聞いていましたが、戸には鍵がかかっていて、ヘンゼルは小石を拾えませんでした。次の朝、両親は二人を起こすとパンを渡して、森の中に連れて行きました。ヘンゼルは森を歩く道みちで、パンのかけらを落としながら歩きました。

今度も両親は、二人を置き去りにしました。やがて月が出ましたが、目じるしのパンくずは見つかりませんでした。鳥たちが食べてしまったのです。二人は道に迷ってしまいました。

二人が朝から晩まで歩き続け、疲れ果ててしまった時、森の中に家を見つけました。その家

は屋根から窓枠まで、全部ビスケットやチョコレートやキャンディなどのお菓子でできていました。二人が夢中になって家を食べ始めると、家の中からお婆《ばあ》さんが出てきました。

「おお、いい子だいい子だ。よほどお腹をすかせていたんだねえ」

お婆さんは二人を家の中に連れて入り、ごちそうを並べました。二人は大喜び。しかしお婆さんは迷い込んだ子供たちを食べてしまう、怖ろしい魔女だったのです。

朝になると魔女はヘンゼルを小屋に閉じ込めて、グレーテルを怒鳴りつけ、食事の支度をさせました。ヘンゼルを太らせてから食べるつもりなのです。それから毎朝、魔女はヘンゼルを閉じ込めた小屋に行って、

「ヘンゼル、指を出しな。脂が乗ったかどうか、触ってみるのだから」

と声をかけます。しかしヘンゼルはそのたびに細い鳥の骨を差し出して触らせました。魔女は動物のように鼻が利きますが、目は赤く、かすんでよく見えないのです。いつまでたってもヘンゼルが太らないので、魔女は不思議に思いました。そのうちに魔女は、もうしんぼうできなくなって、グレーテルに言いました。

「瘦せていてもかまうものか、もうヘンゼルを食べてやる！　さあグレーテル、かまどに火がよく回っているか見るんだよ！」

グレーテルは言いました。

「かまどの火の見方なんて、どうやるのか分からないわ」

「ええい、こうするんだよ!」

魔女がかまどを覗き込むと、グレーテルが魔女の背中を力いっぱい押したので、魔女はかまどの中で、とうとう焼け死んでしまいました。

グレーテルはヘンゼルを小屋から助け出して、抱き合って喜びました。二人は魔女の持っていた宝石をポケットいっぱいに詰め込んで、魔女の家を出ました。そして行き着いた川に沿って歩き、森を抜け、とうとう家にたどり着きました。

木こりは子供たちを抱きしめました。あのあと家では、お母さんは死んでしまい、木こりは子供たちを置き去りにしてから、楽しい時はひと時もありませんでした。ヘンゼルとグレーテルは、魔女の家から持ち出してきた宝石を出して見せました。

それから三人はずっと一緒に、楽しく暮らしたということです。

……………………

序章　竈《かまど》の中のヘンゼル

僕たち人間とこの世界は、〈神の悪夢〉によって常に脅かされている。

神は実在する。全ての人の意識の遥か奥、集合無意識の海の深みに、神は存在している。

この概念上『神』と呼ばれるものに最も近い絶対存在は、僕らの意識の奥底で有史以来眠り続けている。眠っているから僕ら人間には全くの無関心で、それゆえ無慈悲で公平だ。

ある時、神は悪夢を見た。

神は全知なので、この世に存在するありとあらゆる恐怖を一度に夢に見てしまった。

そして神は全能なので、眠りの邪魔になる、この人間の意識では見ることすらできないほどの巨大な悪夢を切り離して捨ててしまった。捨てられた悪夢は集合無意識の海の底から、泡となって、いくつもの小さな泡に分かれながら、上へ上へと浮かび上がっていった。

上へ——僕たちの、意識に向かって。

僕らの意識に浮かび上がった〈悪夢の泡〉は、その『全知』と称される普遍性ゆえに僕らの意識に溶け出して、個人の抱える固有の恐怖と混じりあう。そして〈泡〉が僕らの意識よりも大きかった時、悪夢はあふれて現実へと漏れ出すのだ。

かくして神の悪夢と混じりあった僕らの悪夢は、現実のモノとなる。

†

市立第一高校の一年生、媛沢遥火《ひめざわはるか》にとって、学校は大事な自分の社会だった。

高校生にとって、学校というのは概《おおむ》ねそういうものだと言っていい。だが、そんな中でも遥火は明確に、学校を自らの所属する一つの社会と認識していた。

遥火は、自分のクラスの学級委員長をしている。

遥火は、責任感が強い。小学校の頃から何度も通知表に書かれたほどで、それはもはや特技と呼んでもいい。

「おかーさん、行ってくるね！」

いつも通りの朝、玄関で靴を履きながら、遥火は母親に声をかける。

黒のセーラー服に、傍らに置かれた鞄とバッグ。これから学校へ行こうとしている遥火は靴を履いて立ち上がると、いつものように下駄箱の脇にかかった姿見に自分の姿を映して、家を出る前に服に乱れがないかチェックした。

遥火はいい加減なことが好きではない性格だ。鏡に映る遥火の姿は誰に強いられたわけでもなく、高校生として申し分ない、しかし決して地味なわけでもない、理想的高校生と呼んでいい姿をしていた。伝統的な雰囲気が気に入っている黒のセーラー服は丹念にアイロンがかけられて、折り紙のように正確な折り目。どちらかというと童顔の遥火の顔が、鏡の中できりりと引き締められている。

髪型に関する校則は何年も前に撤廃されているが、その当時に照らしてもほとんど問題にならないくらい、綺麗に肩口で切り揃《き そろ》えられた髪。起き抜けはひどかった寝癖も、今はもう、どこにも痕跡すらない。

「……よしっ」

それらを確認した遥火は、小さく呟いて鏡の自分に頷くと、鞄とバッグを持って、学校に向かうために玄関のドアを開けた。こうして遥火の一日は、いつも始まる。ちなみにこの場合の遥火の『一日』とは学校のことで、それ以外は勘定に入っていない。

学校が好き、というのとは、遥火の場合は少し違う。

ただ性格的に自分のクラス――というよりも、目に見える他人を、どうしても放っておけないのだ。

だから一番身近なクラスメイト達が、遥火にとっては、ほとんど家族に等しい重みの存在として見ている。重荷だが、別に嫌なわけではない。性分だ。一日のうち学校に一番長くいるからそうなっているだけで、仮に学校の外であっても、困っている人を見たら思わず声をかけてしまうのだ。

自分でも、損な性格だと思っている。

だがどうしようもない。媛沢遥火とは、そんな少女だ。

「わっ……とと」

早足で玄関を出て、手提げ袋に差し込んでいた花束をうっかり門柱にぶつけ、小さな声を上げながら、遥火は表に出た。

五月下旬。だいぶ暖かくなってきたとはいえ、まだ早朝の空気は肌に冷たい。そんな霧が出そうな冷たさも、かえって気が引き締まると前向きに考えて、遥火は学校へ向けて道を進み始める。遥火の家と一高は比較的近くて徒歩十分。おかげで電車もバスも自転車も、通学には必要ない。

一高は、最寄り駅からは歩いて二十分。閑静な住宅地にある。

この近辺で最も創立の古い、歴史のある学校へと続く道を、早足で遥火は行く。

歩道と車道の区別もろくにない、住宅地の狭い路地を進む。道の両側は全て住宅だ。遥火が生まれ育ち、子供の頃から行き来している、それこそ誰がどこに住んでいるのかも全て知っている、遥火にとっては呼吸の仕方と同じくらい、慣れ親しんだ町並みだ。

目を瞑《つむ》っていても歩けそうな、遥火の住む町。

毎朝の光景。この道を行くことに対して、遥火が不安に思うことなど、何一つとしてあるはずがない。

生来の、生真面目な表情で歩く遥火。

だが、そうして歩いていた遥火の表情は——とある何の変哲もない路地に差し掛かった途端、不意に引き攣るように曇って、不安に覆われた。

「…………」

十字路を曲がった先の道路だった。

十字路で足が止まり、立ち尽くした遥火の前に、見た目はこれまでと大して変わらない、住宅に挟まれた道が真っ直ぐに続いていた。

早朝ゆえに生活感の乏しい、その無機質な道。

誰も通っておらず、がらん、と続いている。どこか虚ろな冷たい空気が満ちて、ずっと真っ直ぐに続いている。

ただの街の光景だった。

何かおかしなものがあるわけではなかった。

しかし、無言でその場所に立っている遥火の顔は緊張し、ごく、と喉の奥を鳴らして、唾の塊を飲み込んだ。遥火の目が見つめていたのは、これから向かおうとしているその路地の右手に、ぽつんと見えている、民家の塀の陰に垣間見えるようにして存在している、ごく小さな駐車場だった。

十台の車も入らない、小さな月極《つきぎめ》駐車場だ。

朝の冷気が落ちる静かなその駐車場を、遥火は緊張の表情で、しばらく見つめていた。

しばしそうしていたが、やがて俯くようにして、視線をそこから引き剝がす。そしてそのまま、向かう先の路面に視線を落とし、意を決したように口元を引き締めると、静かにその足を前に出して、再び道を進み始めた。

遥火は以前から、駐車場が苦手だ。

駐車場が怖いのだ。いや、正確には駐車場ではなく、停まっている自動車が怖かった。

それは遥火が昔から悩んでいる、密かな恐怖症だった。他の誰かが一緒にいれば、気にならなくなる程度の軽いものだったが、今のように人が一人もいないような時、その小さな恐怖は透明な細いテグスのように、密かに確実に遥火の心身を縛りつけるのだ。

こんな時、遥火は目を道路に落としたまま、駐車場の方を見ないようにして足を進める。見ないで通り過ぎる。遥火はいつも同じ時間にこの道を通るが、ここまで通行人の姿すら見えないのは珍しい。運が悪かった。

こつ、こつ、こつ、

朝の静けさが広がる道を、遥火は自分の足音を聞きながら歩く。

緊張で引き結ぶ口元。冷たい空気が鼻から肺を通り、その呼吸音を自分で聞きながら、遥火はただ自分の足元を見つめて、真っ直ぐな道を歩いてゆく。

「…………」

こつ、こつ、こつ、

駐車場へ近づいてゆく。胸に、黒い煙のように不安が充満してゆく。

駐車場は、もう目の前。見ないように。見ないように。そう固く自分に言い聞かせながら視線を正面に固定して、遥火は足を前へと進める。

「…………」

こつ、こつ、こつ、

駐車場にさしかかる。そんな視界の右の端の、その外側に、空間がある。

並んでいた家がそこだけ欠けて、空白の空間。そちらに視線を向けないように視線を固定しながら、駐車場の横を、無言で行く。

自動車が並んでいる。見ないようにしているが、右手に並んでいるのが分かる。鉄製の自動車の無機質で冷たい気配が、歩いている自分のすぐ横に拓《ひら》けた空白の空間に、並んで存在しているのを感じる。

「…………」

こつ、こつ、こつ、

駐車場を、通り過ぎる。

そして、駐車場の気配が背中側へと過ぎたのを感じた時、遥火はようやく強張った肩の力を抜いて、胸に溜まった息を大きく吐いた。

「っ……はあー……」

溜息と共に、遥火は大きく安堵した。

何もなかった。いつものように。何か怖いことがあったことなど、一度もない。だがそれでも遥火は緊張し、安堵した。

軽い恐怖症がもたらす、恐れと不安。

現実には何も起こらないことは百も承知だが、しかしそれでも自分の心がもたらしてくるものはどうしようもなく、遥火は停まっている車に対して感じる嫌な〝予感〟に、いつもこうして怯えてしまうのだ。

今日も同じだ。同じように遥火は怯え、当たり前のことだが、何も起こらずに終わる。

そう。いつものように。遥火は胸の中に、先ほどまでの感覚の残滓《ざんし》を、疲労感のようにうっすらと感じながら、通学を再開した。

その時、背後で小さく、重い音がした。

ごつっ、という重い音。瞬間、びくっ、と遥火の心臓が跳ね上がり、全身の皮膚が粟立つような感覚と共に、進めようとしていた足が止まった。

「……!?」

それは車の窓に、何か重い物をぶつけたような音だった。車のガラスを叩いたような、額を押し付けたような、そんな小さな重い音。それが背後で、朝の冷たい空気の中に低く小さく聞こえた瞬間――――遥火の足は固まったように止まって、そして視線は下を向いたまま、ただ意識だけが背中の向こうへ、向かった。

しん、

と背中の向こうに、駐車場の冷たい気配が、広がっていた。

人のいない空間と、そこに据えられた冷たい鉄。それらの空虚で無機質な気配が、背中の向こうに、凍ったように存在していた。

冷たい鉄の棺が並んでいる、そんな不吉な気配。

住宅地の中に、ぽっかりと空いた、墓場のような気配。

「…………」

そこで聞こえた、音。

たった一度の音。そして今は、死んだような静寂。

その中で、瞬きも忘れて、ただ視線を、黒い地面に向ける。

皮膚に触れる冷気。その冷気を呼吸し、その自身の呼吸の音を聞きながら、凍ったように立ち尽くす。

「…………………」


背後の、冷たい気配を感じながら。

自分のすぐ後ろに存在している、張り詰めたような冷たい空気を感じながら。

背中に覆いかぶさるような、その棺の横たわる墓所のような冷たい空気を感じながら。

その空気の中に——何かがじっとこちらを見ている、そんな気配を、感じながら。


なにかが、いる、いる。


どっ、どっ、どっ、と自分の心臓が鳴った。

自分の鼓動の音が恐ろしく凍った明晰《めいせき》な世界の中で、ひどく大きく響いた。

凍ったように、周囲が張り詰めてゆく。周囲の時間が、世界が、だんだんと冷たく、張り詰めていった。

その中で、アスファルトを見つめたまま、固まる。

周囲の明度が急激に下がってゆくような、異様で冷たい感覚がする。

その背後で、何かの気配が、立ち上がるように膨れ上がった。影のような気配が、自分の後ろに、見えてもいないのに、像を結び始めた。

なにかが、いる。

見えない背後に。像を結んでゆくのは、自分の後ろに棺が横たわっていて、その中から死人が立ち上がっているようなイメージだった。そして立ち上がった死人は何も言わず、ただこちらに目を向けて、じっと、こちらを見ているのだ。

じっと自分の背中に視線が注がれている、悪寒さえ感じる気配。

だが背後にあるのは棺桶《かんおけ》ではなく自動車だ。だとすると車の中に何かがいて、じっと顔をこちらに向けている、そんな気配に他ならなかった。

なにかがいる。

そう。後ろに。

車の中に、何か、いる。

なにかがいる。

そーっ、と少しだけ、首を後ろへと巡らせた。

見たくない。だが見ないわけにはいかない。微かに震えながら、目を、顔を、痛いほど硬直した首を、ゆっくりと後ろに向けてゆく。

うしろに。

うしろに。

見開いた目を。その視線を。

じっと視線が注がれている、自分の背後へと。

ゆっくりと、ゆっくりと、目を、後ろへと向けていって――――

「…………………っ！」

ばっ、と思い切り、振り向いた。

何もいなかった。

何もない。ただ、そこに停まっていた車の窓に、白くて小さな手形が二つ、まるで赤ん坊が車の中からこちらを覗き込んでいたかのように、ガラスの内側にべったりと――

†

神の悪夢の泡による異常現象、それを曰く〈泡禍《バブル・ペリル》〉と呼ぶ。

全ての怪奇現象は神の悪夢の欠片であり、この恐怖に満ちた現象はたやすく人の命と正気を喰らうが、ごくまれに存在するこの〈泡禍《ほうか》〉より生還した人間には、巨大なトラウマと共に〈悪夢の泡〉の欠片が心の底に残ることがある。

彼ら自身によって〈断章《フラグメント》〉と呼ばれるその悪夢の断片は、心の中から紐解く事で自らの経験した悪夢的現象の片鱗を現実世界に喚《よ》び出すことができる。世界にはそんな〈悪夢の泡〉からの生還者が存在し、その中でも特に恐るべきトラウマと共に悪夢の欠片を宿してしまった者たちが集まって、生きるために助け合い、新たな被害者を救おうと活動している。

英国で発祥した、〈ロッジ〉と呼ばれる小さな活動拠点を各地に散らしている、〈悪夢〉の被害者同士の互助会結社。

彼らは世界の裏で被害者同士助け合いながら、同時にこの世界に浮かび上がる悪夢の中から人々を助け出し、そして神の悪夢の存在と、神の悪夢の〈断章〉を持つ自分たちの存在を人々の目から隠し続けている。
名を〈断章騎士団《オーダー・オブ・ザ・フラグメンツ》〉という。

かくして、悪夢は再び〈童話〉の形で浮かび上がる。

一章　蒼衣と雪乃

騎士たちは己の城を持たなかった。

彼らは市井に散り、あるいは遍歴し、敵を見定めた時に集い戦うのが常であった。

彼らには城の内に置いて守るべきものは既になく、城壁を巡らせてその内に籠ることのできる安全な土地も存在しなかった。

逃げる場所もなかった。

隠れる場所も。

なぜなら彼らの敵は、世界そのものの欠片なれば。

我らそのものの欠片なれば。

私家訳版『マリシャス・テイル』第二章

1

遡ること十日前。

「急に呼びつけて悪かったですね。〈アノニマス〉」

冷たい風と喧騒、そして飛行機の飛び立つ甲高い音が遠く聞こえる某所の空港で、タクシーから降り立ったばかりの青年が、同行者の女性に言った。

青年は時代錯誤なベストを着て眼鏡をかけ、髪には若白髪が混じっている。ろくに構いつけていないそんな髪を、さらに風で乱した〈神狩屋〉こと鹿狩雅孝に、〈アノニマス〉と呼ばれた女性は、凛《りん》とした声で答えた。

「気にしないで、〈神狩屋〉。いつものことよ」

それだけで性格が窺える、はっきりとした言葉だった。

神狩屋の、どこかとぼけたような声とは、はっきりと対照的だ。

そしてこれもまた対照的な、雑誌モデルのように洗練されているファッション。流行の色をしたコートの裾を風になびかせ、薄い色のサングラスをかけた目を向けて、姿勢良く立った女性は、神狩屋と向かい合う。

「君は、これから北海道でしたっけ？」

「そうよ。その後は今日中に長野」

神狩屋の問いに、女性は肩を竦めた。

「ま、役目だしね」

そう言う女性の傍らには、外側のポケット収納にファッション雑誌を挟んだ、大きなキャスターつきの旅行鞄が置かれている。

「いつもながら大変ですね」

「旅行は好きよ」

茶に染めた、ウェーブがかかった髪をなびかせて、そう言って微笑む女性。その言葉には言外に「普通の旅行だったら、もっといいのにね」といった類のニュアンスが、確実に含まれている。

そして会話は、ここで一度途切れた。

その数瞬の間の後、再び女性が、ぽつりと口を開いた。

「…………あの新しい子、大丈夫かしら？」

神狩屋から視線を外し、つい三時間ほど前までいた町のある方角の空へ目をやって、女性はそう呟くように言った。

「白野君のことですか？」

「ええ」

応じる神狩屋に、女性は頷いてみせた。そして真剣な、憂えるような、苦々しそうな目で、神狩屋を見る。

「聞く限り、ヤバい〈断章〉ね。〝相手の悪夢を理解共有して、その上で拒絶すると、その悪夢は維持できなくなって持ち主に還る〟──最悪だわ」

吐き捨てるように言った。神狩屋も頷いた。

「そうですね……おそらくこの〈断章〉は、我々にとっても、我々の敵にとっても、最悪の致命傷になるでしょうね」

思案げに顎へ手をやる。

「注意して扱わないといけませんね。この〈断章〉の〈効果《エフェクト》〉に捕まれば、〈悪夢の泡〉に関係する者はほぼ間違いなく〈異形〉化して死に至る。〝決して死ねない〟僕でさえ、おそらく例外ではないでしょう」

分析を口にする。しかし女性は、それをばっさりと切って捨てた。

「馬鹿ね。そんなことを言ってるんじゃないわ」

「はい？」

「あの子、苦しむわよ。彼がその〈断章〉で殺してしまう相手は、彼が理解するか、共感した人間だけ、ってことよ」

「……ああ」

微かな怒りさえこもった女性の言葉に、神狩屋は、ばつの悪そうな表情になった。

「それに〝理解した相手を拒絶すること〟がトリガーってことは、彼自身が何より〝それ〟を恐れてるってことよ。確かに〈騎士〉として欲しい〈断章〉だけど、それを自分の意思でしなければならないってのは、あまりに酷だわ。私たち〈断章保持者《ホルダー》〉が、全員、多かれ少なかれそうだということを差し引いてもね」

「そうですね……」

視線を落とす神狩屋。

「……知らなかったとはいえ、今日は私も、彼に酷なことを言ったわ」

女性も溜息をついた。

「ああ、記憶……の話ですか？」

「ええ、できれば後でフォローしておいて」

女性の頼みに、神狩屋は元々困ったような表情を、さらに困惑させた。

「努力はしますが、難しいでしょうね。彼は真面目ですから」

「最悪ね」

額に手をやって微かに首を振る女性。

「彼は、〈騎士〉にはならない方がいいわね」

そして眉根を寄せて、そう言い切った。

「危険だし、心を壊す。そもそも〈騎士〉なんかになる奴は、どこか頭がおかしいか、そうしなきゃ生きられない境遇の人間よ。彼はどちらでもない」

「そうですね……」

同意する神狩屋。

「それに、悲劇だわ」

「悲劇、ですか？」

「そうよ。共感と拒絶なんて、生きている人間にとって呼吸のように当たり前の感情だわ」

「ああ……」

「聡い子みたいだから、もう自分でも気づいてるかもしれないけど」

そして女性は一拍置いて。

言った。

「あの彼、きっといつかあの〈断章〉で、仲間を殺すわよ」

丁度その頃。
白野蒼衣は、〈騎士〉となることを決心する。

……………

2

神の悪夢が生んだ『灰かぶり』の果てに、白野蒼衣のクラスから一人の少女が消えた。
蒼衣が殺した。しかしその事実に誰も気づくことなく——その少女が消えたという事実すら気づかれることなく——日常は再び、巡ってゆく。

……………

†

白野蒼衣にとって、学校は、蒼衣の愛する〝普通の生活〟そのものだ。

蒼衣は普通を愛している。目立たず、平凡で、周りに埋もれて、日々、毎日、何も変わることのない生活。

しかし。


「……シラノ。重要な話がある」


真剣。深刻。

それは蒼衣がこの敷島譲という友人に出会ってから、初めて目にする、ひどく重々しい表情だった。

私立典嶺高校の、朝の1―A教室。

いつものように学校に来て席に座っていた蒼衣に、この日登校してきた敷島は、いきなり蒼衣の机に両手をつくと、低く重々しい声で、唐突にそう話しかけてきたのだ。

「な、何？」

制服であるモスグリーンのブレザーを着た、敷島の大きな体軀《たいく》によって上からじっと見下ろされて、蒼衣はたじろぐ。据わった目をした敷島のかけた、黒縁眼鏡のレンズに、男としてはやや線の細い蒼衣の、戸惑った表情が映っている。

「……シラノ、お前に聞きたいことがある」

敷島は静かな剣幕で、蒼衣の目を見据えて言った。こんな敷島は見たことがなかった。一体何があったのか、何を言われるのかと、みるみる蒼衣は不安に駆られて、思わず表情を硬くする。

「なあ、お前……」

おもむろに口を開く、敷島。

「……」

ぐっ、と唾を飲み込む蒼衣。そんな蒼衣に敷島はこの世の終わりのような深刻な声で、重々しく、問いを発した。

「お前、正直に答えろよ」

「な、何……？」

「お前……駅前で一緒に歩いてた、超美人は誰だ？」

「…………は？」

敷島の、深刻な問い。その問いを聞いた瞬間、身構えて質問を待っていた蒼衣は、思わず大柄な質問者をぽかんと見上げた。

「……っ、かーっ！」

そんな蒼衣の反応を見た敷島は大仰に額に手をやると、大きく天を仰いだ。

そしていかにも嘆かわしいといった調子で、蒼衣に向けて言い放った。

「いかん、いかんぞ。とぼけても無駄だからな！」

「え？　え？」

「見たんだからな、俺は。昨日お前が、一高の制服着た、とんでもない美人と駅前を歩いてるのを！」

「…………………………あー…………」

ここに至って、蒼衣はようやく状況を察した。間違いなく時槻雪乃のことだった。いつかはバレると思っていたし、どちらかというと発覚は遅かった方だと思う。だがそんなことより何よりも、その様子からどれだけ深刻なものかと思っていた敷島の話の正体に、蒼衣は完全に拍子抜けして、思考が停止してしまった。

「最近ちょっと元気がないなー、とか思って心配してたんだが、どうやら余計な心配だったようだな！」

「あー……」

「元気がなかったのは、どうせ恋の病だったんだろう⁉　説明しろ！　説明を求める！」

咆《ほ》える敷島。困った表情で答える蒼衣。

「えーと、雪乃さんのことだと思うんだけど……」

「やっぱりか！」

「あの人は友達で……」

「付き合ってるのか⁉　あんな美人と！　お前は友達だと思ってたのに！」

「話聞けよ！」

説明を無視して自分の想像を叫ぶ敷島に、蒼衣は抗議の声を上げた。

「あと、大声を出すなよ……」

要するにこの嘆きは、からかいというか、敷島なりの冗談なのだが、話題が話題だけに笑えなかった。何よりも目立っていた。蒼衣は居づらそうに教室を見回した。大声で騒ぐ敷島にクラスメイトたちが、ちらちらと蒼衣たちの方へ目を向けていた。

「ん？　ああー……悪い悪い」

そういうことには無頓着な敷島は、分かったような分からないような微妙な顔をして、とりあえず騒ぐのはやめた。しかし多分、分かってはいないと思われる。この敷島という雑な人間の中には、人から注目されるのが嫌だとか、そういった内向的な機微は最初から存在していないのだ。

「で、雪乃さんというその美人について、是非とも色々聞きたいんだが」

「…………」

うって変わった真顔で言う敷島。

溜息をつく蒼衣。どう説明したものだろう。蒼衣が時槻雪乃と出会ったのは、つい十日ほど前のことだ。

当然、敷島が言うような、付き合っているといった事実はない。あくまでも友人の関係なのだが、蒼衣が片想《かたおも》いじみた義務感のような感情を密かにもっているので、それだけとも言えない部分があるし、普通の友人関係と呼ぶには、蒼衣と雪乃の関係は、また少し違っている。

雪乃のことは、敷島たちには言っていなかった。

当たり前だが、学外にできた新しい友人のことなど、関係ないのにわざわざ自分から話題に出したりはしない。

それに何より彼女との出会いについては、友人はおろか親にも言えない、異常な出来事を含んでいた。そして加えて、雪乃という少女が、恐ろしく人目を引く美少女であることも、今の敷島の反応を見れば分かるように、説明を面倒にしていた。

――――人間の意識の遙か深みから浮かび上がり、現実に漏れ出す〈神の悪夢の泡〉。

蒼衣と雪乃は、その〈悪夢〉によってもたらされた、まさに悪夢の産物と言っていい、恐るべき異常現象の中で出逢った。

時槻雪乃は、かつて彼女自身が遭遇した悪夢の欠片、〈断章〉を心に傷として宿している少女だ。そして彼女は同じように悪夢の泡による災禍――――〈泡禍〉に遭って生還し、それによって〈断章〉を宿してしまった者たちによる、新たな〈泡禍〉の犠牲者を助けようとしている、とある集まりのメンバーだった。

英国発祥の、〈騎士団《オーダー》〉と呼ばれる結社の〈騎士〉。

今は蒼衣も同じだった。雪乃と蒼衣は、その〈騎士〉の仲間だ。

そのまま誰かに話せば馬鹿にされるか、正気を疑われるのは間違いない、世界の秘密。

話すつもりはなかった。信じてもらえないからではない。それを話すことによって、蒼衣の愛する平凡な日常が——あまりにも危ういバランスで保たれているこの日常が、壊れてしまうことが、怖ろしかったからだ。

†

十日前。その内に抱えた〈断章〉によって〈異端の灰かぶり〉と化した少女を殺した日。蒼衣は〈騎士団〉の〈騎士〉だという、一人の女性と会った。

「キミ、初めて見る顔ね」

何もかもが終わった後、それによって残された惨状を中に隠した学校に、タクシーで乗り付けたその女性。彼女は、洗練されたファッションに身を包み、コートの裾を翻して、学校の前へと降り立った。

左手には大きな旅行鞄。茶色に染めたウェーブのかかった髪を大きく一度振り、それからサングラスを外して、蒼衣を見る。颯爽《さっそう》とした女性だが、蒼衣を見る目は意外と優しい。ただその女性はひどく奇妙なことに、美人であることは感じるのだが、それにもかかわらず、外見の印象が異常に散漫だった。

一言で言えば〝影が薄い〟となるが、それともまたニュアンスが違う。美人で、印象自体は強い。だが妙に細部ばかりに目がいって、全体の印象が像を結ばないような、不思議な感覚がつきまとう。

「え、えーと、あなたは……」

「名前はないわ。新人クン。〈名無し〉《アノニマス》というのが、私を指す言葉よ」

蒼衣の問いに、彼女――〈名無し〉は、そう答えた。

「え……？」

「それが私の〈断章〉よ。私の〈断章〉は、名前を喰うわ」

そんな彼女の印象と自己紹介に、不可解そうな表情をした蒼衣に、彼女が言ったのは、このような話だった。

「私の〈断章〉に名前を喰われた人は、誰にも認識されなくなるの。キミたち〈断章保持者〉《ホルダー》

は〈断章〉の〈効果〉に耐性があるけど、普通の人は名前を喰われた人を、見ることも聞くこともできないし、触られてもそうとは気づかないわ」

名前の代わりに、彼女が語った説明。完全には理解しかねたが、その説明が示すもう一つの意味には、蒼衣はすぐに気がついた。

「それは……もしかして、あなたも名前を……？」

「ええ、そうよ。私も、自分の〈断章〉に名前を喰われたの」

だから名前はない。蒼衣の言葉に、彼女は頷いた。

「さっきのタクシーは、客待ちしてるところにいきなり乗り込んで、口紅で行き先をガラスに書いたの。多分幽霊に遭ったと思ってるわね」

人から認識もされない。くすくすと女性は笑った。蒼衣は複雑な表情で納得する。彼女を見たときの奇妙な印象の正体と、それから彼女が降りた後のタクシーが逃げるかのように急発進した、その理由をだ。

「き、気の毒に……」

「そうね。でも急いでたから仕方ないわ」

あっさりと言い切る彼女。

「まあ、そんなわけで、私は名前がないわけ。だから〈断章〉の名前で、〈名無し〉と呼ばれてる。私の名前はこの世界から失われて、もう誰も、私でさえも思い出せないわ。

私は名前を失った概念的な死者で、名前のない私はこの世界に〝情報的に存在していない〟の。私はこうして生きていて物理的に存在しているけど、情報的に死んでるから、普通の人間は誰も私を認識できず、記憶もできない。世界には色々なものが存在しているけど、人間が認識するのはそれらの情報でしかないから、人間にとっての世界はすなわち情報であると言ってもいいわね。見る、聞く、触る、全て情報よ。そこにあるものの〝実在〟を直接認識できる人間って、果たしているのかしらね？

世界は、情報。そして〝名前〟は、情報を分類するための認識票よ。名前がないということは〝どれでもない〟ということだから、人間世界にとっては存在していないのと同じことになるの。私に関する情報は、人間にとって〝どれでもない〟と認識されるから、つまり見聞きしても認識されないということになる。私の姿は見えていても見えていないのと同じことになるし、私の声は聞こえていても聞こえていないことになる。私の戸籍なんかも文書として残ってはいるけど、それを見ても誰も意味のある文字として認識できない。かつての私に関する記録は無意味なインクの染みにしか見えない。情報としての私はこの世にはなくて、ここに存在している私の心と体だけが、私という人間の全て。

……でね、この〈名無し〉と名づけられた〈断章〉は、同じように他人の名前も喰うわ。そして、もし物理的に存在していない死者の名前が失われたら、完全にこの世界から消失したのとほぼイコールになる。……これは理解できる？」

「え……？　あ……な……なんとか」

突然の説明と問いに、蒼衣は戸惑いながら頷いた。

「そう。キミ、話が早いわね」

彼女は薄くルージュを引いた口元に、ふっと微笑みを浮かべた。そして直後、不意にその口元を引き締めると、急に厳しさを含ませた声で、蒼衣に向けて言葉を放った。

「なら────今から覚悟をしなさい。私はここに、キミのクラスメイトの〝存在〟を消失させに来たのだから」

「え……？」

蒼衣は、ぽかん、と彼女を見上げた。

「キミのお友達の死はあまりにも異常だから、公にできない。だから証拠は私たちによって隠匿されて、被害に遭った彼女の親戚たちごと、失踪したという扱いになるわ」

「あ……」

「でも、人がひとりいなくなるっていうのは、人が想像する以上に人間社会にとって大きな欠落よ。そんな状態から全くの平穏な日常を取り戻すためには、そのクラスメイトの〝存在そのもの〟を消し去るまでしなければ贖《あがな》えない。

キミのクラスメイトは、最も親しかった人さえその存在を思い出すことなく、まるで初めからいなかったかのようになるわ。彼女の人生の全て、その幸せも不幸せも、喜びも痛みも、何もかもが人々の記憶――すなわち世界から、消えてなくなるの。それをするのが私、〈名無し〉の、〈騎士〉としての役目。そして憶えておいて。キミの役目は――その消えてしまう彼女の事を記憶している、この世界でたった一人の人間だということよ」

「…………！」

「彼女は、消えてしまうの」

名前のない女性は、ゆっくりと言った。

「誰も彼女を思い出さない。その笑顔も、何もかも、全て」

「…………」

「あなただけが、憶えているのよ」

「…………」

「キミは彼女が生きていたことの、たった一人の証人になるのよ……」

「…………」

†

そして、蒼衣の愛する日常が戻ってきた。

あの〈名無し〉と名乗った女性が学校を立ち去る頃、蒼衣は自分の殺したクラスメイトの少女の名前を、全く思い出せなくなっていた。

彼女の顔も、姿も、声も、最期も……全て思い出せるのに、ただ名前だけがどうしても思い出せない。そのとき初めて、蒼衣は〈名無し〉の言っていた『名前を喰う』という言葉の意味が、比喩でも何でもなかったのだということを、実感として知ったのだった。

教室に置かれた主のいなくなった席には、まるで最初からそうだったように後ろの席の生徒が座り、列の最後尾に誰も座っていない席が、ぽつんとできた。そしていつの間にか席は片付けられ、蒼衣だけが知っている欠落を抱えて、教室はあまりにも普段通りの、日常の形を維持していた。

最初、そのあまりにもいつも通りの平穏さに——蒼衣の知っているものとあまりにも違う平穏さに、吐き気を催したほどの日常。それでも、それでも蒼衣が愛してやまない、この学校での、変わらぬ日常。

「……おーい、シラノ。聞いてるか？」

「え……？　あ、うん」

敷島の手が目の前でひらひらと振られて、蒼衣はいつの間にか沈み込んでいた物思いから、現実に引き戻された。

「……あー……いや、ごめん。聞いてなかった」

「シラノ……」

うっかり雪乃のことから連想が進んでしまった。謝る蒼衣に敷島は呆れた表情をしたが、何を思ったのか突然頭を振って表情を厳しくした。

「いやいやいや、騙されんぞ。お前がすぐぼーっとするのはいつものことだが、今回に限っては俺の話をはぐらかそうとしている卑劣な作戦だと判断する」

「ち、違うって」

「さあ、吐くんだ！　あの美人との関係を。そして紹介しろ！」

「う……」

詰め寄られて蒼衣はたじろぐ。話すことについてではない。蒼衣としては雪乃を敷島たちに会わせるつもりは全くないのだが、このまま本気で紹介を頼まれたら、人の頼みを断るのが苦手な蒼衣はそのうち本当に承諾してしまいそうだったからだ。

「さあ！　さあ！」

「うう……」

蒼衣の机に両手をついたまま、身を乗り出してくる敷島。

のけぞって目を逸らす蒼衣。理由は全く違うのだが、これでは本当に付き合っていて、それを隠しているように見えなくもない。

自分でもこれはまずいと思いながら、しかし頭が働かない。それくらい、人の頼みを断るのが苦手なのだ。そしてそれ以上に先ほど連想してしまった、あの彼女のことを、深く心に引きずっていたのだ。

「さあ、吐け！」

「いや、えーと……」

「さあ！　さ……おうっ‼」

敷島はほとんど爪先立ちで蒼衣に覆いかぶさっていたが、しかし蒼衣を問い詰めていたその言葉は、突如として差し出されたシャーペンによって伸びきった脇腹を突き刺され、悲鳴交じりの奇声に変わった。

「な……⁉」

「まーたオマエは白野を困らせてるな」

脇腹を押さえてのけぞった敷島の横には、いつの間にかシャーペンを片手に持った、佐和野弓彦が立っていた。子供の頃からの敷島の友人。いわゆる幼馴染で、小柄で少年っぽい風貌をしているが、無表情で思考が読めず、物に動じない。

「で、でも佐和野も見ただろ！　気になるだろ⁉」

「気にならなくはないけどな」

「だろ⁉」

「そこでどう反応するかで人間の品性は決まるわけだ。お前のランクは人間的に言うと」

「言うと？」

「…………猿？」

「下方修正⁉」

ついでに趣味は敷島いじりだ。

「毎日何万人の人間が餓死しているのに、それを助けることができる栄養を使ってこんなことしか考えない敷島譲。恥を知れ。死ね」

「そこまで言うのか⁉」

瞬く間に佐和野が話のペースを攫《さら》い、敷島が声を上げる。だが敷島が言い返そうと上げた声は、タイミングよく教室に鳴り響いたチャイムと、それを待ち構えていたように入ってきた担任の佐藤先生の存在に中断させられた。

「席につけー」

やる気のあまり感じられない、中年男性の声。その声に追い立てられて生徒たちは続々と席に着き始め、その騒音の中で、敷島は言葉の先を何とも言えない表情で呑み込んだ。

教壇に立ったやる気のない声の持ち主は、片目に真新しい白い眼帯をしていた。蒼衣は、自分の席でそんな佐藤先生を見て、胸に重い圧迫感を感じた。先生本人の記憶からは消されている、蒼衣の関わった怪我。

「……」

それらを呑み込んで、流れる日常。

先生の目を覆う眼帯と、そして、あの消えてしまったクラスメイトが、かつて座っていた席に、蒼衣は目を向けた。

そして心の中で、密かに、誓った。

忘れない。

誓う。

忘れない。それが——僕の、義務だ。

3

時槻雪乃にとって、学校は世にも煩わしい〝義務〟に過ぎなかった。

もちろん高校は義務教育ではない。それは国の定めた義務ではなくて、〈泡禍〉によって全ての家族を失った雪乃を養育してくれている、伯父夫婦に対する義務だった。

伯父も伯母も、やや気弱なところがあるものの穏やかな人格者で、子供のいない二人は昔から雪乃たちに良くしてくれていた。そしてあの三年前の忌まわしい災禍によって孤児となった雪乃を、それが当然であるかのように引き取ってくれたことは、〈泡禍〉を狩り出すという不毛な活動をする雪乃にとって、ほぼ唯一と言っていい負い目だった。

不幸な事件を経てきた雪乃には、普通に幸せになって欲しい。

そのためにも、せめて高校を、できれば大学にまで行って欲しい。

それが雪乃の幸せを願う、善良な、しかし平凡な伯父夫婦の願いだった。

雪乃が――〈騎士団〉の中でも〈騎士〉と呼ばれる、〈泡禍〉の駆逐と隠蔽を行う活動に血道を上げる雪乃が――それでも高校に通っているのは、本当にただ、それだけが理由だった。

†

HRが始まるまで十分を切った、始業間際と言っていい時間。

がら、と戸を開けて時槻雪乃が教室に入った瞬間、教室の空気が、明らかに変わった。

「…………」

腫れ物に触るような視線を一部から向けられながら、雪乃は教室へと無言で踏み込む。冷たく整った氷のような美貌はクラスメイトたちには一切向けられず、無関心というより不機嫌な表情で、雪乃は教室を横切って、窓際にある自分の席につく。

ポニーテール気味にまとめられた黒髪に、ゴス調の黒いレースのリボンが、クラスメイト達の視線を拒否するように揺れる。

これが市立一高1年4組の、毎朝の光景だった。

教室にいるクラスメイトの多くは空気のように雪乃を無視し、無視できない者は明らかに疎ましげな、あるいは好奇の視線を雪乃に向けた。向けられる視線の多くは何よりも目立つ雪乃の容姿へだったが、しかしそれ以上に皆が注目するのは、黒いセーラー服の袖から覗く、左手首に巻かれた白い包帯だった。

これが自傷癖の産物であることを知らない者は、このクラスにはいない。

雪乃がクラス中から腫れ物扱いされているのは当人がクラスメイトとのコミュニケーションを拒否しているからだが、それを決定的なものにしているのが、この包帯であることは疑いようのない事実だった。

「……なんであいつ、学校に来るわけ……？」

「来なきゃいいのにね……」

ひそひそと片隅で、女の子たちが交わしている言葉が聞こえる。聞こえよがしなそれを風のように無視して、雪乃は頬杖を突いて、窓の外に無言で目を向ける。

「……」

外に何かあるわけではない。

だが教室の中に目を向けているよりも、遙かにマシだからだ。

三階の窓から見えるのは、グラウンドと、学校の周りを埋める住宅地。どこまでも普通な、つまらない光景だ。だがクラスの光景と違って、少なくとも煩わしくはない。こうして授業が始まるまで、あるいは始まってからも――ずっとこうして外を眺めているのが、学校にいる間の時槻雪乃の常だった。

雪乃はクラスメイトを含め、学校の全てを、空気のように扱おうとしていた。

そして雪乃は、皆から空気のように扱われることを望んでいた。

そうすればお互い楽だろうに、と雪乃は腹の底で思う。だが少なくとも目に見えて、しかもそれが目立ち、さらには貢献はおろか協調もしない存在を、空気と認識できるほど、人間という生き物は寛容でも鷹揚《おうよう》でもない。

「……」

密かな反感と意識的な無視に包まれた、雪乃の毎朝の孤独な沈黙。

賑《にぎ》やかな教室の中で、雪乃の周りだけ、別の空気が広がっていた。

しかし、雪乃はそれを甘んじて受け入れていた。雪乃は彼らクラスメイトを、別の世界に生きる人間だと思っていた。

雪乃は『普通』の幸せを捨てたのだ。

あるいは失った。雪乃は復讐者だった。ただそのためだけに、雪乃は生きていた。

周りのクラスメイトは普通で、普通の幸せを求めている人間だ。幸せを全く共有していない者同士は、付き合う意味はないと雪乃は思う。

同じものを喜び、同じものに悲しむ。

そういうものをただの一つも共有できないのなら、会話すら、するだけ無駄だ。

こうした雪乃の態度は、その価値観を知らず、信じないクラスメイトたちとの軋轢を明らかに生んでいた。しかし雪乃という人間は痛々しいほどにストイックで、不器用で――そしてそんな軋轢から生まれる痛みをも、自らの復讐の糧にしようとしていたのだった。


――この痛みがある限り、〈断章〉の痛みも忘れない。


苦痛。恐怖。憎悪。悲嘆。かつて遭遇した〈泡禍〉の中で焼印のように心に焼きついた感情を汲み出すことが、自分の中の悪夢の〈断章〉を紐解く最初のプロセス。

この教室の空気に混じる反感も、敵意も、隔意も、全ては雪乃にとってそれらの感情を忘れないための糧となる。日常というぬるま湯に浸《つ》かることなく、孤独の中で過去を反芻《はんすう》し、ただひたすらに自分を切り刻み続けることが、化け物と戦う化け物であるために、雪乃に必要なことだったのだ。

雪乃は教室から目を背け、ただ窓の外を見る。

これから徐々に強くなってゆく朝の鋭い陽の光が、空の、街の空気に満ち始めている。

普通なら清々しさでも感じるだろうその光景に、雪乃は鬱陶しさを感じる。そして日の光を遮るため、置きっぱなしの教科書を探して、机の中を右手で探った。

「痛《つ》っ……！」

直後、机から手を引っ込めた。

指先に何かが刺さったのだ。強い痛み。前にも同じことがあった。机の中に裁縫用の針が一本、机の中にセロハンテープで固定してあったのだ。

手を入れた時に、刺さるように。

弾みで思い切り深く刺さった針の痛みが、指先の皮膚のさらに奥、肉の中に、ずきんと広がる。抜けるように白い指先に、赤く血の玉が膨らんでゆく。指先のそれをじっと見つめる雪乃の耳に、くすくすと、教室のどこからか女の子の笑い交わす声が聞こえる。

「……」

雪乃はそちらに一切目を向けずに、無言で血の玉が膨らんだ指先を、薄い唇に当てた。

口に広がる血の味。その瞬間、雪乃の耳に聞こえていた、微かな悪意の笑い声に、強烈な悪意の含み笑いが被《かぶ》さった。

『……うふふふふふふふふ、可愛いことしてくれるじゃない』

耳元で囁く、恐ろしく純粋な、硝子《ガラス》のような悪意の笑い。

その耳に流れ込む声の、あまりに透明な悪意と狂気に、心が引っ掻かれて、雪乃の感じる空気の温度が一気に低下した。

「………っ！」

『殺さないの？　雪乃。殺しましょう？』

くすくすと雪乃の耳元で、その雪乃にだけ聞こえる声が、囁いた。

『この何も知らない愚かな案山子《かかし》たちに教えてあげましょう？　自分たちが、燃え盛る篝火《かがりび》をつついているのだと』

「…………！」

雪乃を背後から覗き込む、影のような人影。その長い髪を垂らした、雪乃によく似た亡霊の声を、雪乃は黙殺する。噛み殺すように黙殺する。

『いつでも殺せるのよ？　雪乃と私の、〈雪の女王〉と名づけられた〈断章〉は』

雪乃に取り憑いた〈断章〉の声。三年前に家族を惨殺して死んだ、雪乃の姉、時槻風乃の亡霊の声。歌うような誘惑の声を、雪乃は硬い表情で無視する。この亡霊が囁くのは破滅ばかりだ。雪乃はこの姉を〈悪夢〉と戦うための力として必要としていたが、同時に〈神の悪夢〉の次に、強く強く憎んでいた。

『殺しましょう？　この部屋を、魔女の竈《かまど》に変えましょう？』

「……るさい」

囁く影に、指先を咥えたまま、雪乃は呻くように口の中で呟いた。

確かに、この茨のような日常を焼き尽くしてしまえば、どんなにか楽だろう。そんな自分の心の声と、風乃の言葉を、雪乃は共に噛み殺す。自分に強く言い聞かせる。『私の目指す化け物は、そんな安いものじゃない』と。

再びクラスメイトのくすくす笑いが耳に入って、雪乃は疼痛が鼓動する指の先を、小さく噛んだ。じりっ、と左腕の包帯が熱を持ち、ほんの僅かな煙が上がって、包帯の端に焦げたような色が浮き上がり、雪乃は必死で自分の気を鎮めた。

「…………っ」

その時だった。

針が刺さった雪乃の声を聞いて振り返っていた女生徒が、不意に雪乃を見たまま、椅子から立ち上がった。

「……」

女生徒は雪乃の席まで歩いて来ると、机の脇に立ち、そして制服のポケットから何かを取り出すと、雪乃に向かって差し出し、机の上に置いた。可愛らしいプリントがされた、ミントブルーの絆創膏《ばんそうこう》だった。

「……大丈夫？」

小柄で童顔な、その女生徒は言った。

雪乃にこんな声をかけるのは、学校には一人しかいない。媛沢遥火。このクラスの学級委員長をしている少女だった。

「どうしたの？　指、切った？」

素直で意志の強そうな目に、少しだけ心配の色を浮かべて、遥火は雪乃を覗き込んだ。そんな遥火の視線に、雪乃は先ほど陽光に感じたのと似た居心地の悪さを感じて、遥火の顔から目を逸らした。

「…………別に」

「そう？　でも一応ばい菌とか入らないように、バンソーコーはしといた方がいいよ」

遥火は言う。

怪我の原因がこのクラスの中にいるなどとは想像もしていない。そんな顔。いや、事実、気がついていないのだろう。雪乃が何かにつけて非協力的なことも、クラス中から嫌われていることも、遥火とて知ってはいるのだろうが、いじめ同然のことまで行われているとはさすがに思っていないようだった。

根底に人の善意への信頼がある、そんな人間なのだろう。

こういう手合いの人間に、雪乃は苛立ちを感じる。正確には最近感じるようになった。

白野蒼衣の、ぼーっとした、太平楽な顔が頭をよぎる。雪乃は眉を寄せると、机の絆創膏に怪我をした指を置き、鈍痛を感じる指を滑らせて、絆創膏を遥火につき返した。

「いらないわ」

「駄目。その意見は却下」

拒否する雪乃に対して、遥火はまるで母親のようなことを言って、眉を吊《つ》り上《あ》げた。そして絆創膏と、それをつき返す雪乃の手をもろともに取り上げて、絆創膏のパッケージを手早く破ると、有無を言わさず指先に巻き始めた。

「ほら、血が出てる」

「……」

抵抗も面倒だったので、為すがままにされる雪乃。不機嫌な表情のまま無言で指に絆創膏を巻かれる雪乃を、クラスの者たちは奇異の目で眺める。

雪乃にこんな応対をする物好きな人間は、ただ一人遥火だけだった。

委員長としての責務だとでも思っているのか、それとも元々こういう性格なのか、遥火はクラスの同級生達を、それがどんな嫌われ者であってもほとんど同様に扱っていた。

「……よしっ」

几帳面に巻きつけられた絆創膏を睨むように確認して、遥火は満足そうに頷く。

そして任務完了とでもいった風情で、自分の席へと引き上げて行った。

「ハル……関わらない方がいいよ」

遥火の後ろの席の女生徒が、遥火の制服の袖を引いて、小声で囁いた。案じるような友人のそんな囁きに、遥火は眉を下げて少しだけ困ったような表情をしたが、しかしキッパリと言い切った。

「そういうわけにいかないよ」

万事、遥火はこの調子だった。

多少融通の利かないところはあったが、責任感があって機転が利き、小さな体で率先してくるくると働くので、この委員長はクラス内では破格に好意的に見られていた。

雪乃が捨て去った――――あるいは捨て去ろうとしている、この学校生活という〝普通の世界〟を守っている女主人。雪乃は遥火をそう見ていた。そして〝そうではない世界〟を知らないために、別の世界に生きている雪乃にもわざわざ要らない世話を焼こうとしている、幸せな人間だと。

雪乃は、伯父夫婦のために形だけ、この学校にいるに過ぎない。

だから繋がりなど要らない。それを理由は説明できないので、態度で主張していた。

大抵のクラスメイトは、すぐにそれを読み取って、雪乃のことを嫌った。それなのに、この遥火だけは理解しない。生徒からも教師からも腫れ物扱いの雪乃にとって、遥火が唯一に等しい、そして不本意な、クラスとの接点となっていた。

そんな〝しがらみ〟の少女。

そんな遥火に、無理矢理巻かれた可愛らしい絆創膏を、雪乃は迷惑そうに睨んだ。

見ているうちに、ほんの少しだけ絆《ほだ》されそうな感情が自分の心の中に浮かんだことに気がついて、雪乃は不愉快になって顔を上げた。途端に、窺うように席に座ったまま振り返っていた遥火と目が合って——にこっ、と悪戯っぽく笑いかけられて、雪乃は憮然《ぶぜん》と視線を窓の外に外した。

「…………」

予鈴が鳴って、教室の喧騒が、授業の準備の喧騒に変わった。

外にいた生徒も続々と戻って来て、教室の慌しさが増し、雪乃へと向けられるうっすらと絡みつくような視線も、その喧騒の中に流された。

万事こうならばいいのに、と雪乃は窓に目を向けながら、不機嫌に思った。

雪乃のかりそめの〝日常〟は、いつもこうして始まり、そしていつも同じように、不機嫌に終わってゆく。

…………

4

町の時間は過ぎてゆく。

白野蒼衣が学校の最寄り駅に程近い『神狩屋』へとやって来たのは、学校の授業が終わってすぐ、午後四時になる少し前のことだった。

『神狩屋——古物・骨董・西洋アンティーク』

そう厳めしい文字で書かれた看板が掛けられた、古い写真館のような建物の古物商。時代から取り残されたような風情の、この白く塗られた木造の店は、実は密かに、〈ロッジ〉と呼ばれている、日本全体に二百ほど存在するという〈騎士団〉の活動拠点の一つだった。

当然そうであることを示すようなものは何もなく、ただ古い箪笥などが並んでいる薄暗い店内が、開けっぱなしの入口から垣間見える。制服姿のままやって来た蒼衣は、そんな店内へと声をかけながら、足を踏み入れた。

「こんにちはー……」

入った途端に、空気に古物特有の埃っぽい匂いが混じる。

最近はかなり勝手知ったる感じになった。学校が終わると真っ先にここに来るのが、蒼衣の習慣になっていた。

所狭しとガラクタ染みた商品が詰め込まれた狭い店内を、蒼衣は奥へと進む。一番奥には商品と区別がつかないほど古いレジスターが置かれたカウンターがあり、その脇に丸テーブルが据えられて、商談などができるスペースが作られている。

いつも蒼衣はそこで、お茶など出してもらいながら一息つく。

その後、〈泡禍〉の気配を探してあちこちを移動するパトロールに出かけるわけだが、今日も蒼衣はそうするために、普段のように店の奥にやって来た。

だが。

「……わわっ、白野さんストップ！」

この日は、奥から飛び出して来た女の子に止められた。

「え？」

田上颯姫。もしも学校に行っているなら、中学生のはずの女の子。短めの髪に、大きくてカラフルなヘアピンをトレードマークのように何本かいつも挿している。彼女は慌てたように蒼衣を制止したが、蒼衣はそれを理解する前に、うっかり店の奥に踏み込んで、その制止の理由を先に見てしまった。

「あ」

奥には雪乃と神狩屋が座っていて、そこでセーラー服の上着の裾を捲《まく》り上《あ》げ、抜けるように白い脇腹を見せている雪乃と目が合った。

「!?」

「…………」

ぎょっとしてうろたえる蒼衣。それに対して雪乃の方は、微かに眉を寄せたものの、特に動じた様子もなく視線を外し、服の裾を下ろした。

「あ……わ、ごめん」

一瞬の間の後、慌てて謝る蒼衣。対する雪乃は騒ぎもしなかったが、蒼衣がずっと動揺しているのを見ているうちに、徐々に恥ずかしくなってきたらしく、やがて照れというよりも怒りの表情で蒼衣の方を睨みつけた。

「え、えーと」

「このくらいで照れないでよ。こっちまで恥ずかしくなるわ」

「ご、ごめん……」

「やめてって言ってるの！　殺すわよ！」

本当に射殺《いころ》されでもしそうな目で睨まれる。蒼衣は口をつぐんだ。そのまま雪乃は、もう目も合わせてくれない。

「えーと……」

蒼衣がうろたえていると、雪乃の前に座っていた神狩屋が、蒼衣に声をかけた。

「や、いらっしゃい」

「あ……はい……」

のんびりとした、どこか困ったような声と表情の神狩屋の挨拶に、しかしいきなり雪乃を怒らせてしまった蒼衣は判断に困って、しばし雪乃と神狩屋とを交互に見ていた。

「えーと……」

だが雪乃は、相変わらず目を合わせない。しばし蒼衣は困っていたが、やがて小さく溜息をつくと、仕方なく神狩屋の方へと向き直って、そちらの方で話題を続けた。

「えーと………雪乃さんの傷、完全に消えたんですね」

「うん、綺麗に消えた。もう治療は必要ないよ」

蒼衣の言葉に、神狩屋はとぼけたような笑顔で答えた。神狩屋はこの店の店主であり、同時にこの〈ロッジ〉の世話役だ。そして〈黄泉戸契《ヨモツヘグリ》〉と名づけられた〈断章〉を持っていて、それは彼の血などを摂取すると、傷が塞がるというものだった。

今も、先の事件で脇腹に深手を負った雪乃の傷を治療していたのだ。

「今回は長くかかったけどね。僕の〈黄泉戸契〉の〈効果〉は大抵の傷が消えるけど、一度に強く働かせると〈異形〉化するかもしれないからね……」

若白髪の混じった寝癖頭を掻きながら、穏やかに、少し困ったように言う神狩屋。

この〈断章〉は話によると、最大限に働かせれば、たとえ身体が半分に千切れていても生えてくるらしい。

それだけならば夢のような〈効果〉だが、しかしこの〈黄泉戸契〉は、人の傷を治癒させるものの、代わりに〈泡禍〉をその人物に呼び込んで、最悪の場合は〈異形〉化させてしまうという致命的な副作用を持っていた。なので普通の人間相手には、とても使用できるものではない。

しかしだ。『人間の心の器は有限であり、神の悪夢を複数は受け入れられない』という理由によって、〈泡禍〉や他人の〈断章〉に耐性がある〈断章保持者〉には、それほど強力には働かない。

それは例の凄まじい回復が起こらないということだが、それでも少々の傷ならばあっという間に塞がるほどの効果はあり、さらに幸いなことに〈断章保持者〉には副作用もそれほど働かないということで、主に大きな傷を負った〈騎士〉の回復に使われていた。

とはいえ、それでも副作用の危険は、無視できるようなものではない。しかし〈泡禍〉との戦いという危険な活動には、どうしても治療は必要になってくるので——リスクを減らしながらの利用法が考え出されて、今のように傷と副作用の様子を見ながら、何日もかけて深い傷を少しずつ塞いでゆくという方法を取っていた。

今、丸テーブルの上にはその名残として、先日までとは違ってほとんど血の跡のない、剝がされた後のガーゼが置かれている。傷の最後のチェックだ。その現場に、蒼衣は顔を出してしまったわけだ。

「……」

「……」

バツの悪い思いをする蒼衣。

雪乃の方はそもそも常態で不機嫌で、今はもう蒼衣と目も合わせない。こうなってしまうと、もう取り付く島もない。これから一緒にパトロールに出かけるというのに、蒼衣は弱った。気まずい。そんな二人を神狩屋は見ていたが、苦笑い混じりの困った表情で、脇に立っている颯姫へと声をかけた。

「………人が来ないか見張ってて、って、言ったよね……？」

言われた颯姫は恐縮して、小さな体をさらに縮ませた。

「ごめんなさい……棚拭いてたら、忘れちゃいました……」

「あー……」

両手で雑巾を握り締めて頭を下げる颯姫。神狩屋も仕方なさそうに、溜息をつく。

この颯姫は〈食害〉という名の〈断章〉を、その小さな身の内に抱えていた。これは小さな蟲が記憶を喰う〈断章〉で、他人の記憶を消すことに使えるが、同時に本人の記憶も喰われ続けているため、すぐ物忘れをし、さらに過去の記憶がほとんど喰われていて、彼女には数年前以前の記憶がほぼ残っていないのだった。

そのためか学校にも行っていない。

首からかけた手帳が辛うじて記憶を支えている。くるくると表情の変わる明るい子だが、その実情は聞く限りではかなり悲惨なものだった。

しかし見る限りでは、そんなものはおくびにも出さない。

「あ……！　ああそうだ！　コーヒー入れますね！」

この微妙な空気を変えようという試みか、颯姫は思い出したように言うと、ぱたぱたとティーセットを取りに、奥の棚へと向かった。

蒼衣もしばらくはテーブルについていたが、隣に座る雪乃との間に張り詰める空気に、すぐに耐えかねた。

「え、えーと……僕、夢見子ちゃんに、挨拶して来ますね」

おずおずと言って立ち上がった蒼衣に、神狩屋は同情するような苦笑いを浮かべて、そう答えた。

「あ……ああ、そうだね」

「よろしく」

「はい」

蒼衣は逃げるように、レジ奥の戸を開けた。

結局雪乃は、目も合わせない。弱ったな、と蒼衣は戸をくぐりながら、どうしたものかと考えつつ――――雪乃がそれを見るたびに不愉快そうな顔をする、例の生来の緊張感のない苦笑いを、雪乃には見えない所で、こっそりとその顔に浮かべた。

†

神狩屋の店の奥にある住居の片隅に、その部屋はある。

薄い絨毯の敷かれた、洋館風の内装をした廊下。その最奥にある扉の一つが、夏木夢見子の住んでいる〝書庫〟だった。

過去に〈泡禍〉に遭って、天涯孤独となった幼い少女。彼女は〈泡禍〉によって溶け崩れて混ぜ合わさった両親に抱かれ、その中で唯一原形を留めた口が、声とは呼べない声で絵本を朗読しているという悪夢的状況の中で保護されて、以来この神狩屋で養われているという、そんな境遇の少女だった。

　彼女はその〈泡禍〉によって、心が壊れていた。

　一言も口をきかず、絵本と童話の並んだ大きな書棚に囲まれた小さな部屋で、ただ毎日絵本を眺めるようにして読みながら、人形のように過ごしていた。

　蒼衣は神狩屋の頼みで、この店に来るたびに夢見子の様子を見に来る。壊れ、閉ざされた彼女の心が、できるだけ多くの人と触れることによって回復するのではないかという、神狩屋の希望からだった。

　そうなればいいな、と蒼衣も心から思う。

　蒼衣だけではなく、この〈ロッジ〉を訪ねてきた〈騎士団〉に関わる者は、その大方の人間が、夢見子に会ってゆく。

　まあ蒼衣が会うといっても、多くは他愛のない、短いものだ。ほとんど何の反応も見せない夢見子に対して、「元気にしてた？」とか「何を読んでるの？」とか話しかけ、せいぜい頭でも撫でて出てくるのが、蒼衣にできることだった。

　今日は何を話そうか、と考えながら、蒼衣は廊下を歩く。

　反応のない少女に何を話しかければいいかという問題は、いつも頭を悩ませる。

　たまには学校のことでも話そうか？　友達のこととか。しかし今日の敷島との会話を思い返すに、どうも夢見子の話に向いた話題とも思えない。

「……うーん」

考えが纏まる前に部屋の前に着いてしまい、蒼衣は思わずドアの前に立ち止まった。

ここまで真面目に夢見子を相手にする話を考えているのは、蒼衣くらいのものらしい。

蒼衣はどうもその辺り、根が真面目だった。「夢見子君と会っていく他の人は、もっと気楽にやってるよ」と、神狩屋も笑っていた。

要するに、何であれ蒼衣は人を見捨てるという行為が苦手なのだ。

だからつい、他人の世話となると、ほとんど反射的に入れ込んでしまう。

特にリストカッターなどの、心に傷を抱えた女の子には、そんな義務感じみた感情を顕著に感じてしまう。それは蒼衣が抱えた〈断章〉の元になっている、蒼衣が拒絶したことで悲惨な最期を遂げてしまった――――自傷癖のあった幼馴染との思い出が、トラウマになってのことに間違いなかった。

つまり心を壊してしまった夢見子にも、同じような義務感を持ってしまっている、ということなのだろう。

「……」

そんな自分に微かな自嘲混じりの苦笑を浮かべて、蒼衣は書庫のドアノブに手をかけた。

とりあえず友達のことは置いておいて、学校のことを話そうと決める。あとは夢見子の顔を見れば何か思いつくだろうと、そんなことを考えながら。

そして、ドアを開けた。

途端、得体の知れない悪寒が、ドアノブを握った手から一気に全身に這い上がった。

「…………………!?」

冷蔵庫の扉を開けたような冷気が、部屋の中から流れ出してきた。冷えきった空気は、ドアの隙間から粘性をもって溢れ出し、床を這うように広がって、靴下に包まれた足の周りをひんやりと通り抜けていった。

頭が理解するよりも先に、皮膚が異常を理解した。

開ききっていないドアの内側に、墓所を開いたような強烈な死の気配が満ちていた。

あまりにも明らかな、〝異常〟。そして〝異常〟が告げるものは、蒼衣たちにとって、そう多くはない。

〈グランギニョルの索引ひき〉

夢見子が抱える、忌まわしい〈断章〉の名。

巨大な悪夢の〈泡〉が、〈泡禍〉となった時に形作る〝童話〟を予言する〈断章〉。そのため残酷劇《グランギニョル》の索引を引く者と名づけられた、いつ夢見子自身を食い尽くすかも知れたものではない、彼女が抱える〈悪夢の欠片〉。

いつ暴発するかも知れない、〝現象〟のフラッシュバック。

あらゆる〈泡禍〉に巻き込まれた人間が抱え込む可能性のある、最悪の後遺症。

まだ、蒼衣はその破滅を見たことがない。だが、いつかは起こると聞かされている、最悪の事故が脳裏をよぎる。

「……夢見子ちゃん！」

身が竦みそうになるのを振り払って、蒼衣は中にいるはずの少女の名を呼んだ。蒼衣はそのままノブを押し込み、ひどく重く感じる〝書庫〟のドアを、思い切り開いた。

猛烈な冷気が部屋から溢れ出し、〝書庫〟の中身が露わになった。窓のない、壁の全てを本棚に覆われた小さな部屋には、ビスクドールのような服を着た少女が、蒼白な顔をして床の絨毯に座り込んでいた。

ドアを開けた蒼衣の顔を、見上げていた。

正常な自我の欠損した、虚ろな人形染みた表情。そこには何の感情も、恐れの色さえも見出すことはできない。

しかしそんな少女の腕には、『不思議の国のアリス』に出てくる、時計を持った兎《うさぎ》のぬいぐるみが、形が歪むほど強く強く抱きしめられていた。微かに震えているその腕。それは彼女の失われた情動の中に、たった一つだけ〝恐怖〟のみが、焼きつくように残されていることの証左だった。

床に大きくスカートを広げ、人形のように座り込む夢見子。

その足元に散乱するように広げられた、幾冊もの童話と絵本。

そして――――凍ったようなその光景の中で、一つ、動いた。

最初それは、明らかに蒼衣の目の前で、宙に浮いていた。

一冊の童話の本が、夢見子の隣に浮いていた。それは例えるなら、肉眼では見えない女性がそこに座って、夢見子に読み聞かせているような――――丁度そんな高さに、ページが開かれた状態の本が浮かんでいたのだった。

「…………！」

そしてすぐに、落ちた。

蒼衣がそれを目にした瞬間、今まで宙に浮いていた本は支えを抜き取られたように、絨毯の上に重い音を立てて、真っ直ぐに落ちた。

まるで蒼衣に見られたことで、そこに何も存在していないということに、世界が初めて気づいたように。

落ちた。一部始終を見ていなければ、気のせいだと自分を納得させていたかも知れない、それほど異常に、呆気《あっけ》なく。

「…………………」

部屋の中に、凍ったような沈黙が満ちた。

立ち尽くす蒼衣の耳に廊下を走ってくる音が聞こえ、ほどなくして蒼衣の後ろに、緊張した呼吸をした雪乃の気配が立った。

肌に触れるほど異常の気配が残った空気の中、蒼衣は部屋の前に立っていた。

蒼衣の目は、今しがた床に落ちた、たった今まで見えない女性が朗読していた本の、開いたままのページに落とされていた。

『ヘンゼルとグレーテル』

そう、章題が書かれていた。

忌まわしい、予言の章題が。

蒼衣は引き攣った、困ったような笑いを浮かべて、雪乃を振り返った。

『うふふふふ……』

厳しい表情をした雪乃の背後で、雪乃の忌まわしい片割れの〝影〟が、世にも、世にも楽しそうに、底冷えのする笑い声を立てた。

二章　予言と兆し

深淵《しんえん》を覗く者は深淵に覗かれる、という言葉を、私も長らく信じていた。

神の創りしこの世界を、神の定めし人倫を、おぞましく穢《けが》し冒瀆したかのような破滅を迎えたあの人々は、見てはならないものを見て、知ってはならないものを知って、考えてはならないことを考えて、行ってはならないことを行ったために、深淵に見初《みそ》められ、あのようなことになったのだと考えた。

だが違う。深淵は人が覗いたか否かを考慮しない。深淵はしばしば人の意思とは無関係に氾濫し、全ての人間を運命という名の確率のもとに、平等に狂わせ死なせ破滅させ、時に平等に見逃すだけなのだ。

みな、ただの人であった。

覗いたか否かは、それによって人が自らの狂気と死と破滅の理由を知り得たかどうか、ただそれだけの違いでしかなかった。

私家訳版『マリシャス・テイル』第十三章

『……楽しみね』

その心の底から楽しげな声を何かに例えるならば、処刑のショーが始まるのを待つ、高貴で狂った女公爵の声。

『本当に楽しみだわ』

1

「……うるさい」

夕刻遅く。すっかり日の落ちた住宅街。冷え始めた空気に、温かい夕食の支度の匂いがただよう夕刻の路地を、時槻雪乃は〈ロッジ〉を出た後、一緒に出た蒼衣と並んで、世にも不機嫌な表情をして、帰宅の途についていた。

「少し、黙ってて」

低く抑えた声で、雪乃は呟くように話しながら歩いている。

普段に輪をかけた不機嫌さ。傍目《はため》に見ると、隣の蒼衣と喧嘩でもしているようだが、雪乃が話している相手は、蒼衣ではない。

雪乃にしか、いや、雪乃と蒼衣にしか聞こえない、〈断章〉として雪乃に取り憑いた風乃の亡霊。景色が透け、影に溶けてしまうほど希薄な風乃の幻影は、雪乃によく似た容姿に長い髪を下ろして、雪乃の髪を結んでいるものと同じリボンを、雪乃とは全く違う少女然とした印象で空気の中に揺らしていた。

『あなたは楽しみじゃないの？　雪乃』

雪乃の背後に立つ亡霊は、笑みを含んだ声で、絡みつくように問いかけた。

「少なくとも、浮かれてる姉さんは不愉快だわ」

『ふふ。だって〈童話の泡禍〉なのよ？』

棘《とげ》のある言葉も意に介さず、亡霊は楽しげに笑う。

『あの〈グランギニョルの索引ひき〉が予言する、童話の形を取るほど大きな〈泡〉よ？　三年も〈騎士〉をやってほとんど出逢わなかった災厄が、十日ほどの間に二度も！　これに浮かれなくて何に浮かれるの？』

「…………」

破滅の予感への期待だろうか？　風乃の声は囁くようでいながら、しかし普段にも増して、ぞっとするほどに楽しげだ。

『どうしたの？　雪乃』

「…………」

『あなたがいつも待望してる、あなたの〝敵〟よ？』

「……………そうね」

その言葉に、雪乃は硬い表情で、低く、しかし肯定して、頷く。

その通りだ。これは雪乃が待っていた、自分が死ぬまで終わらない復讐の相手なのだ。だが待ち望んでいたはずなのに、どうにも腹立たしさが付きまとって仕方がない。理由はおそらく雪乃の隣で、風乃が苦手らしくずっと黙っている、生ぬるい日常にどっぷり浸かっている顔をした、白野蒼衣のせいだった。

「……………」

雪乃は苦々しく感じながらも、思った。

おそらく自分は、蒼衣に嫉妬しているのだ、と。

両親を惨殺されて何もかもを失った雪乃は、以来〈泡禍〉と自分の傷とを抉り続けることで生きてきた。一度壊れてしまった日常が信じられず、そこに戻ることが怖くて、代わりに〈泡禍〉と戦うという非日常に身を浸すことで、雪乃は辛うじて自分が生きていることに許しが与えられているように感じていた。

憎悪。恐怖。苦痛。

それらに自分の心身を抉られなければ、雪乃は安心できなかった。

あの惨劇の日を境に、雪乃は安穏な日常に、居場所を感じることができなくなっていた。

日常に暮らすことを雪乃は拒否し、両親を殺した姉の亡霊さえ、もっと憎い〈泡禍〉と戦うために必要とした。縋って〈泡禍〉と戦っていた。そしてそこまでしても、〈泡禍〉に通用するとは限らなかった。

だが――――白野蒼衣という人間は、そんな雪乃が抱えているような悲愴《ひそう》さを持たずに、日常に肩まで浸かったまま、〈泡禍〉を致命的に害する術を有していた。

蒼衣の〈断章〉は、〈悪夢〉を共有し、壊して持ち主を破滅させる。おそらく蒼衣が理解共感できるものである限り、蒼衣の〈断章〉は内容に区別なく、あらゆる種類の〈泡禍〉に通用する。蒼衣は〈泡禍〉との戦いに際して、その持ち主を殺すという前提である限り、今まで雪乃が感じたようなもどかしさも悔しさも、きっと無縁なのだろうと思われた。

この蒼衣は、雪乃が失って、捨てたものを、諦めたものを、まだ全て持っている。にもかかわらず蒼衣は、雪乃が失ったものの代わりに熱望し、縋り付いているものを、さらに上の次元で持っているのだ。

だから雪乃は蒼衣の緊張感のない笑顔を見ると、神経を焼かれるように苛立たしかった。さらにその顔で雪乃を日常に引き戻そうとするのが、どうしようもなく腹立たしかった。

「…………」

「……雪乃さん？」

そんな蒼衣が、雪乃に声をかける。

風乃は言いたいことを言ってしまったからか、それとも雪乃の同意に満足したのか、その気配ごと、姿を消していた。

「雪乃さん、怒ってる？」

蒼衣は言う。

雪乃は黙ったまま答えない。怒っているわけではない。ただ不機嫌なだけだ。

「……えーと」

その沈黙を怒っているのだと受け取ったようで、蒼衣は言い訳のような言葉を続けた。

「えーと、今日はごめん。わざとじゃないんだ」

「………？」

雪乃は眉を寄せた。何を言っているのかと思った。

だが数秒考えた後、蒼衣が言っているのが、神狩屋に脇腹の傷を診てもらっていた時のことだと、遅れて気がついた。そして気づいた瞬間、雪乃は自分の頬が、自分の意思とは関係なしに、みるみるうちに紅潮するのを感じた。

「そ、そっちは関係ない！　馬鹿じゃないの？　殺すわよ！」

思わず蒼衣を怒鳴りつける雪乃。

「え？」

「っ！」

本気で驚いた様子の蒼衣。その様子に雪乃は愕然とする。蒼衣はつい先ほど〈グランギニョルの索引ひき〉によって予言されて、いつ大きな〈泡〉がもたらす〈泡禍〉に出くわすことになるのか、分からない状況なのだ。

そんな状況で、そんな……瑣末《さまつ》な出来事を気にしていた、蒼衣の正気を疑った。そしてその事実に動揺している自分にも、雪乃は二重に動揺していた。

「あなた、自分の立場わかってるの⁉」

叫ぶ雪乃。

「〈童話の泡禍〉が来るのよ？　大きな悪夢の〈泡〉が！　理解してる？」

「え？　一応わかってると思うけど……」

蒼衣は精悍《せいかん》さの欠片もない線の細い顔に、困惑の表情を浮かべた。

「でもそれは、僕と一緒に活動してる雪乃さんも同じだよね？　それに今日は雪乃さん、夢見子ちゃんに会ってなかったって言うから……もし会ってたら雪乃さんにも同じ〝予言〟が出た可能性もあるって、神狩屋さんも言ってたし」

「私はあなたのことを言ってるの！」

激昂する雪乃。

「私はいつ死んだって構わないいし、私の〈断章〉は不測の戦いにも向いてるわ。でもあなたは違うでしょ⁉　あなた、いきなり襲われたら何もできないでしょう‼」

「あー……そうかもね」

頬を掻く蒼衣。

「絶対そうなるわ。いつ死ぬかもしれない覚悟はあるの？」

「うーん……」

蒼衣は笑った。

それは、あの雪乃の神経を逆なでする、緊張感のない笑みだった。

「僕は……雪乃さんには、死んで欲しくないな」

そして蒼衣は問いには答えず、別のことを言った。

ぐっ、と何故だか解らないが詰まる雪乃。本当に調子が狂う。出会ってから二週間と少し経つが、やはりこの男は馬鹿なのだと思った。そう決めた。

「…………話にならないわ」

雪乃はそれだけ言うと、蒼衣に背を向けて歩き出した。雪乃の剣幕を見て周囲の目を気にしていたらしい蒼衣は、あからさまにほっとした様子で、再び雪乃の隣に並んだ。

しばし二人は無言で、薄暗い道を歩いた。

薄墨を広げたような色をした空の下、駅からほど近い閑静な住宅街に、沈黙と二人分の足音が、静かに広がった。

「…………」

「…………」

黙々と、雪乃と蒼衣は歩く。

こつこつと響く足音。やがてしばらくして、蒼衣が口を開いた。

「……誰もが覚悟して、死ぬわけじゃないと思うよ」

ぽつりと、蒼衣は言った。

「世界中のほとんどの人は事故とか病気とかで、死にたくないのに死んでる。覚悟なんかする暇もなしにさ。まるで雪乃さんは、『覚悟してない人は死んじゃいけない』って言ってるみたいだ」

「そう思うなら、そう取ってもらっても構わないわ」

雪乃は蒼衣には目を向けずに、突き放すように答えた。

「私たちのいる世界は、そういう所よ。死ぬ覚悟もない人がいるのは迷惑だわ」

雪乃は言う。いつ死ぬかもわからない、致死性の悪夢と隣り合わせの世界。だがそんな雪乃の言葉に、蒼衣は一瞬逡巡《しゅんじゅん》してから、言った。

「いや、そうじゃなくて…………実は雪乃さん、優しいかな、と思って」

「……」

雪乃の眉が、吊り上がった。

「馬鹿じゃないの⁉ 私は迷惑だって言ってるの！」

つい大声になる雪乃。怒鳴られた蒼衣が、思わず首を竦める。

「私とあなたのいる場所は、戦場なのよ」

　強い調子で言う雪乃。

「しかも敵は〝神様の悪夢〟。世界そのものを捻《ね》じ曲《ま》げる、全知全能の〈泡〉よ。優しいとかじゃなくて、これが現実なの。私たちの周りにある空気の１㎖さえ、いつ〈泡禍〉になって私たちを殺すかも分からないのよ！」

　腕を広げて、周囲という〝敵〟を指し示す雪乃。この世界の全てから、周りに漂う空気の分子の一粒一粒まで。蒼衣はそんな雪乃の言葉を圧《お》されたように聞いていたが、ちょっとだけ間を空けた後、少し神妙な声で、答えて言った。

「わかってる」

　ふん、と雪乃はその答えを突き放す。

「とてもそうは見えないわね」

「いや……わかってるよ」

　蒼衣はもう一度、重ねて言った。

「だって、僕も、一人、殺したから」

「……」

　思わず忘れかけていた事実を口にされて、雪乃は思わず黙った。

「クラスメイトを殺した。助けたかったのに殺した。拒絶して殺した。僕の悪夢が、彼女を殺した」

淡々と言葉を連ねる蒼衣。そして一拍の間を置いて、確認するように、蒼衣はもう一度続けて言う。

「僕が、殺した」

「…………」

「でも——僕は、覚悟なんかしない。できない。僕は死にたくないし、雪乃さんにも死んで欲しくない」

蒼衣は道路を睨むように、視線を落として、そこからまた言葉を続ける。

「僕は、他人の命を終わらせておいて、まだ自分は終わりたくないと思ってる。僕は、雪乃さんは凄いと思う。雪乃さんが自分が死ぬ覚悟をしてて、死ぬ覚悟のない人間が死地にいるのを嫌がってるのは、やっぱり根っこの方で、雪乃さんは優しいんだと思う。

僕は酷い人間だよ。きっと僕は、自分が死にそうになったり、雪乃さんが死にそうになったら、間違いなく他の人を殺すと思う。本当は助けなきゃいけなかった人も、本当に助けたかった人も、助けられないと分かって——それが僕たちにとっての危険になることが間違いないって分かったら、僕はきっとその人を殺してしまうと思う。

だから僕は、酷い人間だ。でも僕は、それが〝普通〟なんだと思う。普通の人は雪乃さんみたいに強くないし、口では色々言っても実行できない。多分、それが普通の人にとって〝生きる〟ってことなんだと思う。執着して、執着して、執着して……それで、それでも、どうにもならずに、人は死ぬんだ。

自分が助かりたいって足掻いて、人を助けようと迷って、成功したり失敗したりして、生きたり死んだりするんだよ。その人の意思とは関係なく。それに戦場はきっと、普通の人とそうでない人を、区別なんかしてくれないよ。みんな、みんな巻き込まれる。だから僕はせめて立派なことも格好いいことも言わずに——ただ普通に、戦場の中で足掻くよ」

俯いて歩きながら、ぽつりぽつりと、蒼衣は言葉を選んでいった。

「だから、雪乃さん」

蒼衣は、顔を上げる。

「〈泡禍〉を宿した人が〈異端〉になって殺さなきゃいけなくなったとき、もしその人を雪乃さんが殺せなかったら、僕に言って」

そして雪乃を真っ直ぐに見て、突如、そんなことを言い出した。

「雪乃さんの代わりに、僕がその可哀想な人を殺すから。普通であろうとしてる僕は、きっと雪乃さんよりも無頓着に、苦悩もなく、敵を殺せると思うから」

真顔で。訥々《とつとつ》とした蒼衣の言葉。そこにあるのは雪乃のために何かしたいという、ただそれだけの思い。それを聞いて雪乃の内に湧いたのは、まず真っ先に、怒りだった。

「…………ふざけないで」

低い低い、低温の怒りだった。

「私は、あなたになんか頼らないでやれるわ」

「……！」

低い低い、怒りの言葉。大声ではないが、身が竦むような重く強い言葉を、雪乃は隣を歩く蒼衣に底冷えのする一瞥を投げ、一言一言に圧力を込めて言った。

「あなたがこれまで安穏に暮らしてる間にも、私は三年近く〈騎士〉として役目を果たしてきたのよ。あなたに頼らずに、戦って、戦って、殺して、生き延びてきたの。

この役目に、苦悩なんか感じたことはないわ。あなたの〈断章〉が、私のと比べて有用だったとしても、あなたができることは戦いじゃない。あなたができるのは〈潜有者〉を殺すことだけ。もし襲われたら一方的に殺されるだけの、何の役にも立たずに犬死にするだけの半端者だわ。それに私たちの役目は〈泡〉が浮かび上がって、〈泡禍〉の中心になってしまった被害者を助けること。殺す必要がない時に、あなたが何の役に立つの？

手加減の利かない爆弾は邪魔なだけよ。あなたは新入りで見習いで危険物で、少なくとも今は私に護衛されていて、あなたと私が組まされてるのは、あくまでも私のバックアップだってことを忘れないで」

低い怒りに任せて、雪乃は低く低く言葉を吐く。

「あなたに頼る必要は、ないわ」

「…………ごめん」

言い放つ雪乃に、蒼衣はあっさりと謝る。引き下がらせた。しかし悄然《しょうぜん》と顔を伏せる蒼衣の隣で、雪乃は自分の吐いた言葉と、それからそれを吐いた自分に、ひどい怒りと自己嫌悪を感じていた。

蒼衣を黙らせるために言った、〈騎士〉の役目の正論。

殺すのが目的ではなく、異常現象の被害者を助けるのが目的。だがこれを口にした雪乃自身が逆だった。そんな人道的な目的と動機で、雪乃は〈騎士〉の活動に身を投じているわけではないのだ。

ただ雪乃は、〈泡禍〉と自分が憎いだけ。

ただ憎しみをぶつけたいだけ。消し去りたいだけ。悪夢と自分を。それにもかかわらずこんな正論が口をついて出たのは、ただ蒼衣の存在とその〈断章〉を否定したいという、それだけの理由だった。

幼稚。欺瞞。吐き気がした。

やはり雪乃は嫌いだった。蒼衣以上に、自分自身が。

「……必要なら、私は殺せるわ」

雪乃は言った。

「それがどんな人間でも、誰であっても、殺せるわ。あなたなんかに任せる必要もなく、躊躇も懊悩《おうのう》もなしに」

殺せる。どんな人間も。これだけは蒼衣への虚勢でも対抗意識でもなく、確信している。雪乃が少なくともその意思において、誰かを殺すことを躊躇うなど、あり得なかった。殺せるのだ。自分も。

「殺せるわ」

雪乃には、大事な者などありはしない。

だから誓うように、雪乃は言う。「殺せる」と。そんな雪乃を、蒼衣はどこか心配そうな目で見ていた。その視線が苛ついて、雪乃は包帯の巻かれた左手を、ぎ、と骨が軋《きし》むほど強く握り締めた。

その時だった。

『────いるわ』

ぞっ、と。

これまで消え失せていた、骨まで凍《し》みこむような冷たい気配が、二人の背後に立った。

「…………！」

風乃の囁き。一斉に粟立つ肌。暗い怒りに沈んでいた雪乃の意識は、急激な緊張と共に外界へ引き戻され、雪乃は鋭く目を細めた。

「……どこ？」

『そこの路地を、右』

鋭く簡潔な雪乃の問いに、風乃の流れるような調子の返答。その瞬間にはもう走り出していた。鞄も放り出す。音を立ててアスファルトに落ちる、学生鞄とバッグ。

「⁉」

一人状況を理解できていない蒼衣が、それでも緊張だけは感じ取ったのか、慌てながらも声は出さずに、雪乃の鞄を拾った。そうして後を追ってくる蒼衣の方を見もせずに、雪乃は路地へと一直線に走る。

駆ける。現れたのだ。〈泡禍〉が。

風乃はその存在そのものが〈悪夢〉の欠片であるがゆえに、恐ろしく敏感に〈悪夢〉の気配を察する。そしてここで現れるということは、夢見子の〈グランギニョルの索引ひき〉が予言した、大型の〈泡禍〉に違いなかった。

「…………！」

そう考えて走りながら、雪乃はセーラー服のポケットからカッターナイフを抜き出した。

手に馴染んでしまった、赤い柄のカッターナイフ。何の変哲もないはずの文房具は、しかし左手の袖から覗く包帯と対になった途端、急激に禍々《まがまが》しい印象に変わる。それを手にしたまま雪乃は、風乃が示した路地へと、風のように飛び込む。

ブロック塀の角を曲がり、路地に立ち塞がるように立った。

そして鋭い視線で角の向こうを見据えて、左手首の包帯に指をかけ——


「!!」


雪乃は、それと顔を合わせた。

それは路地に飛び出した雪乃の方へと、今まさに早足で歩いてきて、ぶつかりそうになって目と鼻の先で驚いた顔をした——雪乃が着ているものと同じ制服を着た、小柄な少女の顔だった。

「……委員長?」

「時槻さん!?」

雪乃とその少女、媛沢遥火はほとんど同時に声を上げた。そして追突寸前でつんのめるように立ち止まり、互いに怪訝《けげん》な表情をして、一瞬その場で見詰め合った。

しかし、そんな刹那の間の後、遥火が慌てて取り繕うような笑顔を浮かべた。だが視線はあちこちを迷走し、一刻も早くこの場を立ち去りたいということがありありと分かるような、そんな様子。

「えーと……と、時槻さん、こんなとこで会うなんて珍しいね」

明らかに何かを誤魔化そうとしている風の、取ってつけたような挨拶。しかし雪乃は困惑気味に眉を寄せた。こんなところで、数少ない知り合いと出くわすという、まずあり得ない事態に、どうしたものか理解できず、内心で混乱したのだ。

「……!?」

そんな雪乃の背後で、息を呑む気配がする。

見ると、後ろにようやく追いついてきた蒼衣が、二人分の荷物を抱えて立っていて、どこか引き攣ったような表情で、遥火のやって来た路地の先を凝視していた。

「……雪乃さん……あれ……………」

そして呆然とした、あるいは緊張した声で、蒼衣が呟いた。

その蒼衣の視線の先にあるのは、民家の前に路上駐車された、一台の自動車。

その車の、窓に。

ぞわっ、

目が行った途端、怖気に産毛が逆立った。

こちらに正面を向けて駐車している車の、フロントガラス。そのガラスの内側に――――すぐそばの民家の玄関灯に照らされて、赤ん坊のものと思われる大きさの無数の手形が、もはや中の様子も窺えないほどに、びっしりと浮かび上がっていたのだった。

「…………………！」


光の加減で、あまりにも鮮明に浮かび上がった、脂で汚れた白い手形。

しかしその手を押し付けていた赤ん坊の姿は車内のどこにもなく、夕暮れ時の路地に停まる車は、虚ろとも言っていい空っぽの車内を晒していた。

不気味極まる光景に、一瞬、雪乃は怯んだ。

そして、そんな雪乃の表情を見た遥火は瞬く間に顔色を失い、先ほどまでの取り繕った様子が完全に失われたか細い声で、雪乃に小さく訊ねた。

「み、見た……？」

「……」

雪乃は答えなかったが、明らかな結論を、遥火は察したようだった。

「何か……いる？」

「…………いないわ。今は」

続いた問いに雪乃が答えると、遥火は雪乃の足元に、そのままくたっとへたり込んだ。

「……委員長⁉」

「あれ？　ご、ごめんね。なんだか足の力が抜けちゃって……」

慌てて手を出す雪乃に、遥火は学校では見たことがない、泣き笑いの表情で言った。

「雪乃さん、まさかこの人……」

「………」

蒼衣の言おうとしていること、それから、雪乃の考えていること。それらは多分、同じもので――それゆえに雪乃は、蒼衣に対して何も、答えることができなかった。

…………………………

…………………………

2

駅近くにある、チェーンのファミリーレストラン。

「雪乃さん、お待たせ」

片隅にある、四人がけ席に座っている雪乃の元に、電話をしていた蒼衣が戻ってきて、そう声をかけた。

「……」

「食事して帰るから夕飯いらない、なんて電話、初めて家にしたよ」

無言で一瞥して答える雪乃に、蒼衣は苦笑気味に言う。そして、そんな蒼衣の隣に、同じように電話をして戻ってきた遥火が、少し沈んだ表情をして、並んで立っている。

「急にそんなこと言って、文句くらいは言われるかと思ったけど、なんかうちの親、逆に喜んじゃってさ」

蒼衣は笑って言いながら、雪乃の隣に座って、対面の席に遥火を促した。それに頷いて席につきながら、遥火は蒼衣の言葉を受けて言う。

「うちも同じ……なんか、真面目なばっかりじゃなくて、ちゃんと友達とも遊んでるみたいで安心した、なんて言ってて」

微苦笑。

「失礼な、って思ったけど、何も言えなかった」

そう言って雪乃の正面で、ちょこんと姿勢よく、遥火はその小さな体を、二人がけのソファ席の真ん中に収める。

「ウチもそうだった。こういうのは初めてだから」

「うん、私も初めて」

無言の雪乃の前で、二人がそう言って笑い合う。

「だから、反論できなくて」

「確かにそうかもね」

「……」

そんな二人のやり取りを、雪乃は無言で観察する。

こうして並べてみると、蒼衣と遥火は、その立脚点がよく似ていた。普通の生活というものに妙にこだわり、雪乃を学校に行かせようとする蒼衣と、学校という普通の生活のまとめ役として、雪乃という異分子にすら分け隔てなく接しようとする遥火。

そんな遥火だが、こうしているやり取りは、学校で見るよりも歯切れが悪く、居心地悪そうにしている。当然だろうとは思う。詳しくはまだ話を聞いていないが、遥火はおそらく、何らかの怪現象に触れたのだ。

彼女は今まさに怪奇現象に晒されていて、命の危機に瀕《ひん》している。

間違っても歯切れの悪さの原因は、学校帰りに外食をするのが初めてだとか、そんな理由ではないはずだ。

この状況で、そんな日常のつまらないことに気を回すような危機感のない人間は、蒼衣だけで十分だ。うっかり至ったそんな考えに不愉快になって、雪乃は微かに眉を寄せて、考えを頭の中から追い払った。

遥火を見る。状況を見るに、遥火が〈泡禍〉の脅威に晒されていることは、おそらく間違いない。しかし中心点であるかはまだ判らない。〈泡禍〉の中心点である、神の悪夢の〈泡〉が意識の中に浮かび上がってしまった不幸な人間――〈潜有者〉であるかどうかは、まだ何とも言えない。

そんな雪乃の思案を知ってか知らずか、蒼衣が不意に、雪乃に話を向けた。

「雪乃さんは、家への連絡はいいの？」

「……もうしたわ。私にとってはよくあることだから、一言で済む」

「そっか」

納得した表情で、頷く蒼衣。

そこからしばらく会話が途切れ、三人はメニューを眺めた後、それぞれ注文する。

「……雪乃さん、サラダだけ？」

蒼衣が雪乃の注文内容について、不思議そうに訊ねる。雪乃の食事はいつもこうだ。思えば蒼衣とはしばらく一緒に活動していたが、共にしたのはお茶くらいのもので、食事をするのは初めてだった。

「ダイエットとか？」

「そういうんじゃない。ただ……厭《いや》なだけ」

言いながら雪乃は左手の包帯を強く摑んだ。

「駄目なの。切った肉も、焼いた肉も。……思い出すから」

「あ、ごめん……」

蒼衣は気まずそうに謝る。しばしの沈黙。そして蒼衣を黙らせた雪乃は、そのまま何事もなかったように、遥火へと視線を戻した。

「で、どう？　委員長」

雪乃は問う。

「話してくれる？」

「うん……でもまさか本当とは思わなかったな。誰かが噂《うわさ》で言ってた、『時槻さんは霊感がある』って話」

「私が言い出したんじゃないわ」

雪乃と蒼衣は、霊感のある人間という名目で、遥火に協力を申し出たのだ。

あの状況からの、最適の一つと思われる名目。不自然ではない土壌があった。雪乃は霊感少女と噂されていた。入学からものの二ヶ月足らずで、雪乃についてのクラスの噂は、良くないものだったり気味が悪かったりするものばかり、すでに十を超えていた。

その中でも、これは偶然にも真実に近い。

おおむね〈騎士団〉が〈泡禍〉の被害者に最初に接触する際は、霊能者などを名乗ることが少なくない。

都合がいいので、放っている。もっとも、雪乃はクラス内で自分がどう噂されているかなどには毛筋の先ほども関心がないので、それがどんな内容であっても放っておくことに変わりはないのだが。

そういうことにしている。

しかしともあれ、本当に役に立つことになるとは、夢にも思わなかったのも確かだ。

クラスの人間と〈騎士団〉の活動で関わる確率など、絶無だと思っていた。いつもは初対面の人間ばかりを相手にするので、少々の嘘もハッタリも気にせず口にできるのだが、流石《さすが》に顔見知り相手には、多少のやりづらさを感じる。

「でも、霊感は事実よ。話ぐらいは聞けるわ」

それでもなお、雪乃はそう告げる。

雪乃はとてもではないが演技や駆け引きが得意な性格ではなかったが、自分の容姿に対して他人がミステリアスな印象と、実際以上の説得力を感じるらしいことは、経験からよく理解していた。

それに、普通は霊感があるなどと言えば懐疑的に反応されてもおかしくないものだが、今のところ〈騎士団〉の活動でそうなったことはほとんどない。今の遥火もそうだ。雪乃たちがそう言って声をかける場合、すでにその人物は、何がしかの怪奇現象に遭遇している場合が大半だからだ。

「委員長」

　雪乃は問う。

「〝あれ〟に、心当たりはある？」

「…………」

　自動車の窓についた、明らかに異常な手形のあと。

　遥火はあれに怯えていた。遥火は雪乃の問いにしばし迷いの表情を見せたが、重苦しい沈黙の後、ぽつりと答えた。

「…………ある」

「聞かせてくれる？」

　冷静な顔で雪乃は問いかけた。遥火は頷く。問いかけた雪乃よりも、目の前にいる遥火よりも、むしろ隣で聞いている蒼衣の方が、どちらかと言うと緊張した面持ちをしている。

「多分、あの時のことだと思う」

「あの時？」

「ちょっと昔……色々あって」

　言いづらそうに、遥火。遥火は再び迷いの表情をして、口を開く。そうして遥火が語った内容は、普段見ている遥火からは想像もしなかった、遥火が心に抱え込んでいた、過去にあったとある事件の話だった。

†

それは媛沢遥火が小学生の頃だった。

小学四年生の夏休みのある日、遥火は学校のプールに向かう途中で、道中にあるスーパーマーケットの駐車場に停められていた車の中に、赤ちゃんがいるのを見かけた。車はエンジンがかけっ放しで、お母さんがちょっとした買い物をしている間、待たされているのだろうと思われた。後部座席の窓から外を見ている赤ちゃんと目が合って、思わず微笑んだ遥火が手を振ってみせると、赤ちゃんは満面の笑顔で、大きく体を揺すって、はしゃぐように喜んでいた。

そして……それが最後だった。

遥火がそのままプールに行って、夕方になって同じ道を通ると、そのスーパーマーケットの駐車場には救急車と、何台かのパトカーが赤い回転灯を光らせて停まっていた。

何があったか事情は分からないまでも、その物々しい様子と赤い光に、その時の遥火は強い不安を感じたのを覚えている。そしてその人だかりになっている騒ぎの脇を、不安と好奇心を入り混じらせた遥火が通り過ぎようとして——————ふと目をやった時、遥火はその光景を見てしまった。

見覚えのある車の中から、茹でたように変色した赤ちゃんが運び出されていた。

気絶しそうなほど血の気が引いた。自分の見ている光景の恐ろしさに、周囲の音が遠くなるほどの凄まじいショックを受けた。立ち尽くす遥火の前で、ぐにゃりと力の抜けた赤ちゃんの体は、毛布に包まれて見えなくなった。そして白い服を着た救急隊員に抱えられて、救急車の中へ、運ばれて行った。

「…………………‼」

思わず遥火は、その人だかりの中に飛び出していた。

何故そんな衝動にかられたのかは分からない。ただ遥火はそこにいる誰かに、赤ちゃんがまだ元気だった時のことを話さなければいけない気になったのだ。

「おまわりさん！」

駆け寄る遥火を訝しげに見た手近な警官に、遥火は混乱した言葉を繋いだ。最初「赤ちゃんが、赤ちゃんが」と繰り返す遥火に、警官ははぐらかすような応対をしていたが、やがて遥火が目撃者だと理解すると、急いで人を呼んで聴取の用意を始めた。

そして、その時だった。

その女性と目が合ったのは。

ぴったりと警官に付き添われて、現場に立ち尽くしていたその女性。ラフな、それこそどこにでもいるような主婦の格好をしたその若い女性は、それまで呆然としたような表情で遥火の方を見ていたが、遥火と目が合った瞬間、突如として鬼のような形相に変わってヒステリックな叫び声を上げた。

「あんただ!! あんたが殺したんだ!!」

「…………!?」

その怖ろしい声と悪意に満ちた形相に、何を言われたのかを理解する前に身が竦んだ。

「見てたんでしょう!? あなた見てたんでしょう!? だったらあんたが殺したんだ! あんたが気をつければこんなことにならなかったのに!!」

女性は叫んだ。そしてそのまま遥火に摑みかかろうと走り出して、すぐさま近くにいた警官たちに取り押さえられた。

「何よ!! 私じゃなくてあいつを捕まえてよ!! 人殺し!! 人殺し!!」

取り押さえられながらも凄まじい剣幕で女性は暴れ回り、遥火は自分を庇うために立った警官の後ろから、その様子を怯えて見ていた。女性はただ遥火を睨みつけたまま、髪を振り乱して暴れ、金切り声で叫び続けていた。

「人殺し!!」

「…………！」

騒然とした雰囲気の中、女性は警官たちによってパトカーに押し込まれた。そしてパトカーのドアが閉じられて女性の叫びがほとんど聞こえなくなると、ようやく遥火を庇っていた警官が、「もう大丈夫」と言って遥火の頭に大きな手を置いた。

遥火がこの出来事の詳細を知ったのは、後のことだ。赤ちゃんは死亡した。赤ちゃんは母親が買い物に行っているあいだ待たされていたが、母親は近くのパチンコ屋に行き、そのまま何時間も放置していたというのだ。

エンジンとクーラーはかけっ放しだったが、赤ちゃんの誤操作か何かでクーラーが切れ、そのまま数時間車は炎天下の下に置かれることになった。そして母親がパチンコを終えて戻ってきた時には、すでに赤ちゃんは呼吸が止まっていたらしい。

そして救急車が呼ばれ、警察が来て、そこから先は遥火が見た通りのことになった。遥火に摑みかかろうとしたあの女性は赤ちゃんの母親で、一歳の息子を放置して死なせたとして、その後保護責任者遺棄致死などといった罪で刑に服することになった。

事件はそれで終わった。

そしてこの事件を機に、元々片鱗のあった遥火の責任感は、確固としたものになった。責任感に、義務感に、怖れのような切羽詰まったものが混じるようになったのだ。助けられたはずの赤ちゃんが助けられなかったという後悔が、遥火のせいだと言ったあの母親の理不尽な叫びが、もとより真面目だった遥火の責任感を、強迫観念のように後押しするようになったのだ。

現在の遥火の性格は、この時に出来上がったと言ってもいい。

だが、それだけと言えば、それだけだ。遥火が過去に経験した、その人格を形成する一つの大事件。たったそれだけのこととして、この事件は終わるはずだった。

終わった、はずだった。

しかし事件は——それだけでは、終わらなかったのだ。

二年ほど経った頃のある日、遥火の家に手紙が来た。

郵便として配達されたものではなかった。ただ封筒の表に『媛沢遥火様』と名前だけが書かれた、直接郵便受けに入れられたものだった。

手紙には楔のように角ばった、しかし明らかに歪みを感じる文字で、執拗に隙間を埋めるようにして文章が書かれていた。しかも真っ直ぐではなく、行間を埋めるようにして文字の位置がずれているため文面は大きくうねり、しかも真っ赤なインクで書かれているため、見つめていると眩暈《めまい》がしそうな手紙だった。

手紙には、こう書かれていた。

『拝啓、媛沢遥火様。私はあなたをゆるしません。なんで私が犯罪者あつかいされておまえがノウノウとくらしているんだ。あやまって下さい。あやまれ。私の生活はメチャクチャになってしまった。なんで私が悪いことになってるんだ。おまえのせいなのに。おまえが殺した。人殺し!!　人殺し!!　お前がキチンとしていればあれは死んだりしませんでした。最悪だなオマエ。最悪。悪いのがだれなのかよく考えてみてください。それからあやまれ。ケイサツにダレが殺したのかちゃんと言いなさい。ケイサツはオマエの言うことをウノミにして私を犯罪者にしたて上げました。うそつき。子供のくせに。うそばっかり。うそつき。うそつきうそつきうそつき!!　人殺しのうそつき。ゆるさない。絶対ゆるさない。ゆるしません。絶対。人殺しはどっちだ。良心が痛まないのですか。人殺し。人殺し!!　人殺し!!　人殺し!!　人殺し!!　しねひとごろし。ひとごろし。はなしあいましょう。近いうちに会いに行きます』

当時共働きだった遥火の家では、届いた郵便物を持って入る役目は遥火だった。そのため家に届いた郵便物を最初に見るのは遥火で、結果自分の名前が書かれたこの手紙を遥火は読んでしまった。

読んですぐ、あの時の全ての光景を思い出し、遥火は恐怖と不快のあまり嘔吐した。そして夜になって帰ってきた両親は仰天した。すぐさま警察に連絡し、両親は夜通し相談の上、家の安全のために、母が仕事をやめることを決心した。

手紙の犯人は、執行猶予中の、あの若い母親だった。

どうやって調べたのか、母親はあのとき一度見ただけの遥火の名前と住所を知り、あの手紙を書いて、遥火の家の郵便受けに入れたのだった。そして母親は家人の留守中に遥火の家に侵入し、近所の通報で捕まった。母親の執行猶予は取り消され、禁固刑が執行されて、遥火とあの母親との怖ろしい接触未遂は終わり、また遥火の生活に平穏が戻った。

そして…………

†

「……多分、その赤ちゃんの事件だと思う」

雪乃の前で、ファミリーレストランの席についた高校生の遥火は、俯き気味にそう言った。

注文した料理はすでに来て、食事も終わった四人席。片づけを促すために寄せられた食器の上には、食が進まなかった証として、いくらかの料理が冷たくなって残されていた。

話の異様さに引きずられて、席の空気は重かった。落ちる重い沈黙。その中で雪乃はただ一人、空気を無視して、ポケットから黒地に赤い魔法円のデザインがされたピルケースを取り出して、かしゃ、と音を立てて一振りし、ざらっ、と幾つものサプリメント錠剤を掌《てのひら》の上にあけた。

「……」

蒼衣が僅かに咎《とが》めるような視線で、雪乃を見た。

雪乃は構わず規定量を超えた数の錠剤を口に放り込み、すっかり氷が溶けてしまっている美味しくないコップの水で、胃の中に流し込んだ。雪乃はその処方や効果はともかく、薬を飲むという行為そのものに依存している。生前の風乃は睡眠薬と精神安定剤漬けだった。多分これは、その劣化行為だ。

「……で」

雪乃は小さく息をつくと、顔を上げて遥火を見て、口を開いた。

「何もかもすっかり過去の出来事だったはずなのに、どういうわけか今朝、駐車場の車の窓に手形がついているのを見た、というわけね」

「うん。そう……なるかな」

沈滞していた空気こそ多少緩んだものの、雪乃の言葉に、遥火は沈んだ声で答えた。

「そのあと、学校帰りにあの車と遭遇して、私と出会った」

「うん」

遥火が頷き、雪乃は眉を寄せ、あの光景を思い出す。駐車された乗用車のフロントガラス一面に、赤ん坊のものと思われる大きさの手形が、びっしりとつけられている光景をだ。

実際の子供の行いではない。見れば判る。あまりにも執拗なのだ。

それに、偶然でもいたずらでもあり得ない。何故ならあの場所で、風乃が〈泡禍〉の出現を感じ取ったのだから。

「……最初、車を見た時、中に誰かいるように見えたの」

雪乃と蒼衣が見つめる前で、遥火は視線を落として、その時のことを語る。

「すぐに窓の下に、引っ込むように消えたの。赤ちゃんみたいな大きさに見えた。私、あの事件からずっと停まってる車の横を通るのがちょっと苦手で……あの時も怖かった。でも見ないわけにもいかなくて。……本当に赤ちゃんが中に置いたままにされてるなら、なおさら放《ほ》っとくわけにもいかないでしょう？」

訥々と遥火は言う。これまでも遥火は、幾度か、車内に置いたままにされている子供を見つけるたびに、その親が戻って来るか、こっそり見守っていたりしたらしい。

「で、近づいたの」

ぽつ、と遥火は言う。

「でも、中には誰もいなかったの。覗き込んで探したのに。確かに最初に見た時は、中に何かが動いて見えたのに」

「……」

「それで、おかしいとは思ったんだけど、気のせい、って自分に言い聞かせて、通り過ぎようとしたの」

「……」

「そうしたら、フロントガラスに玄関の光が当たってて——角度でちょうど、物凄い数の手形が浮かんで……」

「…………そう」

雪乃は頷く。そして思う。遥火は気丈だ。昨日の今日どころか一時間足らず前のことなのに、思ったよりも言葉に混乱がない。

もちろん心に押し込めていた過去の出来事を話すにつれて、流石に徐々に、気丈さが削げ落ちてゆくのが見てとれた。だが憔悴《しょうすい》してゆく表情に反して、話すごとに、態度そのものは落ち着いていった。

雪乃たちの前で取り乱さないよう、自分を律しているのだろう。

遥火は顔を上げると、雪乃に訊ねた。

「時槻さんは……やっぱりこれは、あれだと思う？」

「……あれ？」

「やっぱりあの赤ちゃんの……霊……なのかな」

小さくなる声。雪乃は、その問いに答えた。

「委員長がそう思うなら、そうなんでしょうね」

口に出して気がついたが、冷たい答えにも取れる言葉。雪乃の言いように、蒼衣が困ったような声で雪乃を咎めた。

「雪乃さん……」

「だって、そういうものよ」

だが言ってしまったので、雪乃は撤回はしなかった。

「委員長がその赤ん坊にこだわるなら、たとえ本当はそうでなかったとしても、そのこだわりが〝それ〟を寄せるわ」

「……」

俯く遥火。蒼衣の表情がますます困る。だが雪乃は、間違ったことは言っていない。

もしも遥火が〈泡〉の〈潜有者〉なら、神の悪夢が混じり合うのは遥火自身の悪夢だ。遥火の人格を歪に決定してしまうような、大きな過去のトラウマ。それほどの出来事のもたらす悪夢ならば、〈泡禍〉の媒体としては申し分ない。

「とにかく……それが何であれ、私は協力するわ」

心の中で値踏みしながら、雪乃は言った。

「委員長が良くないモノに取り憑かれてることだけは間違いない。今はまだ詳しくは分からないけど、そのうち分かる」

「うん……ありがとう」

遥火は少し笑った。力ないが、それでも屈託のない感謝がその表情にはあった。

「とりあえず、少し様子を見ましょう」

先のことを、雪乃は指示する。

「今日は送っていくわ。それから、しばらくは朝、委員長の家まで迎えに行く。一緒に登下校すれば、途中で何かあった時に対処できる」

「うん、わかった……でも、いいの？」

「気にしないで。好きでやってるわ。ただ私と一緒のところを学校の皆に見られるのは迷惑だと思うけど、そこは我慢してもらうしかない」

「うん、ありがとう。でも迷惑なんてことは、ないよ」

遥火は、雪乃をまっすぐに見て言う。その遥火の顔を見た瞬間、雪乃は言葉に詰まった。雪乃は遥火から視線を外して、途切れた言葉を続けた。

「…………そう。じゃあしばらく、それで様子を見るわ」

「うん。お願い」

雪乃は容姿のせいで他人の視線に慣れているため、ほぼ気にしない性質だった。だがクラスメイトから向けられるのは反感の視線ばかりで、今の遥火ような信頼の視線を向けられたことはなく、ひどい居心地の悪さを感じた。

指示が終わると、遥火が言った。

「時槻さんとこうしてちゃんと話をするのは、初めてだね」

「………………そうかもね」

雪乃は気のない答えを返す。

「やっぱり変わってると思うけど、霊感とかあるなら仕方ないかな。こうして時槻さんと話ができただけで、今まで引きずってたあの〝赤ちゃん〟のあれこれが、少しだけ、良かったって思えた」

遥火の表情はやや暗いものの、精一杯に微笑んで雪乃へと言う。

「人と違ってるから協調が苦手だけど、嘘はないと思う。時槻さんは悪い人じゃないよ。私は時槻さんを信用できる人だと思う」

そう微笑んで言う遥火。雪乃はそんな遥火を直視できない。

「……そんなんじゃないわ」

「そう？　でも……」

「長居したわ。帰りましょう」

雪乃は居心地の悪い話題を断ち切って、椅子を引いて立ち上がった。慌てて通路側にいる蒼衣が立ち上がって、雪乃が出るためのスペースを空け、そんな雪乃に遥火が、慌てたように声をかけた。

「あ……時槻さん」

雪乃に関する話の続きならば聞く気はなかったが、それでもとりあえず雪乃は遥火の方に向き直った。

「……何？　委員長」

「えーと……これって、お礼って、どうすればいい？」

困惑したように遥火は訊ねた。思った以上にきっちりしている。いつもなら同じような状況の場合、『除霊料』といった形にした方が納得しそうな相手だった場合は、形だけ要求することもある。

「別に、委員長からお金取ろうなんて、思ってないわ」

「そ……そう？」

戸惑ったように言う遥火の表情を見ると、後で菓子折りでも持ってきそうな雰囲気だったので、雪乃は気が変わった。

「……ここの支払いができるくらい、手持ちはある？　それでいいわ」

「あ……う、うん。わかった」

雪乃がそう言うと、遥火はかえって安心した様子で、分かりやすく頷いて、伝票を伝票差しから抜き取った。

3

自宅の二階にある、自分の部屋。

あれから家に帰ってきた遥火は、勉強机の前で、シャープペンシルを咥えるように口元に当てて、英語の教科書と向き合っていた。

遥火は勉強よりも、学校生活や行事に熱心な生徒だったが、それでも元々の几帳面な性格は勉強にも表れていた。宿題は完璧で、予習も同じ。ただ復習にはあまり熱心ではない。宿題や予習は先生やクラスメイトに見せるという側面があるが、復習は、ほぼ自分のためだけのものだからだ。

周囲から見ると優等生に見える遥火だが、自分のこととなると、途端にやる気が出なくなる欠点があった。あまり良くないと自分でも思っているのだが、いざ自分のことをやろうとしても、そこから人のための何かを見つけて、すぐに脇道に逸れてしまうのだ。

勉強をするなら、つい人に見せることもできる、予習やノートを優先。

スポーツをするなら、つい自分で活躍するよりも、他の人のサポートを優先。

身だしなみを整えるなら、自分がどう思うかよりも、校則を優先。リビングで過ごしていても、家族が動かしたものを元に戻したりしているし、お風呂に入っていても、ついつい汚れを見つけてスポンジでゴシゴシ擦っている。

そういうわけで遥火はいつものように、明日の授業の予習をしていた。

部屋着のトレーナー姿で、机に向かう遥火。デスクライトの温度を感じる光の下で、英語の辞書の薄い紙をめくる。

昨日も、一昨日も、その前の日も、遥火は生真面目にそうしていた。だがそんないつも通りの日課も、今日、この日は――見た目こそ変わりはしなかったが、その内面は全く違う心境で行われていた。


あの〝手形〟を見てしまったからだ。


遥火は動揺と不安で、とても集中などできない精神状態の中、無理矢理にそれから逃避するように、教科書とノートと英和辞典を見つめていた。

あの〝手形〟の記憶が、遥火の脳裏をどうしてもちらつく。

遥火は、あの赤ちゃんの死の記憶と、それからその母親の記憶とに、怯えていた。

周りに誰か人がいるなら、遥火は遥火という人間の役目を遂行するために、いくらでも強くなることができる。だがこうして一人になってしまうと、遥火はどうしようもない心細さと、心臓に黒い錘がぶら下がったような感覚に、ずっと襲われていた。

自分の中心のに、あの事件がどれほど深く腐った根を下ろしているか、遥火は改めて気がついた。長らく詳細に思い出すことはなく、もう記憶の中で風化しているつもりでいたが、改めて思い出した今、勉強、手伝い、家であれこれとすべきことの合間に、ふと何もしない時間ができると、つい〝それ〟に意識が向いて、手が震えるのだ。

周囲の空気に見えない悪意を感じて、全てが怖く感じた。

両親には、もちろん〝手形〟のことは言ってはいない。きっと信じてくれないし、むしろ精神状態を心配されるだけだと思うし、何よりも確証がない。

赤ちゃんの母親による例の事件の時、両親がどれだけ心配し、不安に苛《さいな》まれ、どれだけのものを犠牲にしたか、遥火は知っている。知っているからこそ言えない。確証もないのに、あの時の不安を再び両親に与えることは、遥火には到底許容できなかった。

理性と願望が、確証を否定していた。

しかし感情と本能が、確信して怯えていた。

理性が両親に伝えるべきだと言い、感情がそんなことはできないと訴える。絶望的なまでに明確な、確証のない確信。それでも今、遥火は不安に苛まれながらも、何とか落ち着いて過ごしていた。

雪乃のおかげだ。

誰にも言えないことを、共に戦ってくれている人がいるという事実の心強さ。少なくともこれによって、あの〝赤ちゃんの死の記憶〟という、遥火に付きまとっていた怖れは、大きく軽減されていた。

あのとき雪乃に会っていなければ、今頃パニックだったに違いない。

耐えられなかったに違いない。そのことを心の中で雪乃に感謝しつつ、遥火はこうして、家で過ごしている。

正直に言うと遥火は、雪乃のことは、クラスメイトで一、二を争うほど苦手だった。

目立つ上に協調もしない。敵視しているクラスメイトも少なくない。雪乃がいるだけで、遥火のクラスは落ち着きをなくす。はっきり言って不安要素なのだ。だが決して悪い子ではないとも、遥火は信じていた。

その予感が外れていなかったことは、遥火は素直に嬉しい。

このまま雪乃と仲良くなれたらいいな、と、遥火は思う。

このまま何もかもが解決すればいいな、とも遥火は思う。

このまま両親に何も知られることなく終わればいいな、と、遥火は心から思う。

だが――――どうしても嫌な予感が、遥火の胸の中から、拭えないのだ。

拭おうとしても拭おうとしても、説明のできない本能的な不安が胸の奥から、どす黒いタールルのように滲み出して、うっすらと肌にへばりつくのだ。嫌なことが起こりそうな予感が、どうしても消えない。それを、あくまで気のせいだと考える理性と、雪乃を信頼しようとする決心によって、何とか押さえ込んでいる。

感じる。

どこからか自分に向けられている悪意が空気に混じり、皮膚に触れている、そんな錯覚。胃を圧迫するような胸の中の不安感と、皮膚にじっとりと染み込んで来るような、ありもしないモノの気配。

何かがゆっくりと近づいて来ているような、不安。

電気の灯《あか》りの白っぽい光に照らされる、部屋の中。

勉強机に一人座る周囲に、無機質な孤独と、有機質な気配が満ちている。

「……！」

はっ、と気づくと、癖で口元に押し付けられていたシャープペンシルに、知らず知らず力が入っていた。慌てて遥火はシャープペンシルを口から離す。口元を指で触ると、キャップの形に痕がついていた。その痕を消そうと皮膚を揉《も》みながら、遥火は小さな溜息をつく。

いけない。またうっかり良くない考えに沈んでいた。

大丈夫だ。きっと大丈夫。何もない。大丈夫。

遥火は、自分に言い聞かせる。ひどく喉が渇いていた。遥火は椅子から立ち上がる。一階の台所で何か飲もうと思った。何もしないよりは、動いていた方がいい。

そして、立ち上がって机を離れた、その時だった。

かたん。

不意に小さな、金属質の音が、遥火の耳に届いた。

「！」

その音は、紛れもなく家の外から聞こえてきた音だった。二階にある遥火の部屋は表に面している。そのため玄関付近で立った音は、特に今のような静かな夜は、部屋までよく聞こえてくるのだ。

音は間違えようもない、郵便受けの音だった。

家の前の郵便受けに、何かが入れられた音だった。

当然こんな夜に、配達があるわけがない。酔っ払いか何かの悪戯だろうか？　だがそれにしては、あまりにも表が静か過ぎた。

「…………」

息を潜めて、そっ、と耳を澄ませた。

表に面した窓の、カーテンの向こうの虚空に、じっと意識を集中させて、空気の動きさえも知ろうとするように聴覚を研ぎ澄ませた。

じっと、耳を澄ます。

表に広がる、夜の音を、聞く。


こつっ……


夜の住宅街の静寂の中に、微かな足音が遠ざかってゆくのを、遥火の耳が聞き取った。

多分、何がしかのヒールがある硬い靴の音。遥火は窓へと身を寄せて、そっとカーテンの端を指先でめくって、窓の外に目を凝らした。

近所の家の玄関灯が照らす道が、夜闇の中に延びていた。ぼんやりとした光と影に、家の前の道が、夜の静寂の中に、浮かび上がっている。

そしてアスファルトの道に、影が落ちていた。

どこかの家の玄関灯によって落とされた、道を歩いている人間の影が、ぼんやりと黄色っぽい光の中で、道の上に長く伸びていた。その影は微かな足音と共に、規則的に遥火の家から遠ざかっている。ぼんやりとした影なので、輪郭がよく判らないが、おそらく髪の長い、女性のシルエット。

そしてその伸びた影の根元に、窓から見える景色の、ぎりぎりの端に――薄い、ピ、ン、ク、の、ヒ、ー、ル、が垣間見えた。

「…………!!」

それに気づいた瞬間、遥火は弾かれたようにカーテンから手を離した。

そして隠れた。身を引き、窓の横の壁に背中をつけて、外から見えないように立って、身を隠した。

心臓が、動悸《どうき》が、激しくなった。息が上がっていた。

長い髪の女性。ピンクのヒール。そして家の郵便受け。その三つから連想するものは、遥火にとって、ただ一つだったからだ。

あの赤ちゃんの、お母さんだ。

駐車場で、あの女性が遥火に摑みかかろうとした時、遥火は自分を庇う警察官の後ろから見ていた、女性の履いていたピンク色のヒールをひどく鮮明に覚えていた。

まさか……！

遥火は緊張で締め上げられるような感覚の中、必死でその連想を否定した。

そんなはずはない。何でいまさら、あの人がここに来るようなことがある？　そうだ、考えすぎだ。あの〝手形〟のことがあったから、過敏になっているだけだ。偶然だ。だが否定する根拠もどこにもなかった。あの人は何年の判決だった？　思い出せない。だがとっくに刑務所から出てきていてもおかしくない年月は経っていた。

でも、まさか、いまさら、そんなはずはない。

「…………」

遥火は必死で呼吸を落ち着けて、窓の横から再びそっとカーテンに手を伸ばし、指先で隙間を作って、その隙間から外を覗いた。

家の前の道には、すでに人の姿も気配も、なくなっていた。

ただ夜闇が広がっていた。それから静寂が広がっていた。動くものは何もなかった。家々から夜に漏れる濁った明かりに照らされてた、何も動くもののない、静かに停止した住宅街の道ばかりだった。

「…………………」

遥火はしばらく、その光景を見つめていた。

そして、もう何もいないことを何分もかけて確認すると、急いで部屋を出て、できるだけ音を立てないように、階段を駆け下りた。

階下ではリビングのドアの擦りガラスから、両親の見ているテレビの音と光が廊下に漏れていた。それを横目に階段を下り、玄関に出て、靴をつっかけて、ドアの鍵を開けた。確かめなければ済まされなかった。

表の郵便受けに、何か入れられているのではないか。

それをこの目で確かめなければ、収まらなかった。

ドアの取っ手を掴んだまま、遥火は外の気配を窺う。玄関の向こうに感じるのは、ただ静かに沈む、夜の暗い静寂ばかり。

そっ、

と玄関のドアを開けた。

すう、

と夜の空気が、肌に触れる涼気と外の匂いを伴って、ドアの隙間から、玄関の中へと流れ込んできた。

ドアから覗く外の景色に、動くものはなかった。

ただ夜の景色。遥火は玄関から一歩足を踏み出して、しん、と沈滞する夜の景色の中に、郵便受けへと向かって歩み出した。

猫の額ほどの玄関前に敷かれた、短い敷石《しきいし》。

その上を部屋着姿で歩いて、門柱に近づいてゆく、遥火。

ささやかな門柱に据えつけられた、郵便受け。

遥火はその蓋に、そっと、手を伸ばす。


きい。


と静寂の中、いやに大きく聞こえる軋んだ音を立てて、郵便受けを開けた。

「!?」

息を呑んだ。

郵便受けの中には、皺になった白い封筒が、影の中で玄関灯に照らされて浮かび上がるように、ぽつん、と一通、入っていた。

この時間に、普通に配達された手紙が郵便受けに残っていることなどない。嫌な予感がみるみる膨れ上がってゆく。夜の静寂の中に、やけに大きく響く自分の呼吸の音を聞きながら、郵便受けの中の白い封筒を、瞬きも忘れて見つめる。

「…………」

呼吸の音の中、裏を向けている何も書かれていない封筒に、手を伸ばした。

微かに震える指で、中央に妙な盛り上がりのある、ただの手紙ではあり得ない封筒を、郵便受けから取り上げ、表に返した。

『媛沢遥火様』

その赤い、楔で書かれたような宛名を見た瞬間、一斉に肌に鳥肌が立った。封筒を持つ手が震えた。目の前が真っ暗になりそうなほど、頭から血の気が引いた。

「…………………！」

郵便受けの前で立ち竦んだ。

声も出なかった。手にしている封筒。空白の時間。だが、やがて遥火は口の中の唾を飲み込むと、震える両手で封筒を、その自分の名前が書かれて封がされた封筒の口を、おそるおそる破って開封した。

中には、手紙のたぐいは入ってはいなかった。

ただ小さな、硬く、軽いものが、封筒の中に一つだけ、ことり、と入っていた。

「……」

玄関灯のぼんやりとした明かりの下では、封筒の中に入っているものが何か、見て取ることはできない。

手の震えが伝わってひどく揺れる封筒を、掌の上で、ひっくり返した。

掌の上に、封筒の中身がころりと硬い感触で、転がって出た。白く小さく細長い、鏃型の物体。何か分からず、顔を近づけた。

骨だと分かった。

瞬間、

「ひっ!」

と遥火は短い悲鳴を上げて、弾かれたように手を引っ込めた。

「…………………!」

骨の欠片は、ぽとりと地面に落ちて、転がった。先ほどまで手に載っていた、骨の感触がありありと残る手を、胸に抱くように握り締め、遥火は地面に落ちた骨を見つめたまま、凍ったようにそこに立ち尽くした。

声が出なかった。

身を抱くようにして、立ち尽くした。

がちがちと震えながら、立ち尽くした。

そして遥火は予感していた。言葉もなく立ち尽くしながら、これはきっと〝始まり〟なのだと、掌にありありと残っている感触から、ほとんど本能的に予感し、理解していた。

…………………………

……………………………………………

三章　ヘンゼルとグレーテル

詩人。芸術家。踊り子。
幻視者。嘘つき。殺人者。鼻つまみ者。
女。少年。精神薄弱者。
そして魔女が、深淵より泡を汲み上げ易《やす》き脳を持つ。

私家訳版『マリシャス・テイル』第十一章

1

「あぁ……これは間違いないね。人間の骨だ」

その『骨』を、まるで骨董品を鑑定するかのように仔細《しさい》に眺めた神狩屋は、眼鏡の位置を直しながら、静かにそう断定した。

一夜が明けて、この日。蒼衣と雪乃が約束通りに遥火の家へ迎えに行くと、早朝だというのにすでに遥火は家の前で待っていて、そして二人に見せたのが、この封筒に入った小さな骨の欠片だった。

放課後、蒼衣たちは『神狩屋』に集まっていた。

骨について調べるためだ。朝からそんなものを見せられた蒼衣は、気になるあまり、一日中気もそぞろで学校生活を送る羽目になった。

そして蒼衣と雪乃、神狩屋の三人は、『神狩屋』の奥にある住居の書斎にいる。明治大正昭和が舞台になったドラマでしか見たことがないような、重厚な本棚と机に所狭しと分厚い本が積み上げられた書斎。そこで神狩屋は古い革張りの椅子に座り、ミニテーブルに置かれたテーブルランプの光に透かすようにして、例の骨の欠片を見つめていた。

この『神狩屋』には遥火も来ているのだが、彼女は店のテーブルの方で待たせ、颯姫がその相手をしている。〈泡〉に関する話は聞かせられないからだ。遥火には『ここに骨が何の骨なのか調べられる人がいる』と説明していたが、蒼衣はてっきり、それは遥火に対する方便だとばかり思っていた。

だが――――

「人間の幼児の骨だね。顎の骨の先端部分だ。たぶん火葬されている」

神狩屋はしばらく骨を見つめた後、そう断言した。

「わ、分かるんですか？」

「うん、僕が商売柄扱う骨董には、骨や木乃伊《みいら》なんかも多いからね」

思わず聞いた蒼衣にそう答えると、神狩屋はデスクの上に置いてあった封筒に骨を戻し、雪乃へと返した。

「人間のもあるし、猿とか豚とかをそれっぽく加工したものもある。そういう物の真贋《しんがん》を調べる知識も身につけてはいるんだ。一応」

神狩屋は微笑む。そして、ぎし、と古い椅子を軋ませると、狭い書斎に立っている蒼衣と雪乃とに向き直り、膝の上で手を組んで二人の顔を見上げた。

「つまり委員長が昔見た、赤ん坊の骨そのものである可能性があるわけね？」

結論を言おうとした神狩屋の言葉は、不機嫌な表情で立つ雪乃の割り込みによって、引き取られた。

「つまり……」

「……そういうことになるね」

頷く神狩屋。対する雪乃の表情は厳しいが、それがいつもの不機嫌なのか、それとも少しはクラスメイトに対する心配が含まれているのか、傍から見る蒼衣には、どちらとも判断はつかなかった。

「もちろんそうでない可能性はあるけれど、全否定できる要素はなくなってしまったね」

小さな溜息と共に、神狩屋は言う。それ自体は気分のいい話ではなかったが、ここに来るまでの間に、あることを思い立っていた蒼衣は、その意見を口にした。

「えーと……でも、もしその骨を送ってきたお母さんがいるなら、〈泡〉の〈潜有者〉は媛沢さんじゃなくて、その人だって可能性もあるんですよね？」

「うん、いいところに気がついた。確かにそうだね」

蒼衣の意見に、神狩屋は同意して頷いた。だが雪乃がそれに続けて、蒼衣の意見に含まれていた希望的観測をにべもなく否定した。

「そのお母さんが、〈泡禍〉によって作られた亡霊じゃなければね」

「雪乃さん………」

せっかく思いついた明るい要素に水を差されて、蒼衣は鼻白む。こと〈泡禍〉に関わることでは、〈騎士団〉の〈騎士〉は概ね悲観主義的で、雪乃はその中でも特に、明るい見通しに水を差したがる傾向があった。

加えて雪乃の冷たい物言いが、その印象を強めている。

蒼衣は鼻白む。そして――――苦笑する。そんな蒼衣を不愉快そうに睨む雪乃。相変わらずの二人の様子に苦笑しながら、神狩屋は話を変えた。

「まあ、その辺りは置いておくとして………いま僕が考えているのは、彼女の遭遇したモノと、それの元になっている過去の出来事がどのように『ヘンゼルとグレーテル』に関わるかということだね」

神狩屋は表情を改めると、机の上に置かれた絵本の上に手を置いた。

可愛らしいイラストが描かれた『ヘンゼルとグレーテル』の本。その他にも数冊、同じく童話に関係する大小の本が、机の上には置かれている。

雪乃が、またか、といった表情をして、ただでさえ寄せられた眉をさらに寄せる。つまり神狩屋が言っているのは、夢見子の〈グランギニョルの索引ひき〉が予言した、『ヘンゼルとグレーテル』について分析し、この先どのような〈泡禍〉が起こるのか、予測を立てる試みのことだった。

神の悪夢の〈泡〉は、人間の意識に浮かび上がると、その人のもつ固有の恐怖や狂気と結びつく。

神という全知全能の存在が見た悪夢は、その全知性ゆえに、人間が潜在的に抱えている悪夢と混ざり合い、そして、その全能性ゆえに本物の現象となって、意識の外、つまり現実へと溢れ出すのだ。

そして悪夢の〈泡〉があまりにも大きかった場合、その全知の普遍性は、その人固有の悪夢を希釈して、ユングの言う『元型《アーキタイプ》』的な姿に形を歪める。つまり、人間が遙か昔から言い伝えてきた昔話や童話に、直接的、あるいは象徴的に似てくるというのだ。

夢見子の〈断章〉は、そうなりうる巨大な〈泡〉の発生と、その『元型』となる童話を予言するものだ。それは逆に言うと、予言された『元型』になる童話を分析していけば、これから先に何が起こって、何が危険なのか、分かるかも知れないということだ。

神狩屋はその予測を立てようとしている。予言が現れること自体が少ないケースなので、予測が成功した前例はない。しかし神狩屋は、これまで〝予言〟が行われるたびに、その考えに思いを巡らせてきたのだそうだ。

雪乃は、この予測の試みが好きではないらしい。

わざわざ止めはしないが、無駄、あるいは無意味だと思っているようだ。

そんな雪乃の表情を横目に見ながら、蒼衣は、あえて神狩屋の話に乗った。蒼衣はこの試みに興味があった。いや、興味があったというよりも、この予測を高めることで誰かを助けられる、その可能性に希望を持ったのだ。

「『骨』は……出てきましたっけ？　ヘンゼルとグレーテルに」

蒼衣は訊ねた。

「出てくるよ。閉じ込めたヘンゼルがちゃんと太ったかどうか、触って調べようとした目の悪い魔女に、指の代わりに骨を握らせて騙すシーンだね」

神狩屋は答えて、一冊の本を机の上で開いた。絵本ではない。立派な装丁をした大判のグリム童話集。神狩屋はそのうちの押し花のしおりが挟まれたページを開いて、物語を確認するように、文字へと目を落とした。

「『ヘンゼルとグレーテル』は、現在絵本として広まっているものと原典とに、そう極端な差異のない話の一つだね」

そして言う。

「むしろ単純化のために余計なエピソードを削った絵本のほうが、原典の、さらに元になっている〝原話〟に近いかも知れない。というのは、一般に『グリム童話集』と呼ばれているグリム兄弟編纂の『子供と家庭のためのメルヘン集』は、実は七版まで改訂されているんだ。それでね、この七度にわたる改訂の間に、『ヘンゼルとグレーテル』の話にはどういうわけか、いくつかの無関係な話の断片が合成されていて、長くなってるんだよ。

実際に語られていた話に最も近いと思われる、初版の『ヘンゼルとグレーテル』は、こういう話だ。

ある大きな森のそばに、貧しい木こりが住んでいた。木こりは貧しく、おかみさんと、ヘンゼルとグレーテルという二人の子供に食べさせる、その日その日のパンさえなかった。

ある時、どうしようもなくなって、おかみさんが言った。

「おまえさん、明日の朝早く、子供たちを森に連れ出して置いてきぼりにしよう。もうこれ以上養ってやれないもの。このままじゃ揃《そろ》って飢え死にするしかないよ」

木こりは反対したが、おかみさんがうるさく責め立てたので、とうとう木こりも承知してしまった。そのとき子供たちはお腹がすいて眠れずにいたので、両親の話をみんな聞いてしまっていた。グレーテルは泣き出したが、ヘンゼルは言った。

「静かに、グレーテル。僕が何とかするよ」

そう言うとヘンゼルはこっそりと外に出て、月の明かりに照らされて、銀貨のように輝いている白い小石を、上着のポケットに入るだけ詰め込んで、家に戻った。そして朝早く、おかみさんがやって来て、二人を起こした。

「さあ二人とも起きるんだ。森に行くんだよ。パンを一つずつあげるからね」

そうしてみんなは、森に入って行った。しばらく歩くと、ヘンゼルが立ち止まっては家の方を振り返り、立ち止まっては振り返りする。木こりがたずねた。

「ヘンゼル、立ち止まって何を見てるんだい？　早く歩くんだ」

「だって父さん、家の屋根に僕の白い子猫がいて、僕にさよならしてるんだ」

おかみさんは言った。

「馬鹿だね、あれは子猫なんかじゃない。朝日が煙突に照りつけてるのさ」

しかしヘンゼルは子猫を見ていたのではなく、ポケットから白い小石を出しては、道に落としていたのだった。森の真ん中まで来ると、木こりは兄妹に言いつけて薪を集めさせ、焚き火をした。

「さあ、火のそばで眠って、待っていなさい。父さんと母さんは木を伐ってくるからね」

ヘンゼルとグレーテルは、火のそばで待っていた。そして真っ暗な夜まで待っていたが、木こりとおかみさんは戻って来なかった。

グレーテルが泣き出したが、ヘンゼルは言った。

「月が昇るまで、もう少し待っていて」

月が昇ると、小石が月の光に銀貨のように輝いて、帰り道を教えてくれた。二人は夜通し歩いて、朝には家に帰り着いた。木こりは二人を見て心から喜び、おかみさんも嬉しそうにしていたが、心の中では怒っていた。

それから間もなく、家にはまたパンがなくなった。夜、ヘンゼルとグレーテルは、おかみさんが木こりに話しているのを聞いた。

「明日、今度は帰って来られないように、子供たちを森のもっと奥深くまで連れて行っておくれ。そうでもしなけりゃ、私たちはもうどうにもならないよ」

木こりの心は重くなったが、一度おかみさんの言うことに承知してしまったので、いやだとは言えなかった。ヘンゼルはまた小石を拾いに行こうとしたが、おかみさんが扉に鍵をかけてしまったので、外に出られなかった。ヘンゼルはグレーテルを慰めた。

「いいからお休み。きっと神様が助けてくれるよ」

そして朝早く、二人は前の時よりもずっと小さなパンをもらって、森に連れて行かれた。ヘンゼルは歩きながらポケットの中でパンを崩して、何度も立ち止まっては、パンの欠片を道に落とした。

「何でそんなに立ち止まっているんだい？　早く歩きなさい」

「だって父さん、家の屋根に僕の鳩がいて、僕にさよならしてるんだ」

おかみさんは言った。

「馬鹿だね、あれは鳩なんかじゃない。朝日が煙突に照りつけてるのさ」

おかみさんは、前の時よりも森のずっと奥深くまで、二人を連れて行った。そして、そこでまた焚き火をして、迎えが来るまでここで待っているように言いつけた。

昼が過ぎ、夜が来ても、迎えは来なかった。

ヘンゼルは、グレーテルを慰めて言った。

「月が昇ったら、僕の落としたパンくず見えるから、待ってて」

しかし月が昇っても、パンくずは見つかりませんでした。森の鳥たちが、全部ついばんで食べてしまったのだった。

二人は大きな森の中で迷ってしまった。二人は一日中、その次の日も一日中歩いたが、森から出ることはできなかった。

三日目、二人は森の中で、小さな家に出会った。

その家はまるごとパンでできていて、屋根はケーキで葺《ふ》かれ、窓は砂糖でできていた。

「さあ、お腹いっぱい食べよう。僕は屋根から食べる。グレーテルは窓から食べるんだ」

ヘンゼルが言って、二人は屋根を、窓を、食べ始めた。そしてずいぶん食べてしまったその時、家の中から優しい声が聞こえた。

「バリバリボリボリ。私の家を食べるのはだあれ？」

ひどく年取ったお婆さんが出て来た。

「おやおや、かわいい子供たち。どこから来んだい？　中へお入り」

そして二人の手をとって、家の中に連れて行った。そこにはおいしそうな食事が用意されていて、それから二つのベッドも用意されていた。

二人は天国にいるような気持ちになった。ところがこのお婆さんは、子供たちを料理して食べてしまう、悪い魔女だった。パンの家も、子供をおびき寄せるために作ったものだった。お婆さんは朝早く、まだ寝ているヘンゼルをつかむと、格子に囲まれた小さな家畜小屋に押し込めて、それからグレーテルを揺り起こした。

「さあ、水を汲んで、台所でおいしいものを作るんだ。おまえの兄さんを太らせて喰ってやるのさ。兄さんにえさをやるんだ！」

グレーテルは泣き出したが、言うとおりにしないわけにはいかない。それからは、ヘンゼルを太らせるよう、毎日ご馳走《ちそう》が作られた。しかしグレーテルの方は、ザリガニの殻しかもらえなかった。

お婆さんは毎日、ヘンゼルが丸々と太ったか、指を出させて触って確かめた。しかしヘンゼルは、いつも何かの小さな骨を差し出したので、お婆さんはヘンゼルがいつまでも太らないのを不思議に思っていた。

四週間経った夜、お婆さんはグレーテルに言った。

「水を汲んで来な。お前の兄さんが太っていようがいまいが、殺して煮ることにした」

グレーテルは悲しい気持ちでヘンゼルを煮る水を運んで、大なべを火にかけた。お婆さんが言った。

「グレーテル、パン焼きかまどの方においで。パンが焼きあがっているか、中を見るんだ」

グレーテルが中に入ったら、そのままかまどを閉めて、グレーテルも焼いて食べてしまうつもりだった。ところが、神様がグレーテルにそのことを教えたので、グレーテルはお婆さんにこう言った。

「どうやったらいいか分からないわ。先にやって見せてちょうだい」

お婆さんがかまどの中に入ると、グレーテルは大急ぎでかまどの戸を閉め、鉄の閂《かんぬき》をかけたので、お婆さんは熱いかまどの中で叫び、呻き、みじめに焼け死んでしまった。

グレーテルがヘンゼルを閉じ込めた戸を開けると、ヘンゼルが飛び出してきて、二人はキスをして喜び合った。魔女の家には真珠や宝石がたくさんあったので、二人はポケットを一杯にして外に出た。

そして帰る道を見つけて、家に帰った。木こりは二人の姿を見て、とても喜んだ。子供たちがいなくなってから、木こりには一日も楽しい日はなかった。木こりは金持ちになった。しかし、おかみさんは死んでしまっていた。

……とまあこんな感じで、これが初期の版の『ヘンゼルとグレーテル』だ。ちなみに決定版である第七版では、魔女の家から戻る時に鴨《かも》の背中に乗って川を渡るという、別の伝承のエピソードが合成されたりしてる。あと四版以降、実母が継母に変えられてる。グリム童話には実母を継母に変えるという変更は結構見られるけど、これはグリム兄弟の生きていた時代の社会道徳にそぐわなかったからだと言われているね。

えー……でだ。つい余談になってしまったけど、問題はあの媛沢遥火さんに起こっている事態と、この『ヘンゼルとグレーテル』がどう符合するかだね」

神狩屋はそこまで言うと、蒼衣の方を見た。

「どう思う?」

「え、僕ですか? えーと………ちょっと苦しいですけど、多分配役にするなら媛沢さんはグレーテルなんじゃないかな、と」

話を振られて、蒼衣は少し考えながら答えた。いや、これまでずっと、漠然とだが考えてはいたのだ。だが要素が少なすぎて、想像が明確な形になっていなかった。

「どうして、そう思うのかな?」

「えーと、焼き殺される子供を救おうとするのが、グレーテルの役割じゃないかな、と」

優しい学校の先生のような神狩屋の問いかけに誘導され、蒼衣はさらに続ける。

「だから熱中症で死んだ赤ちゃんというのがヘンゼルで、その母親というのが魔女ですね。媛沢さんは赤ちゃんを見殺しにしたことを今も気に病んでます。もしグレーテルがヘンゼルを見捨てて逃げたら、あんな風になるんじゃないかな……と。勝手な想像ですけど」

話しながら、少しだが、想像が具体的に進む。話し始めた時点では、赤ちゃんの母親が魔女で、車と竈が符合するかな、と、その程度しか考えていなかった。人と話す効果というものを蒼衣は実感した。

「なるほど、やはり白野君は鋭いね」

神狩屋は頷いた。

「僕は炎天下の自動車とパン焼きかまどくらいしか、符合を思いついていなかったよ。僕は白野君よりも象徴やオカルトの知識を持っているけど、かえってそれに縛られてしまうのかもしれない。ヘンゼルとグレーテルについても、真っ先にカニバリズムについて心配したくらいだからね」

「カニバリズム？」

「人食い、だよ。ヘンゼルとグレーテルは、魔女による人食いの物語だ」

ああ、と蒼衣は納得する。確かにそうだ。あまりにもそのままなので、かえって考えに入れていなかった。

だとすると、媛沢遥火は食べられてしまうのか？

それとも――――食べる方なのだろうか？

「……複雑ですね」

「そうだね。ヘンゼルとグレーテルは有名で、しかも興味深いモチーフがいくつも使われているから、色々と研究や想像の対象にされた童話なんだよ。たとえば家に帰るためにヘンゼルが道に落とす〝道しるべ〟。このモチーフは世界中に見られるもので、元型論的にも重要なものなんだ。

日本の昔話の『姥捨て山《うばすて》』で、主人公の母親が山に捨てられるときに、老いた母親が帰り道に主人公が迷わないようにと、木の枝を折って道々に落としてゆく場面がある。『神道集』には『二所権現の事《にしょごんげん》』という話があって、継母に山の中で殺されそうになる姉を妹が追いかける際、小刀で削って落とした木屑《きくず》を辿ってゆく。ペローの童話『親指小僧』は、七人兄弟であることを除けば森に子供を捨てる前半部分がヘンゼルとグレーテルそっくりで、最初は小石、次はパンを道しるべにして家に帰ろうとする。ギリシャ神話のミノタウロスの迷宮で、勇者テセウスが糸巻きの糸を辿って迷宮から生還するのも、近縁のモチーフかもしれないね。

そうそう、その人食いの〝魔女〟なんだけど、魔女は童話にたくさん出てくるけども、このヘンゼルとグレーテルの魔女は、実は物語の中で一度も魔法を使っていないんだよね。それどころか非常に目が悪い。あまりにも作中での描写が無力だから、研究者の中には、実はこの魔女はただの老婆で、ヘンゼルとグレーテルが押し込み強盗を働いて、殺した老婆のことを魔女だと嘘を言ったのではないかと分析する人もいる。何しろ目撃者なしの自己申告だ。あと社会的弱者であろう老婆を〝魔女〟だと訴えて焼き殺すわけだから、中世の魔女狩りとの関連をほのめかしているのだと言う人もいる。現に魔女として謂れのない訴えをされて処刑された被害者は、社会から少し外れた老女が多かったらしい。子供の訴えで裁判にかけられて、火刑にされた記録もあるよ。

で、モチーフに話を戻すと、次に〝お菓子の家〟というモチーフ。これは実は、元の話では

〝パンの家〟と書かれていて、お菓子じゃないんだよ。お菓子の家の方がファンタジックで見栄えがするけれど、原話ではそうなってる。それで、パンの家と言われると、知識のある人間が真っ先に連想するのは、キリストの生誕地ベツレヘムだね。ベツレヘムはまさにパンの家という意味の言葉で、キリストの生まれた後、『新しい王がベツレヘムで生まれる』という預言を怖れたヘロデ王によって、全ての二歳以下の男児が殺されるという虐殺が起こっている土地なんだ」

「そうなんですか……」

初めて聞く話で、蒼衣は驚いた。パンの家での幼児虐殺。確かにそれは、酷似していると言いたくなる。

蒼衣は訊ねた。

「キリスト教では、パンはキリストの肉でしたっけ？」

「そうだね。ワインはキリストの血、パンはキリストの体の象徴だ。最後の晩餐《ばんさん》を象徴する聖体拝領の儀式だね」

神狩屋は頷いて答えた。

「たぶん白野君も連想したんだと思うけど、その通り。研究者の中にはこれを象徴的なカニバリズムと捉える人もいる」

「ですよね」

「ちなみに聖体のパンは『永遠の命の糧』という象徴だ。だからパンにはその象徴と感謝のために、表面に十字に刻み目を入れる」

物語の挿絵などでよく見かけ、現実にもたまに見る、表面に十字の模様があるパン。それに宗教的な意味があるとは思ってもみなかった。ただの製造工程か、見栄えのためにつけたものだと思っていた。

「……あれって、そういう意味だったんですか」

「そうなんだよ。パンは主食で命の糧だからね。日本の米も同じだけど、どの文化圏でも主食は宗教的な祈りと感謝が捧げられる存在だね。あと、パンは〝人間そのもの〟を指す場合もある。小麦からパンができるまでの、刈り入れから焼き上げるまでの作業を、人生の労苦になぞらえる。最後は聖なるパンになるわけだから、つまり天国に行けるということ。キリスト教徒の一生を象徴するわけだね」

人間はパン。全ての苦労は天国に行くため。神狩屋はそう言ったが、そこでふと微妙な表情になって、若白髪の混じった頭をかきむしった。

何か、口にするには微妙なことを思いついた様子。

多分、蒼衣も同じことを思いついた。

「ってことは……」

蒼衣は、それを口にする。

「人喰《ひとく》いの魔女が出る上に、パンがいっぱい出てくるヘンゼルとグレーテルは、人喰いの象徴だらけの話だったんですね……」

「そういう解釈もある、ということだね」

神狩屋は、苦笑と、それから生徒の模範解答に目を細める教師の、中間の表情をした。

「まあついでに言うと、パンだけじゃなくて、道しるべに使われたもう一つである〝石〟の方も、人間の象徴なんだけどね」

そして神狩屋は続ける。

「ギリシャやユダヤの伝説では、人間は石から作られているそうだ」

「そっちもですか……」

「うん、こうしてみると、石とパンは、象徴的には同じものかもしれないね。そういえば聖書にも、悪魔がキリストに『奇跡を行えるというなら石をパンに変えてみよ』と唆すエピソードがある。だから石とパンがセットになると、シンボル的には〝悪魔による誘惑〟の象徴になるんじゃなかったかな。やっぱり石とパンは、非常に近縁の象徴だね」

それを聞いて、蒼衣は言う。

「でも、石は食べられませんけどね」

「はは」

冗談のつもりではなかったのだが、神狩屋は笑った。

「確かにそうだね」

笑われて、思わず恐縮する蒼衣。

「あ、いえ……」

「いやいや、別に馬鹿にしたわけじゃないよ」

それを見て、慌てて手を振って、神狩屋はフォローする。

「いや実際、人を象徴しているのに〝食べられない〟というのは、意外と重要な要素かもしれないよ。ほら、いま思いついたけど、『赤ずきん』のオオカミも人喰いだけど、お腹に人の代わりに石を詰め込まれたじゃないか。

考えてみると昔話や伝説には、地蔵とか石が人間の代わりになって、災厄から守ってくれる話は多いね。それに、丸い小石は、古来から魔術や妖術に対するお守りになると信じられていたんだ。たとえば床や庭に丸い小石をまいておくと、魔女が家に入って来るのを防ぐ効果があると言われていた」

「えっ、それは……」

気づいて、思わず声を上げた蒼衣。

「そう、ヘンゼルとグレーテルの家の周りにも、小石がいっぱいだったよね。案外、実際にそういうまじないとして、二人の家の周りにはたくさん石があったのかもしれない」

「それ……面白いですね……」

童話の中の道具立てが、実際の昔の人の文化と繋がる。こじつけかもしれないが、素直に面白いと思った。神狩屋もここで生まれた思考の冒険に、満足げに頷く。だが楽しんでばかりではいけない状況だということを、すぐに思い出して、一つ咳払いして話を戻す。

「……ま、まあ、そういうわけで、『ヘンゼルとグレーテル』の解釈はまだまだ絞れなそうだけど、基本的にどの登場人物に当て嵌めても、象徴を紐解いていっても、ちょっと不穏にならざるを得ないね」

神狩屋は言った。

「そうですね……」

「パンも石も人間に当て嵌めるとしたら――――〝石〟だけかな。不幸にもならずに、食べられもしないのは」

そして神狩屋は、一拍置き、ふっと笑って言う。

「だから、媛沢さんも、〝石〟だといいね」

「……そうですね」

頷く蒼衣。

そして蒼衣は、話が一区切りついたので、書斎の隅に立っている雪乃を見た。

放置してしまったし、雪乃の好まない話に夢中になっていた。なので、怒るか呆れるかしているのではと思いながら目を向けたのだが、意外にもこちらの話を聞いていたのか、真正面から目が合った。

「…………」

「…………」

きょとんとした表情で、一瞬、顔を見合わせる蒼衣と雪乃。

そして次の瞬間、雪乃はあからさまに顔をしかめて、ポニーテールとリボンを揺らして、蒼衣たちから勢いよく顔を背けた。

2

埃と古物の匂いが満ちている『神狩屋』の店内に雪乃と蒼衣が戻ると、レジ横にある接客用のテーブルで待っていた遥火と、その相手をしていた颯姫が、その音を聞きつけて、ほとんど同時に二人の方を振り返った。

「ごめん、お待たせ」

そう言って、済まなそうにしたのは、蒼衣の方だけだった。雪乃の方は、待たせてしまった自分のクラスメイトを、ただ無言で一瞥しただけで、特に何も言葉にはしなかったし、恐縮した態度も見せなかった。

申し訳ないとは全く思っていないとか、話が長くなったのは蒼衣のせいだから自分は謝る必要はないとか、そんなことを考えてのことではない。単に言葉を思いつかなかったので、何も言わなかった、ただそれだけだ。

雪乃は挨拶だとか社交辞令だとかを、すんなりと口にしない。できない。思いつかない。そしてその愛想のなさは、見知らぬ他人よりも、クラスメイトのような、ある程度は知っている関係の人間に対して、特に顕著に現れる。

「ちょっと話が、長くなっちゃってさ」

「ううん、大丈夫だよ？　お店、面白かったし」

いま蒼衣と遥火が交わしているような、こういう会話が苦手だ。

完全に別世界のスキルだ。昔の自分は、自然にそうしていたはずなのに。

「田上さんも、話し相手になってくれたし。……ね？」

「はい。ばっちりですよー」

「いろいろ、お店の面白い物も見せてくれたよ。でもなんだか、どこの棚に置いてあったのか分からなくなって、そこに置きっぱなしになってるけど」

「あはは、忘れちゃいました。ごめんなさい。後で店長に聞いて直しますね」

見れば古い木製のレジカウンターの上に、アンティークのオルゴールなどが山積みになっている。照れ笑いを浮かべる颯姫。こうして話している二人は、年の差は姉妹と言っていいくらいだが、友達くらいの年に見える。遥火の体格と、童顔が原因だ。

「…………まあ、それはいいけど」

雪乃は、蒼衣と共に接客用の椅子に座りながら、口を開いて言った。

「それよりも、こっちの話をしていい？」

「！」

会話に水を差して、雪乃は手にしていた封筒を見せる。

その途端、遥火の表情が緊張する。皺になった白い封筒。微かに不安げな声で、遥火は雪乃へと訊ねた。

「……それで、どうだった？」

「間違いなく人の骨らしいわよ」

「そうなんだ……」

その雪乃の答えに、遥火は口元に手を当てて、視線を落とした。

「幼児の骨だそうよ。普通なら警察に行くことを勧めるところだけど、この場合はどうしたものかしら」

「…………」

遥火の唇が、不安そうに口元にやった指を挟む。

「仮にその母親が本当に付近をうろついてて、通報して逮捕されても、〝車の中の幽霊〟が消えるとは限らないわ」

雪乃は言った。

「警察に言えばパトロール強化がされると思うけど、それで私たちが不審尋問でもされたら困るわね。場合によっては、夜中に除霊しに行くこともあると思うし。もちろんその辺りの判断は、当事者の委員長に任せるけど」

言いつつ雪乃自身も、内心では迷っていた。その母親というのが、偶然同時期に現れただけならば警察に任せるのが一番いい。〈泡禍〉は、そんな共時性的偶然をよく呼ぶ。しかし、もしその母親が〈潜有者〉か〈泡禍〉そのものだった場合、警察は役に立たないばかりか、無為に犠牲者を増やすことになる。

「うーん………」

雪乃たちの見ている前で、遥火はしばらく、深刻な表情で考えていた。

そして、ひどく長く感じる沈黙の後、遥火はようやく、ぽつりと口を開いた。

「警察は……私もちょっと、避けたいかな」

その結論は雪乃にとって都合が良かったが、同時に少し意外でもあった。今まで学校で見てきて、漠然とこの委員長に対して持っていたイメージは、現実よりも幽霊を優先したり、警察を厭《いと》うようなタイプには見えなかったからだ。

「そう？　委員長がいいなら、それでいいけど」

雪乃は確認する。

「ストーカーより幽霊を優先する選択に、疑問はない？　後悔はしない？」

「そ、そう言われると、ちょっと悩むけど……」

疑問交じりの雪乃の問い詰めに、遥火は少し怯んだ様子だったが、それでもそれほど長くは悩まずに、はっきりと答えた。

「でも警察に言うのは、本当にあの赤ちゃんのお母さんがうちに来たって、確認してからでも遅くないと思う」

「……そう」

「警察に言うと大事になるから、それはできるだけ最後にしたいかな……家族には、心配かけたくないしね。警察が来て、家族に連絡が行った時には、何もかも終わってる。それが理想かな。お母さんにもお父さんにも、もう心配な思いをさせたくない。二度とあの時の顔は見たくない。トラウマなの。私の。私、トラウマだらけだね……」

椅子に座って俯き、胸の前で指を絡めながら、遥火は言う。多分本心だろう。あはは……と笑ってみせる遥火。少し力弱い。しかし雪乃も蒼衣も颯姫も、ここにいる人間で、トラウマの存在を笑える者は、一人としていなかった。

おそらく、遥火にとって何よりも怖ろしいものの一つが、〝それ〟なのだ。

彼女も、行動の全てを支配している根本が〝傷〟なのだ。雪乃たちと同じように。

笑うことはできない。だが、雪乃は気に入らない。悪夢の〈泡〉という異常の中に身を置きながら、日常にばかり気を向ける人間を、雪乃は苛立たしく感じる。それは弱さに思えるからだ。捨てなければ、〈悪夢〉とは戦えないからだ。

「…………」

やはり遥火は、蒼衣と似ている。

そう思った。自然と眉根が寄る。だがそれでも、雪乃は言った。

「……わかったわ。できるだけ私たちだけで、片をつけるわ」

「うん……ありがとう……」

「その母親が幽霊じゃなくて、現実の存在だったとしても、亡霊出現の原因になってる可能性もある。でも危なくなったら、すぐ警察に連絡して。亡霊にばかり気を取られて、人間に危害を加えられたら、元も子もないわ」

「うん……」

視線を落としたまま、頷く遥火。

「あなたは、二重の可能性から身を守らないといけない」

「うん……」

「私たちも、もしその母親を確認したら、警察を呼ぶわ。どっちにしろ人間の骨を送りつけてくるような人間がいるなら、捕まえなきゃいけない」

「そうだね……うん、わかってる。そうする」

反応が少し鈍い。本当に分かっているだろうか？　と雪乃は勘繰る。

しかし信用するしかない。両親を悲しませる気がないのなら、わざわざ危険の回避を拒否するような真似はしないだろう。それに、もしもその母親が〈泡禍〉に絡んでいたら、殺せばいいのだ。さらに言えば、その母親が実在の人物ではなく、〈泡禍〉によって作られた怪異そのものである可能性は、充分高いと雪乃は踏んでいた。

加えて、もしその母親が実在するとしても、すでに発狂している可能性は高い。

発狂した〈潜有者〉である〈異端〉なら、殺すしかない。むしろ雪乃は積極的にそれを望んでいた。それが一番、話が早いのだ。

雪乃の願いは〈泡禍〉と戦うことだ。一つでも多くこの世から消すことだ。だから面識がなく、事情も同情の余地がなく、何の躊躇も罪悪感もなく、必要だから殺す相手を殺して、それで全てが収まるなら、これほど気楽なことはなかった。

だが、こうして話を聞いた限り――――その母親は確かに〈潜有者〉として充分な心の歪みを持っているが、遥火自身も充分にそうなり得る歪みを抱えている。

だとしたら――――

「……」

そこでふと、雪乃は気づき、思考を止めた。

躊躇？　罪悪感？　そんなことを自分が考えていたことに気づいた雪乃は、微かに表情を歪めて、その思考を否定した。

自分は何を考えている？　殺すのは、誰であっても同じに決まっている。必要だから殺すのだ。救えないから、救うために殺すのだ。それが赤の他人であろうが、知っている人間であろうが、関係なかった。とっくにそんなことは、割り切ったはずだった。

誰であろうと区別のないルーチンワークであり、それこそが、望んでやまない〈泡禍〉との戦いだったはずだ。

もしかして、いま自分は遥火を殺さなければならない事態になることを、恐れたのか？

この〈雪の女王〉の時槻雪乃が？　違う。そんなことはあり得ない。顔見知りであろうと関係ない。誰であっても、仲間であっても、自分であっても、この世界では、ただ殺し殺される終わりのない闘争の対象なのだ。

殺せない人間など、一人もいない。

何故ならそのために、雪乃は日常を捨てたのだ。

――――『もしその人を雪乃さんが殺せなかったら、僕に言って』

不意に、昨日話した蒼衣の言葉が、脳裏に蘇った。

ぎしっ、と無意識のうちに噛み締めていた奥歯が、音を立てた。

侮られた気がした。蒼衣に。そして自分の心に。この躊躇は――――これまで雪乃が身を捧げてきたことの、全ての否定に他ならないのだ。


「………………っ！」

「雪乃さん？」


蒼衣に名前を呼ばれて、雪乃は顔を上げた。

「……何？」

「いや、なんか……怖い顔してたから」

「うるさい。殺すわよ」

雪乃は蒼衣を横目で睨み、底冷えのする声で黙らせた。

だがそれで、外界に意識が向いたことで、少し気分が落ち着いた。そして無駄な考えをするのをやめる。そう、遥火はまだ、雪乃にとって救うべき被害者だ。

まだ、遥火は斃さなければならない相手ではない。

それは思考の飛躍だ。まだ、考える必要のないことだ。

だが――――もしも本当に、そうなってしまった場合は？

考える必要はない。いざその事態になった時に、行動すればいいだけだ。下らない考えのせいで悩むことは時間と精神の無駄で、つまり下らないことを考えること自体が無駄だ。蒼衣たちが喜んでやっている、予言された童話から〈泡禍〉を予測する試みも、雪乃に言わせれば同じことだった。

「………………」

雪乃は不機嫌そうな深呼吸をひとつして、胸の内にわだかまる、熱のような感情の名残を吐き出した。そして何事もなかったかのように、遥火へと言葉をかけた。

「とりあえず、委員長は、今後も気をつけて」

そう注意する。

「私たちはまだ〝赤ん坊の亡霊〟そのものは見ていない。私がいるところで出てきてくれれば対応するけど、一緒にいられる時間は、そんなに多くはないわ」

「あ、うん……わかってる」

神妙な表情で、遥火は頷く。

「できるだけ早く解決できるように努力はする」

「うん」

「でも結局、自分の身を守るのは自分だわ。危ないものには近づかないことね。とは言っても自動車に近づくな、なんてことになったら、もう道を歩けなくなるけど」

冗談だと思ったのか、遥火はくすりと笑った。だが雪乃にそんなつもりはなかったので、憮然と片方の眉を微かに吊り上げる。

「……まあいいわ。今日のところは話は終わり」

雪乃は言って、話題を切り上げる。

そしてそのまま席を立とうとして、不意に自分が手にしている物のことを思い出し、再び遥火に訊ねた。

「ああ、そうだ。委員長、これはどうする？」

「えっ？」

封筒を見せた。

何となく持ちっぱなしにしていた、あの幼児のものだという『骨』の入った封筒だ。

「えっ……あ……」

「何なら、処分しとくけど？」

「…………」

顔を上げた遥火は、その雪乃の問いかけに、何故か困惑したような表情をして。

そして目の前の封筒を、しばらくの間、じっと見つめていた。


…………

3

話が終わった頃には、日が落ちていた。

媛沢遥火が、雪乃と蒼衣に伴われて帰路についた時、その手に下がっている鞄の中には、あの『骨』の入った封筒が入れられていた。

「……いいのね？」

「う……うん」

遥火を送るために隣を歩く雪乃が、確認したのも無理はない。どうしてあんなものを自分の手で引き取ろうと思ったのか、遥火は自分でも、その時点では、まだ理解できていなかったくらいなのだ。

ただ、雪乃に「処分しようか？」と訊ねられた時、遥火はそれに抵抗を感じた。

理由の分からない抵抗感。そして遥火はその抵抗感に導かれるまま、自分が『骨』を引き取ると、そう申し出たのだ。

自分で供養したいと主張した。とにかく自分以外の人間の手で、自分の見ていない所で、知らないうちに処分されてしまうことがどうしても嫌だった。何故そう感じたのか、その時は分からなかった。だがしばらく歩きながら考えているうちに、だんだんと考えがまとまって、何となくだが理解したことがあった。

遥火は――――その『骨』の赤ちゃんを、可哀想だと思ったのだ。

この骨が、もしも本当に熱中症で死んだあの赤ちゃんのものならば、お母さんに放置されて死に、骨になってからも嫌がらせのために遥火のところに送られて、まるで母親に捨てられ続けているかのような、そんな印象を持ったのだ。

この小さな骨が、可哀想な捨て子に思えた。

だから遥火は、自分までこの子を捨ててしまったら、あまりにも可哀想だと、そんな風に感じてしまったのだ。

この子は、遥火の手の中へと放り捨てられた幼子だ。

せめて自分の手で供養してあげたいと、そう思ったのだ。

暗くなり始めた住宅街を三人で歩きながら、遥火はようやく気づいたそれを、雪乃へと伝えた。それを聞いた雪乃の返答は、一言だった。

「お人好《ひとよ》しにもほどがあるわね」

「……」

反論はできなかった。

むしろ蒼衣の方が、雪乃の物言いに異を唱えた。

「雪乃さん、もう少し穏便に……」

「うるさいわね」

控えめに、しかし断固として雪乃へ苦言を呈する蒼衣と、にべもない雪乃。出会ってからそれほど経っていない間に、もう何度も見せられたそんなやり取りに、遥火は自分の立場も忘れて、くすくすと思わず笑みを漏らした。

「……仲、いいんだねえ」

「そ、そう？」

「どこが⁉」

遥火の言葉に、同時に正反対の答えを返す蒼衣と雪乃。その反応は、遥火から見ればむしろ微笑ましい。明らかに雪乃に好意がある蒼衣と、脈がなさそうで意識している雪乃。そして人と協調できない雪乃と、常に協調しようとする蒼衣は、いかにもバランスは悪いが、凸凹コンビに見える。

遥火は、雪乃にこのような友達がいたことに、安心した。

「いつまで笑ってるのよ、委員長」

「うふふ、ご、ごめんね」

謝りながらも、遥火の笑みは、顔から消えない。雪乃は嫌な顔をして、ぷい、と前を向いてしまった。クラスの皆からどんな酷いことを言われても、どんな扱いをされても無表情な雪乃が、こういう反応をすること自体が、遥火にとっては意外で微笑ましくて、笑みがこぼれて仕方がない事実なのだった。

「あの、白野さん」

遥火は、思わず蒼衣に言った。

「え？　僕？」

「時槻さんをよろしくね」

「え？」

きょとんとした表情をする蒼衣。その横で、不愉快そうに眉を寄せて無視する雪乃。戸惑う蒼衣。そうしているうちに、遥火の家が、前方に見えてきた。遥火はそのまま歩き、家の前に着くと、ととっ、と小走りに数歩前に出て、蒼衣と雪乃を振り返った。

「ありがとう。今日も変なものを見ないで帰れた」

遥火はそう言って、家の小さな門の前で二人に頭を下げた。

蒼衣が慌てて手を振る。

「あ、いや……気にしないで」

「お礼なんかいいわ。それよりも、郵便受けにまた妙なものは入ってない？」

雪乃が言い、遥火は慌てて郵便受けを開ける。

中は空っぽ。安堵する遥火。二人もいると流石に安心だ。遥火は二人に頷いてみせる。

「大丈夫、なんにもない」

「……そう」

頷く雪乃。

「うん、ありがとう。それじゃ、また明日」

遥火は手を振る。それに対して、雪乃は素っ気なく頷いただけ。

蒼衣が言う。

「じゃあ、媛沢さんも……気をつけて」

「うん」

目を細めて、遥火は頷いて返礼した。

「二人も、気をつけて帰ってね」

それじゃ、と遥火と、二人は門の前で別れた。遥火は二人の姿が夕闇の路地に消えてしまうまで、門の前に立って、ずっと見守っていた。

「…………」

不安よりも、何となく心が温かい気分で、遥火は二人を見送った。

徐々に影が落ち、空から空気の温度が下がってゆく中、遥火は夜めいてきた空気を吸い込みながら、しばらくのあいだ立ち尽くしていた。

そして二人の姿が見えなくなって、胸の中の温かさが引いた頃——遥火は急に、周囲に落ち始めた夜闇に心細さを感じた。鞄を握っていた手にぎゅっと力が込もり、玄関灯によって道路に落ちる影を見下ろして、やがて身を翻すと、遥火は家の玄関に向かった。

その時。

「……ハル。ちょっといい？」

突然後ろから声をかけられて、遥火はぎょっとなった。

すでに玄関のドアノブを握っていた遥火が振り返ると、門の前には遥火と同じセーラー服を着た、癖毛のショートカットの少女が立っていた。

「あれ？　麻智《まち》……？」

そこに立っていたのは、遥火のクラスメイトの、横川《よこかわ》麻智だった。

麻智は、小学校の頃からずっと同じ学校だった友達で、高校も同じ一高に合格して、さらに同じクラスになった、家も比較的近い、今のところクラスの中で一番仲が良いと言っていい友人だった。

「どうしたの？　麻智」

「ハル……あんた、大丈夫？」

麻智は、学校帰りそのままの鞄を持った姿で、遥火を真っ直ぐに見つめて言った。

そのただならぬ様子に、遥火は戸惑う。

「だ……大丈夫……って、何？」

「何って……時槻さんよ。ハル、何かされたんじゃない？」

「え……？」

ぽかん、と遥火は麻智の顔を見た。冗談か何かだと思った。しかし麻智は真剣そのものの表情で、とてもではないが冗談を言っているような、そんな雰囲気ではなかった。

「な、なに言ってるの？」

「だってハル……最近様子が変だったよ？」

困惑する遥火に、麻智は気遣わしげな、探るような顔をして、言った。

「隠してるつもりかもしれないけど、何か悩んでるみたい。私にはバレバレだよ。そしたら途端にあの時槻さんと登下校。変だと思わない方が無理」

「あ……えーとね、それは……」

遥火は困った。説明しづらい。幽霊のことで相談に乗ってもらっているなどとは。

「わたしにも、言えないようなこと？」

しかしそんな遥火の反応で、麻智はさらに誤解を深めたようだった。

「ま、麻智が心配するようなことはないよ。時槻さんも、関係ないし」

「嘘」

「嘘じゃないって……」

麻智は一歩も引かない。さすがに遥火も困り果てる。麻智は頑固で、友達思いだ。その点で二人は気の合う似た者同士だったが、反面麻智は激情家で人の好き嫌いが激しく、いつだったか別の友達を振った男子に教室で平手打ちを喰らわせたことがあるくらい、しばしば行動が過激なのが困りものだった。

そして麻智は、早生まれで背も低い遥火に対して、昔からお姉さんぶるところがあった。中学校の頃はクラスが違っても、そして高校になって同じクラスになってからは特に、学級委員長を務める遥火を、何かにつけて手伝ってくれていた。

心配性なのだ。遥火に対しては、特に。

その麻智の気持ちを知っているだけに、遥火は麻智にどう説明したものか、その応対に、苦慮していた。

「ほんとに、大丈夫だから……」

とはいえ咄嗟《とっさ》の嘘が苦手な遥火は、これくらいしか言えない。

ごまかしにもなっていない。当然ながら麻智は信じようとせず、表情がみるみるうちに思い詰めた。

麻智は言った。

「…………わかった。わたし、時槻さんを問い詰めてくるから」

「ちょ、ちょっと⁉」

麻智はあっという間に、先ほど雪乃たちが帰って行った方向へ身を翻し、駆け出した。遥火は慌てて追いかけようと門を出たが、途端に鞄を柵にぶつけて取り落とし、混乱しているうちに麻智の姿は、角を曲がって見えなくなってしまった。

「ど……どうしよう」

本当に違うのに、と遥火は立ち尽くす。

どうすればいいのか分からない。例え麻智を止めたとしても、どう説得すればいいのか見当もつかない。

正直に言ったとして、納得してくれるだろうか？

しかしそれ以外に思いつかない。仕方がない。今晩にでも電話して、説明するしかない。

あの〝赤ちゃん〟の事件のことは、麻智も知っている。

何とか納得してくれることを、期待するしかない。

とにかく、麻智を止めなくては。しかし、いま麻智に携帯で電話をしても、取ってくれるとは思えない。

遥火はやむを得ず、落とした鞄に慌てて駆け寄り、そのポケットから携帯を取り出した。そして、何とか麻智から逃げてくれるように、初めてかける雪乃の携帯の番号を、メモリーから探して通話ボタンを押した。

「…………わかった。わたし、時槻さんを問い詰めてくるから」

4

横川麻智にとって、その結論は、あまりにも明白な帰結だった。

「ちょ、ちょっと⁉」

身を翻す。駆け出す。背後で聞こえる制止の声。その遥火の声を置き去りにして、麻智は夕闇の住宅街を、スニーカーに響くアスファルトの硬さと、手と肩に食い込む教科書の入った鞄の重さと共に、全速力で走った。

つい先ほど、時槻雪乃が去って行った方向へ。

この方向なら、たぶん向かっているのは駅だ。民家がひしめく路地に、高く強く響く麻智の足音。来てよかった。決定的な瞬間を押さえた。麻智は帰宅の途中、遥火と雪乃と知らない男子が一緒に歩いている姿を見つけて、それからずっと遥火の家まで後をつけ、様子を窺っていたのだった。

おかしいと思っていたのだ。

数日前から遥火の行動や表情の端々に、何か心配事があるような、いや、それどころか何かを怖れているような色が浮かぶことに、麻智は気づいていた。

他の人には分からないだろうが、付き合いの長い麻智には分かる。そしてそれと前後するように、遥火は突然、あの時槻雪乃と一緒に登校して来た。よりによってあの時槻。あれには麻智だけでなく、みんなが驚いていた。

あり得ない。相手はクラスで一番の嫌われ者なのだ。

仲良くなったのだろうか？　などという想像すら、考えられない人間なのだ。

委員長職にある遥火のような人以外が、用事もないのに話しかければ、それだけでイジメのきっかけになりかねない存在だ。悪い噂が山のようにある。良くない連中と付き合いがあるとか。売春をやってるとか。実は隔離病棟に住んでいて、そこから学校に来ているのだとか。馬鹿馬鹿しいものでは霊感があって、ずっと霊に取り憑かれているだとか。

火事で両親と姉を亡くしているという話は、瞬く間に有名になった。

だがあれは、実は雪乃が犯人で、証拠が不十分で捕まらなかっただけだという噂を、まことしやかに話す人もいた。

もちろん麻智も、いいイメージは持っていない。

そういう人間と、よりによって遥火が一緒にいるということ自体が、麻智にとってはほとんど禁忌だった。

麻智は友達主義者だ。

友達が何よりも大切だ。それを公言している。

だから、良くない人間から遥火を守る。その義務がある。使命がある。だから遥火が何をされているのかを知らなければならなかったし――――遥火が庇って何も話さないなら、その相手本人を問いただすしかなかった。

「……絶対許さない」

すっかり血が上った頭には、もしも違ったら、などという可能性は存在していなかった。

わたしの友達を泣かす奴は絶対に許さない。麻智の頭にあるのは、ただこれだけだった。

しかも小学校の頃からの、妹分のように思っている親友だ。優しくて公平で、責任感が強くて、少し世間知らずな、この子だけは守らなければと思える親友だ。

一体何をされたのか？　激情にかられた頭で麻智は思う。

遥火の表情には覚えがある。小学校の頃にあった事件。遥火が車の中に放置されて死んだ赤ちゃんを目撃した事件の時に、しばらくの間ショックで色々なものを恐れていた、その時の様子によく似ていた。

あの時も、麻智は夜も眠れなくなるくらい心配した。それは麻智の知る限り、遥火にとって最悪の事件であり、あの時と同じような表情を遥火にさせるものは、それが何であっても許す気はなかった。

夕闇によって青暗い影が落ち、黄色い明かりが方々に灯《とも》る住宅街。

急激に温度の下がりつつある空気の中を、麻智は胸の中で熱を持つ激情の赴くまま、雪乃を追って走る。

両側に立ち並ぶ、青い闇に照らされた家と、ぼんやりと光る玄関灯を、いくつも追い抜いて行く。そして前方に十字路が見え、それがぐんぐんと近づいて来て、そして、十字路の右手からやって来る誰かの伸びた〝影〟が見えた時——麻智の脚は急に勢いを失って、速度が落ち、歩くような足取りになって、十字路に辿り着くその寸前で足が止まって、ぽつん、と十字路を目の前に、路地の真ん中に立ち止まった。

「…………」

どうして自分が足を止めたのか、この時の麻智には全く自覚がなかった。

ただ気がついた時には十字路を前に立ち尽くし、走っている間ずっと胸の中にあった強烈な感情も、どういうわけか潮が引いたように、あるいは火が消えたように、いつの間にか冷たく冷め切っていた。

「…………」

厚く曇った空の下、時間以上の夕闇が落ちる小さな路地に、一人。

麻智は街灯の明かりによって自分の足元に落ちる黒い影を見つめながら、呆然と、その場所に立ち尽くしていた。

脚を、身体を動かすという考えが、どうしてか頭に浮かばなかった。

ただそこに立ったまま、呼吸し、肌や脚に触れている空気が冷たく停滞しているという、その事実だけを感じていた。

音が、この十字路から失われていた。

しん、

と視野の中には、どこにも動くものはなく、十字路の世界は死んだように停止し、静寂が広がっていた。

深夜のような静寂。ただ闇と光ばかりが、しん、と降っていた。

静止している。だがその中で、ただ一つ、麻智が見ている〝モノ〟があった。それは目の前の小さな十字路の、アスファルトの道路の上に、右手の路地から長く伸びている、人間の形をした一本の〝影〟だった。


——こつっ。

右の路地から、小さな硬い音が聞こえた。

一歩、〝影〟が進み出た。右手の路地から来る〝誰か〟。その誰かから伸びる〝影〟。この時にはすでに全身が異常を悟っていた。気づけば息を止めていた。周囲の空気も、そして右手からやって来る気配も、明らかに尋常のものではなかった。

深夜の墓所のような空気の中、近づいて来るその気配。その気配は狂っている。姿は見えないが、右手の路地から漂ってきている無言の気配は、すでにそれだけで正気の存在ではあり得ないことが、ありありと判った。


「…………………！」


姿も見えないうちから、その狂気が、五感六感に触れるのだ。

異様な気配。その気配の主から、ただ影ばかりが、十字路の曲がり角の向こうから、街灯の光によって長く引き伸ばされて、麻智の目の前まで伸びている。

影は女性だ。髪の長い、女性の姿をしている。

しかし何故だか判る。その根元であろう場所から感じる、空気を通じて皮膚に、それから本能に浸透するような人の気配は、明らかに関わってはいけない存在が放つ、言語化できない強烈な違和感を持っていた。

その違和感が、

こつっ、

と、音と共に、近づく。

その気配に、ぞーっ、と明確な理由もなく、肌が粟立つ。

小さくかちかちと鳴る奥歯。いつしか自分の全身の感覚が、その何かへの警戒に向けられている。そして吸い付けられたようなその感覚のせいで、逆に身体は強張って、意志から切り離されたかのように、動かせなくなっている。

その目の前に、

こつっ、

とまた一歩、〝それ〟が近づいた。

影が、さらに大きく伸びた。気配が、ちりちりと右手から肌を刺した。

声が出なくなっていた。痙攣したように動かない喉の奥から、ただひゅうひゅうと息だけが漏れた。その呼吸も、とても自発的な呼吸とは言えない。胸の中で強張ってただの袋になった肺から、勝手に空気が漏れて、勝手に入ってゆくだけ。

こつっ、

足音。伸びる〝影〟。

すでに〝影〟は、その脚までが十字路に現れていた。

硬い足音を立てて、〝影〟の脚が動く。

すると、

こつっ、

と伸びている〝影〟の脚が動く。その様子がはっきりと見える。〝それ〟はこちらに近づいて来ている。

こつっ、

すでに右の路地の、塀の角のすぐ傍に。
あと少しで姿が見える。見るな。見たくない。
見たら手遅れになる。本能がそれを悟って、叫ぶ。見るな！　見たらだめだ！　その狂ったモノを、目にしてはいけない！
見るな。見るな。

こつっ、

見るな。来るな。

こつっ、

見るな。来るな。来るな――――！

こつっ、

と、曲がり角からピンク色のヒールを履いた足がのぞいた。

そして続いて、路地から長い髪を垂らした頭が現れて——そしてその顔と、真っ赤に充血して見開かれた眼と目が合った瞬間——麻智の目の前は真っ暗になり、そしてぷっつりと、意識が途切れた。

…………………………

四章　かまどとパン

世に数々の不思議あり。世に数々の怪奇あり。世に数々の奇跡あり。

生者の前に姿を現す死者の亡霊。蘇る死者。手を触れずに物を動かし、離れた場所や過去や未来を見通す超常の力を持った人間。

奇怪な生物。伝説の怪物。妖精。悪魔。

呪い。魔術。呪われた、あるいは神聖な土地。物理、科学、医学のいかなる常識にも当て嵌まらない、不可解な現象。

空に鳴り響く黙示録の音。吹雪の中の人影。血を流すパン。

全て、神の見た悪夢である。

私家訳版『マリシャス・テイル』第十一章

1

蒼衣と雪乃が、遥火と別れてほどなく。

雪乃のバッグのポケットに入れられていた、何の飾りもカバーもつけられていない無味乾燥な携帯が、デフォルトの設定の電子音という、無味乾燥な音で鳴り始めた。

「……何？」

そう言って電話に出た雪乃は、しばらく黙って相手の話を聞く。そして、

「………そう、わかったわ」

たったそれだけ素っ気なく答えると、雪乃はあっさりと電話を切った。まるで折り合いの悪い家族からかかって来た電話のような、徹底した素っ気なさだった。

しかし隣を歩く蒼衣にも漏れ聞こえてきた声は、遥火のものだ。

どんな内容だったのか気にする蒼衣の前で、通話を切った雪乃は、眉を寄せて考える風の表情をする。なので蒼衣は訊ねた。

「媛沢さん、何て？」

「……」

相手が相手だけに、何かあったのではないかと心配したのだ。

やがて雪乃は立ち止まる。蒼衣も立ち止まって、答えを待つ。だが返って来たのは質問への答えではなかった。唐突に振り向いて、向かう方向を変えて、足早に脇道へと入って行くという、いきなりの行動だった。

「な、何⁉」

「面倒なのが追いかけてくるかも知れないそうよ」

慌てて走って追いついて、訊ねた蒼衣に、雪乃が返したのは、やはり答えになっていない答えだった。

「え⁉ 追いかけて⁉」

「丁度いいわ。どうせこのまま帰る気はないんだし、『神狩屋』に寄るのは中止」

雪乃は言う。このあと蒼衣と雪乃は一度『神狩屋』に戻った後、遥火の家の近くへ取って返し、時間の許す限り遥火の周囲を見張るつもりだった。

蒼衣が〈グランギニョルの索引ひき〉の予言を受けている以上、遥火の周囲をうろついていれば、必ずいつかは〈泡禍〉に遭遇するはずだ。それに備えるために、雪乃が服を着替えるのが、『神狩屋』に戻る第一の目的だった。

超常現象が伴うフラッシュバックである〈断章〉は、日常生活で起これば命取りになる。

そのため〈保持者〉は、それを安定させるために、物や服などに精神的に依存する者が少なくなく――――また自覚的に〈断章〉を用いる〈騎士〉は、トラウマに関わる道具や衣装などを活動の時にだけ用いて、より〈断章〉を発現させやすくし、また同時に普段は発現しないように抑制する、二重の意味を持った道具として使う者が多い。

　雪乃もその一人だ。

　そのための服を、雪乃は学校にいる間は『神狩屋』に置いてある。だが雪乃が歩き出したのは、その『神狩屋』のある駅方面とは、完全に違う別の方向だった。

「家に寄るわ。服なら家にもあるし」

　雪乃はそう言って、さっさと先に立って歩いてゆく。蒼衣は遅れてその背中を追いかけながら、慌てて雪乃に言う。

「え……家って……雪乃さんの家？」

「そうよ」

　他に何があるのだと言わんばかりに、雪乃の声が尖《とが》った。

「ちょと待って、雪乃さんちって、一高から徒歩圏内？　そんなとこから今まで、うちまで迎えに来てたの⁉」

「そうよ。だから？」

　あっさりと答える。一高と典嶺は最寄り駅が同じで、蒼衣は電車通学。だとすると遠回りどころの騒ぎではなく、その手間を想像した蒼衣は一瞬呆然として
「……何してるの？」

訝しげに雪乃に振り返られた。

「あ……」

蒼衣は、思わず止まってしまっていた足を慌てて動かし、訝しげに待っている雪乃の、その隣へと並んだ。

†

雪乃の家について、今まで一度も気にならなかったと言ったら嘘になる。

だが今まで蒼衣がその話題に一度も触れたことがなかったのは、神狩屋などから雪乃の複雑な家庭の事情について漏れ聞く限り、とてもではないが気安く話題にしていいような話には思えなかったからだ。

そんな恐れと好奇心が半々の蒼衣が、あっさりと連れて来られた雪乃の家は、閑静な住宅地に建つ、蒼衣の住む建売住宅のゆうに二倍はありそうな家だった。『時槻』と表札のあるその家は、決して屋敷や豪邸と呼べるものではなかったが、それでも住んでいる人間の十分な地位を感じさせる、立派な構えをした建物だった。

洋風の正面玄関のドアは、大きさが蒼衣の家の一・五倍はあって、思わず気後れする。そんなドアを当然ながら平然と開けて、制服姿の雪乃が家へと入ってゆく。

その様子は雪乃の容姿とも相まって、どこから見ても凛とした、この家のお嬢様だ。しかし雪乃は三年前に〈泡禍〉によって家族を失い家を焼かれ、あくまでもこの家の主人である伯父によって引き取られているという、かりそめの境遇に過ぎなかった。

「……」

雪乃は、ドアを開けた鍵をポケットにしまいながら、帰宅の挨拶もなしに玄関に入る。

広い玄関。初めての雪乃の家ということで、意味もなく緊張しながら、蒼衣は「……おじゃまします」と控えめな声で言って、雪乃の後に続く。

「……家、誰もいないの？」

そして黙々と靴を脱ぐ雪乃に、蒼衣は訊ねた。誰か家人がいるなら「ただいま」くらいは言うだろう。そう思ったのだが、そんなある意味常識的な蒼衣の予想は、奥からスリッパの音を立ててやって来た女性の存在によって、完全に裏切られた。

「お帰りなさい、雪乃さん」

やや初老に入りかかっているように思えるその上品な女性は、外見によく似合った穏やかな声でそう言った。小さく素っ気ない声で「ただいま」と答える雪乃。だがその時には女性の視線は、玄関に棒立ちになっている、蒼衣の方へと向いていた。

「あらあらあら」

女性は少し驚いた様子で蒼衣を見た目を丸くすると、そんな少々浮世離れした印象の感嘆符

を発した。そして何故だかひどく嬉しそうに微笑むと、

「雪乃さんのお友達?」

と小首をかしげるようにして訊ねた。

「え……ええ。そうです」

「あらあらあら」

女性は蒼衣の肯定の答えを聞いて、ますます嬉しそうに言った。雪乃は無表情に一言、「伯母よ」と説明する。それを聞いて慌てて会釈する蒼衣に、女性は笑顔のまま、おっとりとした会釈を返す。

「男の子が来たのは初めてだわ。ゆっくりしていってね」

「は……はあ」

何と答えればいいのか分からずに、頭を掻きながら曖昧に答える蒼衣。そんなやり取りをよそに、すでに靴を脱いで家に上がった雪乃が、きっぱりと伯母へ言う。

「着替えに戻っただけよ。すぐに出るわ」

「あら、そうなの?」

「白野君はこっち。部屋は二階よ。上がって」

「え?」

蒼衣にとっては予想外の言葉に驚いて、蒼衣は家の中に立っている雪乃の顔を、思わず見上

げていた。

「べ、別に僕は、ここで待っててもいいけど……」

「いいから」

睨むように促されて、蒼衣は慌てて靴を脱いだ。伯母さんは微笑んで再び蒼衣に会釈をすると、家の奥へと戻って行った。

「こっちよ」

雪乃の先導で、蒼衣はよく磨かれた廊下と、手すりにデザインの彫りこまれた木製の階段を上がる。さすがに蒼衣も緊張する。ただでさえ初めて入る他人の家というのは落ち着かないものだが、女の子の家に入るのは小学生以来だからだ。

「心配しなくても、部屋には入れないわ」

その気配でも察したのか、階段を上がりながら雪乃は言った。

「え？　あ……そうなの？」

「当たり前でしょ。家に上げたのはあなたに玄関で待たれて、伯母さんに私について何か吹き込まれるのが嫌なだけ」

「ああ……なるほど」

それを聞いて蒼衣は少し納得し、少し安心し、そして少しだけ、残念に思った。

雪乃はそうして二階に上がると、並んでいるドアの一つを開ける。開いたドアから垣間見える雪乃の部屋は、シックな色をしていた。はっきり見えたわけではないが、少なくとも女の子の部屋というイメージの可愛らしい色は、その中からは見て取れなかった。

「ここで待ってて」

蒼衣にそう言うと、雪乃はそのまま部屋に入り、ドアを閉めた。中から鍵をかける音も聞こえる。元より無断で開けるつもりはなかったが、何となく寂しい。

「………」

廊下で壁に寄りかかって待っていると、静かな家の中は些細な音も大きく聞こえて、部屋の中の雪乃が動く音も廊下まで聞こえてきた。足音に、物を動かす音。耳を澄ませば微かに、衣《きぬ》擦《ず》れの音も聞こえるようだ。

蒼衣は何となく気まずくなって、試しに中へと話しかけてみた。

「ちょっと変わった伯母さんだね」

そう話しかけた蒼衣の言葉はドア越しでも聞こえたらしく、中から少しくぐもった、雪乃の声が返ってきた。

「……いいところのお嬢さんだったらしいわよ。詳しくは知らないけど」

「そうなんだ。うん。納得するけど」

廊下の蒼衣は、一人頷く。確かにそんな感じだ。だが蒼衣に言わせれば、雪乃の凜とした苛烈さも、方向性の違う別の意味でのお嬢さん的なイメージに思える。

「いい人だね」

「そうね」

雪乃はおおむね、学校など自分の周辺のことを言われると不機嫌になりがちだ。だからこういうことを言えばまた不機嫌になりそうな気もしたのだが、雪乃は意外にあっさりと、蒼衣の言葉に同意した。

「伯父も伯母も良くしてくれるわ。昔から」

「そっか」

素直に他人に感謝する雪乃の言葉を聞くことは、あまりない。それだけに少しだけ静粛な気分になる。何もかもを失った雪乃はあの伯母さんたちの好意で比較的不自由のない生活を得ていて、そしておそらくはその好意を自覚しながらも、非日常に生きるためにわざわざ隔意を作り、そのことに罪悪感も感じている。

「いい人たちなんだね」

「いい人たちよ」

雪乃は言う。

「だからこそ――――殺すべきだ、って姉さんは言うわ」

「う……」

続いたその言葉に、蒼衣は言葉をなくした。

思わず話題が途切れた時、階下から人が上がってくる音がした。それに気づいた蒼衣が階段の方へと視線をやると、雪乃の伯母さんが、ジュースの入ったコップを載せたトレーを持って上がって来たところだった。

「あらあらあら、どうしてこんな所に？」

伯母さんは廊下に立っている蒼衣を見ると、不思議そうに言った。部屋の中の雪乃は沈黙している。蒼衣が「着替えです」と苦笑気味に答えると、あら、と伯母さんは納得して頷き、微笑ましそうに目を細めた。

「あらあら、でもこんなとこに立ってないで、下に来ればよろしいのに」

そして言う。

「席とお茶菓子を出しますよ？　お客様なんですから」

「あ……いえ……」

その申し出を、蒼衣は困惑気味に、胸の前で手を振って断った。

「ここで大丈夫です。すぐですから」

「そうなの？」

「あ、なんでしたら、それ僕が預かりますよ」

雪乃と伯母さんの両方に気を使って、蒼衣はトレーを受け取ろうと手を出した。伯母さんは困ったような表情をしていたが、「そう？」と言って、何だか仕方なさそうにトレーを蒼衣に渡した。雪乃の連れてきた『お友達』であるところの蒼衣に興味があるのだろうと、考えるまでもなく蒼衣も察した。

伯母さんはトレーを渡した後も、しばらく蒼衣を、上から下まで眺めていた。

「あ、あの……？」

「あら、失礼しちゃったかしら？」

蒼衣の困った声に、伯母さんは悪戯っぽく笑う。

「あなた、お名前は？」

「……え？　えーと、白野です」

蒼衣の答えに、うんうんと頷く伯母さん。そして不意に蒼衣の目を見ると、微笑みを浮かべて言う。

「ねえ、白野さん」

「はい？」

「これからも、雪乃さんをよろしくお願いしますね？」

「え……あ……はい」

蒼衣は突然の言葉に面食らいながら、思わずそう答えた。

にこにこと笑う伯母さん。それを前に、困る蒼衣。そうしていると、いきなり後ろでドアが開いて、部屋から雪乃が出てきた。蒼衣は慌てて振り返った。

「わ、雪乃さん」

「……」

現れた雪乃は眉根を寄せて口元を引き結び、ほとんど臨戦態勢の表情をしていた。

蒼衣は初め、ここでしていた伯母さんとの会話が怒りに触れたのかと思ったが、そうではなかった。

「近いらしいわ。行きましょう」

「……！」

伯母さんがいる手前の、簡潔な言葉。

それでも蒼衣は、その意図を正しく汲み取って——さっ、と緊張によって、自分の顔色が変わるのを感じた。

…………

2

気がついて目を開けた時、横川麻智は、薄暗いキッチンに立っていた。

　モノクロ色に見えるほど影が落ちた、明かりのない台所。狭く薄汚れ、流しには食器類が山積みにされて、何かが腐っている強烈な異臭の充満する台所に、麻智は気がついた時には冷蔵庫を前に、ぼんやりと立っていた。

「…………………………」

　ここはどこだろう？

　覚醒間際の重たい頭と視界の中で、麻智は思う。

　考えるのではなく、思う。頭の中には視界と同じような色の霞《かすみ》がかかっていて、思考と呼べるほど、その意識ははっきりとしていなかった。

　ただ暗く、荒れ果てて、腐敗したキッチンの中に、自分はいる。そして泥水で拭いたかのように汚れた冷蔵庫と、その上に乗せてある、朽ちたようなオーブンレンジが、麻智の目の前に聳え立っている。

　――――自分は、何をしているんだろう？

　その冷蔵庫をぼんやりとした目で眺めながら、ぼんやりと麻智は思った。

　ほとんど色などは判別できないが、辛うじて何があるかだけは見通せる程度に明るいキッチン。明かりは麻智の後ろから届いていた。霞《かす》むような光が背後から届いて、目の前の冷蔵庫の扉に、麻智の影を大きく映し出していた。

人の形の、ぼんやりとした影を。

いや、違った。その影は確かに人の形をしていたが、自分のものではなかった。麻智の影とは別のものだった。

その影は――――麻智の一歩半ほど背後に立っている人間から、麻智まで伸びていた。そして麻智の足元に達し、背中に覆いかぶさるように伸び上がって、そのまま麻智の目の前の冷蔵庫の扉に、姿を浮かび上がらせていた。


『…………………………………………』


背後に立つ、見えなくとも〝女性〟であることが分かる、強く、濃密で、壊れた気配。

ひし、と無言の、いや、もはや意思疎通可能ではない、狂った意識と思考と気配と、そんな存在の視線が、麻智の背中をじっと見つめていた。

「…………」

思考も視界も霞んでいて、ともすれば、自分の頭がゆっくりと揺れているようにも感じる夢うつつの麻智は、その気配を背中に感じている。そして、眠っているとも目覚めているともつかない麻智の精神は、それゆえにひどくはっきりと、背後の存在の気配に含まれている、異様な〝意思〟を、皮膚から吸収しているかのように、すんなりと理解していた。

——ああ、そうしなきゃいけないいんだっけ……

茫漠《ぼうばく》とした思考の茫漠とした世界で、麻智は思い、手を前へと差し伸べた。

ただ、正しくは、自らそうしようと思ったのではない。強い異臭と共にこの空間に満ちている〝女性〟の気配が、そうすることを、麻智に促していた。

ぼんやりと、当たり前のように手を出して、麻智は閉まりきっていないオーブンレンジの扉を開けた。錆《さ》びているような手応えの扉を、ゆっくりと引いて開けると、中には四角く切り取られた闇が覗き、腐臭とも錆とも焦げともつかない匂いを含んだ空気が、中から静かに漂い出してきた。

——そうしなきゃ……

そして、ぼんやりと、当然のように。

麻智はそのレンジの中の闇に、ゆっくりと、右手を入れていった。

内張りの金属板からひんやりとした冷気が肌に触れるのを感じながら、麻智の右手は闇の中に呑まれていった。そしてすぐに一番奥の、焦げた汚れの付着した金属板に、爪が、そして指先が、かつん、と小さな音を立てて触れた。

触れた。突き当たった。

だが、手を差し入れてゆく動作は、その事実に気づいていないように、先へと進んだ。ゆっくりと指を曲げ、手首が曲がった。爪が、指が、やがては手の甲が、ざらりとした感触の冷たい内張りに押し付けられて、それでも腕はただ真っ直ぐに、ゆっくりと、奥へ奥へと押し込まれていった。

——そう、しなきゃ。

思った。背後に立っている〝気配〟が促す、そのままに。

無言の〝気配〟が、頭の中と視界を霞ませ、背中を押すように促す、そのままに。

——ここに——入らなきゃ、いけない。

それが当たり前のように、そう思った。周囲の闇に、空気に満ちているその〝意思〟が頭の中に浸《し》み込んできているかのように、当然のようにその言葉が頭の中に浮かび、当然のように体が動いたのだった。

ぱきっ、

と。力を込められた手首の関節が、音を立てた。

「痛っ！」

強い痛み。手首の骨に走ったそれを感じた瞬間、麻智は頭の中に澱《よど》んでいた黒い霞が一気に吹き飛んで、意識と視界が、瞬く間に覚醒した。

「!?」

瞬間、自分のしていることを理解して、麻智は、悲鳴も上げられないほどの混乱に頭の中を支配された。痛覚、思考、混乱、恐怖。それまで何故か麻痺していた、それらの意思と感覚と感情が、一気に頭の中で爆発して、パニックに襲われた。

「…………………………っ!!」

混乱した。錆が浮いているレンジに差し込んだ右手を、慌てて引いた。

いや、引いたつもりだった。頭の中では腕を引き抜いたはずなのに、しかしその意思が首から下に届かなかったかのように、自分の右腕は自分の意思に反して、自らをレンジの中へと押し込み続けていた。

「…………………!?」

腕は油圧機械のように澱みなく押し込まれ、みしみしと手首の骨が軋んだ。止まらない腕に恐慌状態になった。気づけば右半身が全く言うことをきかず、必死になって右手を抜こうとして、左半身と頭の中で暴れ回ったが、その意思すらも右半身には届かず、むしろ引こうとすればするほど力が逆に働いて、押し込む力が強くなるように感じさえした。

淡々とその狂った作業は、続行されていた。

「……やっ！　いやあっ！」

叫び、まだ自由な左手でレンジを摑んで抵抗しようとしたが、そんなものは何の足掻きにもならなかった。右半身は、自分のものではない石人形か何かのように硬直し、とてつもない力で自分自身を破壊しようとしていた。あまりにも強く力が入れられた右腕はぶるぶると激しく震え、レンジの奥と接する手首の肉が潰れて、関節は限界まで曲げられた。自分の意思とは無関係に、しかし感覚は自分のまま、今は痛みが燃えるレンジの中に手が押し込まれ続け、そして今にも折れそうなほど痛みが激しくなった。

「!!」

手首から再び、ぱきっ、と骨が割れるような音が。

そして次の瞬間、レンジの金属板に響く、ぼぎん！　という重い音が続き、激痛が手首で爆発して、関節が恐ろしい角度に折れ曲がった。

「…………っ、あっ、あああああああああっ!!」

一瞬息が止まって。その直後に、絶叫が自分の口から迸った。あまりにも激しい痛みで左手から力が抜け、足からも力が抜け、涙を垂れ流してへたり込みそうになったが、無関係に立ち続ける右半身に支えられて、それさえもすることができなかった。

「…………!!」

ぎりぎりと手首の外れた右腕を、右半身はなおも、恐ろしい力で押し付ける。

折れた手首は重く激しく痛み、力はさらに強まり、前腕の骨と肘関節が、みしみしと過負荷に悲鳴を上げる。

「あ……あがっ……！　あっ……」

もはや苦痛で閉じることさえできない口から、苦悶《くもん》交じりの息と、涎《よだれ》が漏れる。レンジと冷蔵庫に縋りつくようにして、涙を流し、ひたすら痛みに食われ続ける頭の中で許しと助けを乞い続けたが、誰かの助けが来ることもなく、自分の体さえその行為を止めることを許してはくれなかった。

『…………………………』

そんな自分を、背後に立つ狂った女性の気配が、凍りつくような視線で見つめている。
その間にも自分の右半身は、自らをレンジの中に詰め込もうとして、凄まじい力を、右腕に込め続ける。

『…………………………………………』

背後の冷たい狂った〝気配〟が、ひたすら無言で、行為を強いる。
機械的に力を強め続ける腕。レンジの中に押し付けられた皮膚は、圧迫と摩擦で破れてじくじくと血が滲み、折れて曲がって斜めになった腕が、梃子《てこ》の棒にされたように、あってはならない方向に力がかかって、みしみしと軋んで激しく痛んだ。

そして次の瞬間、

ばきっ、

と乾いた木をへし折るような、それでいて湿気って生々しい、くぐもった音がして、肘から先が、真ん中から『く』の字に折れた。

「……がっ‼　ぁ……」

びくん、と体が大きく痙攣した。しかしそれだけだった。もう麻智は、悲鳴も上げることもできなかった。

火を吹くような激痛と、肉に包まれた腕の中で、骨が折れていることがはっきり分かる、おぞましい感触。大きく開いた口の、喉の奥がひっくり返るような嘔吐感に、喉が塞がって、声も息も、堰《せ》き止《と》められるように止まった。

そして――――それでもなお折れた腕が、さらにレンジに押し込まれる。

骨の折れた部分が、みちみちと肉と皮を引き伸ばし、ゆっくりと引き千切りながら、折れ曲がってゆく感触。

――――殺される！　殺される！

全身から血の気が引き、今にも意識が途切れそうな痛みの中で、ただそれだけをはっきりと認識した。

殺される！　逃げないと！　でもどこに？　どうやって？

涙を流して見開く目。限界を超えた苦痛と恐怖に、もう閉じることもできない目。

涙と影と、何もかも真っ白になりそうな、ぐしゃぐしゃの視界。その視界の中で、死に物狂いの麻智は、冷蔵庫の隣に山積みになった流し台の洗い物の方へ、ほとんど意識を失った状態で縋りつくように手を――――

3

「――――〈焼け〉！」

瞬間、爆発的な炎がベランダ側の大窓を赤く舐め、直後、填《は》まっていた窓ガラスが凄まじい音を立てて破裂し、粉々に砕け散った。

「っ⁉」

暗かった部屋が炎によって真っ赤に照らし上げられ、輝きながら雨のように降り注ぐ無数のガラスの破片。薄いカーテンが炎上し、部屋に吹き込んでくる炎と輝きの中を、枠だけになった大窓から、黒い服に身を包んだ細身の影が、部屋の中へと踏み込んだ。

黒いブーツが、畳の床に撒き散らされたガラスの破片を、音を立てて踏みつける。

炎と共に窓から吹き込む風に、レースの縫い取られた黒く長いスカートと、同じレース地のリボンで束ねられた、ポニーテール気味の黒髪が大きく揺れる。

ゴシックロリータの衣装に身を包んだ、凄絶な美貌の少女。

死神のように死と破壊の匂いを纏った少女の、抜けるような白い肌に、はためきながら燃え上がるカーテンの炎の色が、赤く揺らめいて照り映える。

時槻雪乃。

廃墟《はいきょ》寸前の外観をした、その古いアパートの一室に踏み込んだ彼女の目は、敵意と警戒に鋭く細められて、その口は引き結ばれている。

そんな雪乃に遅れて、部屋に入ってきた、白野蒼衣。燃えるカーテンをよけながら、部屋に入った蒼衣をまず襲ったのは、部屋に充満して炎の熱にかき回される、肉と血の腐敗した、胸の悪くなる凄まじい臭いだった。

「……うぐ⁉」

吸い込んだ瞬間、胃の中身が逆流しそうになって、蒼衣は制服の袖で口を押さえた。目の前には雪乃の背中。そんな雪乃の立つ部屋の中は、ゴミとダンボールが散乱し、人間の住む部屋とは思えない、凄まじい荒れ方をしていた。

そして真っ直ぐに正面を睨みつける、雪乃の視線の先。

そこには畳の部屋と一続きになっている板の間と台所があり、その板の間には黒く変色した凄まじい量の血が飛び散っていて――そしてスカートとトレーナーという何の変哲もない服装をした一人の女性が、何故かピンク色のヒールを部屋の中で履いたままにして、背中を向けて立っていた。

その光景を前に、無言の蒼衣と雪乃。

張り詰める空気。女性は長く荒れた髪のかかった背中を二人に向けたまま、振り向くどころか微動だにしなかった。

しかしその女性の雰囲気は、確実にこの周囲を支配していた。まともな人間からは感じるはずがない、凄まじい密度の悪意と狂気が、まるで女性から空気そのものへと染み出しているかのように、感覚が軋むほどの強烈な違和感となって、部屋の中を満たしていた。


『…………………』

ただの沈黙が、身が竦むほどの冷たさと重さで、密度を増す。

空気が足元から凍ってゆくような感覚と、それに伴って、緊張してゆく、雪乃の呼吸。

蒼衣は剝き出しの皮膚の産毛が逆立ち、もはや冷や汗さえ出ない。この部屋に入ってから蒼衣も雪乃も一言も発していないが、この女性が何者か、誰何《すいか》する必要もなかった。

「〈泡禍〉……」

蒼衣が、呟いた。

『さあ、葬送の円舞曲《ワルツ》を』

風乃の亡霊が、楽しげに囁く。

雪乃の口の端がぎゅっと引き締められ、それと同時に両腕が、目の前で交差するようにして振り上げられた。右手には赤い柄のカッターナイフ。包帯が外れた左腕には目盛りのように刻まれた無数の傷痕。そんな腕に開いた今まさに血を流す真新しい切り傷。それは先ほど、窓を破った時に自ら切りつけた、痛みが火に変わるという、雪乃の〈断章〉を使うための代償の傷だった。

そして雪乃の唇が、開かれた。

「〈私の痛みよ、世界を焼け〉！」

低い叫び。それと同時に雪乃の握ったカッターナイフが、左腕の上で閃《ひらめ》いた。

「っ！」

薄く鋭い刃が白い肌の上を滑って、それを切り割った瞬間、その痛みにびくんと雪乃の体が痙攣する。途端、弾かれたように〝女性〟が雪乃の方を振り返ったが、直後に〝女性〟の体はガソリンを浴びせたような火焔に包まれて、人の形をした松明のように、炎が吹き上がる音を立てて炎上した。

『ぎゃあああああああああああああああああああああああっ‼』

怖ろしい悲鳴が、女性の口から迸った。

「────────っ‼」

蒼衣の身が反射的に竦んだ。部屋の中に満ちた腐臭が強い炎に炙られて、猛烈な髪の毛の燃える臭いが、熱を伴って室内に広がった。渦を巻く炎に巻かれ、〝女性〟は顔を覆い、頬に爪を立て、口から絶叫を上げた。見たこともないほど真っ赤に充血し、今にも飛び出すかと思うほど見開かれた眼が、炎の中から二人を見ていたが、その眼球もすぐに炎と熱に炙られて、フライパンにのせた卵のように白く変色しながら、縮み、焼け焦げていった。

『────────────……っ‼』

何の抵抗もなく、〝女性〟の悲鳴はみるみるうちに小さく細くなり、消えていった。
炎に巻かれたまま女性はなす術もなく膝をつき、服を、皮膚を焼け焦げさせながら、床に倒れ込んで、動かなくなった。

「…………‼」

あまりにおぞましくも呆気ない終わりに、雪乃は蒼白な顔で額に汗を浮かべながら、燃え続ける〝女性〟を睨みつけていた。気を抜けば炎は消える。そして〈断章〉とは心的外傷の劣化した再現なので、〈断章〉によってもたらされたこの光景は、本来ならば雪乃にとって正視できないほどの恐怖の光景だ。

「……………………‼」

雪乃の左腕から伝う血が、朽ちたような畳に落ちて、次々と染みを穿ってゆく。
それすら意に介さず、というよりも気がついていない様子で、雪乃は歯を食いしばって、燃え続ける〝女性だったもの〟を睨みつけている。

「ゆ……雪乃さん？」

「‼」

その様子に異常を感じた蒼衣が雪乃の腕に触れた途端、びくっ、と雪乃の体が震え、それと同時に〝女性〟を焼き続けていた炎が霧散した。雪乃は振り返り、怯えたような、驚いたような表情で蒼衣を見て——そして数瞬の後、きっ、と蒼衣を睨みつけ、やがて後ろめたそうに横を向いて、蒼衣から視線を外した。

「……っ」

見られたくないところを見られた。そんな表情だった。

「だ、大丈夫？」

「…………うるさい。あんまり呆気なかったから、警戒しすぎただけよ。馬鹿馬鹿しい」

雪乃は吐き捨てるように言ったが、その顔からは血の気が引き、汗の浮かんだ額を覆うように手を当て、肩で息をしていた。

雪乃が言うように、呆気なく動かなくなった〝女性〟は、炭化した手の指が短くなっているくらい焼け焦げていた。直視できない。ほんの数分前は普通の人間の姿をしていたのに、もう髪も服もなくなって、人の形をした炭と化している。完全に死んでいる。

「雪乃さん……」

蒼衣は、その惨劇の張本人である、雪乃を見た。

自ら傷つけた左腕を押さえた雪乃は、壁紙の剥がれかけた部屋の壁に肩を寄りかからせ、喘ぐように息をしていた。

「雪乃さん……ここは空気悪いから、外に行こう」

「…………」

この蒼衣の提案に、雪乃は何も言い返さず、素直に従った。蒼衣はキッチンのすぐ横にある小さな玄関に向かい、ドアを開けて、雪乃の肩を支え、外に連れ出した。

部屋の中の凄まじい異臭が、玄関からの空気に攪拌された。

蒼衣に支えられた雪乃は玄関から外に出ると、そのままドアの横の壁に寄りかかって、苦しそうな息をしながらも、ポケットから携帯を取り出した。

「私は……神狩屋さんに、連絡する」

そして雪乃は、途切れ途切れに、そう蒼衣に言う。

「あなたはまた〝アレ〟が動き出したりしないか、見張ってて」

「あ……うん、わかった」

蒼衣はそんな雪乃の様子を心配しながらも、そう言って頷いた。

だがもう一つ、蒼衣には気がかりなことがあった。確認せずにはいられずに、蒼衣は悪いと思いながらも、雪乃に訊ねた。

「……今の、悲鳴とかで、人が集まってきたりしない？」

その蒼衣の問いに、雪乃は汗の浮いた顔を、気だるげに蒼衣に向けた。

「多分、平気よ。〈悪夢〉の中の出来事は、大抵外には漏れないわ。外に気づかれること、そのこと自体に、意味がなければだけど……」

「そうなんだ……」

数少ない〈泡禍〉との遭遇経験でも感じた、世界が閉じたような感覚は、比喩でも錯覚でもなく、ある意味正しかったらしい。雪乃は蒼衣への説明を終えると、ひどく重たげに携帯を胸の高さまで持ち上げ、もたつきながら操作していた。携帯の操作すら億劫《おっくう》な様子だった。

「つらそうなら、僕が連絡しようか？」

思わず言ったが、一蹴された。

「あなたじゃ何を手配すればいいか分かんないでしょ」

「……そうだよね」

蒼衣は仕方なく最初言われた通りに、異臭の立ち込める部屋の中に戻り、焼死体の転がる台所の見張りに立った。

ゴミやガラクタ、ぐしゃぐしゃになった服などが散乱する、暗い部屋。

燃やされ、窓が割られ、玄関が開けられた部屋の異臭はかなり弱まってはいたが、それでも口を押さえていなければ、吐き気を催すほど強かった。

体を丸めるようにして板の間に転がっている焼死体と、そんな部屋で蒼衣は同席する。つい先ほどまで生きて動いて声を出していた、今は焦げた異臭を放つ、真っ黒なマネキン。それと同じ部屋で落ち着かずにいる。開きっぱなしの玄関からは、電話をしている雪乃の疲弊した力弱い声が、夕闇によってモノクロ色になった部屋の中に、微かに届いてくる。

音は、それだけだ。

光も、とてもではないが部屋の中には届かない夕刻の残り日だけ。

そんな部屋の中で、焼死体を凝視し続けるのも気味が悪いので、蒼衣は部屋の中に目を向ける。一体何があったのか、台所周りの板の間には古い大量の血がこびりついていて、洗い物が山のようになった流し台からは激しい腐臭がして、見ればその脇の冷蔵庫も、なすりつけたかのように血で汚れている。

「………」

死体から視線を外しても、不気味さはいや増すばかりだった。

しかしこの惨状は何だ？　今はできるだけ考えないようにしたかったが、連想は蒼衣の頭の中で、次々と働いていた。

前提としてこの〈泡禍〉は『ヘンゼルとグレーテル』だ。だとしたらこの焼死体は、森の中に住んでいた〝魔女〟の配役以外にはあり得ない気がする。

パン焼きかまどで焼き殺された〝魔女〟。台所で焼き殺された〝女性〟。ここは童話の絵本のイメージとは違って生活感があり過ぎるが、おそらく〝魔女〟の台所だろう。生活感。ふと思う。『ヘンゼルとグレーテル』の魔女は、グレーテルによって焼き殺されて、その悪行に終止符を打たれるまで、自らの台所で何をしていたのだろう？

「…………」

あの童話の〝人喰いの魔女〟は、どんな暮らしをしていたのだろう？

そんなことを考えて、蒼衣は台所を見回した。荒れて汚れた台所には、薄汚れた冷蔵庫の上に、薄汚れたオーブンレンジがあって、それがふと蒼衣の目に入った。

闇の中に鎮座する、どこかから拾ってきたような、汚いオーブンレンジ。

その扉はぴったりと閉ざされ、正面に嵌め込まれた耐熱ガラスは汚れと埃と暗闇に覆われていて、中の様子は分からなかった。

そのレンジが、ひどく気になった。

嫌な悪寒が、ゆっくりと蒼衣の背筋を這い上がって、広がっていった。

できるだけ考えないようにしていたが、この台所では、どう見ても床中に血が流されるような出来事が、何かあったはずだ。そしてレンジが置いてある冷蔵庫と、その真下の床には、明らかにそこに集中して、真新しい血が飛び散っているように見えたのだ。

「…………」

レンジの、扉にも。

錆臭く新しい血の臭いと、胃の腑がひっくり返るような腐敗した血の臭いが混じって、胸が悪くなるような空気が広がっている、この荒れ果てた台所。

ここで何があった？

ここに何あるんだ？

蒼衣は思い、汚れたレンジを見つめる。そしてゆっくりと足を進め、その前へと、近づいていった。

「…………」

触れられるほど近づいても、ガラスから中は見えなかった。

中を見なければいけないと思った。気になるのだ。確認しないといけない。全てを知らなければ、蒼衣の〈断章〉は働かないのだ。

蒼衣の〈断章〉は他人の〈悪夢〉を理解した時、それを共有できる。そしてその上で蒼衣が相手を拒否すると、その〈悪夢〉は維持できなくなって、全て持ち主に還って、持ち主を破滅させて消滅するのだ。

目覚めと共に夢の世界を壊す、〈目醒めのアリス〉と名づけられた蒼衣の〈断章〉。

たった一人の理解者である蒼衣が突き放してしまったために、何者にもなれずに異形と化して、溶けて崩れて死んでしまった、溝口葉耶という幼馴染に由来する〈断章〉。

理解した〈悪夢〉を、破滅させる〈悪夢〉。

あらゆる〈悪夢〉への致命的な毒。万が一の時に、蒼衣の〈断章〉が必要になることがあるかもしれなかったが、相手の〈悪夢〉を理解しなくては、この〈断章〉は動かない。

そのためにも蒼衣は、この〈悪夢〉の全てを見て、全てを聞いて、全てを知らなければならない。最初に覚悟を決めたのだ。二度と葉耶を見捨てないため、葉耶の面影がある雪乃を死なせないために、〈騎士〉になることを決めた時に、決めたのだ。

だから、見なければ済まされなかった。

どんなものがあったとしても、見なければならない。

ここで何があったのか、知らなければならない。蒼衣はごくりと口の中に溜まった唾を飲み込んで、無言でその朽ちたようなレンジに、ゆっくりと手を伸ばした。

「…………」

扉の取っ手に指先で触れ、それから指をかけて、取っ手を掴んだ。

そして静かに——取っ手を掴む手に、力を入れた。

がちゃ、
と思ったよりも重い手応えで、扉をロックしていた引っ掛かりが、外れた。そこで思わず手が止まった。止めたのではなく、緊張と怖れによって、そうと意識していないのに、扉を開けようとしていた手が止まったのだ。

「…………」

しん、と重い、夕闇と沈黙が落ちた。

外からは雪乃の電話の声が、遠く聞こえてくる。

隙間の開いたレンジの扉に手をかけて、一人、それを見つめた。

腐敗臭の満ちる部屋。背後には炭化した、女性の焼死体の気配。

「…………」

息を呑んだ。そして、覚悟を決めた。

扉にかけた手に、そっと、力を入れる。

きぃ。

開けた。

空っぽだった。

何もなかった。

胸の底から、安堵の息を吐いた。

「…………………はあー……」

あまりにも強烈だった緊張が解けて、思わず苦笑が漏れた。

どうやら、気にしすぎだったらしい。空っぽの、外側に負けず劣らず汚れ果てたレンジの中身を見て、蒼衣は安堵と落胆の入り混じった、そんな感情を胸の中から溜息と共に大きく吐き出してレンジの扉を閉めた。

その衝撃が、小さく冷蔵庫を震わせた瞬間。

ばん！　と冷蔵庫の扉が内側からの圧力に負けたように開いて、大量の血と共にだらんと一本の手がこぼれ出し、次の瞬間、人間の顔と手と足と髪の毛と内臓を無理矢理捏ね合わせて圧縮したおぞましい塊が、部屋にあったそれを遙かに上回る凄まじい腐臭と共に冷蔵庫の容量を大きく超えるほど溢れ出して――――

薄暗い部屋に狂乱と。

蒼衣の悲鳴が、響き渡った。

…………!?

……………………!!

……

4

媛沢遥火の携帯が、不意に流行曲のメロディーを奏でた。

「あ……」

雪乃と蒼衣、そして麻智を家の前で送り出し、気もそぞろに自分の部屋で過ごしていた遥火が、慌てて携帯を取り上げると、ディスプレイにはその気分の原因である、横川麻智の名前が表示されていた。

「……も、もしもし、麻智⁉」

ずっとどうなったのか気にしていた相手からの電話に、遥火は勢い込んで出た。しかし。電話の向こうの相手の声は、別れた時の興奮した様子からは、うって変わった、奇妙に沈んだ様子の声だった。

『あ……遥火……』

「麻智？　もー、どうしようかと思ってたよ」

遥火は相手の様子を少しだけ不審に思いはしたが、とにかく息を吐いて、電話の向こうの麻智に言った。

「あれからどうしたの？　ひょっとして、時槻さんに会った？」

そして、ずっと気にしていたことを訊ねた。しかし麻智は歯切れの悪い声で、その遥火の問いを否定した。

『ううん……もうそれはいいんだ。いま電話したのは、別の話』

「え？　何？」

『お願い。ちょっと深刻な……相談があるの。うちまで来て。できれば今すぐ……』

「え……？」

訝しげに遥火。

その電話の向こうの麻智の、あまりにも落差のある憔悴した声に、遥火の中に、みるみるうちに麻智への不安と心配が大きく頭をもたげた。

五章　兆しとしるべ

よたよたと歩いて通路に現れた女は、己の脳から出現した泡によって、頭部がゴム風船のように膨れ上がり、相貌が判らないほど肥大化していた。

脳は悪夢の中に溶け、眼球も他の組織も溶解し、ぶよぶよと揺れる頭を載せている傷ひとつない体は、本来は脳が発する指令の代わりに頭部を満たしている悪夢の発する意味不明の信号によって脈絡なく動いていた。

女の住居のオーブンの中では、女の産んだ赤ん坊が焼かれていた。

騎士は祈り、その女であった怪物を打ち倒した。

祈るしかなく、打ち倒すしかなかった。

私家訳版『マリシャス・テイル』第六章

1

夕闇が過ぎて夜闇が降り始めたアパートに、夜に溶け込むような色をした、黒塗りのバンが乗りつけられた。

寂れた住宅地の隙間で、ひっそりと朽ちているようなアパートの前に、霊柩車を髣髴とさせる威圧感のあるバン。その組み合わせは異様で、不気味な印象を放っていたが、アパートの周りは全くの無人で、通行人もなく、その光景を見ている者は一人としていなかった。

バンは静かにエンジンを止め、運転席と助手席のドアが開く。そして車の中から、運転をしていた魁偉な大男と、助手席に乗っていた華奢な女性が、それぞれ降り立った。

二人はどちらも喪服に身を包み、大型のバケツと、その中に突っ込まれた大振りの鉈を手にしていた。他にも複数の刃物。男女は車のドアを閉め、廃墟のような外観のアパートに視線を向けると、顔を寄せて何事か囁くように会話した後、女がそっと顔を近づけて、ほんの短く口づけを交わした。

「……修司、こっちだ」

そんな車から降りた喪服の男を、アパートから顔を出した神狩屋が呼んだ。

男は瀧修司。通称〈葬儀屋〉と呼ばれている、関東圏の〈騎士団〉にいて知らない者はいない、死体処理を請け負っている〈騎士〉だ。

手ずから切り刻んだ死体が、その血の一滴までも心臓のある場所に集まって蘇るという、世にも忌まわしい〈断章〉の〈保持者〉。喪服を着崩した百九十センチ近い長身に、寡黙に口元を引き結んだ彫りの深い顔立ち。洋画に出てくる魁偉な墓掘人のような容貌と、葬列のような異様な雰囲気を全身から発散する葬儀屋は、その険しい印象をした目を向けて、神狩屋に相対した。

「悪いね。いつも」

「役目だ」

神狩屋と葬儀屋は、そんな短い、しかし神狩屋以外の人間とではまず交わされない、言葉のやり取りを交わす。その間に助手席にいた女性がバンの後部ドアを開け、中から手にしていた以上の、いくつもの重ねられたバケツと、鋸や山刀などの刃物を、次々と下ろした。

「可南子君も、ご苦労様」

神狩屋はその娘にも声をかけて、労う。葬儀屋助手の、戸塚可南子。可南子は髪留めでまとめた髪と、長いスカートの喪服を翻してきびきびと働きながら、神狩屋へと挨拶と、微笑みを返した。

「いえ。神狩屋さんみたいな〈ロッジ〉の世話役に比べれば、気楽なものですよ」

可南子は言った。そして、

「で……今日は、どんな?」

訊ねた。何のことを訊ねているのかが質問からは省かれているが、必要はなかった。

現場に〈葬儀屋〉が呼ばれるということは、その目的はただ一つだからだ。神狩屋は可南子の問いに対して、僅かに顔をしかめながら、回答した。

「焼死体が一つ。もう一つは——酷いものだよ」

神狩屋は言う。

「単身者向けのそう大きくない冷蔵庫に、どう少なく見ても三人は入っていた。物理的に無理だ。明らかに〈異形《ディジェネレイト》〉だよ」

「……だそうよ、瀧」

「ああ」

短く答えて、葬儀屋はバケツと鉈を下げてアパートに向かう。

神狩屋が先導し、可南子が大量に重ねたバケツを手に、後へと続く。老朽化の限りを尽くした二階建てアパートの一階、目的の部屋の前へ。そこには表面の材質が風化して剝がれた木製のドアが、開け放しになっていた。

そして、その部屋の前、開け放しのドアの周りに、三人の少年少女が、それぞれの表情で大人たちを待っていた。

「………」

その中の一人、白野蒼衣は、目に濡らしたハンカチを乗せて片手で押さえ、田上颯姫に介抱されながら、アパートの壁を背に座り込んでいた。

制服が汚れるのも構わずに座り込み、顔色はほとんど蒼白。やって来た葬儀屋たちに目を向ける余裕もなかった。蒼衣はこの部屋の中で冷蔵庫の中のモノを目撃してから、そのまま気分を悪くして、外にへたり込んでいたのだ。

あの冷蔵庫の中から溢れ出した、原型を留めないほど滅茶苦茶になった肉塊。

ひしゃげた頭部。混ざり合う内臓。それは解体されていたのではなく、怖ろしい力で圧縮されて骨が粉々に砕け、皮の袋のようになった人体が破れて内臓が溢れ混ざった、まさしく悪夢のような物体だった。

それらの圧縮された死体の混合物は、すでに何日も経過していたらしく、吸い込んだ瞬間に胸腔《きょうこう》の中身が侵されるかと思うほどの凄まじい腐敗臭を放っていた。あの部屋に充満していた腐臭の正体はこれだった。部屋の臭気は、そこから漏れ出ていたものに過ぎず、気が遠くなるような衝撃に、部屋を逃げ出して、蒼衣は今に至っていた。

「……気分、良くなりましたか？　白野さん」

「う……」

横にしゃがみ込んで、心配そうに覗き込んでいる颯姫に、蒼衣は小さく呻いてハンカチをずらし、目をやった。

「あー……うん、ありがとう。少しはマシになった、と思う……」

答える蒼衣。

その横をバケツと鉈を携えた喪服の二人がずかずかと通り、家の中へと入っていった。葬儀屋が近くを通る時に、かつても感じたことがある、空気が肌に触れるような異様な、感覚が通り過ぎていった。

「………！」

たった一人の人間の気配とは思えない、例えるならば長大な葬列を、たった一人に押し固めたような気配。自らの〈断章〉と付き合い過ぎて、人間を逸脱しかかった者の気配。そんな気配と共に、葬儀屋と可南子が手にした大量のバケツと刃物が、がちゃがちゃと音を立てて通り過ぎてゆく。

彼らは〈泡禍〉と〈騎士団〉が存在するという表沙汰にできない秘密を守るため、決して人の目には触れさせられない死体を処分する、そういう役目の〈騎士〉だ。彼らは〈ロッジ〉から依頼を受けると駆けつけて、手にした鉈で死体を切り刻み、あの大量のバケツに入れて現場から運び出すのだ。

そして山中の自宅に持ち帰り、葬儀屋の〈断章〉によって蘇りゆく死体を、窯の中に入れて燃やす。全ての部位と、心臓が灰になって、もう〈断章〉によっても生き返らなくなる、完全な死の状態になるまで。

まるで、忌まわしいヘンゼルとグレーテルのように。

それが役目。そのために呼ばれた。それからもう一人、颯姫がここにいるのは、そんな葬儀屋の作業が終わるまでの間、誰もここに寄せ付けないようにするために、雪乃によって呼ばれた要員としてだった。

颯姫の持つ〈断章〉である〈食害〉は、記憶を喰う〝蟲〟を発生させる。

それを利用して目撃者の記憶を消すのが主な役目だが、しかしこの〝蟲〟は、一定の範囲に拡散させると、その内側の土地に関する記憶を喰らい始めて、その中心に一般人が辿り着けなくなるという現象を起こす。

その〈断章〉が働いている証拠に、アパートの周囲には人通りが全くない。座り込んでいる蒼衣の視界の端々には、蜘蛛に似た、しかしひどく鮮やかな赤い色をした小さな蟲が、プランターやブロック塀などの上を、ぞろぞろと這っているのが見えている。

蒼衣は無為に、その小さな蟲が動いているのを目で追っている。

葬儀屋たちが入った部屋の中からは、何事かを相談する声が聞こえていた。どうやら死体の様子と処理について相談しているようで、低く抑えた彼らの声は、外にいる蒼衣にはほとんど聞き取れなかったが、可南子の言った「ジョン・ウェイン・ゲイシーのキッチンの方がまだマシかも知れない」という言葉は、妙に蒼衣の耳に残った。

やがて聞こえてくる、鉈が振り下ろされて肉と骨を叩き切る、重く生々しい音。

蒼衣はそんな中の様子を想像し、居《い》た堪《たま》れなくなって、その音から意識を逸らすように、視線を別の方へと向けた。

「………」

アパートの前には、二階部分の通路を支える、鉄製の支柱が立っていた。錆の浮いた鉄骨そのままの姿をした支柱には、ゴシックロリータの衣装を身に纏った雪乃が寄りかかって、左腕に巻かれた真新しい包帯に触れて、物憂げに立っていた。

真新しい包帯には、真新しい血が滲《にじ》んでいる。

顔色は、一時期ほどではないが悪い。蒼衣の方が見た目の状態は重かったが、元々雪乃は病的に肌が白いので、変化が少なく見えるのだ。

そんな雪乃は、ぼんやり見ている蒼衣の視線に気づくと、蒼衣に厳しい視線を向けた。

そして、

「やっぱりあなた、〈騎士〉には向いてないわ」

と一言の元に、蒼衣の惨状を切って捨てた。

蒼衣は、苦笑を返す。

「そうだね。知ってる」

「……懲りてなさそうね。戦えもしないのにヘラヘラ余計なことに首を突っ込んで、その体《てい》たらく。馬鹿じゃないの？」

蒼衣の答えに眉を吊り上げて、雪乃は言った。颯姫が困った表情で、「雪乃さん……」と控えめな声で抗議をする。だが雪乃はそれを黙殺して、蒼衣の方だけを見据えて、厳しい言葉を続ける。

「あの冷蔵庫から出てきたのが死体じゃなくて敵だったら、あなた今頃死んでるわ」

「……そうかもね」

異論はなかった。

「でも、見て知って、理解するのが僕の役目だから……それをやって初めて、僕の〈断章〉は武器になるから……雪乃さんが敵と戦うために、自分を斬りつけないといけない、それと同じだよ」

「……っ」

雪乃はその説明に対する反論は思いつかなかったらしく、短い沈黙の後、憤慨の表情のままそっぽを向いた。蒼衣も、それ以上は何も言わなかった。別に雪乃を言い負かしたかったわけではなく、ただ事実を言いたかっただけだからだ。そう、蒼衣は危険を冒してでも、知らなくてはならないのだ。

目の前で起こっている〈泡禍〉の全てを知って、理解する。

その結果、見なければならないものがどれだけ悲惨であっても、蒼衣は理解するために、全てを見る必要があった。

敵を、〈悪夢〉を、理解するのが蒼衣の役目だ。〈悪夢〉を殺すために。その役目は誰にも頼まれていなかったが、蒼衣はそれをしなければ、蒼衣の抱えている〈断章〉は、ただ近しい者を破滅させるだけの時限爆弾にしかならないのだ。

せめて敵に向けなければ、あまりにも意味がない。救いがない。

もしも敵がいない時に自分の〈断章〉が動き出してしまったら、それによって真っ先に破滅させてしまうのは雪乃であろうことを、蒼衣はすでに理解していた。

そして蒼衣に刺々しく当たる雪乃を、もしも蒼衣が嫌いになった時。

もしそうなった時、この〈断章〉は雪乃を殺してしまうだろうことを――――蒼衣はもう理解していた。

それが、蒼衣の〈悪夢〉。

同時に贖罪でもあった。かつて蒼衣は幼馴染の溝口葉耶と共有していた閉じた世界と、外の世界とのどちらかを選ぶことを迫られて、外の世界を選んだのだ。

その結果、葉耶はこの世で唯一、葉耶が葉耶でいられた、蒼衣と共有していた世界を失い破滅した。だから蒼衣はたとえ雪乃に蛇蝎《だかつ》のように嫌われることになっても――――雪乃と他の誰かを天秤《てんびん》にかけ続け、雪乃だけを選び続けなければならないのだ。

それが贖罪だった。二度と、葉耶を裏切らないために。

代償行為だ。だが蒼衣はそれを知りながら、認めるわけにはいかなかった。

蒼衣はそのつもりがなくとも、すでに雪乃を葉耶の代わりにしようとしているのだ。それは雪乃にとっては、見たこともない蒼衣の幼馴染の代わりにされて、さらに蒼衣が好意を持っているその限りにおいてのみ生かされているという、そういうことに他ならない。

雪乃も多分、それにうっすらと気づいている。

だが蒼衣はそれを言わない。蒼衣自身の心は、雪乃を少しでも日常に引き戻して、共に普通の世界を歩みたいという思いは絶対に嘘ではないが、もしもそれを蒼衣が口にすれば、それは脅しと同じになる。

そして雪乃のプライドは、決してその状態をよしとはしないだろう。蒼衣は沈黙するしかなかった。無自覚な振りをし続けて、全てを曖昧にしておくことだけが、蒼衣が雪乃のためにできる、唯一のことだった。

そうして、蒼衣と雪乃の間に、沈黙が落ちた時。

「……やあ。気分は良くなったかい？　白野君」

中で何ごとかを終えた神狩屋が、アパートから出てきて、蒼衣にそう声をかけた。

「あ……はい。何とか……」

「そう、それは良かった」

蒼衣の答えに神狩屋は微笑んでみせたが、その表情は疲れたような力弱い笑顔だった。中の惨状にやられたのか、それともあの凄まじい腐敗臭に当てられたのか、少なくとも今の神狩屋の様子は、ここにやって来た時よりも一回りは疲弊していた。

その神狩屋の後ろを、バケツを両手に提げた可南子が通り過ぎる。

血にまみれたバケツ。そこからは黒焦げになった腕か脚が突き出ていて、炭化しているのは表面だけであることがありありと分かる、おぞましいまでに生々しく赤い肉を覗かせた切断面を晒していた。

蒼衣は思わず顔をしかめ、神狩屋がそれに気づいて苦笑いする。

そんな神狩屋に、鉄骨に寄りかかったままの雪乃が不機嫌な目を向けて、口を開いた。

「……で、どう？　何か分かった？」

訊ねた雪乃の目は、神狩屋の左手に向けられていた。無造作に下げられた神狩屋の手。そこには部屋の中から探して持ち出して来たらしい、保険証などの身元確認ができそうな、いくつかの品物が握られていた。

「ああ、そうだね。どうやらここに住んでいたのは……媛沢遥火君だっけ？　あの子が小学校の頃に関わった、置き去り死事件の母親であることは間違いないみたいだね」

神狩屋は自分が持っているものに目を落としながら、そう答えた。

「少しだけど調べたよ。かなり前に出所《しゅっしょ》はしていたみたいだね。いつからここに住んでいたのかは分からないけど、ひょっとしたら媛沢君をずっと狙っていたのかもしれない。とはいってもあの焼死体が、本人とは限らないわけだけども」

言いながら、神狩屋は身につけているベストのポケットから、折りたたんだコピー紙を取り出して広げる。

「事件当時の週刊誌のコピーだよ。雪乃君が相手をしたのは、この人だったかい？」

「……」

広げられたのは、古い雑誌記事のコピー。

下世話な煽り文とともに、画質の粗い女性の顔写真。雪乃は眉を寄せた。

「…………似てる気はするけど、断言はできないわ」

雪乃は答える。蒼衣も同意見だ。神狩屋の視線に、蒼衣はその旨を込めた頷きを返す。

「うーん、そうか……」

「私が踏み込んだ時には、完全に壊れてたわ」

雪乃は腕組みし、腕の傷に触れたらしく、微かに顔をしかめた。

「……あの表情じゃ、家族でも同一人物だとは思わないかも知れないわね。真っ赤な目に、歪んだ皺。ヘンゼルとグレーテルの魔女ね。多分〈異形〉だわ」

言う雪乃。つまりあの女性は、誰かの〈泡禍〉によって変質してしまった被害者ということになる。だとすると、彼女は目的の人物ではない。神の悪夢の〈泡〉がその精神に浮かび上がり、悪夢の中心となってしまった人間――――〈潜有者〉ではない。

つまり……

「〈潜有者〉は他にいるわ」

雪乃は断言した。

蒼衣は複雑な表情で雪乃を見る。つまりそれは、あの媛沢遥火が〈潜有者〉である可能性がますます高くなったということでもあった。

かつて聞いた話によると、夏木夢見子の〈グランギニョルの索引ひき〉によって予言されるような、童話の形を取るほど大きな〈泡〉の〈潜有者〉となった人間は、まず助からないというのが定説らしい。あまりにも苛烈な悪夢に曝《さら》されて死に至るか、さもなくば精神が耐えられずに発狂し――――〈異端〉と呼ばれる無尽蔵に悪夢を垂れ流す存在になって、殺すしか事態を収拾できなくなるのだ。

あの媛沢遥火を。

当然雪乃も分かっているはずだ。その雪乃はいつもと同じような不機嫌な表情で、特にいつもと違う動揺や苦悩のようなものは見せずに、そこに立っている。

しかし雪乃は、蒼衣が微妙な表情で見ているのに気づくと、文句があるのかと言わんばかりの表情で睨みつけてきた。やっぱり気にしている。そう確信した蒼衣は、ますます微妙な表情にならざるを得なかった。

神狩屋も、同じようなことを思っているらしい。

目に困ったような色がある。だがやがて諦めたように小さく咳払いをして、それまでの話を先へと進めた。

「あー……まあ、とにかく、これで僕らの立てられる予想は振り出しに戻ってしまった、ということになるね」

神狩屋は言った。それは微妙に嘘だ。本当は遥火への疑惑が濃厚になっていたのだが、雪乃に対する神狩屋なりの気遣いなのだろう。

「魔女が……ここで死んでしまいましたね」

だから蒼衣もそこには触れず、言った。

「そうだね。あの焼死体が——まあ間違いないだろう。六年前の車内放置事件の母親であり、魔女の配役なんだろうね」

蒼衣の言葉に、神狩屋は腕組みして頷いた。

「だとすると符合は明白だね。灼熱の車中で子供を殺してしまった母親は、竈で子供を焼いている、お菓子の家の魔女だ。彼女は〈泡禍〉によって本当の魔女と化し、この部屋の台所で自らの為すべきことを繰り返したとなるわけだ。

為すべきこと。つまり——パン焼きかまどに犠牲者を押し込めること。

さすがにグリム童話の世界には電化製品はないから、犠牲者が冷蔵庫の中に入れられていたのは〝台所〟という符合の、その延長線と考えていいんじゃないかと思う。そしてとうとう命運が尽き、自らの台所で焼き殺された。この場合だと、雪乃君がグレーテルになってしまうけどね。白野君がヘンゼルだ」

「……」

雪乃を見ると、ほぼ同時に目が合った。雪乃は次の瞬間、ついと目を逸らす。

「僕たちが、ヘンゼルとグレーテルですか……」

「あり得ない話じゃないよ」

蒼衣が言うと、神狩屋は説明した。

「何しろ君は、〈グランギニョルの索引ひき〉に、この事件に関わることを予言されたんだからね。事件に組み入れられてもおかしくはない」

「ああ……そうですね」

つい忘れそうになる。〈断章〉は悪夢の欠片なのだ。有用なだけではない。

むしろ有用でない場合の方が大半なのだ。グランギニョルの予言は『出遭う』ことを予言するのではなく『巻き込まれる』ことを予言する。〈断章保持者〉の持つ〈泡禍〉への耐性のおかげで〈異形〉となることは免れるが、そのせいでつい、自分も当事者になっているのだということを忘れてしまう。

蒼衣は、心の中で自戒した。

そして、ここから思いついたことを、口にした。

「じゃあ、僕らがヘンゼルとグレーテルだとすると、媛沢さんの配役は……？」

蒼衣は顎に手をやり、呟く。最初蒼衣は、遥火をグレーテルだと思った。だがグレーテルの枠は、雪乃によって埋められてしまった。

ヘンゼルと、グレーテルと、魔女。

最も重要な配役が、すでに揃ってしまっている。

どういうことだろう？　と蒼衣は眉を寄せる。そんな蒼衣に、神狩屋は言った。

「予言された『童話』は、所詮は暗喩と象徴だからね。そんなに厳密に考えなくてもいいと思うよ」

問題を解こうとして袋小路《ふくろこうじ》に入ってしまった生徒を、諭すような口調だった。

「〈神の悪夢〉はいくらでも変幻する。予言された童話は大雑把なモチーフに過ぎない。ちゃんと登場人物と符合するとも限らないし、関係のない要素が混じるかもしれない。配役が何重にも重なることも考えられる」

「………」

学者気質で先生気質の神狩屋の言葉を聞きながら、蒼衣は考える。

ヘンゼルとグレーテルの話の、本質は何だろうか、と。雪乃には悪いが、もしも遥火が〈潜有者〉だと仮定した場合、彼女の怖れる悪夢の本質は、何だろうか。

一度リセットして考えなければいけない。

遥火の抱える怖れと、それを取り巻く状況は、一体どのように、ヘンゼルとグレーテルに繋がるのだろうか？

「………ひょっとしたら、媛沢さんも『魔女』なのかもしれない」

そして考えたとき、蒼衣は不意に、そんなことを思いついた。

神狩屋が問う。

「どうしてだい？」

「『骨』を受け取ったのは媛沢さんです。ヘンゼルとグレーテルでも、骨を差し出されるのは魔女の役柄です」

興味深そうにする神狩屋。

「ははあ、なるほど」

「あ、いえ……とは言っても可能性を思いついただけで、だからどうしたというわけじゃないんですけど」

蒼衣は俯く。

「見る限り、アパートにいた女性が『魔女』であることは確実だと思いますし。でも……気になります」

そう、何かが引っかかるのだ。

最初に遥火をグレーテルだと思った、その考え自体を、蒼衣は間違っているとは思っていなかった。しかし、やはり『骨』が気になった。小さな骨を差し出されて、魔女はまだヘンゼルが食べごろではないと思い込まされる。では遥火はあの子供の骨を差し出されて、何を思ったのだろう？

遥火はあの『骨』を、自分で供養したいと言い出した。

魔女だとすると、優しい魔女だ。それなら骨を触った優しい魔女は、子供を殺すべきではない、ではなく、死なせるべきではないと思ったのではないか？

車の中────つまり竈の中で、子供を死なせてはならない、と。

遥火はそういう思いを持っていた。その思いを、骨を手にしたことを切っ掛けに、新たにしたのではないか？

だとすると、遥火もまた『魔女』ということになるかもしれない。

グレーテルにして魔女。殺す者と殺される者。

焼き殺した方と、焼き殺された方を同じ人間の配役とすることに、何か意味があるのだろうか？　仮にそうだったとして、それは一体何を意味するのか？

「…………」

蒼衣がそんなことを考えた時、神狩屋の後ろに、不意に可南子がやって来た。

「……ごめんなさい、ちょっといい？　神狩屋さん」

両手を血と脂に染めたまま、可南子は神狩屋を呼んだ。

振り返り、神狩屋は、眼鏡の位置を直しながら訊ねる。

「どうかしたのかい？」

「瀧がちょっと、気になることを。あの焼死体の女性ですけど、雪乃ちゃんの〈断章〉にやられる前に、すでに致命傷の傷を負ってる、って言ってます」

「何だって？」

訝しげに神狩屋。雪乃もそれを聞いて鉄骨から背を離し、眉を寄せた。

「……どういうこと？」

「雪乃ちゃんの〈断章〉に焼かれて炭化した皮膚の下に、腹部を刃物か何かで滅多刺しにされてる傷があるそうです。あと、瀧があの焼死体を解体した後、冷蔵庫の扉についた血痕が消え始めてます。床のものも、新しい血痕は全部。あそこにあった最近の流血は、全部あの焼死体の女性のものなんじゃないかと思うんです」

「……」

可南子の報告に、一同の眉が寄った。確かに蒼衣たちがあの女性と対面した時、あの女性は後ろを向いていた。

そして振り向くのと同時に炎に包まれたので、腹部がどうなっているか見てはいない。刺し傷だらけだったとしても、あの時は気づきようがなかった。

「……つまり、自殺してた？」

「さあ……そこまでは、何とも」

蒼衣の問いとも確認ともつかない言葉に、可南子は頬に血が飛び散った顔で首を傾げた。

「でも遺体は、凶器になりそうなものは持ってなかったですね。瀧は包丁か何かの、幅の広い刃物だと思う、って」

ふむ、と腕組みして顎に手をやり、神狩屋が訊ねる。

「周りにも、落ちてない？」

「ないですね。一応探しました。台所にも包丁は見当たらないです」

可南子の返答はぬかりがない。

「案外他殺だったりするかも知れませんね。刺したけど〈異形〉だったので殺しきれずに、その後で雪乃ちゃんに会ったのかも」

「なるほど。他に誰か、ここにいたかも知れない、と」

神狩屋は言いながら、開きっぱなしのドアの方へと目をやる。

「もしそうなら、無事だといいんですが」

そう言ったところに、神狩屋が視線を向けていた先のドアから、葬儀屋の巨躯《きょく》がぬっと姿を現した。背を縮めて玄関をくぐる様子は、ただでさえ小さいドアをさらに小さく、長身の葬儀屋をさらに大きく見せている。

「雅孝」

そして葬儀屋は、神狩屋の名前を呼んで、手にしていたものを差し出した。

葬儀屋の手からぶら下がっているそれを見た瞬間、蒼衣と雪乃の表情が、ほぼ同時に険しいものに変わった。

「…………！」

それは二人にとって、よく見覚えがあるもの。

それは、うっすらと消えかかった、真新しい血で汚れた——雪乃が普段抱えているものと同じ、市立一高のスクールバッグだった。

2

小柄な媛沢遥火の、ほとんど走っているような、息を切らせた早足。

空を覆う雲のせいで、本当の時間よりも随分と強い夜の様相の住宅地。そんな暗闇と街灯の明かりが落ちる住宅街の路地を、制服姿の遥火は、自宅から十分も離れていないマンションに辿り着こうとしていた。

そこは、横川麻智の家があるマンションだ。つい先ほど、麻智からかかってきた「相談がある」という深刻な様子の電話。遥火はその直後、すぐさま家を飛び出して、息せき切って、ここまで駆けつけて来たのだ。

雲のせいで異様に低く見える空の下に、そのマンションは聳えている。

瀟洒《しょうしゃ》な印象のレンガ色をした建物と、敷地の地面を覆う、清潔感のある白いタイル。

このマンションは十年近く前、遥火が小学生の時に建った。そして今なお、実際ほどには築年数を感じさせずに維持されている、少しも古びた感じのしない、趣味のいいデザイナーズマンションだった。

麻智の家族は新築の頃にここへ引っ越して来て、以来、遥火も幾度となく行き来している家だった。

麻智の両親はどちらも地位のある仕事をしている共働きで、帰宅は遅く、日によってはどちらも家に帰って来ないということさえある夫婦だったので、セキュリティのしっかりしているこのマンションは、長らく子供だった麻智と、それから麻智の四歳違いの弟の、安心な住居として機能していた。

物心つく前から何の変哲もない建売住宅に住んでいた遥火は、子供の頃はこのお洒落なマンションが随分と羨ましく見えたものだ。もっとも今はもう見慣れている。そんな勝手知ったるマンションの、入り口の玄関ホールに点る、煌々《こうこう》とした夜の闇の明かりの中に、遥火は早足のまま息を切らせて駆け込んだ。

遥火はマンション入り口の自動ドアの前にあるインターホンの前に立って、麻智の住む部屋の番号を押した。鍵を持っていない来客は、中の操作で自動ドアを開けてもらわないと、マンションの建物の中には入れないからだ。

押した部屋番号がパネルに赤く表示され、呼び出しが始まる。無機質な明かりの中、息の上がった自分の呼吸と、淡々としたインターホンの呼び出し音が、ホールの中に響く。

ここでインターホン越しに名乗り、中から入り口を開けてもらわなければならない。だがしかし、いつもはそのはずなのに、呼び出し音が途切れてインターホンを取った音がした途端、遥火がまだ名乗らないうちに、入り口の自動ドアが、いきなり許可の電子音と共に、機械音を立てて開いた。

「えっ……？」

開いた自動ドアを見て、遥火は絶句する。

いつもならば麻智の声が応対して、遥火が名乗る、友達の家を訪ねる時の、ごく当たり前のやり取りがあるのだ。

だがその挨拶を抜きに、無言で開けられた、正面入り口。

白っぽい、人工の明かりに照らされたエントランスホールと、その奥に続いている通路を覗かせて、ぽっかりと開いたマンションの入り口。

「……ま、麻智……？」

『…………………………』

思わず友人の名前を呼んだが、インターホンから答えはなかった。

そしてそれを待つ余裕もなかった。開いた自動ドアはほどなくして閉まり始め、遥火は慌てて閉まりかけた自動ドアに、駆け足で飛び込んだ。

ごとん、

と小さな音を立てて、飛び込んだ背後で、ドアが閉まった。

自動ドアなので、中から近づけばまた開くのだが、そんなことは分かっているのに、『閉じ込められた』という嫌な印象が、遥火の胸の中に薄暗く広がった。

何かが違っていた。

何かがおかしかった。

そんな不安感が黒い真綿のように思考を締め付けたが、遥火はその自分の中の不安を、麻智への心配であると解釈した。麻智は深刻な相談があると言って電話をしてきた。それを無視することなど、責任感の強い遥火にはできることではなかった。

選択肢は、初めから一つしかあり得なかった。

「……っ」

遥火はうっすらとした異常を感じつつも、意を決して、奥へと足を進め始めた。

遥火は雪乃から、「何か異常があったら連絡するように」と言い含められていた。だが遥火は、いま感じているこの異常を、それが必要な種類の異常であるとは、今のところ認識してはいなかった。

雪乃が言う異常は、心霊現象のことだ。

麻智は、それには何の関係もない。

相談があるという友人の家を訪ねるために、無機質な明かりが点々と照らす通路を、遥火は進む。エレベーターの前に立ち、ボタンを押して、エレベーターに乗り込み、そして十階のボタンを押す。

目的の階は、十階。

最上階だ。麻智の家は、その最上階の角部屋に当たる場所にある。

エレベーターの扉が閉まり、浮遊感と共に、箱が昇り始める。小さな箱の中に沈黙と、擦るような機械音と、そして自分の呼吸の音と、人工の照明の光。

「……」

その中に、ぽつんと立つ遥火。

ひどく長く感じる十階までの短い時間を経て、エレベーターが止まり、扉が開く。

扉が開くと、一直線に伸びた通路が目に入る。その通路の正面突き当たりに見えているドアが、麻智の住む家だった。


ドアは、開いていた。


ぎょっとした。『横川』と表札の掲げられたドアは大きく開け放たれて、明かりが落とされているらしい室内が、奈落のように闇を覗かせていた。

「………………!!」

早足で駆け寄った。一直線の通路を進んで、麻智の家の前に立った。中を見ると、玄関、廊下、奥に見えるドア、その全てが闇に包まれて、廊下から差し込んでいる微かな明かりに照らされて、ぼおっ、と影の中に沈んでいた。

見知らぬスニーカーが無造作に脱ぎ捨てられた玄関の奥に、黒い靄《もや》のような闇と、音を吸い込むような静寂に満たされた住居の廊下が伸びていた。そして、廊下の奥へ向かいかけた遥火の視線は——そのとき不意に、あ、あることに気がついて、弾かれたように足元の玄関に引き戻された。

「!?」

脱ぎ捨てられていたスニーカーが、いつも麻智が履いているものだと気がついたのだ。

さっき会った時にも履いていたもの。今の今まで気づかなかったのは、白かったはずのスニーカーが染め上げたように血のようなもので汚れていて、ほぼ完全に赤黒い色に変わっていたからだった。

「え……？」

何？　どういうこと？

そんな感じの言葉を言いかけて、言葉にならなかった。

怪我をしたのだろうか？　だとしたら、この出血の量はただ事ではなかった。これまで以上に明確な不安と心配が、遥火の胸の中に、みるみるうちに影のように大きくなった。大丈夫なのだろうか？　そしてこの家の様子は、一体どういうことなんだろうか？

「…………」

遥火は、家の中にもう一度目を戻す。

影に覆われて静まり返る、麻智の家。

遥火は、その中へと、恐る恐る声をかけた。

「ま、麻智……いるの……？」

おずおずとかけたはずの声が、闇に満ちる静寂の中に、やけに大きく響いた。出した自分でもぎょっとしてしまうほど、その声は大きく聞こえ、廊下と玄関に響いて、そして家の中の闇に吸われてしまったように余韻も残さず消えていった。

しーん、

と静寂が、再び家と、聴覚を満たした。

どっ、どっ、どっ、と緊張に引き絞られた自分の心臓の音が、胸の中で聞こえていた。

返事はなく、明かりもない、家の中。だが少なくともこの中には、インターホンに出てマンションの自動ドアを開けた、何者かがいるのは確実なのだ。

無言で自動ドアを開けた、誰かが。

静まり返った暗闇。この中に。

遥火は激しい躊躇と逡巡を、頭の中で巡らせた。この中に入っていいものだろうか？　何があったの？　麻智は？　弟の亮《りょう》君は？

「……っ」

そしてそこまで考えた時、もう答えは決まっていた。

不安も逡巡も消えたわけではない。だがそれよりも強い義務感は、遥火に家の中へ入り、確認することを強いていた。強い怖れと不安と、それでもそれらをねじ伏せる強い義務感が、心の中を一杯にした。遥火の精神はその活動の限界寸前まで張り詰め、気を抜けばこの場で叫び出しそうなくらい、強い感情が心の中で荒れ狂っていた。

胸の中が、心が、荒れ狂う濁流を詰め込んだ袋のようになっていた。

進まなきゃ。麻智の無事を確かめなきゃ。遥火は汗が滲んで微かに震える手を、ずっと摑んだままでいた入口の壁から、引き離した。

何にも触れていないという、たったこれだけのことが、とてつもなく心細く感じた。暗い玄関に足を踏み入れ、血塗れのスニーカーの隣で自分の靴を脱いで、廊下の明かりのスイッチを入れたが、明かりは全く点《つ》かなかった。

明かりが点かないというその異常が、ひどく当たり前のことに感じられた。

「……おじゃまします」

こんな時でも律儀に断りを入れて、遥火は緊張に張り詰めた呼吸をしながら、フローリングの廊下の冷たさを靴下ごしに感じながら、暗い廊下を進み始めた。

玄関からは短い廊下が伸びていて、その両側に、ドアが並んでいる。

両親の部屋。トイレとバスルーム、そして正面の突き当たりに、リビングへと続いているドア。突き当たりのドアは、廊下の一番奥のひときわ濃い影の中に沈むように閉じていて、行く手を塞いでいる。

麻智の部屋があるのは、その奥だった。

リビングを経由した奥。遥火はそんなリビングのドアに向かって、暗い廊下の奥へと、足を進めた。

とっ、とっ、とっ、と靴下を履いた足音が、ひどく大きく聞こえる。一歩進むごとに、外通路から入ってくる光は弱くなり、みるみる濃くなってゆく闇に、視界が陰ってゆく。

すぐに、ドアへと辿り着く。

ドアの前に立つ。ほんの僅かに届いている外通路からの光で、銀色のドアレバーが、申し訳程度に鈍く光る。

そのドアレバーに手を伸ばしかけて、ふと躊躇して、動きを止めた。耳を澄ませた。気配を探った。ドアの向こうには、ドア越しでさえそれと分かる、冷たい暗闇の気配が、皮膚に触れる錯覚すら起こるほど、濃密に広がっていた。

「…………………………」

そして広がっている、静寂。

ドアの向こうに広がる、こそりとも音の立たない、冷たい静寂。

しかし遥火の凄まじく張り詰めた感覚は、その静寂の中にある、とある気配に気がついていた。ドアの向こうの、沈殿するような暗闇の中に、ひどく静かで微動だにしない、しかし怖ろしく生々しい気配があることに、気がついたのだった。

何かが、いる。

何かは分からない。しかし麻智ではあり得なかった。

それどころか、これほど生々しいものでありながら、感じる気配は、生きた人間の気配ではあり得なかった。ぴくりとも動く気配がない。息遣いも感じられない。しかし明らかにそこに塊として存在している、肉の気配だった。

強いて形容するなら——皮を剝がれて吊り下げられた、死肉の気配。

当然、家のリビングにそんなものがあるはずがない。しかし遥火の感覚が感じ取っている暗闇には、ドアの向こうの暗闇の中には、そうとしか形容できない気配が、歴然として存在していたのだ。

「…………！」

嫌な予感が寒気となって、背筋を、脚を、腕を、撫でる。

鳥肌が立つ。しかしそれでもなお微かに震える遥火の手は、ドアレバーに伸びて、ひどく冷たいそれを、ぐっ、と握り締めた。

ぎち、と震える手が、レバーを押し下げた。

そしてロックの外れたドアを、そっと、ゆっくりと、静かに、開けた。

かちゃ、と小さな音を立てて、ドアに小さな隙間が開いた。そこで意を決した。そのまま腕に力を入れ、心に力を入れ、ドアを一気に大きく開けた。空気が動いた。目の前に大きく、暗闇が広がった。

「！」

途端、中の空気が、ぞおっ、と廊下に流れ出した。

しかしその空気には、鼻と口に流れ込むほどの強い金属じみた臭いが、むせ返るほど強烈に混じっていた。

血の臭いだ。

鼻をつく、血の臭い。

「う…………!!」

胃の奥から吐き気がこみ上げた。

最悪の状況と予感に、頭の中が真っ白になり、ただ友達への心配に突き動かされて、他には何も考えず、部屋の中に踏み込んだ。

「……麻智!?」

踏み込んだ瞬間、血の臭いは強くなった。

しかし何も見えなかった。二十畳近い広さのあるリビングルームには、ほとんど何も見通せない、沈殿しそうなほどの、濃い暗闇が広がっていた。

見えるのは僅かな陰影ばかりで、部屋に何があるのか、何が起こっているのか、全く見えなかった。だがこの部屋はよく知っている。部屋の片面側にはカウンターとキッチンがあり、そこに接するようにダイニングテーブル。そしていま立っている入口の正面には、嵌め込みの大窓と、ベージュ色をしたカーテンがあるはずだった。

しかしそのカーテンはぴったりと閉じられて、ただでさえ暗い外の明度をさらに遮って、部屋にこれ以上ないほどの暗闇をもたらしていた。見えるのは、奥にあるカーテンの、上部の境目を透かしている、ほんの僅かな明度だけだった。

夜の空の、光とも呼べない微かな光。

それはカーテンの境目を、かろうじて見せているだけ。

部屋の奥も、隅も、何があるのか全く見えない。ただ分かるのは、カーテンの存在によって何とか判別できる、窓までの奥行きだけ。

「……」

手探りで、壁についている電灯のスイッチを探った。

すぐにプラスチックのパネルに触れ、それを押したが、カチッ、という音だけを立てて、やはり明かりは点かなかった。

そうなると、もう明かりになるものは、カーテンを開けることだけ。

そうするしかなかった。緊張に狭窄《きようさく》した思考が、ただそれだけを、強く考えた。

真っ暗の部屋に足を踏み入れ、一歩、また一歩、カーテンの方へ近づいていった。

鉄錆に似た血の臭いを呼吸し、部屋の暗闇のどこからか感じる気配を皮膚に受けながら、冷たく硬いフローリングの床を、靴下履きの足で一歩ずつ進んでいった。

とっ、

床を踏む鈍い音。足から体温を奪ってゆくかのようなフローリングの感触。

暗闇の中で触れるもののない、まるで広大な無の空間に放り出されたような、心細さ。

恐る恐る足を進めるうちに、不安と緊張が胸の中で膨張し、息が上がってきた。皮膚に冷気が触れ、産毛が逆立ち、足が、腕が、体が、徐々に強張ってゆく。

とっ、

目は、瞬きもしないで、ただ正面の暗闇の、カーテンのあるべき場所を見つめて。

ふーっ、ふーっ、と聞こえる自分の呼吸。体の芯を悪寒が這い回り、自分の表情が引き攣るようにして、強張っているのが分かる。

とっ、

とそれでも前に出る、強張った足。

カーテンに手が届くまであと少し。あと一歩。そして最後の一歩を踏み出してカーテンの布の感触を摑んだ瞬間、不意に床を踏む足音が、全く別のものに変わった。

ぴ、い、しゃ。

濡れた音。そして直後、濡れた感触が靴下に染みて、足の裏に広がった。

悪寒が足から駆け上がり、背筋を登って、ぞ、と一斉に鳥肌が立った。濡れた感触は足の裏に広がった後、そのまま靴下を浸透して、みるみるうちに生地の中を、くるぶし近くまで這い上がった。

「…………！」

床がぐっしょりと濡れていた。尋常ではないほどに。

水溜まりを踏んだ感触。猛烈な血の臭い。それらを感じたまま、遥火は全身を強張らせて動きを止め、目を暗闇の中で見開いて、呼吸すらも止めて硬直した。

ぴん、と空気が、怖ろしいまでに張り詰める。

心臓の音。

動けなかった。

泣きそうだった。

気づいてしまった。

カーテンを握って窓際に立つ自分の、そのすぐそばの暗闇。つまりすぐ傍に――――何かが立っている、ことに気がついてしまったのだ。

「…………………………………………!!」

動けなかった。声すらも出せなかった。

何かが隣に立っている。息遣いも、身動きすらも感じられない冷たい気配が、闇の中からじっと、こちらを見下ろしていた。

身動きすればその瞬間に怖ろしいことになりそうで、呼吸も瞬きもできなかった。

カーテンを開ければきっと姿が見える。しかしそれこそが何よりも怖ろしく、カーテンの生地を握り締めたまま、ただ冷たい闇の中でがちがちと震えていた。


『……………………………』


じっ、と傍に立つ、死人のように冷たい気配。

周囲の空気と胸の中が今にも破裂しそうなほど張り詰め、心臓が潰れそうなほどの緊張。

しかし、ずっとこのままでいるわけには、いかなかった。暗闇の中、血の臭いとすぐ隣の気配に晒されて、頭の中を恐怖に食い荒らされながらも、カーテンを掴んだ手には少しずつ、力が込められていった。


――――見なきゃ。


かたかたと小刻みに震えながら、必死になって腕に力を入れた。

恐怖によって固まった自分の腕。それは宙に打ち付けられたかのように硬直し、ほんの少し動かそうとするだけでも、筋肉が痛み、関節が軋むほどの力を必要とした。

本能が、カーテンを開けることを拒否していた。

見てはならないと叫んでいた。しかしそれでもなお、意思がこの部屋で何が起こっているのかを見るために、本能が必死で固定している腕に、壊れるほどの力を込め続けた。

——見なきゃ。

かたかたと、震える手。

——部屋を、見ないと。

震える手が、カーテンに、針ほどの隙間を作る。

——この部屋で何が起こっているのか、見なくては。

隙間が、絵本の背表紙ほどに広がる。

そして、

――横に立っているモノを、見なくては……！

徐々に隙間は広がり、大きく、さらに大きくこじ開けられて、最後に、しゃっ、と箍《たが》が外れたかのようにカーテンを両側に引き開けた瞬間、夜の色を映す窓ガラスの向こうから、モノクロ色の夜の明かりが差し込んできて――

すぐ横に吊り下げられた、床に血の糸を引く少年の惨殺死体と目が合った。

「きゃああ――――っ!!」

自分の口から、口腔《こうこう》を震わせて、凄まじい絶叫が迸った。

夜明かりに照らされた、モノクロの部屋は床の一部が完全に血の海になっていて、そして子供がカーテンにぶら下がっても壊れないと聞いている特別製のカーテンレールに、首と腹を深々と切られた裸の子供の死体が、ずしりと吊り下げられていた。

白目を剝いた死体が遥火を見下ろして、その深い傷口を覗かせる頸からは、足りない明度のせいで黒色に見える血が、上半身を濡らして流れ出していた。そして一文字に割かれた腹の中身は空っぽに抜き取られ、切り分けられる前の食肉のように、その中身を晒していた。

麻智の弟だった。

小学生の弟。何度も遊んだことのある見知った子供の、夜空の明かりに照らされた白い顔を見上げたまま、遥火はかき毟るように両手を顔にやって、自分の耳が壊れるほどの声で絶叫した。

全身が竦んだ。顎が、腕が、体が、引き絞られるように硬直した。硬直するほど開いた口の口腔の奥から、冷たく停止した部屋の空気を震わせるほどの、凄まじいまでの叫び声が、止まることなく溢れ出した。

だが恐怖はそれだけではなかった。

吊り下げられた死体の後ろに、何かが隠れるように立っていたのだ。

それはゆっくりと、血にまみれた死体の後ろから、覗くように顔を出した。それは真っ赤に充血した目を大きく見開き、顔面が壊れたような恐ろしい笑みを満面に浮かべ、暗闇の中でもそれと分かるほど刃を血で汚した包丁を、左手に握り締めた麻智の、顔だった。

「‼」

目が合った。

瞬間、それは死体の陰から出てきた。

笑顔を浮かべたまま無言で、何の情動も感じられない機械的な動きで、気づくとあっという間に、目の前に立っていた。

見下ろす狂的に壊れた笑顔。体温と混じった猛烈な血の臭い。

叫んだ。恐怖に叫んだ。叫んだ瞬間、それは壮絶な笑顔のまま摑みかかってきて、血脂にまみれて滅茶苦茶な方向に指が折れ曲がった右手を差し出して、遥火の襟元を摑むと、その固まった笑顔のまま手にした包丁を振り上げた。

「いやあああああああああああああああああ――――っ‼」

竦んだ体が、あまりの恐怖に、反射的に抵抗した。激しく身をよじり、襟元を摑む恐ろしい手から逃れようと、凄まじい力を出して、暴れまわった。よじった制服の襟が千切れ、捻じれた指がさらに折れる恐ろしい音がして、手が外れた。そして自由になった体は、少しでもそれから離れようと、そのまま力の限りに、麻智の胴体を突き飛ばした。

窓ガラスが、砕けた。

突き飛ばされ、床の血の海で足を滑らせた麻智の体は、思い切り窓にぶち当たり、瞬間、はめ殺しになっている窓のガラスが凄まじい音を立てて割れ、麻智の体はマンションの外へと放り出された。

「!!」

突き飛ばした反動で自らも床に倒れた遥火の前で、悲鳴と破壊音の狂騒の中、麻智の体は視界から姿を消した。ベランダがない窓。そしてマンションの最上階。十階の窓から放り出された麻智の体は、そのまま下へと落下して――――ばしん、と言う重く湿った何かが激しく叩きつけられて潰れる音が、這いつくばった遥火の耳に、遠く届いてきた。

しん、

と静寂が、戻った。

呆然と、麻智の消えた窓を、遥火は見つめた。

「…………え？」

床に座り込み、窓に開いた穴と、そこから見える夜の空を、見上げた。

自失。

絶句。

そしてその時、不意に厚く空を覆っていた雲が高空の風に流れて、ゆっくりと現れた雲の間《かん》隙《げき》から、突如として大きな月が姿を現した。

煌《こう》。

ぞっとするような冷たい光が、雲の合間から地上に降り注いだ。

空気がけぶるような白い光が夜の空から降り注ぎ、大きな窓とこの部屋とを、満月の清冽《せいれつ》な光で、瞬く間に露わに照らし上げた。

「………!!」

光が溢れた。

息が止まった。

そして、それによって照らし出され、目の前に広がった光景は、魂に焼きつくほどの、凄絶な光景だった。

そこに――――

炎が、あった。

月の光に照らされ、光を透かしたカーテンは、床から鮮血を吸い上げて、まるで紅蓮《ぐれん》の炎《ほのお》のような色と模様が、半ばほどの高さまで立ち上っていた。

火の粉が散っていた。血は火の粉のように部屋中に飛び散り、カーテンのみならず窓ガラスにも及んで、月の光に透かされて、妖幻に赤く輝いていた。

そこには竈があった。カーテンに血で描き出された炎が、部屋の一方を燃え盛る竈のように変えていた。そして竈のように口を開けた、麻智が消えていった窓には、その両側のまだ割れていない窓ガラスに――――びっしりと赤ん坊の手のひらが浮かび上がり、顔が白く浮かび上がり、べったりと張り付いて、じっ、とこちらを見ていたのだった。

「…………………………!!」

まるで身を焼く炎の中から、覗き込んでいるような無数の赤ん坊。

白い赤ん坊。死んだ無数の赤ん坊。それらはじっと見つめていた。まるで記憶の中の、もうすぐ灼熱の窯となることが決まっている自動車の窓から、無邪気に遥火を覗いていた、あの哀れな赤ん坊のように。

呆然と、遥火はその光景を見つめた。

目を見開いた遥火の前で、窓をびっしりと覆い尽くす赤ん坊が、恐ろしく無邪気な満面の笑みを、その蒼白な死んだ顔に、溶け崩れるように、一斉に浮かべた。

六章　魔女と魔女

神よ、救い給え。

この私の告白によって自らを任じて騎士となる、あなたの子羊たちを救い給え。

多くの人々を守るため、そして人々の住まう世界を守るため、愛する隣人を殺さなければならなくなった、善良で哀れな騎士たちを救い給え。復讐の炎に身を焼かれて何もかも捨てるしかなくなった、哀れで罪深き騎士たちに、救いの御手を垂れ給え。

この祈りは空虚である。

いもしない神への祈りは空虚である。

それを私は知っている。だが私は神へ祈る。

私の知ってしまった、真に神と呼べる〝それ〟へと祈ることは、この物語を書くという裏切りを働いた私にとってさえ、なお唾棄すべき、人類への冒瀆に他ならないからだ。

私家訳版『マリシャス・テイル』第十四章

1

マンションの敷地に敷き詰められた白いタイルの上に、それをキャンバスにして紅蓮の炎を描いたかのように、赤い血溜まりが広がっていた。

火の粉のように飛び散り、火焔《かえん》のように広がるそれを炎とするなら、松明となるのは一人の少女だ。赤く広がった血液の中心に横たわっている、頭の割れた、炭のように黒い一高の制服を着たその少女の死体は、蒼衣たちが探しに来た横川麻智のものと思われたが、確認できるはずの雪乃の答えは「クラスメイトの顔なんか覚えてない」というにべもないもので、彼女の身元確認はアパートで見つかった鞄の中に発見された生徒手帳の写真から、蒼衣が確認するという妙なことになっていた。

ここは横川麻智の住居がある、マンションの敷地。

タイルに叩きつけられ、異様な方向に手足を曲げた麻智の墜落死体を中心に、急いでここまでやって来た蒼衣と雪乃と颯姫、そして神狩屋が、深刻な表情で顔を突き合わせていた。

魔女の〈異形〉と化した女性を雪乃が殺害し、その現場となったアパートの中で、葬儀屋によって発見されたのは、この横川麻智のバッグだった。それが雪乃のクラスメイトであると確認された時、誰もが彼女が、冷蔵庫の中に詰め込まれた〈異形〉化した死体のうちの一体であると想像したが、それは雪乃の言葉によって否定された。

「その子、私が委員長と別れた少し後くらいに、委員長と会ってるはずよ」

つまり、死後何日かが経過していることが明らかな、あの死体群ではあり得ないのだ。

その時点では朗報だった。少なくとも目の前にある最悪の事態ではないという、その程度の朗報。しかし、それでもアパート内にいたあの〈異形〉と、それを作り出した〈泡禍〉に巻き込まれただろうことは間違いなく。雪乃が確認のために遥火に電話をかけたが、しかしそれによって分かったのは、遥火に連絡がつかないということだった。

携帯に出ない。家にもいない。

そして家に電話した時に、電話に出た遥火の母親が告げたのは、遥火がつい先刻に、麻智の家に行くと言って家を出たということだった。


「…………」


そして蒼衣たちはここにいる。タイルの上に横たわる麻智の死体と、それを囲む四人。

さらにその周囲には何人もの人が遠巻きに、あるいは何かを探すように駆け回り、遠くからはパトカーと救急車のサイレンの音が、夜の空に聞こえていた。

周囲をうろつく人間たちは、一様に不安や緊張の色を表情に滲ませていた。

だが奇妙なことに、誰も死体にも、その周囲にいる蒼衣たちにも目を向けていなかった。誰もこの場に転がっている惨状と、蒼衣たちの存在に気づいていない。正確にはこの目の前にある惨状を見つけられずに、何とか探そうとしている、そんな様子だった。

彼らには――――目の前にいる蒼衣たちが、見えていないのだ。

一部は地面に目を落とし、多くはマンションを取り巻いて見上げている彼らの足元には、赤い蜘蛛に似た不可視の〝蟲〟が無数に這い回り、彼らの体に這い上がって、その耳の中に次々と入り込んでいた。

颯姫の〈食害〉。脳に入り込み、記憶を喰う蟲の〈断章〉。

彼らは蒼衣たちを見てはいるが、知覚すると同時にその記憶を〈蟲〉に喰われて、結果として蒼衣たちのことを知覚することができないという、そんな状態でこの近辺を探し回っているのだ。

探しているのは、麻智の死体だ。

マンションや周辺の住民は、麻智が転落死する騒ぎを聞き、あるいは転落する様子を目撃していたのだろう。

もっと騒ぎになった後ならば近づくことさえできなかっただろうが、間一髪、蒼衣たちは間に合った。しかしオートロックのマンションの中には蒼衣たちは入ることができず、中ではすでに、何らかの騒ぎになっているようだった。

パトカーと救急車の音も、徐々にここへ近づいている。

どうやっても騒ぎは、このまま大きくなる一方だろう。

「えっと……」

周囲を見回しながら、颯姫が言った。

「人が増えてきたので、〈食害〉の密度を上げます。でも限界かもです。このままだとあんまり長くは保たないかもしれません……」

言って颯姫は髪をかき上げて、髪に隠れていた耳から、イヤーウィスパーを外した。

外した左の耳の中から、赤い蟲が一匹、こそりと這い出した。そしてその直後、赤い蟲は次から次へと這い出して、瞬く間に数を増やし、颯姫の左半身を覆うほどの数になって体を這い降り、タイルの上を四方八方に拡散していった。

たくさんの人間の記憶をリアルタイムに喰い続けるには、相応の数の蟲が要る。

だがそれを維持している颯姫の表情は疲弊が明らかで、みるみるうちに顔色が悪くなっているのが、傍目にも分かった。

「……大丈夫?」

「あっ、はい！。もちろん、ぜんぜん平気ですよ」

颯姫は答えたが、つい先程『限界かも』と言ったばかりだ。どれほど有用でも、〈断章〉はどこまでも本人にとっての恐怖の顕現。さすがに不安を感じる蒼衣の横で、神狩屋が状況を見ながら、困ったように、若白髪交じりの頭を掻いた。

「これは……回収は無理だね。諦めて〈名無し〉《アノニマス》の世話になるしかないかな」

神狩屋は言う。

蒼衣は訊いた。

「事件になった後でも平気なんですか？」

「というか事件になったら、もうそれしか有効な手段がないね。経験上では、こういう状況で彼女の〈断章〉を使った時は〝誤報〟ということになる場合が多いかな。目撃者はもちろん、事件の後始末をした人間も、自分が何を見たのかも、何をしたのかも、正常に認識できなくなるからね」

言って、神狩屋は小さく肩を竦めた。

「……戻ろうか」

そして一同は、神狩屋の言葉に従ってこの場を離れた。

蒼衣たちがマンションを囲んでいる野次馬たちの間を通ってその輪から離れると、徐々に赤い蟲が颯姫の元に戻り始め、背後で死体発見の叫びと悲鳴が上がった。

颯姫は耳へと戻る無数の蟲を体に這わせて引き連れているせいで、巨大な赤い布を半身にかけて引きずっているような有様になっていた。だが道で行き会う〈食害〉の〈効果〉を受けていない人たちは、雪乃の衣装に目を留めることはあっても、颯姫に目を留めるものは一人としていなかった。

そして蒼衣たちは車道に出ると、路肩に停まっていた葬儀屋のバンに次々と乗り込む。バンの中では黒い喪服の葬儀屋がたった一人、運転席に座って腕組みし、皆が戻るのを待っていた。

助手席の前には黒く無骨な外見の機材が据え付けられていて、絶えず雑音交じりの声を発していた。警察無線を傍受しているのだ。本来は死体を運搬している時に警察と出くわすのを避けるため、パトカーや検問の動向を調べるために使っているのだと、ここに来る途中に葬儀屋本人ではなく神狩屋が教えてくれた。

「待たせた。修司。警察の方はどうだい？」

助手席に乗り込むなり、神狩屋は訊ねる。

「……飛び降り。あと子供が殺されている。猟奇事件だ、と」

葬儀屋はぼそりと答えた。運転席に座っていながら、まるで人間ではないモノが座っているような黒い印象。葬儀屋はここまで蒼衣たちを運んでくれた。車は例の死体運搬のバンだったが、今は乗客は生きている蒼衣たちばかりで、アパートにあった死体は、一つも積み込まれていなかった。

それらは蒼衣たちを乗せるため、置いて来たのだ。今は死体解体の道具と、そして見張りの可南子と共に、例のアパートの部屋の中に、そのまま残されていた。

残った可南子は見張り役だったが、死体が誰かに見つからないように見張っているのではない。いや、そういう役目も兼ねてはいたが、一番の目的は、葬儀屋の〈断章〉によって蘇りゆく死体を、蘇る端から切り刻むという、外側ではなく内側の〝見張り〟なのだった。

そんな死体を、普段運んでいる車の中。

多少不気味だったが、意外にも全く血の臭いなどしない車の中で、一同の間に緊迫と溜息の中間とでもいうような、そんな空気が広がっていた。

いま見てきた有様と、そして葬儀屋が言った状況。

徒労感と、警戒感。渦中の媛沢遥火は、行方が知れなかった。

「……ふーむ、やっぱり僕らじゃもう収拾できないね。〈名無し〉に連絡しよう」

神狩屋が言った。

「こっちはそうするとして――――そっちはどうする？　媛沢君を早急に見つける必要があると思うんだけど。何か心当たりはあるかい？」

後部座席を振り返りながら、神狩屋。後部座席には残りの三人が並んで座り、蒼衣は成り行き上女の子二人に挟まれて、居心地悪く身を縮めて座っていた。

真っ先に窓際を占領した雪乃は、神狩屋の問いにも何も言わず、厳しい表情で頬杖をついて窓の外を見ていた。雪乃はここまでほとんど口をきいていない。何を考えているのかは分からないが、その横顔からは、決して前向きな感情は見て取れなかった。

蒼衣は困惑の表情を浮かべる。

「心当たりと言っても……」

「まあ、そうだろうね」

溜息混じりに頷く、神狩屋。

「じゃあ、何か『ヘンゼルとグレーテル』に関して予測は立たないかい？　かなり、色々と起こってしまったけど」

「そうですね……」

蒼衣も、ずっと考えていた。

一体どういうことなのか。ただ一つだけ、今の情報で推理できていることがあった。あのアパートで、果たして何があったのか。おそらく麻智は、どういう理由かは分からないがあのアパートに連れて行かれて、そしておそらくあの部屋で、〈異形〉の女性を包丁で刺して逃げ出したのだ。

アパートの〈異形〉は胴体を刃物で刺されていた。

マンションで見た麻智の墜落死体は、包丁を握っていた。

そして考えられる、どうして麻智が、ああなってしまったのかの想像。

「さっきのあの子、あれはまるで……」

「〝魔女〟」

『〝魔女〟ね』

口にしようとした蒼衣の言葉に被せて、雪乃がはっきり断言し、そしてそれにさらに被せるようにして、風乃の嘲笑《あざわら》うような声が囁いた。

蒼衣はぎょっとして振り返った。そこにはうっすらと背景を透かせた風乃の姿が、バンの貨物スペースから、後部座席の背もたれに腕と頭を乗せて、蒼衣の方を覗き込んで、綺麗な悪意の混じった微笑を浮かべていた。

『あの子も、魔女だったわね』

風乃は蒼衣に、囁くように言った。

『赤い目の魔女。〈泡〉に曝されて、変わってしまった〈異形〉の魔女。そしてマンションから落ちて死んでしまった、空も飛べない弱い魔女。二人目の魔女。どうして魔女が二人もいるのだと思う？　ねえ、私の可愛い〈アリス〉』

「……！」

くすくすと風乃は笑う。蒼衣は思わず表情を強張らせたが、そうしながらも、蒼衣の頭の中には、一つの符合が形になっていた。

だから、蒼衣は言った。

「違う。〝魔女〟は二人じゃない――――三人です、」

「!?」

その瞬間、車内の空気が凍りついた。

神狩屋が前の座席から、乗り出すように身を捻《ひね》った。

「……なんだって?」

「もし媛沢さんが予定通りこのマンションに来てたなら――――多分三人目の〝魔女〟は、彼女です」

皆が注視する中、蒼衣は俯いて言った。

そして、

「急いで探したほうがいいと思います……新しい犠牲者が出る前に」

「今ならまだ間に合うかも。多分彼女は――――〝家〟にいます。彼女にとっての、本当の意味での〝家〟に」

重く、苦しげに、蒼衣は言う。

誰も、その蒼衣の言葉に、疑問も抗議も加えなかった。

ただ無言の、数秒の間があって。葬儀屋が黙って、車のキーを回した。

2

……どうして、こんなことになってしまったんだろう？


席について、ただ夜明かりだけが満ちる暗い教室の中に、ぽつんと一人。

媛沢遥火は冷たい闇の中、机の上に手を置いて、小さく俯いて、たった一人座っていた。

遥火は泣いていた。熱く熱をもった両目から涙があふれて、冷たく頬を伝っていた。後から後からあふれる涙は次々と涙の雫になって、机とその上に置かれた遥火自身の手を、ぽろぽろと冷たく濡らしていた。


ごめん。

ごめんなさい。

遥火は泣きながら、心の中で、そう繰り返していた。

謝っていた。麻智に。お母さんに。お父さんに。みんなに。

殺してしまった。

麻智を、殺してしまった。

一番仲良しの友達、小学校の頃からの、多分誰よりも遥火のことを心配していた友達を、遥火は自分のこの手で、殺してしまったのだ。

死なせてしまった。マンションから、突き落として。

どうしてこうなったんだろう？　麻智から電話が来たあの時まで、少しもそんな前触れはなかったのに。麻智のマンションに辿り着いたあの時まで、こんなことになるなんて、想像もしなかった。起こったことが理解できなかった。誰でもいいから、説明して欲しかった。

部屋が血だらけで。亮君が死んでいて。

麻智が――――明らかに様子のおかしい麻智が、突然襲い掛かって来て。

そして、もはや出来事の全体像を思い出せないほどの恐怖と混乱の中で、突き飛ばした。

わけも分からず。反射的に。ただ、その結果として遥火がはっきりと理解している数少ないことは、あの二人が死んでしまっていて、その片方は遥火自身が殺したのだという、あまりにも無情で絶望的な、ただそれだけの〝事実〟だった。

遥火が、殺したのだ。

自分は殺人者だ。震えが止まらなかった。

世界が暗闇に包まれたかのような絶望感と、胸が潰れるような罪悪感。巨大な負の感情に肺と胃が押し潰され、喉の奥が裏返るような嘔吐感が何度もこみ上げて、涙を流しながら何度も何度も、息もできないほどにえずき上げた。


ごめんなさい。

ごめんなさい。


それでも遥火は、涙を流しながら必死に詫びていた。

殺してしまった麻智に。今まで育ててくれた、両親に。今までこんな自分を頼ってくれていた、皆に。そして昔――――遥火が見殺しにしてしまった、あの車の中の、赤ちゃんに。

遥火は、あの事件のショックから立ち直った日、心に決めたのだ。

二度とあの赤ちゃんのような子を、自分の目と手が届く所では出さないと、誓ったのだ。

誰からも、母親からも見捨てられて、命が絶たれるような存在を二度と出さないと。絶対に自分だけは見捨てないと。二度と見捨てないと。決して見過ごさないと。遥火はあの日、自分に課したのだ。

二度と死なせないと。

あの赤ちゃんを死なせた母親のような、あんな人間の被害者を、二度と出さないと。

それなのに、この有様は、何?

友達を殺してしまった。これじゃ、あの母親と、何も変わらないじゃない……!!

あの母親と同じだ。

私は、殺人者だ。

そんな心臓を握りつぶされるような、絶望の中。

不意に、教室の後ろの戸が——がら、と音を立てて、外から開けられた。

†

「だから……魔女とグレーテルは、同じなんだ。グレーテルが、魔女になるんだ」

こつ、こつ、と学校の廊下に響く、雪乃のブーツの足音。

白い廊下に翻る、黒いスカートと、黒いレースのリボン。そして自らの説明の声と共に、俯き気味に、後に続いて歩く蒼衣。

「僕はヘンゼルとグレーテルの話について、昔から不思議に思ってた。どうして魔女は子供なんか来ないような森の深くで、子供をおびき寄せようとしてたんだろう、って」

蒼衣の声を聞きながら、振り返りもせずに、大股に雪乃は歩を進めてゆく。

「それから魔女を殺した後の兄妹が、もし森の中で迷って家に帰れなかったら、どうなってしまっただろう、って」

「………」

無言の雪乃。それを少し遅れ気味になりながら、喋りながら、時折小走りに、追いかけてゆく蒼衣。

「いま、答えが出たよ。答えは〝同じ〟だった」

蒼衣は言う。

思考と、歩行と、やりきれない感情、それらの混在によって遅れがちになりながら、それでも蒼衣は言葉を続けるのをやめない。

「二人は同じ罪を背負った、同じ存在なんだ。魔女を殺して、そして家に帰れなかったら、グレーテルはもう、次の魔女になるしかない」

蒼衣は言う。何も答えない雪乃。

「誰も来ない、出ても行けない深い森の中で、グレーテルは延々と魔女を継いでいくんだ。帰る場所のない殺人者は、森の中で生きるために魔女になるしかない。それで次のグレーテルを待つんだ。食べる《生きる》ために。そしていずれ——殺されるまで」

「………」

黒い女王のように廊下を行く雪乃と、それに付き従う従者のような蒼衣。そして、蒼衣が語り続ける、それらの淡々とした言葉。

二人は、学校の廊下を行く。

そんな二人の足元を、たくさんの小さな赤い〝蟲〟が、音もなく次々と追い抜いて、廊下の向こうへ消えてゆく。

悪夢を狩り出す、悪夢の騎士の軍勢。人工の無機質な明かりによって、延々と照らされた廊下を、火刑の炎を魂に携えた〝魔女狩りの魔女〟が、異形の蟲の軍勢を引き連れて、続々と行軍している。

「………」

雪乃の表情は、鋭く厳しい。

その美貌に浮かぶ険しさは、目に見える世界と自分自身を、ひたすらに意識下で切り刻んでいるような、そんな殺意と自傷に満ちた、同時にひどく静かな凄絶さがある。

全ては、この先に待っているものへの、雪乃の思いだ。

自分もろともに〈悪夢〉を殺し尽くしたいと望む、火を噴くような雪乃の思い。しかしこの時ばかりは、それだけではなかった。

葬儀屋の車の中で、蒼衣は言ったのだ。

「たぶんこの〝魔女〟は、連鎖します」

と。

「グレーテルは檻《おり》の中にいるヘンゼルを助けようとして、魔女を殺しました。人食いの魔女とグレーテルは、突き詰めれば同じ殺人者です。魔女はグレーテルをパン焼きかまどで焼き殺そうとして、グレーテルは実際に魔女を焼き殺しました。殺人の罪を背負っている魔女を殺した瞬間、グレーテルは魔女と同じになるんです。

つまり連鎖します。魔女を殺したグレーテルは次の魔女なんです。それを今回のことに当て嵌めると、こんな感じになります。まず赤ん坊を放置して死なせた母親という最初の〝魔女〟に、さっきの横川麻智さんが殺されそうになって、逆に包丁で刺して殺して逃げた。横川さんは次の〝魔女〟になって、魔女になった横川さんは、媛沢さんを呼び出して殺そうとした。それで媛沢さんは――――横川さんを突き落として、殺した。だからこの予想が正しければ、媛沢さんは、今は〝魔女〟なんです」

繋がる、悪夢の連鎖。

雪乃、悪夢を刈り取るために、ここに来た。

思ってしまう部分はある。どうしてこんなことになったんだろう？　と。だがそんなことは決まっていた。いま雪乃が対峙《たいじ》しているものは、遥火が巻き込まれたものは、どんな善人にも悪人にも、あまりに無慈悲で公平な、〈神の悪夢〉だからだ。

この程度の不幸は、幾度も目にしてきた。

親、子供、親友、恋人、自分が何よりも愛するものを自分の手で殺さなければならなかった人間のことも、何度も見聞きしてきた。

雪乃は、それらを憐憫と共にあざ笑った。

愛するものなど一つもなければ、ただ憎悪の赴くままに、壊し続ければ済むのだ。

誰が死んでも自分は悲しまず、自分が死んでも誰も悲しまない人間《モノ》。己の〈断章保持者〉としての運命を知った時、雪乃は自らをそうあるべしと認識した。

復讐と憎悪のために、雪乃は全てを捨てた。周りの皆の心配も、神狩屋による日常に戻ることへの勧めも、全てはねつけた。

自らの痛みが火に変わるという〈断章〉を振るい続ける雪乃に対して、誰かが「このままでは雪乃自身を溶かしてしまうだろう」と言い出し、いつしか〈雪の女王〉と呼ばれるようになった時も、意に介さなかった。雪乃はただ復讐者として、神の悪夢の〈泡〉を壊すのだ。

もう救えない被害者を殺すのだ。

漏れ出した悪夢によって変質してしまった〈異形《すくう》〉を。

悪夢に耐え切れずに狂い、止まらぬ悪夢の泉と化してしまった〈異端〉を。

無慈悲に。公平に。

それが、どんな人間であろうとも。

「…………」

「……ねえ、雪乃さん」

無言で歩を進める雪乃に、蒼衣が話しかけてくる。

「僕は媛沢さんの〈悪夢〉を理解した。僕の準備はできた。雪乃さんがつらいなら、僕が彼女を殺すよ？」

「必要ないわ」

即答した。

「でも……」

「私は委員長のことは、少しも理解してないわ」

大股に歩きながら、雪乃は言った。

「理解できない。だから殺せる。理解してしまったあなたよりも、呵責なく」

そう、遥火は理解できない人間だった。馬鹿馬鹿しいほどの博愛主義。雪乃のような人間まで庇う、理解不能な思考回路。

クラスに嫌悪と無関心だけを築いてきた雪乃にとっての、唯一の例外。

救えないお人よし。どこまで行っても雪乃とは交わらない、全く違う世界の人間。

「殺せるわ。そのために全部私は捨ててきた」

関係ない。この事件が起きる直前、雪乃は「誰であっても殺せる」と宣言した。その言葉の履行が、いま求められていた。他ならぬ、雪乃自身によって。

「……雪乃さん……それは嘘だよ」

だが蒼衣の言葉は、ひどく哀《かな》しそうだった。

「雪乃さんは、守るものがないくらい日常を捨ててきたかも知れないけど、だから尚更《なおさら》、彼女を殺すことに呵責を感じるよ」

「……うるさい」

「僕が見ても分かるよ。媛沢さんは、自分には何もないと思おうとしてる雪乃さんにとって数少ない例外だ。だから僕ほどの呵責も感じないなんてことはあり得ない。全部捨ててきた雪乃さんの例外だから、なおさら雪乃さんは後悔する」

「うるさい、殺すわよ！」

雪乃は振り返らない。振り返って立ち止まれば、もう進めなくなる気がした。それは雪乃にとって、〈泡禍〉を狩り出すことに全てを捧げてきた自分自身と、そうしてきた過去と、そうすることで生きている現在の、全ての否定に他ならなかった。

「……ねえ、雪乃さん。僕は確かに媛沢さんに共感するところは多いけど、守るものがあるからこそ、平気で彼女を殺せるよ」

蒼衣の声が、ひどく穏やかなものになった。

「僕は雪乃さんがあんまり日常から離れて行くのを望んでない。雪乃さんの呵責が少しでも楽になるなら、新しく出会ったものなんて、いくらでも捨てられるよ」

蒼衣は言った。穏やかに、子供に言い聞かせるように。

「僕は、理解と共感をやめない。人を理解しようと思うのは、普通のことだから」

言う。

「でもそうやって得たものの全部を、僕は雪乃さんのためなら捨てられる。拒否できる」

とてつもなく深く穏やかな、蒼衣の言葉。しかし普段聞いたならば、雪乃であってもぞっとするであろうほどの、得体の知れない深淵を覗かせた、その蒼衣の言葉。

しかしこの時の雪乃は、ぴた、と立ち止まった。

そして振り返り、蒼衣の胸倉を摑んだ。

「私が、殺すわ」

蒼衣を強く睨みつけて、言った。

遥火を殺せば絶対に後悔する。それを雪乃は認める。だがきっと、誰が殺したとしても後悔するだろう。それならせめて、自分でやる。

自分の手で。蒼衣なんかに手は出させない。

その内心を、雪乃は口に出しはしなかった。だが蒼衣は胸倉を掴まれたまま、何もかもを理解しているかのように、ひどく優しく微笑みを浮かべた。

「……そっか」

それきり、異議を唱えるのをやめた。

その微笑みが、雪乃にはひどく苛立たしかった。

「なら、雪乃さんが帰れなくなって、〝魔女〟になってしまわないように――――」

蒼衣はそんな雪乃を、真っ直ぐに見て。

「僕は、家までの道しるべを落とすよ」

言って、笑った。

ヘンゼルのように。

†

その男子生徒が、がら、と教室の戸を開けた、その時。

彼は、明かりの点いていない教室の中に、人の気配を感じて、ぎょっとして戸口の前で立ち止まった。

「うわ！」

遅くまでやっている部活の練習を終えた後、忘れ物を取りに来た。それがこんな時間に、まさか真っ暗な教室に人がいるとは思わなかったので、彼は暗がりのなかにぽつんと座る人影を見た瞬間、思わず声を上げてしまった。

一瞬、幽霊か何かだと思った。

がらん、とした教室の闇の中に、滲むように、たった一人だけ席についている影。

「い、委員長？」

席の場所とシルエットから、すぐに人影が誰なのかに気がつく。だが気づくと同時に、その湿っぽい雰囲気にも気がついて、彼は明かりを点けようとスイッチに伸ばした手を、思わずそこで止めてしまった。

「………………」

湿っぽい雰囲気と、微かな、啜《すす》り泣《な》きの息遣い。

泣いている。それに気づいた彼は一瞬うろたえて、どうしようかと迷い、しばしの間を置いた後に、おずおずと声をかけた。

「ど、どうかしたのか？　委員長」

答えは、ない。

気まずい沈黙が落ちる。彼はもう、そこで会話の糸口を失う。

「…………」

困って、立ち尽くした。

困った後、せめてそっとしておこうと思い直して、彼は教室の中を見回した。目を向けたのは、教室の後ろに段をなす、生徒用のロッカーだ。取りに来た忘れ物がそこにあるのだが、明かりを点けるのは悪いことのような気がしたので、暗いままロッカーからそれを取って、そっと立ち去ろうと決めたのだ。

……すぐ出て行くから。

そんなことを、視界の端にいる遥火のシルエットに向けて、心の中で話しかけながら、何となく足音を忍ばせつつ、暗い教室に踏み込んだ。廊下から差し込む明かり。それを背中に受けながら、自分の体が作る大きな影の中を、できるだけ遥火の方を見ないようにして、ロッカーへと近づいていった。教室には微かな啜り泣きの声だけが、漏れるように聞こえていた。それ以外の音はこそりとも存在せず、それだけで気分が沈みこむような静寂が広がって、そして色彩が失われるほどの薄闇に覆われた教室の奥に、彼はそーっと歩み入っていった。

その時だ。

不意に、

ぞっ、

と体に、得体の知れない鳥肌が立った。

「……!?」

廊下から少しだけ差し込む光から外れて、教室の暗闇の中に踏み込んだ瞬間、急に周りの温度が下がったような気がしたのだ。

空気が冷たい。異様な感覚に、一瞬だけ足が止まる。

だが彼はその感覚を奇妙に感じはしたが、忘れ物を置いたまま引き返すほどの理由には思わなかった。そのまま黙って教室の奥に進んで行き、自分のロッカーの前に、それとなく周囲を気にしつつ、立った。

出席番号が書かれた、扉付きの鉄製のロッカーの前。

並んでいる正方形の扉。灰色に塗られているが、それが暗がりの中では、かえって普段より白く見えている。扉一つ一つに、空気穴のような隙間が何本か、細く、黒々と空いている。そんな扉が縦横に重なって、ふと頭の端に、納骨堂が浮かぶ。

背後から聞こえる啜り泣きが、その連想を、より後押しした。

肌に感じた気がしていた寒気が、だんだんと心の中にまで染み込んでくるように感じた。

毎日見ている何の変哲もないロッカーに、妙に嫌な雰囲気を感じた。その前に立って、そして扉を開けようと手を伸ばした頃には、周囲に満ちる嫌な空気は、すでに無視できないほど重たいものになっていた。


「…………………………」


ロッカーを見つめたまま、ほんの数秒、足が竦んだように立ち尽くした。

嫌な予感がした。心が危険を嗅ぎ取った。冷たく、暗く、重い空気。そしてその空気は肺と心臓を侵すように心の中に染み込んで、心臓の鼓動が速まり、ひんやりとした悪寒が背筋を撫でるように這い上がっていった。

手を伸ばした扉の、スリットから見えるロッカーの中の暗闇が、ひどく厭だ。

中に何かがいるかのような錯覚がする。ロッカーの扉を開けるただそれだけのことを、心と体が、躊躇する。

開けたくない。

心の奥底がそう叫んでいたが、しかし理性はそれを押し込めた。馬鹿馬鹿しい。いつも開けている自分のロッカーだ。忘れ物があるのだ。開けない理由などない。

さっさと忘れ物を取って、さっさと帰れ。もう遅い時間だ。

そう思う。そう思うのに、どうしても心の奥底が、自分を引き留める。

「………………」

ごく、と喉の奥が、空気を呑み込んで、鳴った。

理性が、悲鳴を上げる本能に逆らって、ようやく自分のロッカーの扉に手を伸ばした。

いや、それが本当に自分の理性なのか、それとも理性の代わりに何かが闇の中から命じているのか、それすら自分で判断できなかった。ただ本能が悲鳴を上げ、思考がロッカーを開けようとし、心が開けるなと叫んで、身体がロッカーへと手を伸ばしている。

引き裂かれそうな矛盾が、心の中の、表層よりもさらに深い部分で荒れ狂っていた。

だが深層意識は心の底に幽閉されているかのように、現実に対しては無力で、ロッカーに伸ばされてゆく手を止めることはできなかった。

駄目だ！　駄目だ！

心の奥底が叫ぶ。目は見開かれ、汗が吹き出てくる。だがその間にも、自分の手はロッカーへ近づいていって、鍵を開けて、そのまま取っ手に手をかける。

背後に聞こえる啜り泣き。

手に、力が入る。

がこん、

という手応えと音がして、扉がロッカーから、指一本ぶん浮き上がった。

それと同時に、背後から小さな声がした。

「…………駄目……」

「えっ？」

振り返った。その声が聞こえた瞬間、自分の心を縛っていた呪縛が解けたかのように、思わず声のした後ろを、遥火の方を振り返った。

だが振り返ろうとしたその瞬間、
びくん！

と体が震え、そのまま石のように硬直した。

腕が掴まれた。

ロッカーの扉に手をかけたまま振り返った、その視野から外れたところで、今まさに扉に指をかけたままの手が、手首が、体温のない冷たい手によって掴まれたのだ。

「…………………………」

時間が、凍った。

ひた、と手首を握る、氷のように冷たい〝手〟。

どっ、どっ、どっ、と自分の心臓の鼓動だけが、ひどく胸の中で鳴った。

そして。

錆びた扉のような。

ぎしりと軋んだ動きで。

後ろを振り返った、その先には――

自分が開きかけたロッカーの中から、

ぬうっと差し出された赤ん坊の手が手首を掴み、

その周りの全てのロッカーのスリットから無数の白い〝赤ん坊〟の顔が覗いて、

その黒目ばかりの目で一斉にぎょろりとこちらを見て――

そして次の瞬間、外から差し込んできた月の光によって、突如として教室と一面の窓が明るく照らし上げられた。そして照らされた窓の外に、びっしりと張り付いている〝赤ん坊〟の貌と手と体が、溶け合わさった肉のオブジェのように一面の窓ガラスを覆い尽くしている様子が浮かび上がって――

「――逃げて」

その窓を背景に、いつの間にか振り返っていた遥火が。

泣きはらして真っ赤になった目を見開いて、こちらを見つめ、ぽつりと一言、小さく、そう呟くように言った。

3

直後。

「────〈私の痛みよ、世界を焼け〉っ!!」


叫ぶ〈断章詩〉。

皮を貫き、肉と血管を裂く、カッターナイフの鋭い切っ先。

ぶづり、という手応えと共に、指の先まで痺《しび》れるような痛みが腕から頭まで奔《はし》った瞬間、痛みと恐怖で真っ白になった頭の中で、〈悪夢〉が弾けた。

筋まで届くほど深く切り割られた左腕の痛みが、雪乃の意思の中で強烈な指向性を与えられて、疾《はし》る。痛みは敵意となり、レンズで集められた太陽光のように、雪乃の睨みつける先で焦点を結んで、瞬間、爆発的な炎に変わって、発火炎上した。

轟《ごう》!!

と凄まじい炎の音を立てて熱風が吹き上がり、ロッカーが爆炎を上げた。

男子生徒が恐怖の叫びを上げて床に倒れ、そしてロッカーの中から突き出され、彼の手首を摑んでいた〝赤ん坊〟の腕が、炎に投げ込まれた藁《わら》のように燃え上がり、瞬く間に炎の中の黒い影となって、崩れるように輪郭を失った。

ぎゃっ!!

と猫のような叫び声。燃え上がった〝赤ん坊〟の腕を伝わって火焔がロッカーの中まで延焼し、その直後にロッカーの扉が開いて、中から火達磨になった異形の〝赤ん坊〟が転げ出た。それは炎を吹き上げ、粘りつくように燃え続ける炎に全身を食い尽くされて、火の粉を巻き上げて床の上を転げ回りながら、赤子特有の甲高い悲鳴を完全に炭になるまで、いや、炭化し動かなくなってもなお、延々と上げ続けた。

暗い部屋の床が、壁が、天井が、吹き上がる炎の色で舐めるように照らされる。その光景を前に、教室の入口に死神のように立った雪乃は、鋭い視線を走らせると、そのまま傷が血を流す左手を前に差し出し、その拳を強く握り締めた。

「……っ！」

華奢な腕に力が込められた途端、収縮する筋肉が傷口を歪ませ、さらなる痛みを発し、塞がりかけていた別の傷口がぶちぶちと縫い目を引き千切るように開く。全身が痛みに震え、漏れそうになる悲鳴を奥歯と共に噛み殺して、雪乃はただ痛みと殺意を練り合わせ、炎へと変えるために焦点を与え続ける。

そして、

「〈焼け〉っ‼」

神経が焼けるほどの痛みを燃料のように注《そそ》ぎ込まれて、〈断章〉は瞬時に、別のロッカーの中に猛火を生み出した。そして順々に、三十あまりのロッカーの、その扉に開いたスリットから、焼却炉のような激しい炎が噴き出し、凄まじい数の〝赤ん坊〟の断末魔の悲鳴が、猛烈な炎の音と共にロッカーを震わせながら教室の中に響き渡った。

やがて視界の中にあるロッカーはひとつ残らず燃え盛る高熱の竈と化し、その中に蠢いていた全ての〝赤ん坊〟が、残らず焼き殺された。絶叫と共に腐肉を焼く猛烈な悪臭がロッカーから吐き出され、教室の温度がみるみるうちに、ボイラー室のように上昇した。

「………………………っ‼」

血の気の引いた顔で脂汗を浮かべ、ぶるぶると震える左腕を握り締める雪乃。

左腕から雨漏りのように滴り落ちる血。その赤い雫は床に落ちた瞬間、まるで溶けた鉄のように煙を上げ、タイルに次々と焦げ痕を穿った。

雪乃はその左腕を、体を弓のようにしならせて、指揮者のように大きく振り上げた。そしてゆっくりと振り上げたその腕を、次の瞬間、びっしりと赤ん坊が張り付く窓へと向けて、大きく袈裟懸《けさが》けに振り下ろした。

「〈焼け〉‼」

激痛と共に振るわれた左腕に絡みついた血が、無数の飛沫《ひまつ》になって窓ガラスに飛び散った。瞬間、まるで血の中に封入された火薬がガラスを透過したように、窓の向こうにへばりついている〝赤ん坊〟のおぞましい塊を、ただの一度に炎上させた。


ォギャアアアアアアアアアアアアアアアッ‼


窓が赤く染まった。そして窓が輝き、炎の色が教室中を照らし出したその直後、窓ガラスが割れるかと思うほどの凄まじい断末魔の不協和音を上げて、窓の〝赤ん坊〟たちはみるみるうちに燃え広がる炎に巻かれていった。

肉でできた壁は広げたビニールを燃やしたように燃え溶け千切れて、脂じみた蠟人形のように滴って、窓の下へとぼたぼたと焼け落ちていった。

瞬く間に、この教室を覆い尽くそうとしていた異形の〝赤ん坊〟が一掃された。

悪夢の〈効果〉に耐性を持たない〈異形〉ならば、瞬きする間に焼き尽くせる。雪乃の〈断章〉である〈雪の女王〉がもたらす、破壊の真価がこれだった。

炎の赤に照らされ、そして吹き上がる熱風と火の粉の中に、黒いレースを縫い取ったスカートとリボンが揺れる。その光景は壮絶なまでに苛烈で美しかったが、当の雪乃自身は、苦痛と蘇る恐怖によって呼吸が乱れ、心臓は今にも止まってしまいそうなほど苦しく、胃を圧迫するほどに、激しく脈打っていた。

「……はあっ、……はあっ」

蒼白な顔で、肩で息をする雪乃。

その背後に、不意に影のような、雪乃を少女趣味に作り変えたような少女の姿が、音もなく影もなく、闇に溶け込むようにして、ふわりと立った。

『……うふふふふ。さあグレーテル、魔女の家に火をつけましょう？』

楽しげに、歌うように、風乃の亡霊は言った。

『ビスケットの屋根を焼き尽くし、チョコレートの窓を溶かしましょう？　家を焼いてしまえば、あとは魔女だけ。魔女は昔から焼くものよ。魔女ってお菓子だったのね』

くすくすと笑いながら、雪乃だけに聞こえる声で風乃は囁く。それを黙殺しながら、雪乃は教室の中を、傲然とした表情で見下ろした。

「…………」

床にはへたり込んだ男子生徒が、呆然と言葉すら失くして、雪乃を見上げていた。

その足元には、すでに赤い〝蟲〟が及んでいる。雪乃はそのクラスメイトであろう、名前も覚えていない男子生徒から、完全に興味も視線も外して、ここにいるもう一人へと、その凄絶な貌を向けた。

席につく、一人の少女へと。

小柄で童顔の、しかしそれに反比例する責任感と義務感を持った、このクラスというパンの家の主である、委員長という名の〝母親〟にして〝魔女〟を。

クラスというものを一つの家であるとすれば、それは教室のことではなく、クラスを構成する生徒全員のことだ。クラスは人で構成される形のない家。それを言い換えれば人を象徴する物品である――すなわち〝パン〟の家と、言い換えられる。

「…………」

無言で俯く、今や〝魔女〟となったパンの家の主。

泣きはらして真っ赤な目。目が悪くなるほど泣いても、グレーテルはもう人殺しだ。せめて帰る場所があれば、魔女になどなることはなかっただろう。しかし遥火というグレーテルは、どんな形であれ人を殺した自分を、白い欺瞞で塗り固めて、何食わぬ顔で我が家に帰ることができるほど責任感の軽い人間ではなかった。

「……帰る家のない殺人者は魔女として生きるしかない。これは、そういう悪夢なんだ」

雪乃の後ろに立った蒼衣が、哀しそうに言った。

「子供を虐待する親は、自分も子供の頃に虐待されていたってことが、実は多いらしいよ。魔女に育てられた子供は、魔女を殺して自由になった後、結局自分が魔女になってしまう。過去に経験してしまった罪は延々と連鎖して、そして今それを引き継いだ媛沢さんの倫理は、その連鎖した罪に罰を求めてしまった」

そして静かに、蒼衣は遥火に告げる。

「哀しいことだけど――――媛沢さん。〝魔女〟になった君を、ヘンゼルとグレーテルが殺しに来たよ」

「…………………」

その視線の先にいる遥火は、椅子に座って、ただじっと俯いていた。ロッカーの中の私物に火が燃え移り、漏れる赤い光がちらつく中で、姿勢良く座った遥火は俯いて、そして、垣間見える口元で、ぽつりと呟いた。

「…………良かった。これを、止めてくれるんだね」

「！」

その憔悴した声を聞いた瞬間、ぐっ、と雪乃の中に動揺がこみ上げた。

遥火がまだ正気であるように思えたのだ。正気なら助けられる。悪夢の〈泡〉の内容物が尽きるまで悪夢だけを焼き続ければ、理屈の上では、いつかは彼女を助けられる。

助けられる者を助けるのは、〈騎士〉の役目だ。

だが……

「止めてくれるんだね。誰かを殺してしまうのが怖くて、殺してしまったのが苦しくて、それなのに楽しくて仕方がないこの気持ちを、止めてくれるんだね……？」

雪乃の奥歯が嚙み締められて、がり、と音を立てるほど軋んだ。

膝の上で握り締められた遥火の手は、ぶるぶると震えていた。悪夢による狂気の萌芽《ほうが》。壊れた自我が悪夢を汲み出す、最悪の害悪、〈異端〉の芽吹き。遥火自身が、まさにそれを感じている。恐れ、怯え、そして——悦《よろこ》んでいる。

もう、戻れない。

このまま遥火は、災厄を生み出してはそれに正気を侵され、その狂気がさらなる災厄を生み出す、悲劇と破滅の輪転と化すだろう。

もう、救えない。

救えないのだ。唯一つの、方法を除いて。

「────そうよ」

雪乃は、新たな、そして最後の魔女へと、言った。

「そう、あなたを終わらせに来たの。私は────」

『魔女殺し《グレーテル》』

雪乃の搾り出すような声に、風乃の踊るような声が被せられた。

「私は、あなたを殺すわ」

『だから蒼衣《ヘンゼル》は、そこで大人しくしていなさい？』

世にも楽しそうに風乃が笑った。

『煮炊きするのも、魔女を焚くのもグレーテルの仕事。大人しく檻の中にいれば、美味しく焼けた魔女のおすそ分け《ごちそう》があるかもしれないわよ？』

「……」

その言葉に、蒼衣は哀しみとも嫌悪ともつかない複雑な表情をして、その目を伏せた。

遥火を見つめたまま、厳しく眉を寄せる雪乃と、愛おしげに目を細める風乃。

魔法の鏡に映したような、さかしまの二人。

遥火が言った。

「……うん、お願い。殺して」

強く、俯いたままで。

「私を殺して。苦しめて殺して。麻智や、お父さんやお母さんや、みんなの分まで。それから死んだ赤ちゃんの分まで、私を苦しめて殺して」

言った。

「これから殺してしまうかもしれない、たくさんの人の代わりに、私を殺して」

そして、ぎゅっ、と強く膝の上の手を握り締めると、叫んだ。

「だから…………だから、もう赤ちゃんを殺さないで……っ！」

血を吐くような叫び。ぼろぼろと涙を流す、その小さな姿を照らすのは、赤ん坊を焼き払った、その赤い残り火のゆらめく光。

地獄の竈の、残り火の光。

そのロッカーから漏れ出す炎の色を背に、喪服のごとき黒のドレスに身を包んだ雪乃は、口を開いた。

「……駄目。それじゃあ、罰にならないわ」

雪乃の声は、氷のように温度が低かった。

「あなたに償いなんかさせない。悔いることも許さない。痛みも苦しみも与えない。苦しみの中で後悔する暇もなく。私はあなたを殺すわ」

『優しい子ね。でも素直じゃない子』

くすくすと風乃が笑った。

『でも雪乃の火じゃ、刹那には殺せないわ』

風乃は楽しそうに、言う。

『私はその方が、好みなのだけど？』

「……」

肩越しに振り返った雪乃に凄まじい目で睨まれて、風乃は何故か嬉しそうに肩を竦めた。そして背景の火の粉が透ける黒い姿で、その両腕を、大きく広げた。

「委員長。私はあなたが、心の底から嫌いだったわ」

雪乃は言った。

その言葉を浴びせられた遥火は、ふと顔を上げ、ぽつりと言った。

「……やっぱり、時槻さんは優しかったね」

そして泣きはらした顔で、微笑んだ。

その瞬間、風乃が高らかに、歌うように――

『さあ――〈愚かで愛しい私の妹、あなたの身と心とその苦痛を、全て私に差し出してくれる？〉』

風乃の〈断章詩〉を、囁いた。

「〈あ、げ、る、わ〉!!」

それに応えた雪乃の声は、叫ぶようで――

刹那、陽光と見紛《みまが》うばかりの恐るべき炎の色が、開け放たれた教室の入口から溢れ出した。

そして影という影を駆逐する強い光でありながら、同時に形容しがたい禍々しさをも含んだその光は、しばし灼《や》くように夜闇の中の校舎を照らすと、風のように、雪のように、その残滓さえ残さず、幻のように消えた。

終章　竈の中のグレーテル

帰る家のない人殺しのグレーテルは、森の中で人食いの魔女を継ぐしかなかった。

最初の魔女であるあの母親は、子供を放置して死なせたことで、犯罪者となって帰る場所を失った。

三番目の魔女である媛沢遥火は、横川麻智を殺した時、その強い責任感と倫理感ゆえに、自ら帰る場所を失った。

二番目の魔女である横川麻智が、どうして帰る場所を失ったのかは定かではない。ただ彼女は両親がいつもいない自分の家を、自らの帰るべき家なのだとは、初めから思っていなかったのかもしれない。

全ては遥火のトラウマから始まった、連鎖する母性と死の悪夢。

最初の魔女さえも、遥火の心に浮かび上がった〈悪夢〉の配役として、巻き込まれたに過ぎない。

全ては、遥火が〝魔女〟を殺し、〝魔女〟に至るための道行き。遥火《グレーテル》は、かつて助けられなかった死せる赤子《ヘンゼル》に導かれて、帰るべきではない忌まわしい家へと至り、そして、新たなグレーテルによって竈の中へと投げ込まれたのだ。

「……道しるべのパンが人間を象徴するなら、小さなパンの欠片は赤ん坊であるとも言えるかも知れないね」

帰りの車の中で、事件の顚末《てんまつ》を聞いた神狩屋は言った。

「そして鳥に食べられた――――つまり死んだ赤ん坊は、グレーテルを迷わせてお菓子の家へ導いた。魔女を殺させるために」

そしてしばらくの沈黙の後、神狩屋は不意に、蒼衣にこんなことを言った。

「白野君、どうして魔女は火炙りなのか、知っているかい？」

と。

「聖書にね、ネブカドネザルという名前の王様が出てくるんだ。彼は黄金の像を立て、みんなに礼拝するようにと命令したのだけど、これを拒否した三人の若者がいて、彼らは炉の炎の中に投げ込まれたんだ。しかしこの若者たちの行いは神の御心に適《かな》うものだったので、三人は神様の加護を受けて何の害もなく出て来た。神の御心に適った者だけが、火に耐えることができるんだ。だから悪魔と契約した罪で告発された魔女は、常に炎で焼かれる。悪魔の助力を得た魔女がどんなものに耐えられたとしても、炎にだけは耐えられない。

魔女裁判全盛の頃、たくさんの人間が魔女として告発されたのだけど、この告発された罪状の中には、かなりの確率で『食人』の罪が入っていた。つまり人間の血を飲み肉を食べるという行為は、当時、魔女が行うと考えられていた悪行の中でもポピュラーなものだったんだ。だからヘンゼルとグレーテルに出て来た魔女は、魔法は使えず、お金を持っていて、しかし食人の罪を犯すと子供によって証言されたというかなりリアルなものだった。しかし知っていたかい？　母親から赤ん坊に与えられる母乳は、母親の血液が乳腺で濾過《ろか》されたものなんだ。

つまり我々は、全員赤ん坊の頃から魔女だと言えるんだよ。そして魔女は、使い魔に乳のように自らの血を与えると言われていた。我々は皆、魔女か使い魔だ。我々は誰も、きっと神の御心に適って、火に耐えられる者はいないのだろうね……」

その神狩屋の言葉は蒼衣への説明というよりも、自嘲そのものだった。

そして神狩屋はそう言った後、あちこちに連絡を取って、後処理に奔走した。

連絡先には〈名無し〉も含まれていた。横川麻智とその弟、そして媛沢遥火の三人は〈名無し〉の〈断章〉によって早急に処理されることになった。

早晩、蒼衣たちは彼女の名前さえも思い出せなくなる。

それを決めたのは神狩屋だ。世話役として。〈騎士〉を率いる者の一人として。

悪夢を狩る者たちの、代表として。

現代の、魔女狩りの大公の、一人として。

†

三番目の魔女、媛沢遥火を殺した時槻雪乃は、血の滲む大量のガーゼを腕に押し付けながら血の気の失せた顔で、蒼衣たちと共に『神狩屋』の玄関をくぐった。

「…………」

重い無言。そして、引きずるような重い足取り。雪乃は、玄関先の車からここまでの間の短い道のりですら、途中で力尽きて戸口に肩から寄りかかって休まなければならないほど、ひどく消耗していた。

「雪乃さん……」

「……………うるさい」

それでも手を貸そうとする蒼衣や颯姫の申し出すらも拒否して、雪乃はただ一人、店の奥へと歩いていった。その背中は頑なで、いかなる助けも慰めも、他人から差し伸べられる手の一切を、完全に拒否していた。

雪乃は学校からここまで、一片の涙も見せなかった。

ただ自分の腕の傷の痛みに耐え、車に乗り込み、ただ無言で、ここまで戻って来た。

気丈、と呼ぶには、あまりにも痛々しい姿だった。しかし遥火を、苦痛すら感じる暇もなく灰に変えるために、雪乃から膨大な苦痛を吸い上げて炎に変える風乃の〈断章詩〉に応えた雪乃の声が――――叫ぶようであり、今にも泣きそうなものだったことは、錯覚だったのではないかと思えてしまうくらいには、雪乃は充分に気丈だった。

店の奥の椅子まで辿り着き、力尽きたように座り込む雪乃。

下を向き、肩の落ちたその姿からは、憔悴しきった様子が隠しようもない。

大量の血を失い、トラウマと苦痛で神経を焼かれるという、ただでさえ激しい消耗を強いる雪乃の〈断章〉。蒼衣はその姿を横目に、声はかけず、荷物だけ置いて、もう勝手の知った棚を開けて、皆のためにお茶の用意をするために、カップを出し始めた。

「あ、あ、白野さん。私がやりますよ」

後から入ってきた颯姫がそんな蒼衣を見て、自分の仕事だとばかりに寄って来た。

「あー……今日は僕がやるよ。今回僕は何もやってないし」

「そ、そんなことないですよ……」

苦笑気味にそう言う蒼衣に、颯姫は慌てたような困ったような顔をした。

だが颯姫はすぐに別のものに気がついて、カウンターの方へ、ぱたぱたと歩いて行った。

「……あれ？　これ、誰が出したんですか？」

颯姫がそう言って不思議そうに手にしたのは、オルゴール箱だった。カウンターに出しっぱなしにされて、小さな山になっているいくつかの商品。その一つを手に取って、不思議そうに蒼衣を見た。

「白野さんですか？」

「え……それは……」

それは颯姫ちゃんが、と言いかけて、蒼衣はその言葉を呑みこんだ。

颯姫が出してきて、忘れてしまっている商品。だがそれを言ってしまったら最後、颯姫が遥火に見せるために出してきた物だということまで言わなければならなくなる気がして、それを今この場で言うことに、蒼衣は二の足を踏んだのだ。

蒼衣は言った。

「……うん、僕が見てたんだ。後で戻しとくよ」

「そうでしたか」

颯姫は特に疑いもせず、納得した笑顔を向けてきた。そして颯姫は、思わず手が止まってしまった蒼衣から、お茶を淹《い》れる仕事を奪い、てきぱきとポットのお湯を確認して「お湯が足りないので沸かして来ますね」と言って、店の奥へと行ってしまった。

「…………」

ぽつん、とそのまま手持ち無沙汰になった蒼衣は、座るでもなく、そこに立ち尽くした。

今の颯姫との会話が、思いのほか自分のダメージになっていることに、蒼衣は沈む気分の中で、ひどく重く気がついていた。

そんな蒼衣の横から、不意に雪乃の声がかけられた。

「……馬鹿みたいな嘘ね。私に気でも遣ったつもり？」

いつの間にか顔を上げていた雪乃は、前髪に手を入れるようにして額を押さえ、それでも意外にしっかりした声で、蒼衣の嘘をそう切って捨てた。

蒼衣は、自嘲気味に笑った。

「うん……一応、そのつもりだった」

「私が馬鹿にされてるのか、あなたが馬鹿なのか、どっちかね」

容赦がない雪乃。

「そうだね、ごめん」

「両方みたいね……」

雪乃は胸の底の、さらに底から吐き出したような深い溜息をついて目を閉じた。ひどく疲れた表情。しかし代わりに先ほどまでの、恐ろしいほど張り詰めた気配がなくなっていることを考えると、決して悪い方向の変化ではないのかもしれないと、蒼衣は心の中だけでこっそりと思った。

「……大丈夫？」

「だから、馬鹿にしないで。そもそも私は嫌いだったわ。あの子のことが」

雪乃は言った。

「それも嘘だよ……雪乃さん」

「うるさいわね……」

否定はなかった。そして、雪乃は少しの沈黙の後、言った。

「私は平気。憎む理由が、増えただけ」

「……」

蒼衣は、それ以上何も言わなかった。

ただ思った。ああ、やっぱり。

やっぱり彼女は、葉耶に似ている——と。

あとがき

まずはこの本を手に取って下さった、あなたへ御礼申し上げます。

初めましての方、お久しぶりの方、どちらも有難《ありがと》うございます。こちらは二〇〇六年出版の小説、『断章のグリム』の新装版となります。そしてこの『断章のグリム』という物語を再度始めるにあたって、再度必要な説明がありまして、初めましての方は是非に、お久しぶりの方は改めて、お聞きいただければと思います。

クリック？

クラック！

冒頭のこの文言は、とある地域で昔話を語る際に、語り手と聴衆の間で行われるという遣《や》り取《と》りです。まず語り手が聴衆に向けて「クリック？」と問いかけ、聴衆が「クラック！」と答える。そうしたら物語の始まりです。

童話をテーマにした物語を書くにあたって集めた資料の中に発見し、語感の良さと象徴性を気に入り、グリム童話とは無関係ながらも『断章のグリム』冒頭に採用しました。昔話のみならず小説も、いや、小説にすら限らずあらゆるクリエイティブが、受け手の「クラック！」なしには物語が始められません。我々クリエイターは皆、顔の見えない皆様に向けて作ったものを送り出しながら、「クリック？」と問いかけているわけです。「クラック！」が返ってくることを願いながら。

古来、子供たちに昔話を語るのは重要な娯楽でしたが、親、村の大人、老人などが昔語りをする際に、このようなお決まりの『始まりの言葉』というものが世界各地、各地方にありました。そして、『終わりの言葉』というものもありました。受け手から「クラック！」が返ってきたからといって、そこで終わりではありません。クリエイターは、次は『終わりの言葉』が言えるよう、つまり最後まで語り終えられるよう願って、小さなねずみのようにせっせと頑張るのです。

それでは、このあとがきの締めくくりも、私のお気に入りの『終わりの言葉』にて。

はつかねずみがやってきた。

はなしは、おしまい。

二〇二五年一月　甲田学人

＜初出＞

本書は、電撃文庫より2006年4月に刊行された『断章のグリムI 灰かぶり』と、2006年7月に刊行された『断章のグリムII ヘンゼルとグレーテル』を加筆・修正したものです。『マリシャス・テイル』は書き下ろしです。

メディアワークス文庫

断章《だんしょう》のグリム　完全版《かんぜんばん》1

灰《はい》かぶり／ヘンゼルとグレーテル

甲田学人《こうだがくと》

2025年2月25日　初版発行

発行者　山下直久
発行　株式会社KADOKAWA
〒102-8177　東京都千代田区富士見2-13-3
0570-002-301（ナビダイヤル）
装丁者　渡辺宏一（有限会社ニイナナニイゴオ）
印刷　株式会社暁印刷
製本　株式会社暁印刷

●お問い合わせ
https://www.kadokawa.co.jp/（「お問い合わせ」へお進みください）
※内容によっては、お答えできない場合があります。
※サポートは日本国内のみとさせていただきます。
※Japanese text only

※定価はカバーに表示してあります。

Printed in Japan
ISBN978-4-04-916007-9 C0193

メディアワークス文庫　https://mwbunko.com/

本書に対するご意見、ご感想をお寄せください。

あて先
〒102-8177　東京都千代田区富士見2-13-3
メディアワークス文庫編集部
「甲田学人先生」係